主编　李骞

云上文丛 01

多维视野下的中国古代小说戏曲与佛道教关系研究

陈国学　————　著

中国社会科学出版社

图书在版编目(CIP)数据

多维视野下的中国古代小说戏曲与佛道教关系研究/陈国学著. —北京：中国社会科学出版社，2017.9
ISBN 978-7-5203-1015-4

Ⅰ.①多… Ⅱ.①陈… Ⅲ.①古典小说—关系—佛教—研究—中国②古典小说—关系—道教—研究—中国③古代戏曲—关系—佛教—研究—中国④古代戏曲—关系—道教—研究—中国 Ⅳ.①I206.2②B94③B95

中国版本图书馆 CIP 数据核字(2017)第 231935 号

出 版 人	赵剑英
责任编辑	史慕鸿
责任校对	王 龙
责任印制	戴 宽

出 版	中国社会科学出版社
社 址	北京鼓楼西大街甲 158 号
邮 编	100720
网 址	http://www.csspw.cn
发 行 部	010-84083685
门 市 部	010-84029450
经 销	新华书店及其他书店

印 刷	北京明恒达印务有限公司
装 订	廊坊市广阳区广增装订厂
版 次	2017 年 9 月第 1 版
印 次	2017 年 9 月第 1 次印刷

开 本	710×1000 1/16
印 张	17.25
插 页	2
字 数	252 千字
定 价	79.00 元

凡购买中国社会科学出版社图书，如有质量问题请与本社营销中心联系调换
电话：010-84083683
版权所有 侵权必究

目　　录

序言 …………………………………………………………………（1）

第一章　佛教题材小说的沿革与创造 ………………………（1）

第一节　佛菩萨崇拜的翘楚之作的叙事学研究 ……………（2）

第二节　《金刚经》等佛经崇拜题材的作品分析 ……………（7）

第三节　涉及禅宗思想的小说 ………………………………（15）

第四节　轮回题材的创新 ……………………………………（26）

第五节　因果报应题材中的佳作 ……………………………（28）

第六节　"旧瓶装新酒"：《聊斋志异》对传统冥游题材小说的
　　　　继承与创新
　　　　　——与《太平广记》比较 ……………………………（43）

第二章　事事如意与竟不如意：涉道小说丰富的社会文化内涵 ………（53）

第一节　事事如意：无上满足的仙界幻想 …………………（54）

第二节　终成眷属或"竟不如意"
　　　　　——涉道人神恋文言小说对性别话语的思索 ……（59）

第三节　告别宣教：唐传奇中人与神仙精怪婚恋作品的人文
　　　　意蕴探索 …………………………………………（70）

第四节　章回小说涉道宗教书写的性别话语探索 …………（79）

第五节　涉道小说的伦理与哲思 ……………………………（95）

1

第三章 文学视野下的佛道教度脱剧的演进及对《红楼梦》的影响研究 …… (101)

第一节 度脱剧及与佛道教的关系概说 …… (102)

第二节 元代佛道教度脱剧：粗呈梗概与面貌趋同的文本 …… (107)

第三节 明清戏曲名作中的度脱剧：精致化的文本 …… (115)

第四节 佛道教度脱剧对《红楼梦》的影响 …… (127)

第四章 古代小说戏曲中的几种准宗教现象溯源与解读 …… (133)

第一节 精怪化美女与僧道干预 …… (133)

第二节 一个典型精怪化美女题材个案
　　　——白蛇系列小说戏曲题旨的演变 …… (142)

第三节 中国古代小说戏曲中的情使形象 …… (145)

第四节 明清小说中对神仙婚恋故事的一种否定态度及其道教文化内涵 …… (155)

第五节 佛道教争胜与小说 …… (164)

第五章 宗教书写与古代经典小说创作主旨的解读 …… (171)

第一节 唐传奇中涉及宗教书写的复调性作品
　　　——《杜子春》与《圆观》的多重解读 …… (171)

第二节 水浒好汉的双重身份与《水浒传》的宗教书写
　　　——从学界论《水浒传》的新倾向谈起 …… (173)

第三节 《西游记》中体现的本土文化与佛教的矛盾
　　　——人文视野下《西游记》中猪八戒和牛魔王家族命运解读 …… (182)

第四节 《红楼梦》的复调性解读与其宗教书写 …… (192)

第六章 章回小说宗教书写的比较分析 …… (201)

第一节 神圣的解构与重建
　　　——《金瓶梅》与《红楼梦》宗教书写之异同 …… (201)

第二节　谶纬神学与理学影响下宗教书写
　　　　——《三国演义》与《歧路灯》宗教书写的比较 …………（210）
第三节　神魔小说《绿野仙踪》与《西游记》宗教书写的
　　　　文学性比较 ……………………………………………（220）

附录一　从泰山府君到阎罗王：关于死后世界的小说文本考察 ………（236）

附录二　继承、变化、创新与超越：《聊斋志异》与唐传奇的比较 ………（244）

参考文献 …………………………………………………………（256）

序　言

一

本书内容是对中国古代文学中以小说戏曲为主体的叙事文学与宗教，尤其是佛道教关系的研究的深化。新时期，尤其是进入21世纪以来，对中国古代文学与宗教之关系的研究不断有新的成果出现，尤其是古代小说戏曲与宗教方面，除了数量庞大的单篇论文（包括硕士、博士学位论文）外，专著也为数不少。其中，有涉及一种或多种宗教与某一本文言、白话小说的，如黄洽《〈聊斋志异〉与宗教文化》（2005年）、曾礼军《宗教文化视域下的〈太平广记〉研究》（2013年）。有涉及一种或多种宗教与某一时期文言、白话小说的，如陈洪《佛教与中古小说》（2007年）、赵益《六朝南方神仙道教与文学》（2006年）、俞晓红《佛教与唐五代白话小说研究》（2006年）。有涉及宗教与戏曲或兼涉小说的，如吴光正《八仙故事系统考论——内丹道宗教神话的建构及其流变》（2006年）、李艳《明清道教与戏剧研究》（2006年）、吴国富《全真教与元曲》（2005年）、周秋良《观音故事与观音信仰研究——以俗文学为中心》（2009年）。有比较全面系统论述小说与宗教信仰关系的，如孙逊《中国古代小说与宗教》（2000年）、吴光正《神道设教：明清章回小说叙事的民族传统》（2012年）、万晴川《宗教信仰与中国古代小说叙事》（2013年）。还有某一种宗教文学史，如詹石窗《道教文学史》（1992年）。相关领域著作也值得一提，如整体论述中国文学或某一阶段文学与宗教关系的，如陈洪《佛教与中国古典文学》（1993年）、孙昌武《佛教与中国文学》（2007年）、苟波《道教与明清文学》（2010年）。涉及宗教与文学、文艺思潮的关系的，如申喜萍《南宋金元时期的道教文艺美学思想》（2007年）、黄卓越《佛教与晚明文学思潮》（1997年）。林辰的《神怪小说史》（1998年）对整个古代小说发展史与宗教的关系都有涉及，侯传文的《佛经的文学性解读》（2004年）有助于我们从文学角度接受佛经并理解其对中国文学的影响，冯汝常的《中国神魔小说文体研究》（2009年）涉及了对神魔小说与宗教意识之间的关系及其文体流变。其中陈洪在柳存仁文章《全真教和小说〈西游记〉》[①]基础上对《西游记》成书过程与全真教关系的研究、吴光正对章回小说研究中以宗教书写构筑民族特色叙事传统的深入探讨、宋珂君对多种宗教小说与佛教修行观念关系的深入研究，都发人深省，具有典范与启迪作用。此外，海外学者的相关著作则有中国台湾李丰楙《六朝隋唐仙道类小说研究》（1986年）、日本小南一郎《中国的神话传说与古小说》（2006年）对道教仙传的深入探讨，余国藩关于《西游记》《红楼梦》与宗教关系的研究，柳存仁关于《西游记》与全真教关系的研究对本书也深有启发。

　　学界在古代小说戏曲与宗教（以佛道教为主）的研究方面的问题或缺憾在于，往往把小说与戏曲分开研究，在小说领域又往往把文言小说与白话小说分开研究，在涉及宗教时，则往往只研究与佛教或道教一种宗教的关系，而这些领域实际上往往是互相关联的，如章回小说的宗教书写与文言小说、戏曲往往一脉相承，佛教度脱剧与道教度脱剧也总是互相影响；更重要的在于，以往的研究在文学作品的宗教思想的来源、表现上分析的多，从文学创作、表现的角度分析的少；一些来源于佛道教现象却又一定程度摆脱了宗教思想的文学化宗教现象没有得到总结。马焯荣《中国宗教文学史》（2014年）全面鸟瞰本书涉及的内容，研究对象包括了整个中国古代文学两三千年历史和诗歌、散文、戏曲、小说中所有的宗教性作品在内，是一个有益的尝试，但在集中探讨古代小说戏曲与佛道教的关系研究方面还有开拓的空间。鉴于目前学界对这一课题所涉及的各方面问题的研

---

　　① 见于《中国古典小说论谈——台港及海外中文报刊资料专辑（特辑）》，书目文献出版社1987年版。

究非常广泛，有必要对其进行全面的和更深入的考察，以一方面使普通读者能大致了解其内涵，另一方面对相关问题进行总结和深入探讨，尽管看起来这一课题过于庞大，但很有必要做一番尝试。

总之，中国古代小说戏曲与宗教关系是一个让人着迷又迷惑的话题，它很可能让我们投入大量精力却所得甚少。但不管怎样，这一研究领域需要深化。例如，佛道教带给中国古代叙事文学的影响，其区别本来是很大的。以对人生命的热爱为出发点的道教带给古代文言小说的是绮丽恍惚、光怪陆离乃至雍容华贵的境界与超凡脱俗的人物，其中还可以寄托人类无限的遐思。佛教的禁欲主义则带给小说干枯的内容、说教的实质，除非有蒲松龄这样的大手笔来用旧瓶装新酒。在《红楼梦》这部伟大著作里，佛道教的影响的区别也可见一斑：作者对凡俗男性世界的批判只能通过对道教仙境和警幻仙姑形象的描写体现出来，而佛教的影响仅限于万境归空的感受。我们不能再仅限于分割看待佛道教与小说戏曲的关系，而应该看它们之间的联系与区别。在本书中，我们将从多种视角来分析这种关系。

二

首先，我们重视从文学艺术的角度来解读这些小说戏曲。

中国古代小说戏曲与宗教的关系研究，是指我们的研究对象不是指历史上真实的宗教现象，而局限于中国古代小说戏曲中出现的宗教现象。小说戏曲中的宗教现象是应该单独作为一门学问提出来进行研究的，为此，我们提出中国古代小说戏曲中的宗教现象学这一术语。

中国古代小说戏曲视域下的宗教现象事实上是一种宗教书写，也就是说，这些宗教现象不一定就是为了宣扬宗教，而可能是利用宗教现象为自己的创作服务。这些宗教现象既包括超现实的、神佛鬼怪的内容，也包括现实的宗教人物的活动，我们既要对同一文本中的这两类现象进行单独研究，还要研究它们之间的关系。在文学这一范畴的规定下，文学中的宗教现象自然地呈现出与纯粹的宗教现象不大一样的面貌，我们需要对其进行梳理和解读。

具体来说，我们研究的是中国古代宗教，尤其是佛道教带给中国古代叙事文学的影响，以及这些古代小说戏曲又怎样摆脱纯粹的宗教思路、体现出文学本身的意味。也就是说，我们不仅要寻绎宗教对叙事文学的影响，还要诠释叙事文学利用宗教题材和鬼神现象表达的人文意蕴。例如，从《金瓶梅》里西门庆说"佛祖西天，也要黄金铺地"，到贾宝玉说"和尚道士的话如何信得"，小说普遍对宗教的意义提出了怀疑。但是这两部伟大小说又都将大量宗教现象组织进自己的文本中。伟大的作家总是自由地出入于宗教间，利用宗教书写传达自己的思想，对这些书写的人文意蕴解读是普通读者最迷惑，也最让我们感兴趣的话题，也是我们的课题的应有内容。由此产生佛道教书写的叙事功能和阅读美学效应、佛道教书写与古代经典小说创作主旨的解读等章节。

在文学艺术的视角下，我们还要考察佛教题材小说的沿革与创造、文学视野下的佛道教度脱剧的演进、章回小说佛道教书写的比较分析等问题，以期能发现其中规律性的东西。

其次，从文化的角度来解读这些与佛道教有关的小说戏曲也是一个重大问题。鉴于目前涉佛小说戏曲的佛教文化内涵分析比较充分，我们没有专章涉及这一问题；而涉道小说丰富的文化内涵尚未被充分探讨，本书就辟专章深入研究，包括其中反映的中国古人对事事如意的幻想、对涉及包含爱情婚姻家庭问题的多方面性别话语的求索等。

三

相对于已有研究，本书独到的学术价值和应用价值在于以下几点。

1. 具有学术创新的理论意义。本书全面考察古代小说戏曲中的宗教现象，提出小说戏曲中的宗教现象学这一概念，内涵非常丰富，包括了多方面的理论意义。

本书提出中国古代小说戏曲中的宗教现象学的概念，主张把中国古代小说戏曲视域中的宗教现象作为一个独特的领域来研究，是对古代文学与宗教关系研究的深化与总结。

中国古代小说戏曲视域下的宗教现象，是指我们的研究对象不是指历史上真实的宗教现象，而局限于中国古代小说戏曲中出现的宗教现象。也就是说，我们的研究本质上是文学研究，是文学意象与文学叙事研究。中国古代小说戏曲中的宗教描写是一种非常广泛而复杂的存在现象，在文学这一范畴的规定下，文学中的宗教现象自然地呈现出与历史上的宗教现象不大一样的面貌，我们需要分析其中体现的宗教与人性的矛盾与呼应的双重关系。作家们在作品中设置这些宗教现象显然不一定是为了宣教，但也不乏为宗教作鼓吹的作品，为了使读者厘清其中的含义，需要将整个古代小说戏曲中的宗教现象进行整体的研究，从文学研究的角度寻找其中的规律，总结其中的典型现象，分析其美学、叙事学效应。这显然非常有必要，当然具有理论意义。

以往本领域的研究过多注重古代小说戏曲中宗教现象的文化内涵分析，本书则首次大规模深入研究宗教书写的叙事功能和阅读美学效应，这都是立足于文学本位的分析，是目前学界比较少涉及的内容，具有学术创新的意义。至于对古代小说宗教书写的佛道教文化内涵研究，目前学界分别都有很深入的探讨，本书则从全局性问题着手，揭示小说戏曲中佛道教题材与现象文化内涵的差异及原因，这样可以深入揭示掩藏在文学文本宗教书写之下的民族特征，某种程度上也是对鲁迅先生关于"中国的根底全在道教"的一种检视。这些都具有深化古代文学与宗教关系研究的价值。

2. 具有重要的现实借鉴意义。古代小说戏曲中的宗教现象往往具有哲理性意义和深层的宗教文化内涵，也具有溢出宗教文化的人文内涵，对其进行研究和揭示对于当代文化繁荣与文学创作具有启发和借鉴意义。具体来说，可使我们领会到宗教对繁荣发达的古代小说戏曲的影响，此影响是宗教与中国古人心灵的关系在文学中的反映，要繁荣我们的文学与文化，宗教的意义是值得注意的。此外，本书研究优秀作家怎样从宗教文化中汲取营养，构造来自宗教又超越宗教、为人文思想服务的宗教书写内容，形成小说的复调性与张力性内涵，在创作学上具有启迪意义。

第一章　佛教题材小说的沿革与创造

时至今日，佛教与小说的关系早已不是一个新鲜的话题，诸如佛经恢宏的时空世界对于受到史传征实精神影响太多的中国古代文学想象力的拓展、佛教变文与俗讲对早期小说的表现技巧与情节的影响、佛经中正文与偈颂穿插影响了小说中诗歌的出现，等等，这些都有充足的论证了。至于小说、戏曲作为市民文化与古代市民生活中佛教信仰的密切关系，恐怕也不需要费神论述。本章笔者想在已有的佛教与古代小说关系的研究基础上，展开自己从独特视角——叙事学角度出发的研究。

在目前已有的佛教与古代小说关系的研究领域中，前文提到的陈洪《佛教与中国古典文学》、孙昌武《佛教与中国文学》等著作中，都花专门的篇章探讨了佛教与中国古代小说的关系，而吴光正的《中国古代小说的原型与母题》、万晴川的《宗教信仰与中国古代小说叙事》等专著则在相关篇章中列举讨论了佛教影响下的小说题材类型。这些研究给我们提供了很好的参考与借鉴，有助于对佛教与小说关系的了解，不过如果我们今天还止步于泛泛的影响或题材类型研究，就难免有"炒冷饭"的嫌疑了。为此，我们必须拓展新的研究领域。笔者选择的是从叙事角度切入，看看在各类佛教思想渗透与影响下的古代小说题材与情节在叙事上的演进。其具体原因在于，从上述专著中可以了解到，佛教思想渗透与影响下的古代小说题材与情节类型是比较狭窄的，大体上不出经像与佛菩萨崇拜、轮回与转世、因果报应、高僧与美女等。从《太平广记》中就可以看到，各类题材下的小说可谓连篇累牍、层出不穷，有时候可以达到让读者厌倦的地步，那么它们在文学性上的成就到底如何？有没有写得特别好的，而那些写得好的篇章又是怎样脱颖而出的？由于我们的研究本质上是文学研究，因此笔者愿意选择叙事学的角度来切入，试图揭示各类佛教题材的小说中哪些是叙事学或小说美学上的翘楚之作以及它们相比之下提供了什么样叙事学上的经验，或许可为今人的创作乃至一般有讲故事的爱好的读者提供一些借鉴。所以，本书没有太多文献考证性的内容，当然，在必要时也会涉及。这一立场希望得到读者的了解与理解。

第一节　佛菩萨崇拜的翘楚之作的叙事学研究

大乘佛教经典中，有很多关于佛菩萨神通广大的法力的描写，例如《维摩诘所说经》《楞严经》等，这种法力无边的形象本身就会影响到大众对佛菩萨的崇拜。在佛教流传到中国的过程中，为了增加吸引力，也有意识地增加这类神通灵验的形象的描写，渐渐形成关于佛菩萨崇拜，乃至经典崇拜的故事类型，其数量是不少的，这在很多学者的研究中都可以看到。本书打算从文学上来考察其成就。

一　早期观音灵验故事的文学性评估

观世音菩萨信仰是文言小说中经常出现的主题，如孙昌武先生所说，最早在傅亮的《光世音应验记》、张演的《续光世音应验记》、陆杲的《系观世音应验记》中出现，共八十六篇，其面目大同小异。早期的观音信仰小说中，唐代唐临的《冥报记》中有如下短篇，对观音信仰的表达稍感创新：

> 监察御史范阳卢文励，初为云阳尉，奉使荆州道覆囚。至江南，遇病甚笃，腹胀如石，饮食不下。医药不瘳。文励自谓必死，无生望。乃专心念观世音菩萨。经数日，恍惚如睡。忽见一沙门来，自言是观世音菩萨，语文励曰："汝能专念，故来救。今当为汝去腹中病。"因手执一木把，用捋其腹。腹中出秽物三升余，极臭恶。曰：

"差矣。"既而惊寤，身腹坦然。即食能起，而痼疾皆愈。至今甚强实。与临同为御史，自说云尔。①

在此前的典籍中，六朝人傅亮的《光世音应验记》也有观音治病的情节：

> 沙门竺法义者，山居好学。后得病积时，攻治备至，而了自不损，日就绵笃。遂不复治，惟归诚光世音。如此数日，昼眠，梦一道人来候其病，因为治之。刳出腹胃，湔洗脏腑，见有结聚不净甚多。洗濯毕，还纳之。语义曰："病已除也！"眠觉，众患豁然，寻便复常。②

比较一下可发现，这两则故事的共同点在于：其一，菩萨或道人给人治病都发生在病人梦中，而病人醒来都痊愈了；其二，故事题旨都比较明确地指向观世音信仰；其三，情节简单，而且几乎还谈不上人物形象的塑造。因此文学性方面属于六朝志怪的粗呈梗概特点，属于宣验题材。

傅亮的《光世音应验记》与张演的《续光世音应验记》、陆杲的《系观世音应验记》一起，属于较早的国人记载观世音菩萨灵验事迹的专集，连篇累牍的观音灵异故事大同小异，不是现代意义上有意创造的小说，此不赘述。不过《系观世音应验记》中《彭城姁》一篇在艺术上稍具创新，值得一提：

> 彭城姁者，家世事佛。姁唯精进，亲属并亡。唯有一子，甫能教训。儿甚有孝敬，母子慈爱，大为无伦。元嘉七年，儿随刘道产伐虏。姁衔涕追送，唯属戒归依观世音。家本极贫，无以设福。母但常在观世音像前燃灯乞，即儿于军中出取获，为虏所得。虏其叛亡，遂远送北。及刘军复还，而姁子不及。唯归心灯像，犹欲一望感激。儿在北亦恒长在念，日夜积心。后夜，忽见一灯，显其白光。诚往观之，至轻，失去。因即更见在前，已复如向，疑是神异，为

---

① （唐）唐临：《冥报记》，《冥报记　广异记》，古小说丛刊，中华书局1992年版，第25页。
② （宋）李昉等编，汪绍楹点校：《太平广记》，中华书局1961年版，第751页。

自走逐。比至天晓，已百余里。惧有见追，藏住草中。至暝日没，还复见灯。遂昼停村乞食，夜乘灯去。经历山险，恒若行平。辗转数千里，遂还乡。初至，正见母在像前，伏灯火下。因悟前所见灯即是像前灯也……①

本篇中写分离的母子二人在观世音信仰的力量下得到团圆，母亲虔诚的信仰化作引导儿子归来的灯光，而观世音菩萨没有现身，所以显得朦胧而神奇。虽然一样可能是道听途说的故事，但其中细致的描写无疑加入了作者的想象，如"后夜，忽见一灯，显其白光。诚往观之，至轻，失去。因即更见在前，已复如向，疑是神异，为自走逐。……辗转数千里，遂还乡。初至，正见母在像前，伏灯火下"，一盏灯作为故事的线索一样引导了全文的进展，这种细心的暗示当然是文人才具有的，所以可以说本篇是早期观音信仰故事中较多具备文学性的篇目。下文谈到的《聊斋志异·菱角》中亦有分离的母子团圆的情节，与本篇在题材上有一定的关联。

二 "观音老母"的灵动现身——《聊斋志异·菱角》对观音信仰题材的创新

经过文学作品的长期流传演化，观世音菩萨的形象在中国人心目中早已耳熟能详，经过包括观音戏剧在内，特别是《西游记》等俗文学作品的渲染，观世音菩萨早已世俗化和定型化，尽管俗文学中，观音的形象出现了多种变异，诸如杨柳观音、鱼篮观音、水月观音、白衣观音、千手千眼观音、十八臂观音②，等等，但普通人心中的观音形象恐怕非一手持净瓶、一手拿杨枝洒水的杨柳观音莫属。如何将观世音菩萨信仰以新的形式表现出来呢？天才作家蒲松龄做到了。

《聊斋志异·菱角》可以说是这一题材的新颖之作。该篇讲述胡大成每经菱角观音祠必入叩拜，后又与一名为菱角的聪慧女孩在祠内认识，

---

① 董志翘：《〈观世音应验记三种〉译注》，江苏古籍出版社2002年版，第194—195页。
② 参见孙昌武《中国文学中的维摩与观音》，高等教育出版社1996年版，第298页。

请媒人说和后订婚，后胡大成离开家乡，因战乱阻隔湖北，却有中年妇人愿为母料理家务，并使二人团圆及与胡大成亲生母亲相聚，而事后中年妇人不知去向。也就是说，本文巧妙地紧扣着"观音老母"的形象特征来展开故事，但所谓的观世音菩萨信仰在全篇中只是隐约出现，而观世音菩萨绝没有以真身示人。作者只是讲述带胡母来与大成团聚的童子所乘坐骑为金毛犼（传说中观音菩萨的坐骑），并在结尾处暗示说胡家因此"一门欢慰，疑媪是观音大士现身，由此持观音经咒益虔"。以与开头的胡家母子对观音的虔敬照应。而从文中出现的这位不知姓名的中年妇人行为来看，她又的确具有观世音菩萨有求必应、慈悲为怀的特征。作品就是这样始终不揭示其真面目，却又使人极其疑惑她就是菩萨化身，把观音信仰表现得极其朦胧却灵动，因而可说是这一题材的创新之作。

就人物形象塑造来看，本篇也小有成就，至少有两个人物给人印象深刻——虽然也还不算丰满。一个是菱角，作者一方面写她的少女羞涩：

> 问其姓氏，女笑云："我是祠西焦画工女菱角也。问将何为？"成又问："有婿家否？"女酡然曰："无也。"

另一方面写她的聪慧多情：

> 成曰："我为若婿，好否？"女惭云："我不能自主。"而眉目澄澄，上下睨成，意似欣属焉。成乃出。女追而遥告曰："崔尔诚，吾父所善，用为媒无不谐。"①

这种细致的刻画使一个稍具羞涩，却又具有乡村女孩不大为礼教所束缚的形象凸显在我们面前，这就是鲁迅先生所谓的"用传奇法而以志怪"的地方，给小说生色不少。可惜下文对她的描写缺乏后劲，作者在后半段主要致力于塑造中年妇人的形象，她"不屑为人奴，亦不愿为人妇，

---

① （清）蒲松龄，张友鹤辑校：《聊斋志异（会校会注会评本）》，上海古籍出版社1978年版，第815页。本书所引《聊斋志异》均出自此书，不再一一注明。

但有母我者则从之,不较直"已令人惊讶,后促使胡大成一家团圆的事情更增添了小说的传奇色彩。这两个人物形象的塑造使该篇成为观音信仰小说的翘楚。

当然,就主题来讲,观音信仰毕竟是老旧的题材,无论作家有多大才具,都不能掩盖这一题材的陈腐,这是蒲松龄这样的作家凭自己的力量无法改变的。

要指出的是,纪晓岚的《阅微草堂笔记》之《如是我闻三》中有几则关于观音信仰的,写得颇有意思:

> 奴子李福之妇,悍戾绝伦,日忤其姑舅,面詈背诅,无所不至。或微讽以不孝有冥谪,辄掉头哂曰:我持观音斋,诵观音咒,菩萨以甚深法力消灭罪愆,阎罗王其奈我何?后婴恶疾,楚毒万端,犹曰:此我诵咒未漱口,焚香用灶火,故得此报,非有他也。愚哉!①

这是在讽刺那些想依靠信仰观音来消除自己恶行的果报的人,不知道信仰观音最主要的是学习其慈悲为怀的精神,却忤逆咒骂公婆,嘲笑了她的愚昧。《滦阳消夏录三》:

> 沧州插花庙尼,姓董氏,遇大士诞辰,治供具将毕,忽觉微倦,倚几暂憩,恍惚梦大士语之曰:尔不献供,我亦不忍饥;尔即献供,我亦不加饱。寺门外有流民四五辈乞食不得,困饿将殆,尔辍供具以饭之,功德胜供我十倍也。霍然惊醒,启门出视,果不谬。自是每年供具献毕,皆以施丐者,曰:此菩萨意也。②

这是在指出真正信仰观音是救助需要帮助的人,而不是向其塑像献供。这两则都很有见地,稍稍可惜的它们只能和六朝初呈梗概的小说放在一

---

① (清)纪晓岚著,吴波、尹海江、曾绍皇、张伟丽辑校:《阅微草堂笔记会校会注会评》卷九,凤凰出版社 2012 年版,第 408 页。
② 《阅微草堂笔记会校会注会评》卷三,第 141 页。

起，不能算成熟的小说。

第二节 《金刚经》等佛经崇拜题材的作品分析

佛教题材的小说除了表现信徒的佛菩萨崇拜心理之外，再一个重大题材是经典崇拜，崇拜对象包括《金刚经》《法华经》、大小品《般若经》《首楞经》《药师经》《无量寿经》等，分布在唐代吏部尚书唐临的《冥报记》、郎徐令的《冥报拾遗》、卢求的《报应记》、麻安石的《祥异集验》、王毅的《报应录》（一名《金刚经报应记》）、萧璃的《般若经灵验》、僧人道世的《法苑珠林》等宣教小说中。这些小说中的典型故事都被《太平广记》收录在报应故事类别中，主要分布在《太平广记》卷一〇二到卷一三四，共有三十三卷。这些故事是佛教宣教的方式之一。鲁迅把它们称为"释氏辅教之书"，它们"大抵记经像之显效，明应验之实有，以震耸世俗，使生敬信之心"[①]。它们把佛教最重要的理论支柱——因果报应思想和灵验的事迹，通过志怪故事的形式体现出来。正如王晓平在《佛典·志怪·物语》中所说"中国的僧侣文人，曾将佛经消化，转化为本国的、身边的故事，造成一种报应近在眼前的逼真感觉"[②]。

目前学界对这些故事的分析比较侧重于它们蕴含的古代佛教信仰信息，基本没有从小说美学的角度展开讨论，这一课题就成了本书所意图开掘的领域，当然，作为其基础，也需要对其佛教思想内涵进行讨论。

一 《金刚经》等佛经崇拜的佛教思想内涵分析

从《太平广记》来看，主题为《金刚经》崇拜与灵验的作品占据了从卷一〇二到卷一〇八整整七卷的篇幅，而本来似乎更受大众重视的《观音经》则只占从卷一一〇到卷一一一，这表明《金刚经》在中古时代受到民众重视的程度之深。对一般人而言，《金刚经》是比《观音经》难

---

① 鲁迅：《中国小说史略》，人民文学出版社1973年版，第39页。
② 王晓平：《佛典·志怪·物语》，江西人民出版社2006年版，第2页。

懂的，属于般若系经典，其中经常见到的"所谓A，即非A，是名A"的句式就已经为大众难以理解了，何况"如是灭度一切众生，实无有众生得灭度者"一类的甚深奥义句子。不过可能正是由于它的深奥的佛学哲理使艰于辩证法的古代中国人产生了崇拜心理，而有如此多的本经灵验故事产生[①]。但是这些灵验故事有没有涉及对《金刚经》甚深奥义的理解与践行呢？阅读之后可以发现并非如此。

据统计，《金刚经》灵验事迹主要涉及了动物侵害、战乱掳掠、牢狱灾害、死而复活、超度亡者等方面，可见"佛教义学上关注的生死问题侧重于彼岸世界的追求，是对此生世界的解脱，即死后的彼岸世界的构建。因此，它更关注于'死'。佛经灵验故事虽然也是着眼于生死问题，但它更关注人的'生'——寿命的延长……从生的角度关注人的生命就意味着佛经灵验故事更重视人的生命的当下关怀，体现出佛经崇拜的现实功利性，而非宗教所强调的生命的终极关怀"[②]。以上是学人对于包括《金刚经》在内的佛教经典崇拜与灵验故事的宗教文化内涵的分析，由于曾礼军等人进行了细致的研究，因此不必重复探讨，笔者只想补充两点。

（一）《金刚经》的灵验本应该是在践行《金刚经》修行观念后产生的，例如如忍辱仙人一样忍受节节肢解而不生嗔恨、参透金刚六喻（指"一切有为法，如梦幻泡影，如露亦如电，应做如是观"）而放下执着，等等，而现有的《金刚经》灵验事迹的当事人最多不过是读诵而已，笔者的思考是：如果光是读读就能有那么多消灾弭祸的效果产生，那么就不需要对它进行解读了。所以笔者认为这些灵验故事本质上不过是大众心理的一种写照而已。试举一例，卷一○二《沈嘉会》中泰山府君有言："人之为恶，若不为人诛，死后必为鬼得而治，无有侥幸而免者也。若日持《金刚经》一遍，即万罪皆灭，鬼官不能拘矣。"[③] 这就有一点不可思议，是否可以一边做坏事一边念《金刚经》而不受到泰山府君任何惩罚

[①] 关于《金刚经》崇拜如此兴盛的原因参见曾礼军博士学位论文《太平广记研究》第四章第二节《太平广记的佛经崇拜》，上海师范大学，2008年。
[②] 同上。
[③] （宋）李昉等编，汪绍楹点校：《太平广记》，第690—691页。

呢？这是需要存疑的地方。

（二）在后代的长篇小说《醒世姻缘传》中，甚至出现了只要有《金刚经》在的地方，狐妖就不敢靠近的描写，例如前世男主人公晁源射杀千年狐仙后，他的爷爷托梦给他说："……你听公公说，明日切不可出门，家中且躲避两个月，跟了你爹娘都往北京去罢，或可避得灾过。若起身时，将庄上那本朱砂印的梵字《金刚经》取在身边。那狐姬说道，要到你庄上放火，因有这本经在庄，前后有许多神将护卫，所以无处下得手。城中又因你媳妇三世前是他同会上人，恐怕又惊吓了计氏。这等看起来，他必是怕那《金刚经》的。"后来又一次托梦说："你那冤家伺候得你甚紧，你家里这个妖货又甚是作孽，孙媳妇计氏又起了不善的念头，你若不急急往北京去投奔爹娘跟前躲避，我明日又要去了，没人搭救你，苦也！你若去时，千万要把那本《金刚经》自己佩在身上，方可前进，切莫忘记了！"（第三回）这比《太平广记》中的《金刚经》灵验事迹一般发生在当事人虔诚诵读很久后又简化了一步，也意味着《金刚经》崇拜更加世俗化了，认为只要把这本经典背在身上就可以消灾免难，这应该都是可以存疑的地方。小说第一〇〇回还写到狄希陈在高僧指点下，"虔诵那《金刚般若波罗蜜经》。一日务足四十遍之数。诵得久了，狄希陈口内常有异香喷出，恶梦不生，心安神泰。素姐渐觉心慌眼跳，肉战魂惊，恶梦常侵，精神恍惚，饮食减少，夜晚似有人跟捉之意，不敢独行。狄希陈诵到将完之日，素姐渐渐的害起病来；及至狄希陈诵经已完，素姐越发卧床不起"。狄希陈靠虔诚地念诵《金刚经》，终于制服了薛素姐，这是对《太平广记》等书中《金刚经》崇拜的模仿，当然，也是作者《金刚经》崇拜的避险。但笔者认为，这不过是佛教修行的所谓"前方便"或"前奏"而已，和佛学或学佛的真谛还差得很远。

二 《金刚经》崇拜之作的叙事考察

连篇累牍的《金刚经》崇拜之作不一定都可归入小说之列，是很显然的。《太平广记》的编撰者显然不是从小说创作的角度将它们这样搜罗到一起的，而是从宗教文化的角度对它们进行归类而已。不过笔者给本书所定的特色和任务是对这些汇集在《太平广记》中主题为《金刚经》崇拜与灵验记的作品进行文学性分析,因此还是要从叙事的角度来考察一番。

从叙事的角度来面对这些作品,我们只能在分析它们一般的叙事结构的基础上,挑选最有特色的来进行分析,也就是说看哪些作品在叙事上有突出的地方,这种突出之处在哪里。

《金刚经》崇拜之作一般以灵验的发生为中心,其结构当然是某人遇到困难,因为当下或已经诵读《金刚经》而解决此困难,其中有相当多作品套入了入冥(即到地狱里走一遭,而因为本人已经诵读《金刚经》有功德而被放回、复活)的模式。

我们首先举两个例子来证明,这些作品也可算得上是互相借鉴的文学创作。首先,卷一〇七之《赵安》与卷一〇八《兖州军将》有一个共同的细节:

> 赵安,成都人,唐大和四年,常持《金刚经》,日十遍。会蛮寇退归,安于道中见军器,辄收置于家,为仇者所告。吏捕至门,涕泣礼经而去。为狱吏所掠,遂自诬服,罪将科断。到节帅厅,枷杻自解。乃诘之,安曰:"某不为盗,皆得之巷陌,每读《金刚经》,恐是其力。"节帅叱之不信。及过次,忽于安名下书一放字,后即云余并准法,竟不知何意也。及还,洗浴礼经,开匣视之,其经揉裂折轴,若壮夫之拉也。妻曰:"某忽闻匣中有声,如有斫扑。"乃安被考讯之时,无差失也。(出《报应记》)①

> 乾符中,兖州节度使崔尚书,法令严峻。尝有一军将衙参不到,崔大怒,令就衙门处斩。其军将就戮后,颜色不变,众咸惧之。是夜三更归家,妻子惊骇,谓是鬼物。军将曰:"初遭决斩时,一如醉睡,无诸痛苦。中夜,觉身倒街中,因尔还家。"妻子罔知其由。明旦入谢,崔惊曰:"尔有何幻术能致?"军将云:"素无幻术,自少读

---

① (宋)李昉等编,汪绍楹点校:《太平广记》,第729页。

10

《金刚经》，日三遍，昨日诵经，所以过期。"崔问记得斩时否，云："初领到戟门外，便如沉醉，都不记斩时。"崔又问所读经何在，云："在家锁函子内。"及取到，锁如故。毁锁，见经已为两断。崔大惊自悔，慰安军将，仍赐衣一袭，命写《金刚经》一百卷供养。今兖州延寿寺门外。盖军将衔门就法并斩断经之像，至今尚存。（出《报应记》）[1]

赵安与兖州军将都因为持诵《金刚经》，在遇到祸事后却能解脱，不在现场的《金刚经》经书本身却起到了代替人物承受外力斩断或拉扯的作用，这种共同点也许是巧合，我们则可以理解为创作上的互相借鉴。卷一〇六之《宋衎》与卷一〇七之《康仲戚》都出现了当事人的亲人为之书写或持诵《金刚经》、灾难发生后其人得到救生物、这个救生物里都有《金刚经》一部的情节，从创作上来讲也可理解为作者们的互相借鉴：

宋衎，江淮人，应明经举。元和初，至河阴县，因疾病废业，为盐铁院书手，月钱两千，娶妻安居，不议他业。年余，有为米纲过三门者，因不识字，请衎同去，通管簿书，月给钱八千文。衎谓妻曰："今数月不得八千，苟一月而致，极为利也。"妻杨氏甚贤，劝不令往，曰："三门舟路，颇为险恶，身或惊危，利亦何救？"衎不纳，遂去。至其所，果遇暴风所击，彼群船尽没。唯衎入水，得粟藁一束，渐漂近岸，浮藁以出，乃活，余数十人皆不救。因抱藁以谢曰："吾之微命，尔所赐也，誓存没不相舍。"遂抱藁疾行数里，有孤姥鬻茶之所，茅舍两间，遂诣宿焉，具以事白。姥悯之，乃为设粥。及明旦，于屋南曝衣，解其藁以晒，于藁中得一竹筒。开之，乃《金刚经》也。寻以讯姥，且不知其详，姥曰："是汝妻自汝来后，蓬头礼念，写经诚切，

---

[1] （宋）李昉等编，汪绍楹点校：《太平广记》，第735—736页。

故能救汝。"衎感泣请归,姥指东南一径曰:"但寻此去,校二百里,可以后日到家也。"与米二升,拜谢遂发,果二日达河阴,见妻愧谢。杨媛惊问曰:"何以知之?"尽述根本。杨氏怪之,衎乃出经,杨媛涕泣,拜礼顶戴……(出《报应记》)①

康仲戚,唐元和十一年往海东,数岁不归。其母唯一子,日久忆念。有僧乞食,母具语之。僧曰:"但持《金刚经》,儿疾回矣。"母不识字,令写得经,乃凿屋柱以陷之,加漆其上,晨暮敬礼。一夕,雷霆大震,拔此柱去。月余,儿果还,以锦囊盛巨木以至家,入拜跪母。母问之,仲戚曰:"海中遇风,舟破坠水,忽有雷震,投此木于波上,某因就浮之,得至岸。某命是其所与,敢不尊敬!"母惊曰:"必吾藏经之柱。"即破柱得经,母子常同诵念。(出《报应记》)②

除了以上所说的救生物里有亲人为当事人所抄写的《金刚经》之外,当事人的语言也是相似的,前者是"吾之微命,尔所赐也,誓存没不相舍",后者是"某命是其所与,敢不尊敬"。这样的相似情节从现实来看很离奇,具备充分的传奇性,但其中借鉴的因素很明显(如果可以这样说而不算不敬的话)。确定了这些作品有创作的成分之后,我们就可以进一步分析其写作经验了。包括以上作品在内,写得好的《金刚经》灵验记都是因为有比较好的细节而取胜。例如第卷一〇二《蒯武安》:

隋蒯武安,蔡州人,有巨力,善弓矢,常射大虫。会嵩山南为暴甚,往射之。渐至深山,忽有异物如野人,手开大虫皮,冒武安身上,因推落涧下。及起,已为大虫矣。惶怖震骇,莫知所为,忽闻钟声,知是僧居,往求救。果见一僧念《金刚经》,即闭目俯伏。

---

① (宋)李昉等编,汪绍楹点校:《太平广记》,第719页。着重号为引者所加,下同。
② 同上书,第726—727页。

12

其僧以手摩头，忽爆作巨声，头已破矣，武安乃从中出，即具述前事。又抚其背，随手而开，既出，全身衣服尽在，有少大虫毛，盖先灸疮之所粘也。从此遂出家，专持《金刚经》。（出《报应记》）①

这里蒯武安被变成老虎后，"其僧以手摩头，忽爆作巨声，头已破矣，武安乃从中出"，"又抚其背，随手而开"，"有少大虫毛，盖先灸疮之所粘也"，这几个细节就写得非常生动，加上前面蒯武安本来要去射杀老虎，反而被异物把虎皮披到身上变成老虎的情节非常诡异，这个作品就可算得上是很成功、有吸引力的小说了。

同样卷一〇二中《新繁县书生》：

益州新繁县西四十里王李村，隋时有书生，姓苟氏，善王书而不显迹，人莫能知之。尝于村东空中四面书《金刚般若经》，数日便了，云："此经拟诸天读诵。"人初不之觉也。后值雷雨，牧牛小儿于书经处立，而不沾湿，其地干燥，可有丈余，及暗，村人怪之。尔后每雨，小儿常集其中，衣服不湿。唐武德中，有异僧语村人曰："此地空中有《金刚般若经》，诸天于上设宝盖覆之，不可轻犯。"自尔于四周设栏楯，以阻人畜履践。每至斋日，村人四远就设佛供。常闻天乐，声震寥沉，繁会盈耳。（出《三宝感通记》）②

这一则可谓真正的传奇，奇在书生将《金刚经》书写在某地空中，这个地方就成了避雨的所在。细读之下发现作者加上了书生"此经拟诸天读诵"的供养话语，这种诚意与好心是此奇迹发生的一个前提，增加了故事的艺术真实性；通过描写"牧牛小儿于书经处立，而不沾湿，其地干燥"，"尔后每雨，小儿常集其中，衣服不湿"，以及异僧的话，作者一步步增加了这个地点的奇异性；最后"自尔于四周设栏楯，以阻人畜履践。每至斋日，村人四远就设佛供。常闻天乐，声震寥沉，繁会盈耳"。使这

---

① （宋）李昉等编，汪绍楹点校：《太平广记》，第686页。
② 同上。

个地点的传奇性达到顶峰,小说戛然而止,一样可归入以上同类诸作中的上乘。

卷一〇七之《吴可久》:

> 吴可久,越人,唐元和十五年居长安,奉摩尼教。妻王氏,亦从之。岁余,妻暴亡,经三载,见梦其夫曰:"某坐邪见为蛇,在皇子陂浮图下,明旦当死,愿为请僧,就彼转《金刚经》,冀免他苦。"梦中不信,叱之。妻怒,唾其面。惊觉,面肿痛不可忍。妻复梦于夫之兄曰:"园中取龙舌草,捣傅立愈。"兄寤走取,授其弟,寻愈。诘旦,兄弟同往,请僧转《金刚经》。俄有大蛇从塔中出,举首遍视,经终而毙。可久归佛,常持此经。(出《报应记》)①

这一则中吴可久的妻子生前信奉摩尼教、死后堕为蛇,以及僧转《金刚经》后"大蛇从塔中出,举首遍视,经终而毙"的照应与验证在佛教小说中不算是奇闻,因为梁武帝之后因嫉妒而投胎为蛇,以及僧人因说了"不落因果"的错误言语而投胎为狐狸、听了正确开示后死掉现出狐狸身的说法是一般佛教徒都知道的,本篇作者只不过把二者糅合在一起了。本篇的细节之奇在于吴可久的妻子托梦给他,他却不信,于是其妻朝其脸上吐唾沫,使他醒来后脸上疼痛;其妻又托梦给大伯子,告诉治愈的办法,终于使他相信梦中托付的话。这个故事虽短但很曲折,加上了两层梦与梦验的环节,所以很有艺术魅力。

其他还有卷一〇七《于李回》写于李回夜晚遇群狐精,口念《金刚经》时"忽有异光自口出,群女震骇奔走。但闻腥秽之气,盖狐狸所定,榛棘满目"[2];《强伯达》强伯达生病,有僧人告诉他念《金刚经》内四句偈,念后有虎来,"乃遍舐其疮,唯觉凉冷,如傅上药,了无他苦,良久自看,其疮悉已干合"[3],《勾龙义》中勾龙义毁弃阻止别人抄写《金

---

① (宋)李昉等编,汪绍楹点校:《太平广记》,第725页。
② 同上书,第724页。
③ 同上书,第751页。

刚经》而暗哑，后闻邻人有念该经，暗自忏悔后跟进读诵，再后遇一老僧，"僧遂以刀割舌下，便能语"①，这些细节都写得具有传奇色彩，增强了故事的可读性。可见它们都是费了作者们一番心思的。

第三节 涉及禅宗思想的小说

对于禅宗与文学的关系，学界一般只注意到禅与诗的话题，其实禅宗作为中国古代佛教长期发达的一个宗派，不可能不影响到小说戏曲的创作。本节拟对此进行探讨。需要说明的是，由于后文有专章涉及元代及以后的佛教度脱剧，它们中大部分与禅宗有关，在此我们就先只谈及与禅宗有密切关系的小说。

小说中涉及禅宗的人物形象大致有两个系列，一类是外表有点疯魔的僧人，其典型是济公；另一类是不大守戒行的武僧，其典型为《水浒传》里的鲁智深，这两类都与狂禅有关。本节除了探讨这两类形象外，还对其他有禅宗思想的小说进行研究。

一 济公形象鲜明的禅宗特色

关于济公形象的研究在学界已颇有成果，例如胡胜的《济公小说的成因及形象演变》②、吕堃的《济公形象的演变及其文化阐释》③ 涉及其形象演变与其中的文化内涵。本书从禅宗与小说的关系出发，选择济公小说系列中的《钱塘湖隐济颠禅师语录》（以下简称《济颠语录》）来研究济公形象特点。这是因为它比较好地保留了济公的原貌，从中更能清楚地看到禅宗思想的痕迹。

《济颠语录》从题目上看好像是语录体，实际上已不同于《论语》《世说新语》一类的比较偏向单纯记言的文化经典，而是以济公的生平为线索、贯穿他一生的重要言行。如果作小说看，《济颠语录》

---

① （宋）李昉等编，汪绍楹点校：《太平广记》，第729页。
② 胡胜：《济公小说的成因及形象演变》，《辽宁青年管理干部学院学报》1999年第3期。
③ 吕堃：《济公形象的演变及其文化阐释》，《天中学刊》2012年第6期。

当然有其缺点，例如很多类似的情节的重复拖沓，济公小时候聪慧守规矩、刚出家却思念酒肉，尤其是在表现禅宗的特点时未免过于刻意突兀。不过从与禅宗的关系来看，它倒是一个极好的范本。我们结合故事情节来分析。

《济颠语录》从法空长老预言紫脚罗汉投胎转世的情节开始，这就是济公的降世。前面部分写其少年时就有佛家思维、禅门慧根，如问难于赞赏长老曰："既年六十二岁，不知前此一点灵光在于何处？"令其"赧然无答良久"；接下来出家后就强调他不会坐禅，跌下禅床；吃不惯素食："未出家时大块肉大碗酒，恁我意吃。如今只是粥菜，要多吃半碗也不能勾。"他认为"一块两块，佛也不怪。一醒两醒，佛也不嗔。一碗两碗，佛也不管"。表示对佛门素食禁酒肉的不满，意欲还俗，经过师傅点拨而开悟后，开始明显表现出"疯癫"、不守戒律的特点，受到众人排斥，而师傅却保护他，这显然与《水浒传》中鲁智深的故事情节类似。师傅死后，济公失去保护人，索性离开出家之庙，衣钵分与众僧，而众僧抢夺衣钵，以表现那些守规矩的出家人其实不能忘记名利，反而是济公不在意名利。济公经常不住寺庙、外出交游世俗，贪杯好酒，甚至不避娼家，却绝不与妓女发生关系，这是作者通过其诗歌特意强调的："昔我父娘作此态，生我这个臭皮袋。我心不比父娘心，我心除酒都不爱。"与世俗人交往的过程中，还特写他的神通，如预言毛太尉之病并为之留下神妙药方、通过托梦太后而为净慈寺化来三千贯钞等，后又归结于在太后面前"打个根斗、裤儿不穿，露出前面这件物事，扒起便走"这样不雅的动作，似乎很突兀，这正是后人不能欣赏而加以改写的地方，却非常合乎禅宗的古怪特点。《西湖佳话》卷九《南屏醉迹》与《醉菩提》都在这段情节后加上了太后说道："此僧何尝疯癫，实是罗汉。他这番举动，皆是祈保我转女为男之意，尽是禅机，不是无礼……"云云，当然有使情节更加圆融之效。

再往后的内容则主要反复书写济公写疏头成功化缘、超度各种亡灵（包括虾蟆、妓女、殉情的一双男女、蟋蟀、儿童等）。

《济颠语录》两个鲜明的禅宗色彩是收录了济公大量的禅诗与下火文。

济公有出口成章的作诗功夫，例如呈给赵太守的诗："白石磷磷积翠岚，翠岚深处结茅庵。煮茶迎客月当户，采药出门云满篮。琴挂葛弦鸣素志，窗开风拂罢清谈，今朝偶识东坡老，四大皆空不用参。"这些诗大多有着潇洒出尘的禅味，很值得研究禅与诗歌关系的学者来研究，是其他禅宗小说戏曲中比较少见的。

《济颠语录》中有大量下火文，据学者考证，下火文是火葬仪式上僧人为抚慰亡灵、宣扬佛法而诵读的一种韵文，在唐、五代、北宋结集的禅宗祖师的语录中还没有记录，它基本上是南宋时才开始出现并盛行的一种禅宗文体，《圆悟佛果禅师语录》《大慧普觉禅师语录》《宏智禅师广录》等禅宗祖师语录中都有大量收录。而后代的话本小说如《清平山堂话本》、"三言二拍"乃至《水浒传》《金瓶梅词话》中都出现了下火文，例如"三言"中的《陈可常端阳仙化》中印长老为陈可常作的下火文。① 由此我们可以看到，《济颠语录》作为一部比较早期的兼有禅宗语录与小说色彩的文本，其中大量引入下火文是为这种文体进入小说起到了先导作用的。在此权引济公为卖馉饳的王公作的下火文为例使读者略窥一斑：

馉饳儿王公，秉性最从容。擂豆擂了百来担，蒸饼蒸了千余笼。用了多少香油，烧了万千柴头。今日尽皆丢散，日常主顾难留。灵棺到此，何处相投。咦！一阵东风吹不去，鸟啼花落水空流！②

该文回顾卖馉饳的王公一生与性情，归结于使大众领悟四大皆空的佛门宗旨，通俗易懂。

总体来说，《济颠语录》中的济公大抵是一个以俗人的面貌呈现的高僧，他绝不同于一般人心中的高僧形象之处在于：这是一个个性非常突出、绝非有四平八稳性情的僧人，他的喜怒形于言表，毫不掩饰。例如

---

① 参见项裕荣《话本小说与禅宗下火文》，《浙江学刊》2008年第4期。
② （明）沈孟柈：《钱塘湖隐济颠禅师语录》，《明代小说辑刊》（第二辑），巴蜀书社1993年版，第392页。

济公去灵隐寺拜见印铁牛长老，长老不肯见他，他就大怒。下文写他作诗骂长老：

> 便走到西堂房里，望小西堂，亦不在。问行童借笔，去冷泉亭下。作诗一律云：
> 几百年来灵隐寺，如今却被铁牛闩。
> 蹄中有漏难耕种，鼻孔撩天不受穿。
> 道眼何如驴眼瞎，寺门常似狱门关。
> 冷泉有水无鸥鹭，空使留名在世间。①

这里的"蹄中有漏难耕种，鼻孔撩天不受穿"、"道眼何如驴眼瞎"都是骂印铁牛长老的，当然，也有济公的用意在。文中他处济公还经常骂出家人为"秃驴"。济公的性情当然还表现在对酒肉滋味的耽著，除了前文提到的嗜酒如命外，他的死就是因为猛吃了太多辣齑粉而拉肚子，这与佛家经常宣讲的去除财色名食睡五欲大相径庭，显然是刻意渲染出来的。从佛教的意味来说，则可理解成罗汉高僧化身俗人来点化世人。而从他一生行踪来看，他没有将自己局限在寺庙之中，而是广泛结交三教九流人物，其中不乏朝廷官员，但尤其是市井平民并受到他们的欢迎与崇拜，与其结下善缘，导引他们皈依佛门，这是符合佛教普度众生的精神的。他的形象有点契合《维摩诘所说经》所倡导的大乘佛教精神。

二 武僧与禅宗

如果说《济颠语录》中的济公属于文采杰出、禅宗文化底蕴非常深厚的典型，那么《水浒传》之鲁智深则属于典型的武僧。这一类武僧还有金人董解元《西厢记诸宫调》中的法聪和尚、元人王实甫《西厢记杂剧》中的惠明和尚，都是武僧画谱中有声有色的形象。《董西厢》卷二中

---

① （明）沈孟柈：《钱塘湖隐济颠禅师语录》，《明代小说辑刊》（第二辑），第398页。

法聪和尚的一段自白:

【仙吕调·绣带儿】不会看经,不会礼忏,不清不净,只有天来大胆。一双乖眼,果是杀人不折。自受了佛家戒,手中铁棒,经年不磨被尘暗。腰间戒刀,是旧时折虎诛龙剑,一从杀害的众生厌,挂于壁上,久不曾抬……

王实甫《西厢记》二本楔子中的惠明可说是这位法聪和尚的翻版。听他的一段唱词:

【正官·端正好】不念法华经,不礼梁皇忏,飐了僧伽帽,袒下我这偏衫。杀人心逗起英雄胆,两只手将乌龙尾钢椽揢。

鲁智深也许是这一类武僧形象的集大成者,不过以上武僧在各自作品中没有得到充分描写,我们不能对他们展开细致的分析,只能将鲁智深与济公进行比较。他们之间有很多共同点,但是鲁智深形象比济公要更鲜明,因此我们要探讨二者之中谁受到谁的影响,然后看看鲁智深与济公相比哪一个形象更为成功。

鲁智深与济公的共同点大致可以说有如下几点:第一,嗜酒,甚至在发挥自己的"才能"上是酒喝得越多越好。如净慈寺德辉长老请济公写疏化盐菜,"酒肴素食罗列于方丈,长老亲陪,济公吃得大醉。长老曰:'要开疏头,你醉了,明日写罢。'济公曰:'我是李太白,但酒多越好。'乃令行童取过文房四宝浓磨了墨,济公提笔起,一扫而就。"[①]第二,不拘格套,率性而为,佛教的规矩对他们不起什么作用。无论是济公往往出寺庙闲逛几月,还是鲁智深的"洒家自睡",不理会出家还须坐禅;还是饮酒吃狗肉,借酒撒疯、好刚使气、好呵斥骂人等。第三,虽嗜酒但不好色,济公出入青楼但绝不染指妓女,鲁智深还多次

---

① (明)沈孟柈:《钱塘湖隐济颠禅师语录》,《明代小说辑刊》(第二辑),第401页。

解救危难中的女性。此外，他们都得到高僧的预言说本身是罗汉或天星降世、将来会证果非凡。

在形成这些共同点时，是谁影响了谁，是我们要研究的问题。

首先需要考证鲁智深的"文龄"。南宋画家龚圣与的《宋江三十六赞》中提到"花和尚鲁智深"这个名号。题词谓："有飞飞儿，出家尤好。与尔同袍，佛也被恼。"这里的鲁智深已经是一个令其他出家人烦恼的角色，并且既然外号有"花和尚"、"飞飞儿"之说，则他应该已经是一个不守戒律而且武艺高强的人。但是与禅宗明心见性方面的特点的联系无从得知。《大宋宣和遗事》的天书中有"花和尚鲁智深"的名字。书中关于他的描写有"那时僧人鲁智深反叛，亦来投奔宋江"十五个字，并未提及他出家前姓甚名谁，身居何位，不过鲁智深变成一个造反的角色，说明在民间传说系统中，他在武艺和叛逆方向上走得更远，而在禅宗修行问题上也更偏离了。元人罗烨《醉翁谈录》所载话本名目中，也有《花和尚》一篇。虽然只展示了绰号，但所讲是鲁智深故事，却是可以肯定的。因为与之同列的尚有《青面兽》《武行者》等篇目，这显然是一组讲说《水浒》故事的话本，说明龚圣与以来，鲁智深等人的故事已经被说话人敷衍成熟，而其面目虽不可窥见，但大抵应该是承顺以上思路而来，即僧人只是一个"帽子"、一个身份，他的实质还是一个武人。

而济公的产生则早得多，据学者追溯，其最早原型当属南朝和尚"保志"，以及《唐貔州阁乡万回传》中被时人称为"宝志之流"的妇孺皆知的万回和尚[①]，后者"不言寒暑，见贫贱不加其慢，富贵不足其恭，东西狂走，终日不息，或笑或哭，略无定容，口角恒滴涎沫"；万里传书，一日来回；预知不祥除灾灭祸。这些描叙在济公故事中都可以见到。南宋的"道济"和尚则为济公提供了俗世的出身身份，如南宋释居简禅师的《湖隐方圆叟舍利铭》："叟，天台临海李都尉文和远孙，受辞于灵隐佛海禅师，狂而疏，介而洁，着语不刊削，要未尽合准

---

① 参见陈东有《"济公"来龙去脉考》，《南昌大学学报》1993年第3期。

绳，往往超诣，有晋宋名缁逸韵。信脚半天下，落魄四十年。天台、雁宕、康庐、潜皖，题墨尤隽永。暑寒无完衣，予之，寻付酒家保。"①《天台县志》也有："济颠父李茂春，高宗李驸马之后，隐于天台。母王氏梦吞日光生师。年甫十八，亲丧。投杭州灵隐寺出家，居净慈。逆行顺行，言行叵测，有济物利生神通，感应事迹甚多。盖天台五百应真之流也。"这些内容在《济颠语录》中都被继承下来。以上关于济公原型的材料都是南宋及以前产生的，而鲁智深故事是南宋末以来随着水浒故事的产生而被敷衍而流传的，所以济公的原型故事应该比鲁智深的故事流传要早。我们大致推定，应该是鲁智深形象汲取了济公故事的因素，加上他出家前的经历而成，而这种汲取主要集中在身在佛门而无意打坐修行，将其主要精神放在锄奸除恶上，反而得以保全佛性。

整体来说，由于济公故事在《济颠语录》的阶段还不属于小说创作，整体缺乏小说的紧张情节、完美的结构，而属于正式意义上的《水浒传》一节的鲁智深故事相比而言更具有阅读吸引力。鲁智深形象汲纳了侠客与禅宗精神②而成为比济公更鲜明的形象，后来居上而成为晚明文界阅读与批评视野中解读为具有佛性的真和尚③。幸亏后来的《醉菩提》等济公小说继续跟进对其加以改写提升以及现代人拍成影视作品，才使济公进一步走入中国人心中与阅读视野。当然，二者都鲜明地阐释了中国化佛教——禅宗的精神。

三 《老残游记》与禅宗

晚清小说名著《老残游记》是晚清的社会素描，其中的老残在一定程度上是作者刘鹗的自画像，折射出一种极深入世又飘然出世的风范，深刻秉承了中国古代文化糅合三教的精神。当然，它是以儒家为主体的，

---

① （宋）释居简：《北磵集》，文渊阁四库全书本，台北：台湾商务印书馆1983年版，第159页。
② 参见陈洪《侠与禅的妙合——鲁智深形象新论》，《沧海蠡得——陈洪自选集》，南开大学出版2004年版。
③ 参见陈宏《从李贽评〈水浒传〉看晚明文人阅读视野中的鲁智深形象》，《南开学报》2003年第1期。

但也涉及佛家人物,乃至与禅宗精神有契合之处。

《老残游记》在老残"游记"的主体故事外,插写了黄子平去寻访刘仁甫的经过,从小说而言和题目似乎完全不相干,但是对于理解本书的精神气质却极有帮助,这主要在于黄子平去寻访刘仁甫的过程中遇到了几个重要而独特的人物,尤其是屿姑与黄龙子。在《老残游记二集》中,又写到一个颇有特色的女性逸云。这几个人物与老残互相呼应,为我们了解《老残游记》的气质、精神与思想增添了素材。在此我们主要探讨佛门人物逸云与她的师父赤龙子。

逸云与赤龙子共同折射了一种不拘形迹却又出世的精神,也与老残相映衬。逸云身为斗姥宫的姑子,不得已要出来接待客人,就有人把她当娼妓一流人物,为适应这种尴尬身份,她的心态调整为:"近来我的主意把我自己分做两个人:一个叫做住世的逸云,既做了斗姥宫的姑子,凡我应做的事都做。不管什么人,要我说话就说话,要我陪酒就陪酒,要搂就搂,要抱就抱,都无不可,只是陪他睡觉做不到;又一个我呢,叫做出世的逸云,终日里但凡闲暇的时候,就去同那儒释道三教的圣人顽耍,或者看看天地日月变的把戏,很够开心的了。"她在精神上已经超凡脱俗,甚至"世间就没有我中意的人了。既没有我中意的,反过来又变做没有我不中意的人,这就是屡变的情形"(第五回)①。在她眼中的师父赤龙子则是这样的人:"若赤龙子,教人看着说不出个所以然来,嫖赌吃着,无所不为;官商士庶,无所不交。同尘俗人处,他一样的尘俗;同高雅人处,他又一样的高雅,并无一点强勉处,所以人都测不透他……他说:'我精神上有戒律,形骸上无戒律,都是因人而施。譬如你清我也清,你浊我也浊,或者妨害人或者妨害自己,都做不得:这是精神上戒律。若两无妨碍,就没什么做不得,所谓形骸上无戒律。……'"他虽如此与世浮沉雅俗咸宜,"形骸上无戒律"而不拘形迹,但精神上有戒律。他虽常出入窑子,甚至同逸云同床四十多天,却不染俗尘。逸云甚至说,"若把柳下惠去比赤龙子,他还要说是贬他呢!"因为柳下惠虽坐怀不乱,到底只"不过散

---

① (清)刘鹗:《老残游记》,人民文学出版社1982年版。

圣罢咧,有什么稀奇"。而赤龙子则是稀奇的超凡入圣的住世佛。只是可惜,犹如逸云的"曲高和寡",世间对于赤龙子,"究竟知道实在的人很少"。这正与逸云一样。结合下文逸云从吃素问题谈到的大至失节问题,可以知道作者的意图:

> 当时五人同坐吃饭,德慧生问逸云道:"您何以不吃素?"逸云说:"我是吃素,佛教同你们儒教不同,例得吃素。"慧生说:"我看你同我们一样吃的是荤哩。"逸云说:"六祖隐于四会猎人中,常吃肉边菜。请问肉锅里煮的菜算荤算素?"慧生说:"那自然算荤。"逸云说:"六祖他却算吃素,我们在斗姥宫终日陪客,那能吃素呢?可是有客时吃荤,无客时吃素,您没留心我在荤碗里仍是夹素菜吃?"环翠说道:"当真我倒留心的,从没见我师父吃过一块肉同鱼虾之类。"逸云道:"这也是世出世间法里的一端。"老残问道:"倘若竟吃肉,行不行呢?"逸云道:"有何不可,倘若有客逼我吃肉,我便吃肉,只是我不自己找肉吃便了。若说吃肉,当年济颠祖师还吃狗肉呢!也挡不住成佛。地狱里的人吃长斋的,不计其数,总之,吃荤是小过犯,不甚要紧。譬如女子失节,是个大过犯,比吃荤重万倍。试问你们姨太太失了多少节了?这罪还数得清吗?其实,若认真从此修行,同那不破身的处子毫无分别。因为失节不是自己要失的,为势所迫,出于不得已,所以无罪。"大家点头称善。(第二集第六回)

这里作者要表达的,大概是形式逼迫之下,有时候某人不得不做出某种为常人所不谅解的行为,甚至出于"我不入地狱,谁入地狱"的拯救他人的心理,做出惊世骇俗的事情,只要其出发点是好的就行,因此作者在最后写老残在游地狱时暗示他即将成佛,都是对这一类人的肯定。逸云既然提到济公吃狗肉,就说明作者对禅宗这种不拘形迹的行为的理解与把握。

《老残游记》中写了屿姑与黄龙子这一类逸士高人,也写了逸云与赤龙子这一类逸士高人，前一类人身上似乎更多明显的、较受人肯定的"正气"，后一类人较容易受人误解，而老残与这两类人都可以很好地交流。老残自身，则似乎更接近后一种人，他身上展现出一种极其入世又脱俗的风范。老残的身份只是一介游方郎中，实际上却有极高的文化修养，同时也表现出对国事民瘼的热切关怀、但对为官入仕却毫无兴趣这样看起来极其矛盾的态度。这需要结合小说情节与古代文化来分析其精神。

《老残游记》没有刻意突出老残的风范。在楔子部分交代老残的游方郎中身份和写了那寓言式的梦之后，正文以老残到济南看风景开始描写其行踪。老残到济南后，"次日清晨起来，吃点儿点心，便摇着串铃满街踅了一趟，虚应一应故事"，这就写出一种高人逸士的风范，他似乎并不以行医看病、赚取钱财为人生的首要目标，更多热衷对风景的观赏；然后就是写明湖居听书、寻访济南四大名泉，紧接着借为高绍殷之妾治病成功之机，接入其上司、巡抚张宫保对老残的接见。张宫保想延老残入幕府，老残连夜逃走，去寻访关于酷吏玉佐臣的治理地方的实情。至此其实读者还不太清楚他的为人的根本，需要结合第七回老残的自我介绍才知道："因为我二十几岁的时候，看天下将来一定有大乱，所以极力留心将才，谈兵的朋友颇多。此人当年在河南时，我们是莫逆之交，相约倘若国家有用我辈的日子，凡我同人，俱要出来相助为理的。其时讲舆地，讲阵图，讲制造，讲武功的，各样朋友都……后来大家都明白了：治天下的，又是一种人才，若是我辈所讲所学，全是无用的。故尔各人都弄个谋生之道，混饭吃去，把这雄心便抛入东洋大海去了。"原来老残是关心国事的热血男儿，虽然目下壮志消歇，但关怀地方治理和民情已成为他的习惯。所以一听说酷吏玉佐臣的苛暴之政，他马上前去访查实情；因鸟雀饥寒联想到受玉佐臣害苦的人民，在风雪中流下眼泪；为刚弼迫害良民的残忍行为所激，敢闯上公堂指斥这位"清官"。而游方郎中不过是他安天下的最好的职业。有学者认为，《老残游记》是刘鹗救国安天下方略的艺术化描写[①]，是有道理的。在小说

---

① 参见刘渝《〈老残游记〉——刘鹗救国安天下方略的艺术化》，《南京理工大学学报》1996年第4期。

里，老残访查并揭露了两个酷吏的逼民为盗，抨击了地方官的"不谙事故"造成的水灾迫女为娼，代筹了化盗为民的良策，等等。但是他对于仕途却避之唯恐不及，他的理论是："摇串铃，诚然无济于世道，难道做官就有济于世道吗？……无才的要做官很不要紧，正坏在有才的要做官，你想，这个玉大尊，不是个有才的吗？只为过于要做官，且急于做大官，所以伤天害理的做到这样。"表明他对官场已彻底失去希望。他不拘形迹地活动于社会上，但是做的却都是赈济天下的大事，这与济公所为是一样的。

若问为什么要做不拘形迹的人，只要回头看看《老残游记》中为了破案，深入赌场去和嫌疑犯吴二浪子一起赌博、嫖妓的许亮就知道。假如许亮不能这样"卧底"，乃至有在赌场上使性子、装豪奢等正派人士不可能有的行为，就不可能获得吴二浪子犯罪的证据、将其绳之以法。这个人物的故事与前文黄子平寻访刘仁甫的故事一样，逸出了老残的行踪范围，作者硬生生添加在这里，不作概略描写，却加以细笔描绘，显然只能从精神上去理解，而从小说美学角度加以否定，就不能把握其大概。笔者认为，许亮其实就是老残、刘鹗的化身。

我们知道，《老残游记》的作者刘鹗有一段颇为人误解指责的经历，他在太谷学派的师兄黄葆年因他热衷于工商业、贪图世俗利欲而对他有诸多责难。刘鹗在小说中对许亮和逸云等角色的抒写的意图，乃是对此责难的回应和自辩：虽置身利欲场中和光同尘，但却并非贪图私欲，而是出淤泥而不染；并非不思不明佛义，而是佛理精深通达。如论者云："逸云实即刘鹗为表现这一意图的化身说法，和相当适当的选材。他所凸现的逸云角色定性，直接表现了龙川教义中那种'尘海劳劳，入淤泥而不染的身心意象'。这，也就是《坛经》所谓'于世出世间'，即刘鹗'于与世浮沉之中寓翛然远引之志'的人生观。换言之，也就是以出世之心行入世之事。"[①] 所以，《老残游记》也可以说是一部深深契合禅宗精神的小说。

---

① 参见王学钧《〈老残游记〉的禅智慧——逸云释论》，《明清小说研究》1994年第2期。

第四节　轮回题材的创新

佛教题材的故事除了佛菩萨崇拜类型之外，又一大类就是轮回与因果报应了。因果报应题材一般会涉及生命的轮回，可是轮回题材故事却不一定会写到报应（当然也不乏将轮回与报应合写的作品）。这是我们在研究轮回题材小说时首先要注意的，所以本书将它们分开来讨论，本节专论轮回题材的创新，下节才讨论因果报应题材。

在众多的轮回题材作品中，比较后代的作者怎样推陈出新，创造出吸引读者的作品呢？这是我们在纵览古代轮回题材小说时关注的主要问题。

一般而言，轮回题材小说是这样呈现的：某人经过某处，忽然觉得很熟悉，或者说这就是自己前生所住的地方，于是进入房子，清楚地道出某东西在某处，而屋子的主人会说这个某物自己找了很久都没找到，这样证明这人所言不虚。这种结构典型表现在六朝志怪《幽明录》关于羊祜记前世的故事中。

唐牛僧孺《玄怪录·顾总》采取了较新鲜的写法。作者改换思路，写身为刘桢后世的顾总并不记得自己的前世，却有前世的两个好友来访，也就是同为建安七子之中的王粲、徐干，他们拿出刘桢的诗集给顾总看，使他对前世有所记忆，然后王粲还讲述自己的婚姻，与史实吻合，并把刘桢女儿思念父亲的诗给顾总看，最后顾总拿着刘桢诗集找县令，县令相信了他是刘桢的后世，给了他较好的待遇，笔者称为"前生庇后世"。这个故事的实质是别人帮助当事人记取前世，是轮回题材的变形表达，却因为这种变形，而丰富了轮回小说的表现方式。这种结构在《纂异记·齐君房》等篇中也出现过。

当事人不记得自己的前世，由别人告诉他，这种形式在某些长篇小说中成为一种模式，只不过这个"别人"一般以高僧的身份出现。例如《醒世姻缘传》中晁梁告诉后世姻缘的男主人公狄希陈为什么被老婆虐待，是因为他前世射杀了千年狐精，后者投胎转世为他的老婆薛素姐来报仇云云。

唐袁郊《甘泽谣·圆观》对轮回故事的讲述又换了一种形式：出家人知道自己的后世，然后在情节上加以印证所言不虚。具体而言，就是僧人圆观与李源相知相好，二人相约去四川，却在取道途径上发生分歧。李源主张经过三峡的这条路上会出现圆观投胎转世所进入的怀孕女人，圆观想避开而李源不知，拗不过李源，路上果遇其人。后面的情节属于验证部分：先是转世后的婴儿按约定才出生三天就对李源相视而笑，后是十二年后在杭州天竺寺外相见，僧人转世的牧童唱出有名的"三生石上旧精魂"之《竹枝词》。

这是一篇比较有名的小说，却很少有人注意其对轮回题材的创新，一般论者更注意的是其中蕴含的情的轮回不绝的主题。的确，借轮回来写情感是其值得注意的一面，不过唐代小说早有借轮回来写爱情的篇章，例如《广异记·李元平》《会昌解颐录·刘立》，这种借佛教之题材写人世爱情的手法在《聊斋志异》中大放异彩，例如《莲香》中狐精莲香与桑生好，死后投胎为韦氏女来相会。这可以说是佛教与文学交会产生的出人意料的成果，因为佛教轮回思想宣扬的是人不断绝七情六欲就会在不断的轮回中受苦，文学家们却用以描写歌咏爱情的永恒，也可以说是一种创新了。而《圆观》从形式上来看则也有所创造，那就是采取"前生知后世"的模式，相应地有叙事学上所谓预叙与验证的两个必不可少的环节。

在此回顾一下《玄怪录·顾总》采取的"前生庇后世"的模式，与《甘泽谣·圆观》的"前生知后世"模式相比之后，我们可以发现，《玄怪录·顾总》中是后世不知前生，而由别人提醒才悟前生，因而要通过一些情节来补充对前世的描写，文本中是通过王粲给顾总看到的刘桢的一首诗来交代的：

在汉绝纲纪，溟涬多腾湍。煌煌魏世祖，拯溺静波澜。天纪已垂定，邦人亦保完。大开相公府，掇拾尽幽兰。始从众君子，日侍贤王欢。文皇在春宫，烝孝逾问安。监抚多余闲，园囿恣游观。末臣戴簪笔，翃圣从和鸾。月出行殿凉，珍木清露传。天文信辉丽，铿锵振琅玕。被命仰为和，顾己试所难。弱质不自持，危脆朽萎残。

岂意十余年，陵寝梧楸寒。今朝坤明国，再顾簪蝉冠。①

这首诗开头描写、赞美东汉末年曹操统一北方、扶持汉室、收揽文士的功劳，中间笔触顺便转到自己（指刘桢）和建安七子其他人一起与魏文帝曹丕唱和往还的经历，对曹魏政权的肯定跃然纸上，在现代人看来，其情感非常独特而真实，与唐以后小说戏曲中形成的贬斥曹操或拥刘反曹的思想不同。这种补叙增加了故事的真实感，可见牛僧孺小说创作的功力。

《聊斋志异》卷一之《三生》是将轮回与报应合写的佳作，下文讨论因果报应题材还会提及，这里只简单地就其轮回的写法加以分析。蒲松龄这篇小说的特点是又换了一种视角，让读者直接切入一个生命三生三世的转换，对刘某因作恶而被罚为畜生的每一世进行细致入微的描写，包括动物心理的描绘。相比以上作品而言，我们可以说它采取了完全透明的全知视角，难怪纪晓岚不能理解，如果套用他评价《聊斋志异》的话，对此篇他大概会说："你又不是动物，你怎么知道动物的想法？"由此可见蒲松龄这篇小说的杰出之处了。

总之，轮回故事可以有多种写法，本节所涉及的都不愧是个中佳作。

第五节　因果报应题材中的佳作

一　古代小说中的因果报应描写概说

佛教经论中层出不穷的因果报应故事在文学领域的影响，便是大量志怪小说中的因果报应作品的涌现，产生了大量以"三生"和报应为题材的作品。热衷于因果之谈，正是促进南北朝志怪小说繁荣的重要原因之一。《搜神记》《异苑》《宣验记》《冥祥记》《幽明录》《冤魂志》等先后问世，争相记述有关内容。有些故事叙述生前被冤致死的鬼魂的复仇事件，如《冤魂志》的《诸葛元崇》《太乐伎》《徐铁臼》《孙元弼》等，本土文化的色彩较浓。有的描述轮回、地狱，沉浸于佛家教义的氛

---

① 《唐五代笔记小说大观》，上海古籍出版社2000年版，第372页。

第一章　佛教题材小说的沿革与创造

围,如《幽明录》的《赵泰》。尽管具体描写不同,但核心结构则是作恶—恶报或行善—善报。这一过程在不同的事件中反复显现,形成了一个定型的叙事模式。

如《法苑珠林》中一则:

> 唐武德中,嶲州大宁人贺悦为邻人牛犯其稼乃以绳勒牛舌断。后生三子,并皆喑哑,不能言。①

这是早期极为常见的报应故事。作者努力构筑两件事相联系的环节,只不过事件的因果逻辑还很模糊。

又《述异记》中有:

> 陈留周氏婢,名兴进,入山取樵,倦寝,梦见一女,语之曰:"近在汝头前,目中有刺,烦为拔之,当有厚报。"乃见一朽棺,头穿坏,髑髅坠地,草生目中,便为拔草,内诸棺中,以甓塞穿,即于髑髅处得一双金指环。②

这是一个善行得善报的故事。周氏婢于髑髅处得金指环与其为髑髅拔草纯属偶然,但由于作者设计"梦遇幽灵"这一情节,使拾得的金指环变成幽灵的有意酬报,从而启悟人们将善举与善报做了必然的联系。"梦遇幽灵"这一情节是非常重要的,它使得整个故事的因果逻辑得到强化。显然作者已经开始有意识地使用虚构手段来完成情节构造,即依据情节的逻辑因果性来缀合诸多因素。这表明小说作者已经不再只是道听途说地记录故事,而开始使用自己的主观能动性来营造情节以实现事件的圆满与合理。简单地说,就是因果报应故事的引进,使得一些作者开始进行简单的虚构以实现故事由因到果的必然性。因果观念强化小说家的思维逻辑意识,驱使着他们对生活现象和意象组合做出合乎逻辑的审美选

---

① (宋)李昉等编,汪绍楹点校:《太平广记》,第 936 页。
② 鲁迅:《古小说钩沉》,齐鲁书社 1997 年版,第 118 页。

择。这在小说发展史上是极为重要的一点。

白话短篇小说如明代兴起的拟话本中也颇多因果之谈。最著名的有《警世通言·蒋兴哥重会珍珠衫》情节之巧，堪称离奇，但正如作者在小说开头所说的："古人有四句道得好：'人心或可昧，天道不差移。我不淫人妇，人不淫我妻'。看官，则今日听我说《珍珠衫》这套词话，可见果报不爽，好教少年子弟做个榜样。"作品就是以"果报不爽"作为结构的内在依据，把所有巧之又巧的情节有机地联系起来，形成一个严密的因果链。凌濛初《初刻拍案惊奇》第四卷《程元玉店肆代偿钱，十一娘云冈纵谭侠》，讲述徽州商人程元玉一次在饭馆里见有一个三十来岁的妇人吃饭忘了带钱，受到众人的奚落，便慷慨解囊为妇人解围。妇人问名称谢，他说何足挂齿，并没把妇人要报答他的话放在心上。没想到这妇人竟是女侠韦十一娘。不久程在路上遇到强盗，货物被抢走，单身落荒逃生。就在此时韦十一娘派来的弟子迎接他，又将失物讨回。此一番巧遇无非又是源于"为善不必求报，而报施之理往往不爽"的道理。如此一来，偶然就成为必然，巧遇便成了命定。

后世文言小说《聊斋志异》中也颇多因果报应故事，乃至直接以"三生"命名的就有两篇。如卷一之《三生》，叙刘孝廉前生行多有亏，后世被罚为马，又为犬，皆不堪忍受痛苦而伤人，乃至被人杀死，最后为蛇而不伤生命，终于复转为人的经历。《陈锡九》一篇演绎了一个不折不扣的因果报应故事，讲述书生陈锡九因至孝而获天帝赐金万斤。作者在故事末尾发表意见："善莫大于孝，鬼神通之，理固宜然。"显然，这里是用因果报应来标举儒家所极力推崇的"孝道"。另有《张诚》一则，写张讷、张诚兄弟，手足情深，恪守孝悌，弟弟张诚因帮助哥哥砍柴而遇险，但最终却能逢凶化吉；哥哥张讷因弟死而誓不独生，以斧自刎，也由菩萨搭救而起死回生。同样也是以因果报应之说来颂扬儒家孝悌道德。随着因果报应思想的推广与深入人心，其与儒家伦理道德的结合倾向也愈加明显。至此，我们可以说中国古代的小说家们在小说中以儒家伦理道德观念为内核，以因果报应说为手段，确立起了小说的道德教化功能。

而白话长篇小说中则有了借用因果报应来结构故事的情况，如《全相三国志平话》《新编五代史平话》等就常以因果报应来解释朝代的更迭、历史的变迁。最明显的例子，莫过于《三国志平话》的开首。它在一开头叙述东汉光武年间，书生司马仲相在御花园饮酒读史，对秦始皇残暴却得天下甚为愤慨，有"怨天地之心"，于是天公委任他为阴司之君审理西汉初年高祖、吕后杀害韩信、彭越、英布三位功臣的冤狱。最终的判决是：汉高祖负其功臣，便令三人分其天下：交韩信分中原为曹操，交彭越分蜀川为刘备，交英布分江东长沙为吴王孙权；交汉高祖生许昌为献帝，吕后为伏皇后；交曹操占得天时，囚献帝，杀伏皇后报仇；交仲相生在阳间，复姓司马，字仲达，三国并收，独霸天下。这里，借用因果报应思想来表达民间对汉初高祖、吕后诛杀功臣的历史非议。其间不难发现民间对封建统治者忘恩负义、凶险残暴的诅咒情绪及为受屈者打抱不平的愿望，它在某种颠三倒四的巧合中把历史进行折叠游戏，以相当出色的联想和类比，使洒满血和泪的王朝开国、亡国的历史蒙上了一层荒诞感与果报决定气息。再如《说岳全传》第一回的预叙发生在佛教世界。小说把岳飞精忠报国和围绕着抗金战争的忠奸斗争，宋朝江山的动荡进行了一种神话性的阐释，把复杂的历史事件归结于宿怨报应。《女仙外史》第一回"西王母瑶池开宴，天狼星月殿求姻"也是全书的一个预叙。在瑶池宴会上天狼星（后转生为明世祖）醉后向嫦娥求姻，惹怒嫦娥，下凡转生为农民起义军的领袖唐赛儿。《女仙外史》由此把一场人间的反抗斗争归结为一段天宫中的恩怨。

随着《太上感应篇》之类善书的流行，更多的小说家将结合着儒家忠孝节义思想的因果报应情节编织进小说中去，以至出现了教化至上的小说，如丁耀亢所作《续金瓶梅》，在篇首公开宣称是"吾将借小说为作《感应篇》注"[①]，而且，"每回起首先将《感应篇》铺叙评说，方入本传"[②]。这可以说是秉承因果报应思想的善书与小说密切相关的典型。该小说主

[①] （清）天隐道人：《续金瓶梅序》，见丁锡根编著《中国历代小说序跋集》，人民文学出版社1996年版，第1119页。

[②] 《续金瓶梅·凡例》，见（清）紫阳道人撰《金屋梦（又名〈续金瓶梅〉）》，春风文艺出版社1988年版，第3页。

要以吴月娘和孝哥儿的悲欢离合为线索,通过家庭生活的描写来反映出社会的动乱。其中人物基本上是由《金瓶梅》中的人物转世投胎的,写其因前世善恶所受的报应。每章开头部分均有大量阐述佛经道典及轮回转世思想的说教,有的甚至比小说正文的篇幅还长,回目亦均据《太上感应篇》而来。究其意旨,乃在阐明因果报应,又自果报转入佛法。

在此应该指出,有一些果报故事是否符合佛教逻辑是可以争议的。如文言小说中,《太平广记》卷一〇四所收录的《李虚》写唐代开元十五年,"有敕天下村坊佛堂:小者并拆除,功德移入侧近佛寺;堂大者,皆令闭封",豫州新息令李虚因酒醉加上个性倔强,违抗敕令没有执行,保全了全县的村坊佛堂。此人本来为人"好杀悷戾,行必违道",因为此一无心的举动而在阴间受审时得到好报:

  见阶前典吏,乃新息吏也,亡经年矣。见虚拜问曰:"长官何得来?"虚曰:"适被录而至。"吏曰:"长官平生,唯以杀害为心,不知罪福,今当受报,将若之何!"虚闻惧,请救之。吏曰:"去岁拆佛堂,长官界内独全,此功德弥大。长官虽死,亦不合此间追摄。少间王问,更勿多言,但以此对。"……于是吏检善簿至,唯一纸,因读曰:"去岁敕拆佛堂,新息一县独全,合折一生中罪,延年三十,仍生善道。"言毕,罪簿轴中火出,焚烧之尽。①

此篇结尾有议论曰:"李虚素性凶顽,不知罪福,而被酒违戾,以全佛堂,明非己之本心也。然犹身得生天,火焚罪簿,获福若此,非为善之报乎!"虽然作者意在诱导人为善,但已经违背了一切恶业都有恶报的原则。

如果上一篇故事中李虚是无心之中保护了佛堂而受赏的话,"三言"中的《梁武帝累修归极乐》则有一个无心为恶而受罚的故事。梁武帝前生本为一条白蟮,因生在千佛寺大通禅师关房前天井里面,常听禅师诵《法华经》而有灵性,后为小沙弥无意伤命,转世为范道,能将《法华

---

① (宋)李昉等编,汪绍楹点校:《太平广记》,第703—704页。

经》背诵如流，再后来转世为历史上有名的笃信佛教的梁武帝，其中有一个情节：梁武帝召见榘头和尚，侍卫报告和尚来到时他正在下围棋，无意中连说三次"杀了他吧"，结果和尚死于无辜。临刑前和尚说："前劫为小沙弥时，将锄去草，误伤一曲蟮之命。帝那时正做曲蟮。今生合偿他命，乃理之当然也。"这个情节昭示了因果报应之毫厘不爽，无意中所做之事也会有果报，令人产生毛骨悚然的感觉。以上两篇小说违背了"有心为善，虽善不赏；无心为恶，虽恶不罚"的思想，应该说，是佛教徒为了扩大佛教报应思想的影响而杜撰的，至少和中国本土思想有不一致的地方。

连篇累牍的以因果报应为题材的小说，导致的是主题的雷同、艺术趣味的单调，有的还破坏了小说所具有的积极意义，如《说岳全传》将岳飞的悲剧归因于其前世大鹏金翅鸟啄伤女土蝠，对于小说引发人们思考岳飞悲剧的真正原因——封建政治制度以及愚忠观念起到扰乱作用。不过其中有少量优秀的作品，下文我们将从小说美学的角度加以分析。

二 文言小说因果报应题材中的佳作

文言小说中属于佛教因果报应题材的作品尽管连篇累牍，但能吸引读者眼球、深具艺术性的作品可能不多。本书意在解剖几篇其中佳作的叙事方式中出彩之处，突破一般解析佛教意蕴小说时只注意其题材分类而毫不涉及艺术品味的弊端。

《玄怪录·党氏女》分明是一个因果报应的题材故事，却因为作者采用的叙事视角，到最后才把这一内在结构揭晓给读者。它一开始就写蔺如宾为占有租房客王兰的钱财而将其杀害，接下来却把情节转到其儿子玉童的诞生及玉童之善于用钱，以及蔺如宾对这个儿子的溺爱深情。由于采用貌似全知而实际上是限知的视角，到这里读者还完全不了解玉童是王兰的转世，也就是不明白前面两个情节之间的关系。等到玉童死后，读者看到蔺如宾的极其悲痛和为子丧事在佛事上的不吝花费，还以为不过是一般父母之丧子常情。之后话题突然转到僧玄照求食于邻里党氏家，党氏女才初次出现，指点玄照到蔺如宾家就食，并透露自己是玉童转世，引来蔺如宾的踊跃求见，最终党氏女揭示自己和玉童都是讨蔺如宾所欠王兰之债而来，故事才临近尾声。我们可以看到，关于党氏女的情节是这篇小说的主体部分，作者在此却不再采用全知视角来叙事，也就是没有先透露党氏女是玉童转世，然后才叙述其他情节。相反，作者采用了限知视角，使读者在半知半晓中摸索前进，到最后才恍然大悟这其实是写一个人无辜杀害别人后被其两次转世索债的故事。这样王兰、玉童和党氏女之间实际是三世轮回的关系。假如作者一开始就将这一点言明于读者，故事必将索然无味。由于采用实际上的限知叙事，使小说弥漫了一种神秘朦胧的色彩，直到最后才揭晓谜底。

  关于这篇小说与佛教之间的关系，表面上很清楚是写因果报应，但当我们仔细探索，却发现因果报应中最重要的杀人须偿命的原则似乎被作者忽略了。由此我们可以摸索到作者创作这篇小说的思路。盖如果蔺如宾杀害王兰后，作者直接写他死于非命，那么任何后续的情节将无法诞生，而欠债还钱的思路也无从表现。但作者只写蔺如宾欠债还钱，而不写其死于非命，反而给小说增添了神秘玄幻色彩。在我们看来，蔺如宾虽然对玉童之死极其悲痛，但这种命运的惩罚还是不能和他杀害王兰的罪行相抵的，何况他还享受了因占有王兰的钱财而得到的富裕生活。不过，这样反而使小说没有呈现出为因果报应思想作丝丝入扣的解说的外貌，也就是说，如果二者是两个圆圈的话，它们之间并不是完全重合的关系，而只有大部分是交集的。而蔺如宾对儿子玉童之死的极其悲痛甚至还令人稍感同情，虽然最后我们也会想到佛教中有一种子女关系是子女来向父母讨债的说法。这样，《党氏女》就并不像后代一些写因果报应的小说那样因过于严格死板和丝丝入扣，而仅成为佛教思想的传声筒，相反，因为我们上文所提及的这种出入，其佛教思想蕴涵在欠债必须还钱之外还有稍显扑朔迷离之处，加上因不断变换叙事视角而显示出曲折的面貌、奇异的色彩，虽然主要人物党氏女还没有鲜明的性格与喜怒哀乐，却因次要人物蔺如宾的人性表现（爱子情深）而加分，所以仍然是成功的传奇小说。

  《宣室志·李生》也是写杀人受报，不过是直接写偿命。这篇小说的

第一章 佛教题材小说的沿革与创造

结构方式是将李生杀人的情节置后,一开始并未言明,而是先写他自折节读书中举后各方面的表现堪称完美。这样一个人应该有不错的命运,但是当王士真召见他偏偏无端厌憎他,最后赐他一死。死前上司探望,李生透露自己的猜测说这可能是以前谋财害命的现世报,因为这个王士真与自己以前杀的人同一模样。李生被杀后,上司去问王士真为何杀李,王说也不知道为什么,一见就对他有厌憎恼恨之情。这就突出了李生被杀的命中注定性:一个人谋财害命后,无论他表面看来多么优秀,也会遭遇到命运无由的报复,被毫无原因地夺去性命。

应该说,这样呈现出来的佛教报应主题是非常具有震慑力的,不过,我们也应该注意到,作者是运用了技巧的。如果作者一开始就明言自己所写的是杀人偿命的主题,也就是如同《玄怪录·党氏女》那样明言李生年轻时曾杀人,或者写成由王士真因某种机缘想起前世被李生谋害,可能会让读者有一目了然之感,失去了传奇文学的那一份神秘,所以作者将李生杀人的情节置后揭晓,使读者对其命运突如其来的变化感到惊诧,进而追究其中的意蕴。但直到结尾,作者还是写连王士真自己也不知道为什么会杀李生,就为小说更增添了艺术魅力。与《党氏女》借党氏女之口言之凿凿地谈报应相比,本文对因果报应则是欲言又止但"欲盖弥彰"之作,杀人者李生说王士真与自己年轻时谋害的少年一模一样,王士真却毫不清楚为何见了他就愤怒,这并不说明因果报应不存在,而恰恰证明这一规律丝毫不爽,对佛学有深入接触的人还能想起"循业发现"的思想,这样就更加巧妙了。

从叙事上讲,《党氏女》由被害者揭示报应的存在,《宣室志·李生》则由害人者来透露,但他们一者采用限知叙事开始、全知叙事结束的方式,一者始终是限知叙事。《聊斋志异·三生》则通篇采用全知叙事,但一样很精彩,这又得力于什么呢?

前文提到,《聊斋志异·三生》写刘孝廉所记得的前生三世因行为多玷连续被罚为马、狗和蛇三种动物的事,这一故事本身已经具备足够的传奇性,于是作者在别的地方开掘,一样使之成为佳作。蒲松龄的创意是,摹写人而被罚为动物的心理很活灵活现,如投胎为马后"心甚明了,但不能言。觉大馁，不得已，就牝马求乳"、为狗后"自顾，则身伏窦中，牝犬舐而胝字之，乃知身已复生于人世矣。稍长，见便液亦知秽，然嗅之而香，但立念不食耳"。他为马时因为仆人骑行不加鞯装、被其双脚夹击痛彻心腑，于是愤恨三日、不食而死；为狗时主人对其甚好，但为要尽快摆脱狗命，无故噬咬主人而被杀，因此为蛇后"矢志不残生类，饥吞木实。积年余，每思自尽不可，害人而死又不可，欲求一善死之策而未得也。一日，卧草中，闻车过，遽出当路，车驰压之，断为两"，终于得到阎王的原谅，准其恢复为人身。这里结合马不会杀生而狗能噬人的区别来写，最后蛇忍住害人之意、但为求摆脱蛇身、蹿入经过附近的车下而亡，都是很合乎情理的细节。结束之时，作者还以刘公体恤马之"疾苦"、每每劝人骑马外出一定要厚加鞍马的细节来证明所言非虚，更属锦上添花之笔。加上篇尾"异史氏曰"的议论，使佛教关于人身难得，需把握时间行善而不可为恶，否则将接受为畜牲的种种痛苦的思想表现得淋漓尽致，其生动的形象构造，堪称将佛教思想与文学结合的佳作；而文中逼真的动物心理描写无疑更有过人之处，作者写作时必然有金圣叹所云"亲动心"的过程。

从叙事视角上讲，《三生》要细致入微地描写动物心理，必然采用全知视角，而不可能采用前两篇那样限知视角，可见不同的故事该采用什么视角讲述才最有利于展现叙事魅力，优秀的作家们都了然于心。

三 《红楼梦》的因果报应描写的新颖性与落脚点

《红楼梦》中的确有一个因果报应的框架，但只是为描写性灵人生及其悲剧结局服务，而不是为宣扬忠孝节义的儒家伦常道德服务，因此表现出很大的创新性。传统的因果报应故事中善有善报、恶有恶报的对应和惩恶扬善的意图非常明显，还泪神话的因果报应中这种对应则不明显，《红楼梦》的相应描写从道德鉴戒转向了发抒缠绵悱恻的情思，而且，神瑛侍者对绛珠草的恩德本来应该是得到与绛珠仙子下凡后喜结连理的报答，不料竟不能如因果报应的逻辑，以致很多续作更改结局，可见《红楼梦》的因果报应描写的创新。

第一章 佛教题材小说的沿革与创造

前文提到,贾宝玉有一个神瑛侍者的前身身份,与绛珠仙子有前世情缘,这样他们在红尘今生的苦恋就被赋予了道教文学中常见的谪世与回归的框架。在此,我们称之为"双谪",意欲将这一木石前盟的还泪神话与谪世神话中神仙下凡为夫妻的一类叙事作品进行比较以看其特质。

在道教中,存在着神界人物因为彼此间的情愫萌动而被一起罚下人间的故事传承,其意义无非在昭示神界的断绝欲望的规矩。例如《西游记》里宝象国公主与黄袍妖在天界的情感萌动被视为罪孽,只好到人间来走一遭,回到天界还要受到惩罚。而《红楼梦》里对木石前盟的描写是带着平和的态度:

> 那僧笑道:"此事说来好笑,竟是千古未闻的罕事。只因西方灵河岸上三生石畔,有绛珠草一株,时有赤瑕宫神瑛侍者,日以甘露灌溉,这绛珠草始得久延岁月。后来既受天地精华,复得雨露滋养,遂得脱却草胎木质,得换人形,仅修成个女体,终日游于离恨天外,饥则食蜜青果为膳,渴则饮灌愁海水为汤。只因尚未酬报灌溉之德,故其五内便郁结着一段缠绵不尽之意。恰近日这神瑛侍者凡心偶炽,乘此昌明太平朝世,意欲下凡造历幻缘,已在警幻仙子案前挂了号。警幻亦曾问及,灌溉之情未偿,趁此倒可了结的。那绛珠仙子道:'他是甘露之惠,我并无此水可还。他既下世为人,我也去下世为人,但把我一生所有的眼泪还他,也偿还得过他了。'……"[①]

这段描写首先值得注意的是神瑛侍者与绛珠仙子的主体意识:他们对于下凡是"历劫"的传统道教思想似乎丝毫没有顾忌,而绛珠仙子的话语中包含的主动"还泪"说更为奇妙,去掉了一般"双谪"故事中平庸的情欲色彩;而且在这里,从天上到人间似乎是极为自由的,显示了我们即将论述的警幻仙姑虽为女仙之首,但又有作为执掌"风情月债"的爱神身份的新颖性:她对神瑛侍者与绛珠仙子的下凡毫不阻拦,还主

---

① (清)曹雪芹、高鹗:《红楼梦》(第一回),岳麓书社 1987 年版。

动加以询问,甚至可说不无鼓励的色彩。

　　此外,《红楼梦》关于木石前盟神话的构思特别强调情的缠绵悱恻,不禁令人想起历代仙传或杂剧中金童玉女双双下凡的故事,但作者偏偏刻意将木石前盟神话作为金玉良缘的对立面来描写,从以"木石前盟"称之这一点,可以看出作家对于远离富贵豪华的真挚爱情的强调。尤其值得注意的是前文提到过的,石头本来只是石头,后为僧人幻化为美玉;金锁可以镀上金色层面闪闪发光,而且有将人锁住的功能,这一切都暗示着金玉良缘的人为撮合性质,和人本真的情性的违背,可以说木石前盟神话构思在与金玉良缘之说的对比中更加显示出了对真情的注重的巧思。这样的神话描写,与一向的金童玉女下凡后回到天上之类故事缺乏对真情的描写大不一样,同样可以说是深具创意的。作者将贾宝玉与林黛玉的前身写为天上的侍者与仙女,然后下世经历情感的折磨而终不能结为连理,这种构思中所表达的对主人公的赞美与他们之间悲剧的无限的哀思,使论者认为:"从来报恩的总是圆满的情意以喜剧的形式出现,而报怨的则多半是悲剧性的。但绛珠的报恩却是演出了人生的爱情悲剧,这却是作者的别出心裁。以还泪来报恩就决定了其悲剧的性质。恩是灌溉雨露,报恩是以泪偿还,虽然是悲剧,却可见双方情恋的纯洁无瑕。"[①]此论可谓得《红楼梦》谪凡故事之神髓。

　　分析木石前盟与红尘还泪故事可见,它已经完全失去了劝善惩恶的意味,并无道德训诫的色彩。首先,神瑛侍者与绛珠仙子的下凡不是如同传统谪世文学中下凡的仙人是接受惩罚:太虚幻境是"情天",警幻对境内的女儿充满了关爱之情,先是神瑛侍者凡心偶炽,警幻仙子对此毫不阻拦,还主动询问绛珠仙子,要她乘此机会下凡了结夙愿,满足他们报答恩情的愿望,由此可见,此"情天"表面上遵从道教排斥情感的原则,实际上隐约包含着对此原则的否定。其次,神瑛侍者与绛珠仙子下凡后并没有结为夫妻,也就是说,前世的恩情没有化为后世的连理,这个故事强调的是他们之间毫不涉及肉身之爱的知己之情,以及注定的悲

[①] 何大堪:《虽近荒唐但细谙却深有趣味——漫议神话在〈红楼梦〉里的作用》,《贵州社会科学》1989 年第 6 期。

剧色彩，而与传统双谪下凡故事中女仙因情欲萌动而受惩大相径庭，整个故事也与那类俗套无关。就比较典型著名的来说，有《西游记》中的黄袍怪与宝象国王公主的情缘：

> 玉帝道："奎木狼，上界有无边的胜景，你不受用，却私走一方，何也？"奎宿叩头奏道："万岁，赦臣死罪。那宝象国王公主，非凡人也。他本是披香殿侍香的玉女，因欲与臣私通。臣恐玷污了天宫胜境，他思凡先下界去，托生于皇宫内院，是臣不负前期，变作妖魔，占了名山，摄他到洞府，与他配了一十三年夫妻。一饮一啄，莫非前定，今被孙大圣到此成功。"玉帝闻言，收了金牌，贬他去兜率宫与太上老君烧火，带俸差操，有功复职，无功重加其罪。①

木石前盟与红尘还泪故事与如此之类的前身后世故事的创意绝不相同，后者也有前定思想，但严格遵循仙界戒除情欲的规矩，前者则为宣泄文化心理中被积压的真情而来，所以有警幻仙姑主动向绛珠仙子提出让她下凡偿还"灌溉之情"，充满温馨的人性关怀色彩；而故事的结局则浸透着悲哀，与后者的下凡后回归天界的套路中毫不顾及人之情感萌动的书写不同，进而言之，宝象国公主对黄袍怪没有任何留恋之情，肉身的结合之外竟不包含前世神仙之间的凡心即男女之情，相反，宝象国公主一直希望离开黄袍怪而最终借孙悟空之手得以实现，所以这样的故事只出于毫无人的情感意味的因果报应的观念。《红楼梦》中相应的红尘故事的描写还竭力揭示出理学与礼教是扼杀宝黛爱情的元凶，并不将其悲剧归咎于前世的什么过错，神瑛侍者灌溉绛珠草的举动绝不是什么恶的行为，这与《说岳全传》把岳飞的悲剧归结为前世小错误的传统描写是完全不同的。而且以贾宝玉之纯情慈悲的性格，按照因果报应的原则，他应该没有理由遭受不幸的结局。可是小说则明白无误地写出他因为不走规定的仕途经济道路，而必将走向"展眼乞丐人皆谤"的结局，他对众女子

---

① （明）吴承恩著，吴圣燮辑评：《〈西游记〉百家汇评本》（第三一回），长江文艺出版社2007年版。

的体贴柔情也不会有任何结果，而只可能随着贾府的衰亡、众女子的风流云散而落得更悲哀的结局。按照善有善报的标准，宝黛二人本应喜结良缘的。而从他们的爱情悲剧可以看出，贾宝玉的一生传奇虽然被套上了因果报应的框架，实际上完全没有那种惩恶劝善的色彩。

贾宝玉的人生之所以难以按因果报应的原则来构思，从根本上说是因为他的行为与思想难以用传统社会的善恶标准来衡量。在流行"万恶淫为首"思想的当时，关于"淫"的问题，作家更有惊人的表述："情既相逢必主淫"，"吾所爱汝者，乃天下古今第一淫人也……如尔则天分中生成一段痴情，吾辈推之为'意淫'"，也就是说，作家认为，男女之间出于真情的身体亲密行为是自然的，无可厚非的，对此，脂砚斋在甲戌本批曰"多大胆量，敢作如此之文"，当代人则认为，这是一种豁达的理解力[1]。作品在正式展开时就描写贾宝玉与袭人之间"偷试云雨情"，由于他是以情为主，这种情是不伤害天理的，虽然情既相逢必主淫，但两相爱悦后的性行为是很自然并且在家族礼教允许的范围的，这也就是脂砚斋说贾宝玉"说不得贤，说不得愚，说不得不肖，说不得恶，说不得正大光明，说不得混帐恶赖，说不得聪明才俊，说不得庸俗平凡，说不得好色好淫，说不得情痴情种"[2]的原因，作家的描写不带任何渲染色情的态度，这种态度折射到笔下人物身上，使他们有鲜明的新时代特征。他们对在当时为社会认可的人生模式产生深深的抵触，而有指向现代社会的观念，由此来说，他们是一批"思想犯"，有论者就认为：贾宝玉"不是封建政治、经济、法律、军事等有形的社会机构的破坏者，而是无形的社会意识的异己者和各种典章制度的怀疑者"[3]。既然如此，不可能给他们定什么"不忠不孝"的罪名——这就是作家说"我之罪固不可免"，而读者对贾宝玉却不会反感或大体否定的原因：固不可免者，本来无大罪也；当然，由于他们的悲剧性处境，作者也不可能给他们安排完满的结局，所以本来极善良的贾宝玉却落得悲哀的结局。

---

[1] 孙爱玲：《红楼梦本真人文思想》，齐鲁书社2007年版，第88页。
[2] 朱一玄：《红楼梦脂评校录》，齐鲁书社1986年版，第277页。
[3] 于非：《中国古代文学》，高等教育出版社1988年版，第393页。

何谷理指出:"《红楼梦》一书颠覆了包含于其他文学作品中的传统的道德性的社会观和历史观……其中虚构事件之间的因果联系与明清文学和生活中的道德期待乃至现代中国批评家的道德期待大相径庭。与儒家有关理想秩序的观念——宇宙的和谐应在现世的统治阶层和善恶报应中得到反映——形成对照,因果关系在《红楼梦》中绝少表现为简洁的……曹雪芹通过动摇所有善恶报应的预定性,在逻辑内核上对社会系统提出了怀疑。可以说,曹雪芹不但以此充分实现了他颠覆文学成规的意图,深层地看,还表现出对整个传统社会伦理秩序的极度失望……(包括《红楼梦》在内的部分——引者加)明清小说通过否定善有善报恶有恶报的因果模式,越来越强烈地动摇着原有道德秩序,并破坏了较早叙事作品的教化模式。"何谷理提到的证据有宝玉的无私无邪构成了灾难性的木石前盟的基础,恶无恶报,善无善报,史湘云和李纨年轻守寡即是一例,等等①。这个看法完全合乎作品实际,只不过作者竟没有举作品中最重要的三个女性形象之一的薛宝钗的命运作为例子。作为最为恪守礼教的女性,薛宝钗最终落得一个寡居的结局,这也不能不说是对以因果报应宣扬忠孝节义的思想与写法的彻底背叛。对此,有的论者虽然认为《红楼梦》也写了因果报应,但"之前的许多采用因果报应模式的作品,往往是为了利用报应框架来进行劝诫性说教……《红楼梦》的恩恩相报结构虽然也含有交代人物前世宿缘的作用,但主要意图不是向人灌输劝诫性的说教"②。与笔者的看法大体相同。

至于小说中其他人物的命运,也与其前世的善恶几乎没有关系,《红楼梦》对除宝黛之外的其他人物的前世没作任何描写乃至简单的介绍,作者竭力展示青年女性的悲剧,但只用"薄命司"来规定其不可逃避的前定悲剧命运,而将笔墨集中于揭示人世,特别是传统社会的种种弊端和大家庭的复杂关系对女子的戕害。

于是无论善如迎春、恶如王熙凤都属"有命无运"之人。尤其值得

---

① 参见何谷理《明清文人小说中的非因果模式及其意义》,见《北美中国古典文学研究名家十年文选》,江苏人民出版社1996年版。

② 严云受:《〈红楼梦〉与因果报应模式》,《红楼梦学刊》1994年第2辑。

注意的是迎春这个以良善著称的女子,身边丫鬟仆妇吵闹不休,事关自己名誉时还在阅读《太上感应篇》,作者明确地借黛玉之口说她是"虎狼屯于阶陛尚谈因果",表示对因果之论之迂阔的不满。迎春后来嫁得一个如狼似虎的丈夫,被折磨致死,这似乎是作者作为对于因果报应的反思性情节而设置的。如此,如实地揭示现实社会的残酷,不再为忠孝节义的德目做宣传工具,作品浸透着浓重的感伤氛围,作者也没有心情再为那一套传统思想定制新神话,尽管看来有些颓废,却是无比真实的。相应的结局是"落了片白茫茫大地真干净",不再有灵霄宝殿的辉煌、西天极乐世界的安乐,甚至回归天界的喜悦、天界的种种富丽与美满也不再有。如吕启祥所说:"前八十回中,还真难找出劝善惩恶、因果报应的俗套,有的是对人生局限、命运变幻的慨叹。"①假如我们将《红楼梦》的人物命运与《醒世姻缘传》相比较,这种区别就更鲜明了:《醒世姻缘传》不仅将主要人物的命运归结于前世的恩怨,而且连非常次要的角色和情节也与报应扯上关系,例如它描写前世晁源与一个妓女有未兑现的许诺,就有后世的狄希陈与孙的相好,并由一个尼姑明确地点明:

> 那姑子把狄希陈合孙兰姬上下看了两眼,说道:"他两个是前世少欠下的姻缘,这世里补还。还不够,他也不去;还够了,你扯着他也不住。但凡人世主偷情养汉,总然不是无因,都是前生注定。这二人来路都也不远,离这里不上三百里路。这位小相公前世的母亲尚在,正享福哩。这位大姐前世家下没有人了。这小相公睡觉常好落枕,猛回头又好转脖筋。"

> 说到这两件处,一点不差,狄婆子便也怪异,问道:"这落枕转脖子的筋,可是怎说?"姑子说:"也是为不老实,偷人家的老婆,吃了那本夫的亏了。"狄婆子问说:"怎么吃了亏?是被那汉子杀了?"姑子点了点头。狄婆子指着孙兰姬道:"情管这就是那世里的老婆?"姑子说:"不相干。这个大姐,那辈子里也是个姐

---

① 吕启祥:《吕启祥论红楼梦》,文化艺术出版社2005年版,第14页。

儿，同在船上，欢喜中订了盟，不曾完得，两个这辈子来还帐哩。"狄婆子道："他听见你这话，他往后还肯开交哩？"姑子道："不相干！不相干！只有二日的缘法就尽了，三年后还得见一面，话也不得说一句了。"①

当然，第五回的贾宝玉梦游太虚幻境中预示性地写到人物的未来时，涉及了很多因果之论，例如"自古穷通皆有定，离合岂无缘"，"有恩的，死里逃生；无情的，分明报应"，"冤冤相报实非轻，分离聚合皆前定。欲知命短问前生"，等等，但只是简单带过，而更多的则有说晴雯"寿夭多因毁谤生"、说香菱"自从两地生孤木，致使香魂返故乡"、说探春"才自精明志自高，生于末世运偏消"、说迎春"子系中山狼，得志便猖狂。金闺花柳质，一载赴黄粱"，等等，这只是直接点明人物悲剧的现实原因，其实与因果报应毫无干涉；至于说贾宝玉与林黛玉的爱情悲剧之"若说没奇缘，今生偏又遇着他，若说有奇缘，如何心事终虚化"，更是直接点明这种关系非同一般的因果报应，与我们所论述的正好吻合。

第六节 "旧瓶装新酒"：《聊斋志异》对传统冥游题材小说的继承与创新
——与《太平广记》比较

"冥游"（或者叫"入冥"）这一题材屡次出现在中国古代小说中，是学术研究领域一个不算新鲜的话题，不过目前学界所见到的论文大都着眼于其宗教意蕴的辨析，对其文学创新性的研究似乎稍显不足。《聊斋志异》中总共有三十余篇作品涉及这一题材，其中有文学创造上非常出彩的篇章。有鉴于此，笔者意图通过将它们与《太平广记·再生篇》中可见的唐传奇中"冥游"题材小说进行比较，以明白《聊斋志异》中这类题材或涉及这一话题的小说在思想与艺术上的继承与突破。

---

① （清）西周生：《醒世姻缘传》第四〇回，上海古籍出版社1981年版，第587—588页。

一 《太平广记》"冥游"故事分析

1. 《太平广记》"冥游"故事类型分析

本来,《太平广记》所收入的唐传奇中"冥游"题材小说的作者们也颇有创新意识的,他们不甘心于成为"冥游"故事简单的复述者,而是极尽想象之能事,在凡人冥游地府的原因上翻新花样,使这一题材的表达尽量多样化,出现了如下一些亚型题材。

（1）冥界选召

冥界地狱有如同人间的朝廷政体一般的官僚系统,对于官吏的选拔是冥界必然出现的事务之一。唐代小说中出现了冥界选召世人为冥吏的情节。李剑国先生对这种现象在其《唐五代志怪传奇叙录》中有评论曰:"南朝志怪书始有人冥证因果之说,唯判案者皆冥吏。唐人乃出生人应召入冥判鬼之想,遂使幽明沟通又增一途,归指亦为明报应也。"[①] 在这类小说中,多是活人因为好的品行或者耿直的性格被选召入冥府,任命官职,例如卷三七七的《赵泰》《韦广济》《郄惠连》《曹宗之》等篇。尤其是名篇《赵泰》中的赵泰是因为"孝廉"之行,"修志念善,不染众恶"而被选召入冥府,被委以"水官监作吏"、"水官都督"等职。

（2）亡故亲人所召

有一些小说中人物的入冥并不是因为冥界之主选召世人,而是亡故的亲人因为某些原因将在世的晚辈召入冥界,例如卷三八六《延陵村人妻》条中延陵村人妻死而复生,复生后对其丈夫说出了其中的原因,即"为舅姑所召去,云我此无人,使之执爨",后来因为打错了水,就被公婆逐回,并因此复生。又如卷三八三《古元之》条中古元之因酒醉而卒,历三日而生,原来他是被他远祖古说召入冥界。

（3）鬼吏误勾

在《太平广记》中还有一些小说中的主人公入冥是因为鬼吏误勾导致的。导致鬼吏误勾的原因有很多,但主要是鬼吏误勾了同名同姓的人,或

[①] 李剑国:《唐五代志怪传奇叙录》,南开大学出版社1993年版,第161页。

者是有些人阳寿未尽却被抓入鬼域。"在入冥后又复活的故事中，最常见的原因是因为在姓名或年龄方面发生错误。"① 卷三八〇《韦延之》《张质》，卷三八二《齐士望》，卷三八四《周子恭》《许琛》，卷三八六《贾偶》等篇中的主人公大都是因为与他人姓名相同或相似而被勾至冥府。

（4）警训谕示

"冥游"故事有一个最重要的特征就是"地狱"观念的引入，而"地狱"是一个审判世人的场所。在冥冥之中地狱给人们一种作恶者受到应有惩罚、善者的冤屈得以纠正的公正威慑之感，无数游冥小说中的地狱情节反映人们希望通过地狱的可怖与公正，在人们心里建立起独特的威慑地位，从而警戒世人"诸恶莫作，众善奉行"，这也是入冥小说的创作意图之一。因此在这类小说中所出现的入冥受罚情节大都是主人公做了一些不好的事情，或者是触犯了佛家的戒律而导致的。他们所触犯的大多是佛教的"五戒"、"十善"等佛教道德准则和行为规范。入冥小说就是通过地狱官员对违反这些戒律行为的审判与惩罚，来警训世人勿触戒律、以善为上。其中凡人因触犯杀戒而入冥受惩罚的故事不少，例如卷三八五《崔绍》中崔绍因为无故溺死黑猫四母子而被追入地府，卷三八一《张瑶》中张瑶因为杀生过多，亡灵申诉，被追入冥界接受审判。甚至吃肉食荤也会招致地狱的惩罚，例如卷三七九《王抡》《费子玉》等篇中的主人公都是因为吃肉而被追入地狱受罚，这些小说中所反映出来的观念与中国的饮食传统是非常不同的。其他还有触犯了不饮酒戒律的，例如卷三八二《河南府史》中河南府史王某暴卒经数日复生，自说是因为他平生好饮酒，虽酒后没有大的狂乱行为，但是在佛教看来也是一种罪过。只不过由于触犯不饮酒戒在佛教中不属于根本重罪，所以王某在地狱所受的惩罚比较轻，只是用竹杖蘸水后点其足，复生后"脚上点处，成一钉疮，痛不可忍"。有触犯了不妄语戒的，例如卷三八二《杨诗操》中杨诗操立行恶毒，喜欢评论别人的过错，每到乡人们有过错的时候，不管大小，他都会向官府打小报告，后被追入地狱进行惩罚。

---

① ［法］戴密微：《唐代的入冥故事——黄仕强传》，《敦煌译丛》（第一辑），甘肃人民出版社1985年版，第139—140页。

总之，这些小说显示出佛教的思想观念对中国的伦理影响很大，其基本戒律在当时就已经成了普通大众包括众多文人普遍信守的伦理标准，并借地狱来作为实现其道德伦理价值的手段。在当时的社会，这些小说对于宣扬地狱、因果报应观念，对于道德教化以及止恶扬善，维护当时的社会伦理系统起到了很大的作用，对后世文学创作影响深远。

当然，《太平广记》还有极少数冥游小说并不能依据入冥原因将其归入以上四类，例如卷三七五《蔡支妻》中蔡支因为迷路而误入太山神的府邸，乃至冥神为了个人的私欲而将生人召入冥界，卷三八六《李主簿妻》中太山金天王贪恋李主簿妻子的美貌，召她入冥府，欲娶她为妻。在此就不一一分析了。

2. 《太平广记》"冥游"故事的宗教文化内涵

《太平广记》的"冥游"小说不止反映了当时的社会现实，是世俗化冥界地狱的表现，更包含了很多的宗教文化内涵，包括命定论信仰、因果报应以及六道轮回的宗教思想。这些方面因为是学术界的共识，就不必展开论述了。

3. 《太平广记》"冥游"小说的艺术特征

《太平广记》中众多的"冥游"小说虽然以描写虚幻奇异的鬼神怪异之事为主要题材，但里面很多情节跟现世社会相关。小说家们依据现世生活来构建冥界地狱，这里同人类社会一样会有一些人情往来以及贪赃枉法、以权谋私的现象，也存在着各种人情世故，展示了一个具有强烈世俗气象的冥界的存在，这种以虚证实的创作手法具有强烈的社会现实意义，是世俗社会的一种投影与折射。

"冥游"小说基本上是一种类型化的小说，其一般结构是某人因为某种特殊的原因暂时死去到冥间，在冥间接受审判，并在冥界游历一番，最后借助一些力量回到人间并复生。那么，从大的结构来说，"冥游"小说的结构可以简化为"暂死—游冥—复生"，很多的"冥游"小说都是在这样的一种普遍结构下面展开的，由一点出发最终回到原点，这是一种典型的环形结构。其中没有多少鲜明的人物形象，艺术性方面可以说乏善可陈。

二 《聊斋志异》"冥游"小说在题材上的继承与创新

《聊斋志异》是文言小说的巅峰之作，在思想与艺术性两方面，其"冥游"小说都有大幅度的提高。

《聊斋志异》中"冥游"小说不少，具体而言有《考城隍》《僧孽》《三生》（卷一）《王兰》《耿十八》《某公》《张诚》《李伯言》《阎罗》（卷三）《酆都御史》《续黄粱》《酒狂》《阎王》《杜翁》《考弊司》《阎罗》（卷六）《刘姓》《邵女》《阎罗薨》《阎罗宴》《伍秋月》《岳神》《郭安》《王货郎》《三生》（卷一〇）《席方平》《汪可受》《王十》《元少先生》《刘全》《公孙夏》等三十余篇。与前代《太平广记》相比，其"冥游"小说在题材、思想内容、宗教意蕴以及叙事技巧方面都存在着传承与创新。本小节先探讨题材类型的继承与开拓。

题材是文学作品的内容，不同题材往往会带来不同的艺术构思和艺术风貌，但是相同的题材也会因为不同的处理方法而呈现出摇曳多姿的艺术风貌，《聊斋志异》中的"冥游"小说有很多题材都是借鉴前代，特别是《太平广记》，以至于在熟悉《太平广记》的读者看来这些小说都有种似曾相识的感觉。《聊斋志异》的"冥游"小说中世人入冥的原因同样可以找到冥界选召、鬼吏误勾、警训谕示等几类。但是，虽然题材相同，蒲松龄在小说题材处理方法和情节的设置方面却并不相同，展现着其独特的艺术魅力。

1. 题材类型的继承与新变

《聊斋志异》中冥界选召的篇目有《考城隍》《李伯言》《阎罗》（卷三）《公孙夏》《元少先生》等；冥吏发生错勾生人的篇章则有《王兰》《僧孽》《郭安》等篇；警训谕示类型如《刘姓》《汪可受》《酒狂》等。这些反映了《聊斋志异》对前代题材的继承，不太具备创新性。但有一些小说更多针对的是当时畸形的社会现象以及作者的思考，因而具备一定新意。如《阎王》中，李久常因为酹奠阎王，而被阎王邀至地狱以报其情。在地狱中，李久常看见了他嫂子受到手足被钉的惩罚，后来询问得知是因为其嫂在他哥哥的小妾生产、肠子外露的时候暗中用针刺其肠，随后，李久常为其嫂子求情，使她免于惩罚。在返回阳世之后，李久常就将冥中事对他的嫂子说了，最终其嫂改恶向善，与妾融洽相处。《邵女》中也有类似的情节。这两篇小说都是为了警戒悍妇而作的，这是具有新意的。中国古代妻妾成群的情况很容易造成家庭悲剧。悍妇的出现，大多是妻子为了独得丈夫的爱而不择手段地排斥、打击其他的竞争对手，甚至残酷地迫害小妾。蒲松龄通过这些"冥游"小说，表达了希望悍妒的女性与丈夫和妾和睦相处的意旨，这是以前的同类小说很少涉及的。

另外，现世官场上的腐败在其小说中同样也有表现，《考弊司》中那个贪婪残忍的虚肚鬼王正是人世卑污官吏的真实再现，而最终他得到了应有的惩罚，可以说是蒲松龄借鬼神之名对于现世污浊官场的一种警示。

2. 题材类型的开拓：生人自由出入两界

《聊斋志异》中还有一些《太平广记》中没有出现过的冥游题材。《太平广记》中的人物"入冥"要么是人寿已尽，要么是鬼吏相召，人们都是在不自觉的被动状态下入冥游历，而从没有主动寻访或者进入的。而在《聊斋志异》中，生人主动或自由出入冥界地狱的例子却不在少数，例如《伍秋月》《张诚》《阎罗薨》《席方平》等。尤其是在《席方平》中，席方平是因父亲在地府受冤屈，深感不平而离魂来到了地狱，受尽百般苦楚之后，终于洗清父亲冤屈，回到了阳世。在这篇小说中，席方平的魂灵不仅自如地来到地府，甚至可以到天上告状。而《伍秋月》一篇中命中注定与伍秋月有姻缘之分的王鼎在秋月的帮助下来到了冥界，没想到却看到哥哥王鼐被冥吏强行拘禁，于是他一怒之下杀死了押解他哥哥的冥吏，救回了哥哥返阳。后面他又一次来到冥间将秋月救了出来并怒杀两名阴吏。蒲松龄赋予笔下人物自由出入阴阳两界的本领，是为了使他们可以实现追求正义的理想，因此是格外富有新意的创造。

而在思想内容方面，相对于《太平广记》而言，《聊斋志异》"冥游"小说的另一个超越之处就是鲜明地呈现作者的主体思考，如对儒教文化内核的彰显、对于黑暗社会现象的讽刺和鞭挞，以及追求公平的急切呐喊等。像《考城隍》《耿十八》《席方平》等篇借冥游题材显示对"孝"的重视，《伍秋月》《张诚》对"悌"的肯定，其他体现知恩图报美德的有《刘全》《阎罗宴》等，这些是对儒教文化内核的彰显。《公孙夏》《席方平》是以冥间世界隐喻现实官场，揭露了现实社会官场的黑暗，并进行了尖锐的讽刺和批判；《三生》（卷一〇）《考弊司》描写科场的弊端；《阎王》《邵女》警戒泼悍女性。这些都表明蒲松龄不再只为宗教话语中的地狱存在作重复乏味的写作，而是要表达自己鲜明的干预现实的思想倾向。在对三教关系的态度上，《聊斋志异》表现出融儒释道三教于一体，乃至融会各种民间宗教的倾向，其不拘一格、为我所用的大家风范，也很富有新意。

三 艺术特色的超越

《聊斋志异》对于《太平广记》艺术特色上的超越主要体现在以塑造鲜明的人物形象为特征的情节建构和个性化的语言描写上，尤其是一些写得好的篇章。这些超越构成了《聊斋志异》独特的艺术风格。

1. 人物形象的鲜明化

比较《聊斋志异》与《太平广记》里的入冥题材小说，可以发现前者明显的突破在于：塑造了好几个形象鲜明的人物形象，如席方平、王鼎等。而小说内容则更为新鲜，思想更为锐利。

《太平广记》里的入冥题材小说大部分遵循入冥—复活—讲述冥间见闻的固定模式展开，其关键点在于以复活后所述见闻以印证冥间的实有，其实质是为佛道教作鼓吹。它们可以说都没有鲜明的人物形象，而就是因为人物的塑造不是重点，就呈现出"非有意为小说"的特点。《聊斋志异》"冥游"小说则为读者展现出了众多性格鲜明的人物形象，例如为忠孝与污浊的冥界进行不屈不挠斗争、顽强不屈的席方平；为兄弟情和爱情敢作敢为怒杀四鬼吏、个性突出的王鼎；为兄弟情义而不惜入冥寻找同父异母的弟弟的张讷；等等。这些鲜明的典型形象是《聊斋志异》魅力独具的原因之一。这里我们重点分析王鼎的形象。

《伍秋月》中的王鼎在遇到代表恶势力的冥吏时并不畏惧，而是暴起杀之，并最终救出了哥哥和爱人。在这里，蒲松龄赋予了他超人的勇力和无惧的性格，使其能与恶势力进行抗争并最终取得胜利。蒲松龄借王鼎这个人物形象表达了自己对于公平正义的渴望：在遭遇到罪恶的侵害时，不为所惧、挺身而出，与黑暗势力进行抗争，甚至不惜通过暴力手段来反抗暴力，以达到最终的自由。这虽然是蒲松龄在落寞生活处境中发生的幻想，但他借这种想象的自由实现了对现实生活的超越，表达了他在黑暗社会中内心的诉求。同时，这个故事还体现了蒲松龄一向的对恋爱中的男性的要求，即要具备勇敢和痴情的特点。我们可以想象，若无王鼎入冥救秋月的情节，那么，可想而知，两人的爱情只能是枯萎之花，无果之木。蒲松龄对男性的这种要求在其他不涉入冥情节的《连城》《青凤》《阿宝》中都可以看到。蒲松龄摆脱了封建道德的拘束，写出了封建道德所禁忌的男女真情真爱。其实，这是蒲松龄对社会现实一种心理上的补偿，突出了他对于和谐的两性关系的思索与向往。《席方平》中的主人公席方平为父申冤的硬汉形象为人所熟知，这里就不再展开分析了。

2. 个性化的语言描写

《聊斋志异》另一个超越《太平广记》的地方就是其个性化的语言描写。人物的语言直接或间接地反映着一个人的思想修养以及愿望，对于人物语言的摹写是小说刻画人物的重要手段，从某种程度上说，人物对话的摹写的成功与否直接关系到作品的成败。《聊斋志异》中的对话描写从表现生活和刻画人物性格的需要出发，改造书面文言，吸收生活口语，将两者加以提炼融合，使典奥的文言趋于通俗活泼，又使通俗的口语趋于简约雅洁。这样就创造出一种雅洁又明畅，既简练又活泼的独特的语言风格，同时也使得人物语言更有生活底蕴。

《阎王》中李久常在冥界看到嫂子因为悍妒受罚，在回到阳世后，本出于好意规劝嫂子："嫂勿复尔！今日恶苦，皆平日忌嫉所致。"这一下就触到了嫂子的痛处，激怒了嫂子，于是嫂子反唇相讥，"小郎若个好男儿，又房中娘子贤似孟姑姑，任郎君东家眠，西家宿，不敢一作声。自当是小郎大乾纲，到不得代哥子降伏老媪！"这番写其嫂反唇相讥的话语将其泼横之气表现得淋漓尽致，让人不由得发笑，堪称经典。《刘姓》中，刘姓因为作恶多端，被勾入阴司接受审判。但是因为他有一善行，命不该绝，于是冥王放他还阳，并派二鬼吏护送。在鬼吏向他索贿时，刘姓却说"不知刘某出入公门二十年，专勒人财者，何得向老虎讨肉吃耶！"一旦被放还就恢复了平日里匪气十足的性格，与受审时情状形成鲜明对比，让人不禁拍案叫绝。《考弊司》中虚肚鬼王的一句"此有成例，即父命所不敢承"，将自己的私欲说成是惯例，何其冠冕堂皇。表面上看是多么秉公执法，但是背地里却是残酷异常，只此一句就将虚肚鬼王贪婪残暴的本性暴露无遗。

《聊斋志异》中的人物语言大都接近生活口语。而又不失文雅。这些语言都是蒲松龄在对生活有了悉心的体味之后精心构思出来的，所以，这些人物语言颇符合人物的身份修养，达到了充分的个性化。《太平广记》入冥故事中基本无此类人物语言。

3. 一个典型个案的对比

《聊斋志异》"冥游"小说相比《太平广记》在艺术特色上的超越可以直观地反映在同以写嗜酒题材的《酒狂》与《河南府史》的比较之中。《太平广记》卷三八二之《河南府史》中的主人公王某因为好酒被勾入冥界，因无狂乱过激行为又被放还人世，但是在放还之前，循惯例，作者写冥王让他游历地狱以明罪报之不诬，其中见到了秦将白起因坑杀降卒而得一劫中每三十年被斩首一次的恶报。最后阎王以好饮酒仍是一罪，给予王某小惩，复生后果有小恙。这篇小说的中心显然还在于彰显善恶报应的真实，远远谈不上人物形象的刻画，所以地狱见到的白起受报应与刻画好酒的河南府史的形象了无关系，当然，最能说明问题的是作者连这个河南府史的姓名都不愿构思一下。

蒲松龄的类似题材《酒狂》中，好酒而酒后有恶德的缪永定最终因此恶德而毙命，作者的灵感也许来自《河南府史》中阎王的话，"此人虽好酒，且无狂乱……宜放之去"的反向思考：酒后狂乱无德的人应该给予什么惩罚呢？蒲松龄因此塑造了酒后爱寻衅骂人的缪永定的形象，他通过两个情节来突出其恶德：本因酒后恶骂别人而被勾至阴间，好不容易被舅氏所救，身尚在阴间却又与人喝酒而酒病重犯，堕入黑水中；被舅氏救出返阳一年不偿阴间所欠债，且又犯酒病而毙命。这篇故事可以

51

说道尽了人性积习难除的毛病，而缪永定虽然仍属类型化的形象，却给我们留下了深刻印象，其结局让我们感慨：世上真有这类不知悔改的人啊！缪生在他被勾入冥界见到亡舅时的可怜相与在还阳之后认定此前的遭遇为醉梦之幻境都写得合乎一定的情理，细致入微。总之，蒲松龄将一个"酒疯子"形象刻画得入木三分，虽与《河南府史》的题材大致相同，但在艺术性与人物刻画上都已然跃上了新的台阶，并在入冥题材中又树立了一个比较鲜明的形象。酒醉骂人虽然不算罪大恶极的行为，但一而再、再而三的类似行为却是让人厌恶的，蒲松龄对这个旧题材的改写显示了他对这种行为的惩处，所以也是有新意的。

通过以上将《聊斋志异》与《太平广记》中"冥游"题材小说的比较，可以看到《聊斋志异》在继承这类题材的同时，无论在思想和艺术性上都有大大的创新与提高，从而将这一早已显得陈旧乏味的题材令人耳目一新地呈现在世人面前，真可谓是"旧瓶装新酒"了。

第二章　事事如意与竟不如意:涉道小说丰富的社会文化内涵

如果说,涉佛小说经常充满了"告诫",也就是告诉人们不要违背这样那样的戒律,否则会遭受地狱或现世的惩罚的话,那么涉道小说则是充满了种种美好的幻想,其中透露出丰富的社会文化内容,也就是人性的期盼。

当然,涉佛小说偶尔也满足一下人类的欲望,比如大多数观音崇拜小说表现的观音菩萨的急难救助,甚至如前文提到的《聊斋志异·菱角》中隐约写观音帮胡大成与未婚妻和母亲团圆;而涉道小说也不无表现惩戒凡人或人生入梦、入道修行的主题。但就整体而言,在前期,尤其是唐代的涉道小说是人类种种愿望的曲折表达,在其中可以看见古代中国人对生命与生活的所谓"美好想象",这是与涉佛小说很不一样的地方。就原因来讲,当然与道教与佛教的不同特点有关:前者是追求长生不老的愿望的折射,而长生不老的目的在于永远享受生命的欢乐,因此宣扬神仙不死之说与欲望的实现成为道教吸引人的手段,其中欲望的实现包括丰富华美的物质享受与男女之爱,可以说是与涉佛小说最大的差异,因为佛教宣扬的是解脱、涅槃,超越轮回,是对一切欲望的超越,神仙在佛教中依然属于六道轮回之一的天界。丰富华美的物质享受与男女之爱的实现在涉道小说中都有充分的表现,最突出表现为天庭的富裕与玉帝和王母娘娘的共同存在,其他宗教皆无此配对的最高神灵。当然,道教并非宣扬纵欲成仙,其得到种种高级的享受是经过了非同常人的修炼的,这种修炼的过程在小说中也有反映。

诚如有论者所云："神仙信仰是生命忧患意识的宗教答案，神仙生活是世俗人生享受的理想化，神仙题材是宗教观念与审美理想的结合。例如在婚恋题材中，著者认为神怪婚恋所表现的婚恋理想是罩着神秘面纱的人性追求，世欲婚恋所表现的婚恋理想则是以现实人生形态表现的富有宗教幻想色彩的精神境界。"[1] 本章主要分析涉道小说这种丰富的社会文化内涵，也就是其人性的内容，所谓"事事如意"的幻想；而标题所谓的"竟不如意"，实际上也是当时世人对愿望不得实现的慨叹。

需要交代的是，基于涉及道教的小说的内容与中国人的生活牵涉更深，所以在本章讨论小说与道教的关系上我们将主要谈涉道小说丰富的文化意蕴，这是与第一章研究涉及佛教的小说在叙事美学上的演进不大一样的。

第一节　事事如意：无上满足的仙界幻想

唐代涉道小说是人类愿望的曲折表达，可以说充满了辩证法。也就是表面上否定人类的现世欲望，实际上却是对这种欲望的更高层次的、无上的满足，表现在无论物质还是精神上的高度惬意。

一　物质世界的美满

涉道小说物质世界基本上有以下几个要件：

1. 环境幽雅。《玄怪录·裴谌》中裴谌生活的环境："初尚荒凉，移步愈佳。行数百步，方及大门，楼阁重复，花木鲜秀，似非人境。烟翠葱茏，景色妍媚，不可形状。香风飒来，神清气爽。"[2]《逸史·卢李二生》："邀李生中堂宴馔，名花异木，若在云霄。"[3]《续玄怪录·张老》中神仙张老的环境："忽下一山，见水北朱户甲第，楼阁参差，花木繁

---

[1] 徐翠先：《唐传奇与道教文化》，中国妇女出版社2000年版，第173页。
[2] （宋）李昉等编，汪绍楹点校：《太平广记》，第117页。
[3] 同上书，第119页。

荣，烟云鲜媚，莺鹤孔雀，徊翔其间，歌管燎嘈耳目。昆仑指曰：'此张家庄也。'"①

2. 器物华贵，超于贵族，往往兼有"行厨"，食物鲜美、超绝凡世。《玄怪录·裴谌》中裴谌家"窗户栋梁，饰以异宝，屏帐皆画云鹤。有顷，四青衣捧碧玉台盘而至，器物珍异，皆非人世所有，香醪嘉馔，目所未窥。既而日将暮，命其促席，燃九光之灯，光华满座。"②《续玄怪录·张老》："其堂沉香为梁，玳瑁帖门，碧玉窗，珍珠箔，阶砌皆冷滑碧色，不辨其物。其妹服饰之盛，世间未见……有顷，进馔，精美芳馨，不可名状。"③《传奇·裴航》："别见一大第连云，珠扉晃日，内有帐幄屏帏，珠翠珍玩，莫不臻至。愈如贵戚家焉。"④

3. 钱财不匮。《逸史·卢李二生》中李生道情不固，返回人世为官，却仕途不顺，幸遇以前的道友卢生，赠钱二万贯。《续玄怪录·张老》中灌园叟张老欲娶名门女韦家女，韦家初不愿，后因女儿之愿而勉强嫁女，多年后韦兄反而得到张老资助钱一千万及黄金十斤，盖其为神仙也。这些小说无非表明凡人不识神仙，而神仙在钱财上的大方与富足不匮。《柳毅传》中柳毅从龙宫所得珍宝之多："赠遗珍宝，怪不可述。毅于是复循出途上岸。见从者十余人，担囊以随，至其家而辞去。毅因适广陵宝肆，鬻其所得，百未发一，财已盈兆。"龙宫的宝贝变现为人间财富更令人咋舌。《玄怪录·崔书生》中崔书生无意中娶到西王母女儿，后虽为母亲拆散，其所赠玉合子竟为胡僧以百万钱购去。

而相比之下，在修道者看来，人间则是苦海。《玄怪录·裴谌》中裴谌对王敬伯说："尘界仕官，久食腥膻，愁欲之火焰于心中，负之而行，固甚劳困。"又对王敬伯妻子说："吾昔与王为方外之交，怜其为俗所迷，自投汤火，以智自烧，以明自贼，将沉浮于生死海中，求岸不得。"《续

---

① （宋）李昉等编，汪绍楹点校：《太平广记》，第113页。
② 同上书，第117页。
③ 同上书，第113页。
④ 同上书，第314页。

玄怪录·张老》中张老对来寻访他们夫妻的妻兄说："人世劳苦，若在火中。身未清凉，愁焰又炽，固无斯须泰时。"说的是同一意思。当然，这都是因为道教汲取了佛教视人间为苦海的观念。

总之，这些小说的意旨都在于表达修道成功或凡人与神仙缔结婚姻后各方面超凡的满足，也就是题目所云的"事事如意"。值得指出的是，《柳毅传》与《传奇·裴航》两篇一写落第书生因勇于助人而得龙宫报答以富有，并得以和龙女缔结婚姻；一写落第书生因热烈追求美貌女子，抛弃举业不顾，而兼得长生与美满爱情。这都是将神仙世界凌驾于凡俗科举功名之上，表现出对科举制度的不屑，本质与前述名篇是一样的。其背景应该与唐代道教作为国教之空前隆盛有关。

与涉佛小说不大一样的是，涉道小说较多张扬神仙世界的富贵气，这正是涉道小说实际上更接近世俗的表现。小说的本质是立足凡世看世界，涉道小说因此当然更接近人间，而有花样百出的表现人类欲望满足的方法。

二　身份超越和凌驾于世俗权力之上

与佛教不大干预世俗权力不同的是，道教与世俗政权往往有千丝万缕的联系，但是却表现出超越和凌驾于世俗政权的外表。这在小说中也时有表现。

早期的仙传小说《神仙传》就已多出表现出这种企图。《卫叔卿》中卫叔卿因汉武帝呼其为臣而弃之而去，即使汉武帝悔恨，求其子卫度世寻觅，也无法挽回其心意，明确地说："吾前为太上所遣，欲戒帝以灾厄之期，及救危厄之法，国祚可延，而帝强梁自贵，不识道真，反欲臣我，不足告语，是以弃去。"而《汉武帝内传》中，更明确地借西王母和上元夫人之口斥责武帝"情恣体欲，淫乱过甚，杀伐非法，奢侈其性"，"五浊之人，耽酒荣利，嗜味淫色，固其常也。且彻以天子之贵，其乱目者，倍于常人焉……胎性暴，胎性奢，胎性淫，胎性酷，胎性贼"，而武帝在她们面前则诚惶诚恐，自称"小丑贱生，枯骨之余……乞愿垂哀，浩赐彻元元"，"臣受性凶顽，生长乱浊，面墙不启，无由开达。然贪生畏死，奉灵敬神。今日受教,此乃天也"①,一代赫赫有名的帝王至此在道教神祇前降尊纡贵,可谓颜面尽失矣!这都是道教在南北朝构建时期欲凌驾于世俗政权之上的表现。

唐传奇《异闻录·韦安道》中,贵为女皇的武则天在女神后土夫人面前表现得毕恭毕敬:

> 夫人乃延天后上,天后数四辞,然后登殿,再拜而坐。夫人谓天后曰:"某以有冥数,当与天后部内一人韦安道者为匹偶,今冥数已尽,自当离异,然不能与之无情。此人苦无寿。某当在某家,本愿与延寿三百岁,使官至三品,为其尊父母厌迫。不得久居人间,因不果与成其事。今天女幸至,为与之钱五百万,与官至五品,无使过此,恐不胜之,安道命薄耳。"因而命安道出,使拜天后。夫人谓天后曰:"此天女之属部人也,当受其拜。"天后进退,色若不足而受之。于是诺而去。②

虽然这只是发生在梦中,但醒来后"天后"武则天马上派人寻访韦安道。"(韦安道)既至,谒天后。坐小殿见之,且述前梦,与安道所叙同,遂以安道为魏王府长史,赐钱五百万。"由于此前有武则天多次派人捉拿后土夫人而未果的情节,到此她完全按梦中对这一女神的许诺行事,表示她终于知道了其身份、不敢丝毫抗拒女神的指示。

联想到《红楼梦》中贾宝玉在梦游太虚幻境时,面对众女仙称其为"浊物"而"吓得欲退不能退,果觉自形污秽不堪",可知道教超越于凡俗的自我塑造深深地影响到了后代小说的道教书写。

三 对时空局限的自由超越

神仙往来自由,打破一切时空的限制,这本是中国人熟悉的,不过在此还是举涉道小说的情节略加证明。

---

① 《汉魏六朝笔记小说大观》,上海古籍出版社1999年版,第143—148页。
② (宋)李昉等编,汪绍楹点校:《太平广记》,第2379页。

《神仙传·王远》中女神麻姑对王远说："接待以来，已见东海三为桑田，向到蓬莱，水又浅于往昔，会时略半也，岂将复还为陵陆乎。"①她三次见到东海变为桑田，其寿命之长可想而知。《宣室志·尹君》中如此介绍道士尹君的不老传说：里中老人的外祖父幼年七岁时见到尹君，七十年后其外祖已老，而尹君状貌如故；又七十年即如今，此老人八十岁了，而尹君仍无老色。可见道士尹君的生命已不为时间所制约。其他关于天上或仙界一日，世上一年或百年等说法不一，在所多有，但都有神仙世界跨越凡间时间的特征。

《续玄怪录·张老》中，韦义方去见妹妹韦氏时，张老安排他暂住，自己则和韦氏以及妹妹驾凤凰游蓬莱，"俄而五云起于中庭，鸾凤飞翔，丝竹并作。张老及妹，各乘一凤，余从乘鹤者数十人，渐上空中，正东而去。"②他们于当天傍晚时回来，以蓬莱之远，晨出暮归，表示了跨越时空的本领。

《神仙传·壶公》还展示了进入另一维世界的能力：壶公悬壶济世，每到黄昏就跳入壶中，他人不知个中奥妙，只有得到壶公信任的费长房被带入其中，原来别有世界。《聊斋志异·巩仙》中的巩道人住在尚秀才家里，尚秀才求其设法与被召入鲁王府的歌妓惠哥相见，巩道人为他们创造了另一个世界幽会：

> 道士展其袖曰："必欲一见，请入此。"尚窥之，中大如屋。伏身入，则光明洞彻，宽若厅堂，几案床榻，无物不有。居其内，殊无闷苦。道士入府，与王对弈。望惠哥至，阳以袍袖拂尘，惠哥已纳袖中，而他人不之睹也。尚方独坐凝想时，忽有美人自檐间堕，视之，惠哥也。

三次相见后，惠哥甚至怀上了尚秀才的孩子，为其完成传宗接代的任务。此篇中的袖里乾坤，灵感显然是来自《神仙传·壶公》中的壶中世界而又显得充满创造性。

凡此种种，都说明神仙道士超越时空限制的能力。其他关于神仙能

---

① （宋）李昉等编，汪绍楹点校：《太平广记》，第47页。
② 同上书，第113页。

预知未来、消灾避祸等超凡的能力,在此就不一一举例说明了。

以上种种,表现出中国人对于一种完美世界、超人能力的幻想,故名之曰"事事如意"。

不过,我们注意到,有一些人神恋小说往往写到女神或女仙终究不能和心目中满意的凡男结合,最终不得已而离去,我们可以用"竟不如意"来概括。神仙世界本来事事如意,可还是有"竟不如意"之处。深入思索,这些篇章的背后表现出对女性性别话语的追问,对此我们在下文另作讨论。

第二节 终成眷属或"竟不如意"
—— 涉道人神恋文言小说对性别话语的思索

神仙世界本来事事如意,或者可以让凡人如愿以偿地达成任何愿望,可是也有"竟不如意"之处,这尤其体现在那些描写女神或女仙与凡男的婚恋最终失败的文言小说中。其背后隐藏着道教在性别话语上的种种思索,而那些"竟不如意"的篇章则意味着与儒家性别话语的纠葛与最终妥协,牵涉深刻的话题:道教性别话语与儒家性别话语的关系。本节意图对此进行探讨,先总说道教的性别话语,尤其是女性性别话语的特点,后分析这种特点文本中的体现,最后进一步分析其中涉及的深层问题,即与儒家性别话语的复杂关系。

一 道教性别话语及在小说中的表现概说

道教有着自己独特的性别意识,可以说是古代文化中最尊重女性的宗教。这是因为,道教认为,"道"是万物的本源,由道而生成混沌之气,混沌之气又分为阴阳二气,二气交融,而生成宇宙万物,从阴阳和谐出发,重视阴柔的作用,是一种主阴的思想。自然界有天有地,人类社会有男有女,这都是阴阳之道的不同体现,那么,女性作为人类社会中阴的象征,也一样是道的体现,因而具有重要的地位和作用。而且,正是因为天地的阴阳而生生不息,人类有男女而延续生命,生命的存在与繁衍乃人类的头等大事,女性在此中担任着无可替代的作用,由此形成了道教独有的贵柔崇阴的尊重妇女、赞美妇女心态。在文化渊源上,母系氏族社会的原始宗教是道教重要的文化渊源,在道教中比较完整地保留甚至发展了原始宗教的女性崇拜传统,其中介则是中国古代影响至深的经典、古代哲学的源头《周易》,还有老子的思想①。

  道教将原始宗教中的女神搜罗进自己的神谱,将女神崇拜发展为女仙崇拜。西王母成为美丽雍容的妇人,掌管女仙名籍的女神领袖,还掌管着能够长生不死的仙药,每当蟠桃成熟时,便设宴款待为她祝寿的众神仙,在杜光庭的《墉城集仙录》中,称她为"西华之至妙,洞阴之极尊"②,在众女仙中地位显赫、权力很大。

  道教对原始宗教继承的一个重要特点就是将原始宗教的女性崇拜传统发展为女仙崇拜,在道教体系中,不仅搜罗有原来在社会上有一定影响的女性神仙,而且还不断创造新的女性神仙;道教中神仙传记不仅有女性神仙的专章,而且有专门的女神仙传记。葛洪的《神仙传》卷七所录大部分为女性神仙的故事,唐末杜光庭的《墉城集仙录》六卷,记录了女仙38人的故事,开了女性神仙的传记的先河。在杜光庭笔下,女仙首先都具备绝世容颜,如西王母"天资晻霭,灵颜绝世,真灵人也"(《墉城集仙录》卷一第十三),圣母元君"体容壮丽逸,曾不衰怠"(《墉城集仙录》卷一第一),上元夫人"年可二十余,天姿清耀,灵眸艳绝"(《墉城集仙录》卷二第二)。与此同时,她们都拥有高超的仙术,如西王母"主阴灵之气,理于西方"(《墉城集仙录》卷一第九),圣母元君"统制天地,调和阴阳,役使风雨,进退五星,斟酌寒暑,秉握乾坤"(《墉城集仙录》卷一第八)。到元末赵道一的《历世真仙体道通鉴后集》中,女性神仙增至121位,形成了一个庞大的女性神仙体系,这些传记的形成清楚地表明了道教对待妇女的尊崇、赞赏的宽容心态。这些前赴后继的宣教之作也可以说是一种小

---

  ① 参见陈洪《性别视角下中国古代文学研究之断想(代前言)》,陈洪、乔以钢主编《中国古代文学与文化的性别审视》,南开大学出版社2009年版;詹石窗《道教与女性崇拜》,《宗教学研究》1988年第1期。

  ② 杜光庭:《墉城集仙录》卷一《金母元君》,《道藏》第18册,上海书店出版社2005年版,第168页。

说创作，不管是最初的葛洪，还是后来的王建章，在塑造女仙的形象时，都不遗余力地描绘、渲染女仙的美丽、长寿和无所不能的神通，而且还有善良的品行、高尚的情操，俨然是理想的人物化身。

道教原始经典《太平经》中有不少抨击当时社会鄙视妇女的内容："今天下失道以来，多贱女子。而反贼杀之，令使女子少于男，故使阴气绝，不与天地法相应。天法道，孤阳无双，致枯，令天不时雨。女子应地，独见贱，天下共贱其真母，共贼害杀地气，令使地气绝也不生，地大怒不悦，灾害益多，使王治不得平。"男承天统，妇承地统，二者同样重要，残害妇女，违反天道，必然造成天灾地祸，社会混乱，"天地之性，万二千物，人命最重，此贼杀女，深乱王者之治，大咎在此也"，"今是伤女为其致大灾"，又说："汝向不得父母传生，汝于何得有汝乎？而反断绝之，此乃天地共恶之，名为绝理大逆之人也。"① 它指出残害妇女的恶果，在生命延续的高度上提出保护妇女，在当时和后代都是有积极意义的。《太平经》是道教的重要经典，它的妇女观为女性在道教中获得平等的待遇确立了教义上的根据，对女性较为宽松的环境造就了道教中众多的女神和女仙崇拜，从而形成了道教独有贵柔崇阴的尊重妇女、赞美妇女心态。在唐代，早期道教典籍如《道德经》《南华经》《太平经》中的尊重妇女、重视妇女的作用、提倡男女平等的观点得到了继承，当时茅山派道教发达，颇受重视，客观上也推动了女仙崇拜的兴盛。陶弘景《真诰·叙录》称，兴宁二年（364年）太岁甲子，紫虚元君上真司命南岳魏夫人下降，授弟子琅琊司徒公府舍人杨羲《上清经》，说明魏华存在上清派的形成中有着重要作用，这样，魏华存在唐代就受到特别推崇。此外，当时对华姑、麻姑等女仙的崇拜也盛行一时。杜光庭作《墉城集仙录》专记女性神仙，就是女仙崇拜的明证②。

诚如张亦平指出的："值得注意的是，女仙在道教神谱中并不完全是摆设，并不仅仅是作为男仙的配偶而存在，她们大多具有独立的神格，

---

① 王明：《太平经合校》，中华书局1960年版，第34页。
② 此节关于道教的女性观参考了四川大学2006届博士毕业生刘敏的博士学位论文《道教与中国古代通俗小说研究》第二编第四章第一节。

与男仙相比，女仙更具有绚丽的色彩和吸引人的魅力。众多的女仙与男仙并列而为崇拜的对象，这具体而生动地诠释了道教的信仰特征，也表现了道教对妇女的态度。"[1]

而道教历史上，许多卓越的女道士在道教中担任了重要职务，如汉代张衡的夫人、张鲁的母亲卢氏等，还有晋代女道士魏华存都曾为天师道祭酒。这是与佛教不大一样的地方，佛教基本上没有女性修行者在教内担任过重要职务。孙昌武先生指出，佛教有女性"变成男子"之说，即认为女子修道有"五障"，非成就佛道之器，因此必须首先"变成男子"；使女人"变成男子"乃是法藏菩萨即无量寿佛的"本愿"之一。对比之下，道教发展中不仅出现众多的女仙，而且早在太平道中就已经有"女师"作为道门的领袖。而比起儒家的重男轻女观念来，道教的这一特征同样显示出特殊的意义和巨大的优越性[2]。

关于道教尊崇女性的特点，学界多有论述，在此就不必再论。我们所要提及的是，由于道教中女仙特别多，历代涉及道教的小说中多有对女神女仙的描写，当然，除了表现对她们的崇拜之外，这些小说实际上牵涉更深层次的古代文化中在爱情婚姻家庭中必然遇到的各种问题，例如与婆婆与媳妇相处的困难及解决方式、类似于两地长期分居时女性可以怎么办、女性对男性的花心的处理，等等，因此是格外有趣而值得珍视并加以分析的。

二 《封陟》与《郭翰》《荷花三娘子》：女性的情爱追求及体现的道教与儒家性别话语的纠葛与抗争

在涉道文言小说中，女神或女仙主动追求凡男的例子并不罕见，这无疑体现了道教在女性性别话语上的一种创见。其中的名篇包括《封陟》与《郭翰》以及《聊斋志异》中的《荷花三娘子》等。

《封陟》出自裴铏的《传奇》，描写封陟于少室山读书，上元夫人来

---

[1] 张亦平：《论〈太平经〉的妇女观及其对道教发展的影响》，《世界宗教研究》1998年第2期。

[2] 孙昌武：《道教与唐代文学》，人民文学出版社2001年版，第361—362页。

第二章　事事如意与竟不如意：涉道小说丰富的社会文化内涵

自剖爱慕之意，没想到封陟心如木石，毫不动心。上元夫人屡次下降都不能打动他，不仅如此，还被他疑为妖精，其身边的侍卫只好谏阻道："小娘子回车，此木偶人，不足与语，况穷薄当为下鬼，岂神仙配偶耶？"她最后长叹而去。三年后，封陟命终，被泰山府君派人追入幽府，恰遇上元夫人经过，不忘旧情，替他说情延寿一纪，封陟才知道她的确是神仙，至此只有痛苦后悔而已。

上元夫人第二次下降，曾赠封陟诗一首："弄玉有夫皆得道，刘纲兼室尽登仙"，体现了前期道教的两性关系看法，即神仙世界是可以享有配偶，并不完全排斥男女恋情的。而上元夫人的主动降临，则应该说体现了唐代女性在道教话语环境下对爱情的大胆追求，这在文学史上是少见的。当她第三次降临被拒后，叹息道："我所以恳恳者，为是青牛道士之苗裔。况此时一失，又须旷居六百年，不是细事。於戏！此子大是忍人！"① 则表现出女神也怕过单身的日子，实际是借道教中女神的尊崇地位来表达对于婚姻的主动追求，是现实中女性话语心声的一种曲折表露。

《郭翰》与《聊斋志异》中的《荷花三娘子》则更惊人地展露了道教话语中女性对性爱自由的追求。出自《灵怪集》的《郭翰》描写郭翰也为仙女追求，他没有封陟那么固执，而是高兴地接纳了她。但这个仙女不是普通仙女，而是身有所属的织女，她声称自己"久无主对，而佳期阻旷，幽态盈怀。上帝赐命游人间"，作品接下来几乎是露骨地写他们的性爱缠绵："乃携手登堂，解衣共卧。其衬体轻红绡衣，似小香囊，气盈一室。有同心龙脑之枕，覆双缕鸳文之衾。柔肌腻体，深情密态，妍艳无匹。"而当郭翰关切地问道"牵郎何在？那敢独行"时，织女的回答是："阴阳变化，关渠何事？且河汉隔绝，无可复知；纵复知之，不足为虑。"② 唐人敢拿中国著名的神话传说中身有所属的织女来做这样的大胆文章，表明道教话语环境下对长期幽居的女性的一种关怀，织女的身份其实是现实社会中丈夫长期在外的女性的投射，作者似乎觉得允许她们偶尔外出寻找合适的男性解决一下身心的需求也是不无人性的事。

---

① （宋）李昉等编，汪绍楹点校：《太平广记》，第424—426页。
② 同上书，第420页。

《聊斋志异》中的《荷花三娘子》则走得更远一点。荷花三娘子本为狐仙，宗相若遇见她在野外与一男子野合，被激起兴趣，追问她姓氏，她却说："春风一度，即别东西，何劳审究？岂将留名字作贞坊耶？"这说明蒲松龄非常清楚道教在全真化之前对两性关系的态度是比较开明包容的，甚至可以将贞洁这种东西抛在一边，允许"春风一度，即别东西"这样自由的性爱关系。荷花三娘子后因与宗相若的相好导致后者身体羸弱，道士乃出现挽救宗相若，几乎将她置于毙命，她也因此悟道出家修行，宗相若看到她给自己带来的金橘而萌生不忍，于是将她放走。这里刻画出荷花三娘子实质上不过是一个普通的心地善良的女子，她是真心和宗相若相好，相见时还带来金橘，才感动了他。而她尽管遇此狼狈的挫折，自动离去，却还帮宗相若治好病症，并帮他物色了一门亲事，充分表明了作者对她的欣赏、同情、肯定。

《封陟》《郭翰》《荷花三娘子》这三篇涉道文言小说从不同的角度展现了道教对女性在情爱或性爱上的一种开明、包容的态度，这已经涉及对儒家性别话语的某种抗争了。而《郭翰》一篇则更复杂，表现出与儒家女性性别话语的抗争中的纠葛、纠葛中的抗争。

我们都知道，织女本为王母的女儿，则玉帝就是其父了，而《郭翰》中的织女得到玉帝的允许来人间暂结良缘，七月七日前后她还要回到天上与牛郎相见。作者故意拿此做文章：

> 后将至七夕，忽不复来，经数夕方至。翰问曰："相见乐乎？"笑而对曰："天上那比人间？正以感运当尔，非有他故也，君无相忌。"问曰："卿来何迟？"答曰："人中五日，彼一夕也。"[①]

织女说天上没法和人间相比，正是道教所追求的实质上是人类一切生活面的美满，包括两性之爱的表现。她被允许瞒着她那一年只能见一次面的丈夫来到人间，可以说是道教对类似女性比较宽容、体恤的一种表达。

---

① （宋）李昉等编，汪绍楹点校：《太平广记》，第421页。

当然，这种宽容又是有限的，当时限一旦到来，织女也只能回到天上，小说结尾，两人面临分离，不得已"遂悲泣，彻晓不眠。及旦，抚抱为别"，尽管缠绵悱恻、厚赠礼物，织女还是不得不离去，表明道教对儒家女性性别话语的抗争是有限的，最终还是得回到这一在中国古代最强大的话语系统中去，在抗争的结尾是妥协，所以我们称之为"纠葛"。某种意义上，《封陟》中上元夫人的热情得不到回报、《荷花三娘子》中开放的荷花三娘子遭遇几乎致命的挫折，也可以看作是对儒家女性性别话语的妥协，因为上元夫人可以说代表爱情中主动的女性，而儒家对此类女性是不大赞赏的，因为儒家话语规定女性属阴，被动才是她们该有的特质。而荷花三娘子这样近乎开放的性爱态度在儒家性别话语里则更非致人命于死地的妖怪莫属，为此，毫不奇怪，她就属于该剪灭之列了。所以，这两篇一样体现出道教女性话语对儒家女性性别话语抗争中的妥协，也就是笔者所谓的"纠葛"。

三 《崔书生》《韦安道》《柳毅传》等篇的实质：女性终究不能主宰婚姻的悲哀

《崔书生》《韦安道》《柳毅传》等篇的题材或主题尽管与上述所论的篇章有交集，有的同属人神、人仙恋爱婚姻题材，有的都包含了女神女仙下降的情节，但是在反映的问题上却属另外一类，即本小节所提到的女性的婚姻自主上的问题，这是上述诸篇还没来得及触及的问题。

这几篇中，《崔书生》与《韦安道》有点类似，即男女双方已经进入了婚姻的状态，却因男方家长的介入反对而告离散。《崔书生》讲述崔书生无意中追求到了西王母第三女玉卮娘子，其母却因女子"妖美无双……恐是狐媚之辈"而责子与之离异，女子不待书生开口已知其事，自动请行。崔书生送其还家，尽管彼此不舍，女子还赠以礼物，二人还是分离。后有识宝胡僧证实该礼物出自西王母第三女玉卮娘子之手，崔书生怨叹而卒。这一题材可以说是中国古代文学从《孔雀东南飞》到陆游的《钗头凤》一直反映的父母，尤其是母亲拆散儿子婚事的题材，现在在涉道小说中表现出来，当然反映了道教对这一问题的了解与参与。

《韦安道》则以更夸张的形式、更撼人的规模表达了这一题材。这一文本中出现的女主角来头更大，是传说中的后土夫人，连当时女皇武则天都受她节制。小说写洛阳韦安道清晨出行，路遇仪仗队堪比人主，以为是天后武则天游洛阳。后来后土夫人派人来请，以冥数注定为由与韦安道结为夫妇，一切服用之物皆如帝王之家。夫人并主动请求回安道家拜见公婆，成就大礼。及至归家，韦安道父母以其享用超越礼制，惧怕祸端，因上告于天后。此时天后尚不知女子为后土夫人，以为是一般的狐媚之辈，先后派有道行的名僧九思、怀素以及能以太一异术制服天地神祇的正谏大夫明崇俨（似为高道）来对付，都反而被击败。最后韦安道父母只好让安道自己出面遣送新妇。韦安道在新妇要求下送其还家，结果在其家，看到无数神灵来朝见后土夫人，其中有大罗天女，即当朝女皇武则天。后土夫人要求武则天照顾韦安道，武则天唯唯答应。等韦安道回到家已是一月之后，此时天后已派人到处在寻找他并给他五品官做，证实此前所见不虚。

《韦安道》无非是想表明，无论女性的地位多么高贵，在男方父母不愿意接纳的情况下，都是不能得到如愿以偿的婚姻的。小说特意将后土夫人的仪仗服用之物与武则天相比，并刻意制造她凌驾于天后之上的地位，也就是为了证明这一点。所以我们认为，该篇反映的问题与《崔书生》是大同小异的。细读文本，可以发现两篇的女主人公表达自愿遵守妇道的意愿都是一致的：

本侍箕帚，便望终天。（《崔书生》）

某幸得配偶君子，奉事舅姑，夫为妇之道，所宜奉舅姑之命。（《韦安道》）

也就是说，两位女子都是好女子，愿意恪守妇道，偏偏家长看不惯，女子不得不离去，不管她地位再高、容貌再美。这当然是中国传统社会中媳妇与公婆相处时恒常出现的主题的变形表达。

《柳毅传》中男女主人公虽然最终结为美好的婚姻，仔细阅读却可发现它也反映出女性在婚姻问题上面临的困难，如果单纯从女主角龙女的角度解读该篇，甚至可以发现作者似乎在有意识地面对女性在婚姻中的地位问题。龙女的第一次婚姻发生危机，是因为丈夫泾水小龙移情别恋，龙女求告于公婆，公婆却偏袒她的丈夫，反罚她野外牧羊。而这桩婚事应该是传统所谓的门当户对的婚事，所以作者先就表达了这种婚姻可能存在的问题。这里的男方家长虽没有拆散儿子婚事，却一样存在着女性在婚姻中的被动局面。

龙女被舅舅钱塘湖龙王救回后，钱塘湖龙王倚酒作色，胁迫柳毅娶龙女被拒。柳毅回到人间，娶两妻皆亡，第三次婚姻才与龙女结合。此时进入龙女的第二次婚姻，而她是在一年后生下儿子才敢告诉柳毅真相说自己就是龙女，并且说："妇人匪薄，不足以欢厚永心。故因君之爱子，以托贱质，未知君意若何？愁惧兼心，不能自解……"虽然她在获得自己的幸福的路上有过自己的抗争，即在父母欲将她再次配嫁给濯锦小儿时，"闭户剪发，以明无意"[①]，但在和柳毅的婚事上开始并没有自信，不能确定丈夫是否爱自己。这一样是传统婚姻面临的问题：先结婚，后感情。直到儿子降世一年，才敢坦白，母以子贵的现实凸显的一样是女性在婚姻中传统的被动态势。所以我们认为，该篇与《崔书生》《韦安道》一样反映了古代女性终究不能主宰婚姻的悲哀。

《聊斋志异》中的《青凤》表面上是耿生追求青凤终得团圆的浪漫故事，如从女性角度解读也可发现类似的问题。原来文中耿去病是已有妻室的人，当他认识青凤一家后，"归与妻谋，欲携家而居之，冀得一遇。妻不从"，也就是他欲入住叔叔家旷废的别墅以等待青凤再次出现，而妻子不答应，于是他一个人搬进去住。这里耿去病似乎视妻子的感情如无物。而青凤则尽管对耿去病不无感情，却在叔父的干预下不得不离开耿家，直到第二年清明节，耿生上坟巧遇猎狗追赶现身狐形的青凤与丫鬟，

---

① （宋）李昉等编，汪绍楹点校：《太平广记》，第3416页。

将青凤救下,二人才喜结良缘,并且还不得不隐瞒青凤的家人。所以青凤的形象一样反映了传统的女性不能自主婚姻的问题,而整篇中甚至没看到耿去病的妻子对自己的丈夫再婚发表任何意见,则作者对此的毫不放在心上是显然的了。联系到《聊斋志异》中大量的一男兼得二美以及鞭挞妒忌小妾的悍妇的故事,我们当然不能不说,《青凤》完整地反映了女性在婚姻中的被动处境。

四 《裴航》《柳毅传》与《瑞云》——不得意书生的爱情畅想曲及对男性的要求

有一些涉道文言小说也探讨了对男性的品格要求的问题。

在人生或仕途上不得意的书生怎样得到美满的爱情甚至物质生活的丰足呢?从唐传奇到《聊斋志异》凭借道教不断作出了幻想式的回答,虽然今天看来不过是幻想,但是从男性性别话语的角度还是有一定的意义的。其中《裴航》与《聊斋志异》之《瑞云》《彭海秋》等篇值得作为范例分析。

前文提到过,《传奇·裴航》写落第书生裴航因热烈追求美貌女子,抛弃举业不顾,而兼得长生与美满爱情,这是将神仙世界凌驾于凡俗科举功名之上,似乎是较早表现出对科举制度的不屑的例子。它一开篇就特意交代"长庆中,有裴航秀才,因下第游于鄂渚",裴航先遇樊夫人,追求而不得,后在蓝桥求浆解渴时遇云英,发现其美貌后大胆求婚,其祖母以得到玉杵臼为条件,于是裴航"至京国,殊不以举事为意。但于坊曲闹市喧衢而高声访其玉杵臼,曾无影响。或遇朋友,若不相识,众言为狂人"。最终他不仅得到了云英,而且还与之一起超升为仙,搬进了"一大第连云,珠扉晃日,内有帐幄屏帏,珠翠珍玩,莫不臻至。愈如贵戚家焉"的环境里,兼有仙童侍女服侍。《柳毅传》中的柳毅一样是落第举子,因给落难的龙女送信,得到龙宫厚报,最后还娶到美貌的龙女。应该说,是唐代道教作为国教的贵盛,才给了落第文人以这样的幻想。不过其中裴航对云英大胆执着的追求,是很突出的;而柳毅则是以其热血与磊落的个性赢得人生的美满。

第二章 事事如意与竟不如意：涉道小说丰富的社会文化内涵

《聊斋志异》之《瑞云》《巩仙》《彭海秋》等篇表现出直到清代，道教带给文人类似的美满幻想还在持续。《瑞云》中的贺生家虽不算穷困，但与那些一掷千金毫不在意地追求瑞云的富商贵介仍是远远不能比的。尽管瑞云对贺生有情有义，但贺生这样的一介书生怎样得到名满青楼的瑞云呢？作者仍借道教来实现他们的美好愿望，其情节可谓别具巧思：事后道出自己姓和的仙人（或为道士）将瑞云的额头点了一下后，瑞云额上就出现了墨点，而且愈洗愈阔，最终布满脸面，从此无法接见客人，被贬黜到灶间佣作。而贺生却因她对自己的知己之爱毫不嫌弃，将其赎出青楼而成佳偶。多年后，仙人还帮瑞云洗去墨痕，恢复往日的绝世姿容。而这一切，是对贺生"惟真才人为能多情，不以妍媸易念"的对瑞云义举的奖励。

《聊斋志异》中，类似的还有《巩仙》中的巩仙则帮助尚秀才与先为歌妓、后被鲁王招入府中的惠哥得以团圆；《彭海秋》中仙人彭海秋与彭好古对饮，招来扬州第一名妓娟娘陪饮，因彭好古喜欢上娟娘，彭海秋替他们定下三年之约，三年后他们果然重见，并喜结良缘，其中显然有仙人的暗中帮助。这两篇中如果说对尚秀才的为人没怎么描绘的话，那么对彭好古则明确地借"邱生是邑名士，而素有隐恶，彭常鄙之。月既上，倍益无聊，不得已，折简邀邱"反衬出彭好古的高洁，加上仙人彭海秋亦鄙薄邱生，以仙术使大家共游西湖后，将其变为马匹供彭好古骑回，则彭好古自然是磊落光明之士无疑了。

此外，还有《青凤》一篇中的耿生值得一提。他为追求青凤，不惧其叔父变成鬼来吓唬，反而将墨汁涂在脸上吓退厉鬼，给人的印象也相当深刻。

总结起来，《聊斋志异》的这些篇章中，尽管书生有的并不算衣食匮乏，但比起文中出现的达官贵人，则无一不能不说是处在社会的底层了。蒲松龄借涉道人物带给他们美满的婚姻，并不是毫无条件的，那就是他们基本上要有良好的品行，特别是对爱情的执着而非游戏，可以看作是作者对男性获得美满婚姻的一种品性要求。

第三节　告别宣教：唐传奇中人与神仙精怪婚恋作品的人文意蕴探索

魏晋志怪是宣教的因而是宗教而非人文的，唐传奇的倾向是人文而非宗教的，尽管其中不乏大量宗教因素存在。从某种意义上说，正是对宗教意识的超越，才使小说得以自觉发展起来。这是学界的共识，其表现是多方面的，而笔者则注意到一个独特的地方，即唐传奇里很多描写人与神仙的婚恋作品中，神仙不再能如魏晋志怪一样威逼人，反而请求人与之婚配；同期的精怪与人的婚恋作品中，很多描写精怪被察觉后不再如魏晋志怪中一样逃走，而能与人长期面对。经过探讨可以发现，这是由于人性化的注入使之具有了人与人平等相处的性质，本文目的就在于探讨它们因此体现的诸多方面的人文意蕴。

一　单纯语怪：魏晋南北朝人与神仙精怪婚恋作品的特点

在此我们首先要指出，所谓婚恋，是指两性之间产生了婚姻关系，或至少有一定的感情。

众所周知，我国小说萌芽期的魏晋南北朝小说中，很少有人与精怪之间的婚恋题材作品，偶尔有作品写到异类想靠近人类与之发生亲近关系，例如《甄异传》之《杨丑奴》：

> 河南杨丑奴，常诣章安湖拔蒲，将暝，见一女子，衣裳不甚鲜洁，而容貌美，乘船载菱，前就丑奴。家湖侧，逼暮不得返，便停舟寄住。借食器以食，盘中有干鱼生菜。食毕，因戏笑，丑奴歌嘲之，女答曰："家在西湖侧，日暮阳光颓。托荫遇良主，不觉宽中怀。"俄灭火共寝觉有臊气，又手指甚短，乃疑是魅。此物知人意，遽出户，变为獭，径走入水。①

---

① （宋）李昉等编，汪绍楹点校：《太平广记》，第3861页。

第二章 事事如意与竟不如意:涉道小说丰富的社会文化内涵

经常为论者列举的还有同书之《谢宗》,描写谢宗与一女子结婚生了两个孩子后被发觉有异,后来母子都化为龟。南朝宋刘敬叔的《异苑》之《徐奭》谓:

> 晋怀帝永嘉中,徐奭出行田,见一女子姿色鲜白,就奭言调,女因吟曰:"畴昔聆好音,日月心延伫。如何遇良人,中怀邈无绪。"奭情既谐,欣然延至一屋。女施设饮食而多鱼,遂经日不返。兄弟追觅至湖边,见与女相对坐,兄以藤杖击女,即化成白鹤,翩然高飞,奭恍惚年余,乃差。[1]

刘义庆的《幽明录》中有一个与之很类似的白鹄化女子的故事[2],在此不引用原文。

据洪树华统计,这样的作品在魏晋志怪中有六十三篇[3],篇幅都是一样短小,更应该指出的是,这些作品中无一例外的是,精怪一旦被发觉有异,马上就逃走了,它们无法与人类长期共存,作品也没有描写到人类与精怪之间产生真正的感情。

这一时期有一些神仙降世与人结合的例子,有名的如《搜神记》之《杜兰香》《弦超》。与前一类作品联系起来看,它们共同的特点除了叙事简单之外,就是都带有宗教初创时的恐吓意味。与精怪之间的婚恋作品不用说,那些精怪的表现自然是唐突粗野、令人反胃的,就是神仙降世与人结合的作品,也显示出一股野性,杜兰香之"嫌我与祸会"、成公知琼之"逆我致祸灾"都显示出威逼的意味而令人生畏惧之心,作品中也没有描写任何人类对此的不愿意或者反抗。《幽明录》还有一处写社神强要将女儿嫁给甄冲,后者以年长且已婚为由拒绝,社神竟然大怒,甄冲要搬家,为之阻拦,相持不下,不久甄冲染病而亡[4],无疑是神力所为,

---

[1] (宋)李昉等编,汪绍楹点校:《太平广记》,第3812页。
[2] 《汉魏六朝笔记小说大观》,第719页。
[3] 见洪树华《先秦至唐五代文学中的超现实之婚恋遇合及其意蕴》,博士学位论文,南开大学,2007年。
[4] 《汉魏六朝笔记小说大观》,第730页。

竟然成了逼婚不成的典范。类似的故事还有《搜神记》卷五所载之《蒋子文》。

唐传奇中,描写现实人生中的婚恋题材作品大量出现,同时人与神仙精怪的婚恋故事也涌现出来。透视后一类的婚恋题材作品,就可以发现它们的焦点也同样转移到了与人有关的问题上,它们在人与神仙或各种动植物乃至无生命的事物之间的似乎超现实的恋爱婚姻生活描写中,表达的却是当时我们今天仍能理解的具有中国人特点的思想与感情、价值观念,从而在写神叙怪的传统题材中告别了宗教的迷思,而呈现出人文主义色彩。

二 唐代人与神仙精怪婚恋作品的人性与人文内涵

我们先看人与神仙的婚恋作品。

我们首先举出名篇《柳毅》,因为它鲜明地代表了唐传奇的人文精神。这篇名作的内容为人所熟悉,在此不必复述。它最引我们注目的地方在于:当性情直率暴烈的钱塘湖龙王吃掉了龙女那负心的夫君泾水小龙,救回了龙女后,在龙宫迎接龙女并感谢柳毅的宴会上,钱塘湖龙王企图迫使柳毅娶龙女而作了如下的发言:"不闻猛石可裂不可卷,义士可亲不可羞耶?愚有衷曲,欲一陈于公。如可,则俱在云霄;如不可,则皆夷粪壤。足下以为何如哉?……泾阳之妻,则洞庭君之爱女也。淑性茂质,为九姻所重。不幸见辱于匪人,今则绝矣。将欲求托高义,世为亲戚,使受恩者知其所归,怀爱者知其所付,岂不为君子始终之道者?"面对钱塘君的逼迫,柳毅毫不为所动,从容而言曰:"若遇公于洪波之中,玄山之间,鼓以鳞须,被以云雨,将迫毅以死,毅则以禽兽视之,亦何恨哉!今体被衣冠,坐谈礼义,尽五常之志性,负百行之微旨,虽人世贤杰,有不如者,况江河灵类乎?而欲以蠢然之躯,悍然之性,乘酒假气,将迫于人,岂近直哉!且毅之质不足以藏王一甲之间。然而敢以不服之心,胜王不道之气。惟王筹之!"① 结果力能翻江倒海的龙君反

---

① (宋)李昉等编,汪绍楹点校:《太平广记》,第3414页。

而被人类的大义所折服，只好惭愧致歉，人战胜了水族之神的野蛮。钱塘君的威逼，不难令我们想到前述魏晋时代神女降临时的话语，而结果他失败了。这样的对比可以说相当具有代表性，似乎说明了一个时代精神的转折：尽管神仙之说仍然高涨，作家却巧妙地利用它来表达人类的道德标准高于一切的观念。钱塘君之威逼柳毅，本身是出于对其"高义"的崇敬，只是他的表达方式类似于李逵的"都去，都去，不去的吃我一板斧"，他被折服是必然的，或者说作者不过是用这一情节来体现柳毅境界之高超。最后龙女经过曲折终于嫁给柳毅，还是出于对他的感恩之情，是对人的慷慨豪爽的回报，表现的同样是人类共通的情谊。在这篇神奇的作品里，我们看到余英时所说的："（西方文化中，道德是宗教的引申）……中国文化中，宗教反而是道德的引申。"①

裴铏《传奇》中的《封陟》是很多人都谈到的，但仍然有值得指出的地方，那就是上元夫人三次向封陟表白情义而遭到拒绝，她还是没有如魏晋神仙一样威逼他，而且当封陟死后为泰山府君追命时，上元夫人仍旧不能忘情，为之延长寿命一纪。

唐传奇中人与神仙婚恋故事还体现出其他方面的人性化色彩。

论者多谈及裴铏的《裴航》强烈的人间色彩。的确，作品描写的其实是一个青年男子勇敢执着的爱情追求，但其中神仙的表现也堪注意。裴航先遇到云翘夫人，她虽然"操比冰霜，不可干冒"，最后却以一首诗来指点途径。当裴航在蓝桥驿遇到云英而求婚，她的祖母提出要"玉杵臼"，裴航历尽曲折终于获得而见奉时，"祖母"大笑曰："有如是信士乎？吾岂爱惜女子而不酬其劳哉。"神仙是讲信义的，而且恐怕比凡人更讲信义，《聊斋志异》中《小翠》之所谓"仙人之情，更有甚于流俗也哉！"恐怕是从这里得到的灵感。

魏晋神仙道教本来就说，神仙比凡人更遵守道德，但那时的小说竟没有表现这一点，直到唐代才表现出来。这也许是唐代社会从魏晋南北朝的乱世走向了稳定和文明的结果。

---

① 余英时：《儒家伦理与商人精神》，广西师范大学出版社2004年版，第32页。

精怪与人的婚恋故事，与上一类作品相比，既有相辅相成的思想感情，也有自己独特的意味。

《玄怪录》之《尹纵之》中，表现了与《柳毅》相辅相承的思想。尹纵之与一女子有一夜之好，誓将白首，结果发现她是猪所变化而成而置之于死地。但在这个作品里，却表现出对于男主人公尹纵之的谴责之意，这是因为，虽然女子为母猪所化，但她在与尹纵之交接的整个过程中都没有表现出妖怪害人的意图，却处处呈现出人性的，特别是女性特有的素质：她来接近尹纵之，是为其优美的琴声所吸引，这是人类才有的审美能力的表现；尹纵之强留其鞋为质以要挟她再来，已显卑鄙，而她只是苦苦哀求；尹纵之开始怀疑她的身份，坚决不给她鞋子，她只好"收泪而去"。读者在阅读过程中，不需任何暗示，已经对女子产生同情，对尹纵之的忍情有了反感。其后尹纵之"山下求贡，虽声华籍盛，终无成"，作者议论说："岂负之罪欤？"其实这一结果早被女子道破："妾前生负郎君，送命于此。然郎之用心，神理所殛，修文求名，终无成矣！"[①] 这里遵循的同样是人类道德：反对恩将仇报。这个故事与前述《徐奭》相比，其蕴涵更明显。《徐奭》中的女子能吟诗，亦貌美，可是结尾处却只写她被杖击而化鹤逃走，满是怪异味道，据研究者认为这样的故事不过是人类的性心理不能满足的曲折表现。

也许并非巧合，裴铏的《传奇》之《孙恪》[②] 表现了与《尹纵之》差不多的思想。孙恪因与猿精成亲而有所谓妖气，为表兄张生看破，张生劝其除之，孙恪起初反对，张生怒曰："大丈夫未能事人，焉能事鬼？传云：'妖由人兴。人无衅焉，妖不自作。'且义与身孰亲？身受其灾，而顾其鬼怪之恩义，三尺童子，尚以为不可，何况大丈夫乎！"孙恪接受了他的计策，准备杀死妻子，袁氏（即猿精）发觉，大怒而责恪曰："子之穷愁，我使畅泰，不顾恩义，遂兴非为，如此用心，则犬彘不食其余，岂能立节行于人世也！"又责备张生"一小子，不能以道义诲其表弟，使行其凶险"，言辞凛然，终于折服了孙恪，而其中的道理，则是对异类也

---

① 《唐五代笔记小说大观》，第411页。
② （宋）李昉等编，汪绍楹点校：《太平广记》，第3486页。

第二章　事事如意与竟不如意:涉道小说丰富的社会文化内涵

必须遵循道义,不能不顾恩义。后来猿精睹同类而归入深山,孙恪携二子寻其路,望林大哭,再没有一点隔阂之感,因为作家描写的袁氏本与人没有两样,甚至比凡俗女子更有才情。这篇作品还有一个地方值得注意:道门之徒张生代表宗教力量,已经成为阻隔凡间美好婚姻的力量,而竟不能如愿;后世小说《白娘子永镇雷峰塔》继续这一思路,写蛇精与许仙的爱情及因和尚的阻隔的悲欢离合,演变成了一个长篇故事,相比之下,《孙恪》写猿精胜过张生,将其剑折断,本质上又与钱塘君为柳毅折服相似,无疑是很大胆的对怪异力量的否定、对人性与人类道德将战胜一切的自信。在这两篇作品里,精怪是值得同情甚至肯定的,为人的尹纵之与张生反而是要否定的对象,这是因为精怪实际上不过是披着怪异外表的人,而人反而是非人,因为人没有遵循人类的道德准则,不堪为人。

最后我们以分析《任氏传》来为这类作品做一个小结。作为狐狸精的任氏,忠贞于郑生,反抗韦崟的强暴而得到后者的尊重,再后来却因为郑生自私的情欲、不顾她的不祥的预感强行带她上路而被猎狗咬死。任氏受到作者高度的赞美:"嗟乎,异物之情也有人道焉!遇暴不失节,徇人以至死,虽今妇人,有不如者矣。惜郑生非精人,徒悦其色而不征其情性。"[①] 之所以要以此篇作为小结,是因为在我们看来,沈既济表达的正是这些传奇作家共同的创作目的:他们显然并不是鼓励人类去与异类发生婚恋,如果我们以为,这些作家们是在宣扬人类对异类的爱情,那当然大错了,人类与异类的恋爱是直到今天也匪夷所思而令人无法接受的,恐怕也是从来不会发生的(这也是这些作品很让现代人迷惑的地方);我们必须做如是观:作家们是借此来褒扬奖励那些能遵循人道而生活的人,而劝惩那些"不如者",这后者,就是我们日常生活中耳熟能详的批评某人"连……也不如"的句式。而如果我们对异类都能讲恩义,那么对同类就不用说了。这是题中应有之义,归结点还是在人自身。有的论者认为它们表现了当时作家对如何与异类相处的思考而具有超前的

[①] (宋)李昉等编,汪绍楹点校:《太平广记》,第3692页。

75

意义，恐怕是求之过深了。

总之，它们描写的精怪能与人相处很长时间，而且即使被识破身份也不再逃走，是因为它们已经充分人性化，能无愧地面对人类了。不妨说，这些作品无论描写神仙还是精怪，都已经具备冯镇峦论《聊斋志异》以"人事之伦次"写神怪的特点。

这类故事与人神之恋作品还有个共同的倾向，就是描写和女性的结合与给男主人公带来了他们所期盼的富裕和美满的生活，这也是它们具有人间生活意义的一方面。

三 唐代人与神仙精怪婚恋故事的文化反思意味

除了上述人性化的内容，这些作品还似乎初步包含了对当时文化进行反思的意味。

《柳毅传》似乎是对科举落第而深具道义感的书生的补偿，从而较早地体现了对科举制度的反思。

《玄怪录》之《崔书生》[1]与沈亚之的《湘中怨解》[2]似乎在面对婚姻悲剧的问题。《崔书生》中西王母第三个女儿玉卮娘子下嫁崔书生，对其母"悉归之礼甚具"，而竟被疑为狐媚，我们马上想起焦仲卿妻刘兰芝无端被母遣的悲剧。神女隔室不闻却知道此事，可见她的神通，既然如此，为何又不能料及此事？恐怕作者之命意本来与《孔雀东南飞》一样，揭示长辈对子女婚姻的无由干涉。《湘中怨解》描写人鲛之恋，作品中的鲛宫之娣去掉鲛的"话语外衣"后就完全是一个现实社会中的女子形象。她"能诵楚人《九歌》、《招魂》、《九辩》之书，亦常拟其调，赋为怨句，其词丽绝，世莫有属者"。作品中还有她的《风光词》一首。后面写当她谪居期满回到龙宫以及后来与经过岳阳楼的男主人公韦敖之间的表现，完全是人间恋情被阻时的表现。李剑国先生认为这篇作品可能是沈亚之在现实生活中一次感情伤痕的投射。

---

[1] （宋）李昉等编，汪绍楹点校：《太平广记》，第392页。
[2] 同上书，第2372页。

第二章 事事如意与竟不如意：涉道小说丰富的社会文化内涵

《孙恪》与《河东记》里的《申屠澄》[①]、《宣室志》里的《颍川陈岩》[②]还有别样的意义。袁氏"裂衣化为老猿，追啸者跃树而去"，申屠澄之妻（本为虎精）与虎皮而"披之，即变为虎，哮吼拿攫。突门而去"，这样的情节与魏晋志怪中精怪被识破而现原形并不完全一样，它们似乎是体现了人对文明有可能束缚自然天性的反思，但或许也在展示作家们对文明进化时人身上残存的野性的警惕。这样的思考当然是更高于宣扬迷信与神巫崇拜的原始道教了。《宣室志》中的《计真》[③]中，狐精李氏甚至劝计真不要求仙，认为那是徒劳无功的，这些其实曲折反映的是当时对道教不那么热衷的人的观念。

以上论述表明，这些小说更进一步脱离了单纯志怪传奇的特点，而将这一新兴文体用于反映、反思社会，这同样是人文化的一部分。

我们还可结合小说史来进一步看这些作品的意义。众所周知，今天所谓的魏晋南北朝小说，很多并不具备今人所谓小说的形态，这一点在其名称上就可以看出来。像《搜神记》《搜神后记》等，是要"明神道之不诬"，《幽明录》是要显示幽明的区别，《拾遗记》是要补史之遗。

论者都认为，唐代小说经历了一个从志怪向传奇过渡的过程，这是对的。不是所有的唐代小说都属于传奇。不过对于什么才是传奇类作品，今人往往只就其文体特点进行辩证，由于这种辩证已经进行得很充分，因此此处只就笔者关心的问题进行探讨，那就是作品的创作旨趣的转变。笔者以为，一般所谓唐传奇与六朝志怪的不同在于唐传奇更多地反映现实生活，当然是对的，但还没有说到关键。唐传奇与六朝志怪的不同，最重要的在于，后者的创作旨趣是宗教或与巫术意识有关的，而前者即唐传奇的旨趣是人文的。

正如李剑国先生指出的，唐传奇是人情化、人性化的。很多唐传奇虽然明目张胆地表示自己张扬怪异的倾向，例如《玄怪录》《续玄怪录》

---

① （宋）李昉等编，汪绍楹点校：《太平广记》，第3486页。
② 同上书，第3632页。
③ 同上书，第3707页。

《博异志》《纂异志》《传奇》等，但其目的已经不再是宣扬佛道教思想了，毋宁说作家们巧妙地采取了旧瓶装新酒的办法，他们这样取名的目的，本身就在于引起读者好奇的注视（六朝志怪则不敢这样在名称上张扬自己的记述怪异的特点），所以后来的小说都自觉地继承这种传奇的特性；而其内容则是大量以人类的价值取向和道德标准为指导的生活与情感故事，从而达到既娱乐读者又教化的目的。而此一教化，已经是人文之教而非宗教之教了。（在这一点上，《聊斋志异》可谓旗帜鲜明地表示自己对唐传奇的继承，虽然其中也不乏志怪的短篇作品。）从某种意义上说，正是对宗教意识的超越，才使小说得以自觉发展起来。如孙逊先生指出的，汉魏六朝遇仙小说表现的是宗教的旨趣即对仙界的企慕、礼赞，而隋唐的同类小说则走向世俗，表达的是对尘世的高扬、对世间的留恋与享乐[①]。孙昌武先生也有类似的表述："在唐人的这些故事里，神仙是作为'人'出现的，女仙则是女人；作品则着意描写人世间的关系和感情，其主旨完全是面向人间的。如此表现的神仙世界，已基本脱落了宗教的含义，而成了艺术构想的成果。"[②] 同样，我们所探讨的人与异类婚恋题材的作品中，也只是利用了物老成精的传说话语来组织人物形象，却没有宣扬神仙道或巫鬼道的意思，《柳毅传》中有龙神，但借此表达的不过是对那富比王侯的生活的企羡，《尹纵之》《孙恪》《任氏传》里，都没有出现斩妖除怪的道士，也不是打算宣扬对精怪的警惕，尽管唐传奇中不乏表现此类心理的情节。

当然，整个唐传奇中依然存在大量与六朝志怪同调的作品，我们以上分析所涉及的作品只占唐传奇极少的一部分，不能代表这类作品的全部倾向。但这也不能成为否认这些作品具有如此特点的理由，即总的来说，这些作品中的怪异现象已开始离开单纯的宗教本身的宣传意义，而成为一种点缀或者展开幻想的工具乃至被批判的对象，从而开启了后世宗教题材小说将宗教世俗化、人文化的潮流。

最后要说明的是，这一倾向可能与文体有关，唐传奇的名篇大多较长，

[①] 孙逊：《中国古代小说与宗教》，复旦大学出版社2007年版，第260—265页。
[②] 孙昌武：《道教与唐代文学》，第301页。

可以容纳比粗陈梗概的六朝志怪丰富得多的内容，所以才能展开细腻的具有人间情味的情爱描写。但这与笔者所谓人文因素的注入并不矛盾，文体的改变是形式上的事，人文因素的充实则是内容、精神上的事。

第四节　章回小说涉道宗教书写的性别话语探索

以上第三节我们探讨了文言小说中人神恋题材的性别话语，事实上，由于篇幅所限，文言小说容纳的生活广度与深度是远不及明清时期成熟发展的长篇小说——章回小说巨著的，在性别话语的探索上，涉道章回小说也有更值得分析之处。其中至少有《女仙外史》《镜花缘》《红楼梦》，某种程度上还有《醒世姻缘传》值得一提。其中，《醒世姻缘传》与《红楼梦》是世情小说，但其中涉及女性的宗教书写值得分析；《女仙外史》《镜花缘》则属神魔小说，大规模涉及女仙、女神的描写，借此展现独特的女性观，更是为论者所称道。

一　《醒世姻缘传》与《红楼梦》的超现实女性话语

《醒世姻缘传》中关于女性的宗教书写有两点特别值得注意的地方，都与全书的女性性别话语有关。

其一，第九三回《峄山神三番显圣》中，晁夫人死后登仙，做了峄山圣姆。且看文中仙界黄巾力士的话："这是峄山圣姆，是你武城县晁乡宦的夫人。他在阳世间多行好事，广结善缘。丈夫做官，只劝道洁己爱民，不要严刑峻罚；儿子为人，只劝道休要武断乡曲，克剥穷民。贵粜贱籴，存活了无数灾黎；代完漕米，存留了许多百姓。原只该六十岁的寿限，每每增添，活了一百五岁。依他丈夫结果，原该断子绝孙；只因圣姆是个善人，不应使他无子，降生一个孝子与他，使他奉母余年。如今见做着峄山圣姆，只是位列仙班，与天下名山山主颉颃相处；因曲阜尼山偶缺了主管，天符着我峄山圣姆暂摄尼山的事。"[①]

[①]（清）西周生辑：《醒世姻缘传》，齐鲁书社1980年版。

道教中虽颇多女仙之说，但具体到明清时期，神仙谱已大致定下来。文中让晁夫人死后成为峄山圣姆，并且暂摄尼山的事，结合小说情节来看，其意义深远。

我们知道，《醒世姻缘传》的女性描写的另一个重要价值在于客观上展示了女性的巨大能量及她们在家庭生活中的重要作用，促使人们更重视女性地位的提高。其中尤其是通过这位晁奶奶和另外一位中年女性童奶奶，来展现女性对家族乃至社会的"正能量"。而晁奶奶是书中最具亮色的人物，以慈善闻名。这一人物形象有很高的艺术真实性，有一定的厚度与深度。从文学史角度来说，她是古典小说里较少见的被充分描写的老年人形象，在某种程度上足可与《红楼梦》里的贾母相比。如果说贾母代表了上层贵族社会的慈祥、仁爱、乐观的老祖母的典型，那么晁奶奶则是具有浓厚的乡土色彩的中下层社会富裕之家的老年人形象。曹雪芹写贾母，写活了一个有条件雅俗共赏、过着优裕的物质生活的祖母，她有说有笑，懂得尽情地享受生活；她身上有着深厚的母爱，不仅施及孙儿孙女，外孙女、侄孙女，还广被于亲戚家的孩子（宝琴、四儿、喜鸾），以及丫头、小戏子、小道士身上，但在家族利益受到威胁时，也会采取措施防范（惩罚喝酒赌博的守夜仆妇）。西周生笔下的晁奶奶是一个更为仁至义尽的形象，她把自己的积蓄拿出来赔给被儿子骗去所有银两的胡、梁二生，使他们感念恩德，梁生后来投胎到晁家做了晁夫人丈夫的妾的儿子，这个儿子就是晁源的同父异母弟晁梁，他奉养生母及晁夫人非常孝顺；善待做幕宾的邢皋门，邢皋门后来做官上任经过还特意来拜访。她也能照顾家族利益，将田产分给本族八户人家，并各给五十两银子做耕作本钱，族里的孩子小琏哥父亲死后，其后母卷着所有财产走人，晁奶奶把他从族霸手下救出来养活；这样，她成了晁家族人的真正权威，作威作福的族霸实际上受到人们的厌弃。她曾多次出谷赈灾，又替灾年受尽拷逼交不出公粮的人家交粮食，"替武城县留下许多孑遗"，使那本为不良之辈的县令也有所感化，这样，她成了社会危机的拯救者，这些都是她那刻薄的丈夫与儿子死后的事。

晁奶奶的慈善事业是在与族霸恶人的斗争中展开的，这使其形象有

第二章 事事如意与竟不如意：涉道小说丰富的社会文化内涵

敢于斗争，不畏恶势力的一面。当儿子晁源死时，族霸晁思才、晁无晏以为晁家没了后人，准备分晁家的财产，他们假作吊孝，以晁源丧事不请他们族人为名上门责问，被晁奶奶严正驳回："……既不是为吊孝，是为责备来的，我乡里也没预备下管责备的饭食，这厚礼也不敢当！"二族霸率人抢财产，被县令捉住惩罚以后，晁奶奶作出让步，分田给他们，二族霸又以自己是头人为名，要把别人的匀一份给自己，晁奶奶说："你既说是个族长，凡百事公平，才好叫众人服你。你承头的不公道，开口就讲什么偏……您打伙子义义合合的，他为您势众，还惧怕些儿；你再要窝里反起来，还够不看外人掏把哩。"后来出谷赈灾，二晁又要用自己的秕谷换了好谷救灾，晁奶奶得知真情后，严词拒绝。这样在斗争中描写出来的晁奶奶形象，显得真实可信，骨气凛然。作为大家族祖母，贾母的权威更多来自中国尊重老人的传统和自己个性的威慑力，与人冲突的可能性是极少的；而晁奶奶并没有那样优越的地位，她是靠自己的一片善心与对于社会危难的救助来获得人的感戴，她的寿辰之日，乡里人家都来看望，"来客太多，不能周备，只好把肴菜合成一处，每人一器，两个馒头，一大杯茶，聊且走散，另卜了日子治酒请谢"。这样的描写是有逼真感的。晁奶奶的形象因之更具光辉。

通过这一形象，作者表达了对于"女政"的向往。因为在《三国演义》《水浒传》里，这样的仁者形象是由男性承担的（刘备、宋江），在《醒世姻缘传》里，则由一个女性来承担，所以她是作家的一大独特贡献。与贾母相比，她当然显得更为光辉一些，因为她对整个社会的作用更为显著，相形之下，贾母倒只显得是施小恩小惠者了。无疑，在封建社会这是很有独特性与进步意义的。作者写她成为峰山圣姆，并且暂摄尼山的事，大约有让她暂时代替孔子来行教化天下的意思，如果是这样，那《醒世姻缘传》作者算是有非常前卫惊人的女性观了。不过这在道教中并不算什么新鲜事，因为道教女仙女神传记中，传主都以解救人类的灾难困苦为己任，救死扶伤，劝善引导，点化众生，有着崇高无比的德行。例如，女娲作为女神有两个巨大的功绩，一是补天："往古之时，四极废，九州裂，天不兼覆，地不周载……于是女娲炼五色石以补苍天"

(《淮南子·览冥训》);二是造人:"天地初开,女娲抟黄土为人,剧务,力不暇供,乃引绳横泥中,举以为人"(《太平御览》卷七八)。这是女娲补天与造人的伟大功绩,其他女神女仙造福人类的事还有蚕女"食桑叶,吐线成茧,用织罗衾被,以衣被于人间"(《墉城集仙录》卷六第六),昌容"能致紫草卖于染家,得之者色加倍好,得钱以救贫病者"(《墉城集仙录》卷六第九)。总而言之,道教中的女神女仙集真善美于一体,她们活跃在道教的神殿中,受到了包括男性在内的无数世人的尊崇和倾慕,这应该是充满了道教神灵描写的《醒世姻缘传》作者杜撰晁奶奶死后成为峄山圣姆的宗教文化原因。

其二,全书主题故事——狄希陈恶姻缘背后的千年狐仙报一箭之仇的因果报应结构。晁源因为打猎时射杀雍山洞的千年狐精,狐精不仅现世报仇、带人杀了晁源,而且投胎转世来报仇,在后世做了晁源后身狄希陈的妻子薛素姐,对狄希陈万般凌虐,几乎致死,最后幸亏遇到高僧指点,狄希陈才躲过素姐为报仇射来的那一箭。

千年狐仙报一箭之仇的恶有恶报故事可能不值一哂,但它蕴含着的性别话语却值得探究。我们知道,薛素姐与狄希陈之间的恶姻缘的实质是女性企图主宰家庭事务和不顾礼法,一定要满足过自由自在日子的愿望,如果得不到满足,就采取家庭暴力的方式解决,或者干脆自了。在那个礼教森严的社会,她敢于不顾众人的劝阻,远到泰山烧香;对于劝善的牌坊,她看也不看一眼;在登山途中,由于累得呕吐,愚昧的众人围在身边,都说是菩萨降罪,她敢将她们一顿骂驱散;她与最底层的妇女为伍,吃着粗茶淡饭毫不在意,与不守"妇道"的妇女一起游庙,毫不鄙视她们;当流氓无赖将她们剥光了衣服并进行殴打时,这些人家的男人纷纷责骂妇女不守妇道,她敢为她们辩护:"怎么就该吊杀!偷人养汉了么?……"结婚多年,还坚持要荡秋千……当她做这些并不伤害人的事时,显得非常光彩夺目!我们回顾世情小说史,惊讶地发现:那些早为人们熟悉的女性,无论是潘金莲,还是王熙凤,甚至林黛玉,都没有她这样强烈的追求自由自主的意识!潘金莲无论对西门庆怎样,或是咒骂,或是纵容、帮助他偷鸡摸狗,都是为了固宠;而王熙凤虽然牢牢

第二章 事事如意与竟不如意:涉道小说丰富的社会文化内涵

地控制着贾琏,却仍旧保持夫妇之礼,要做这西门庆式男人的妻子;而薛素姐在狄希陈的父亲要儿子休了她时,她说:"……待休就休,快着写休书,难一难不是人养的……写了休书,快叫人送与我,我家里洗了手等着!"(第七三回)表现得无比决绝!爱闹脾气的林黛玉在她面前也不过是小巫见大巫,她要去游庙,婆婆劝阻时她说:"由他,情管替他生不下私孩子……"她甚至是"若为自由故,性命也可抛"的女性,当在北京亲戚家里被关着不许出去游玩时(因为有伤风化),薛素姐急得上吊自杀。她说:"……好不容易到京,出来看看儿,只是把拦着,不放出来,我不吊杀哩?活八十,待杀肉吃么?"(第八五回)这一举动受到了作者的嘲笑,但在今天看来,却是值得同情的。

薛素姐的特点就是对丈夫毫无情分,不然就不会对丈夫实施诸多家暴了。而这种毫无情分是怎样来的呢?作者为什么为她安排一个千年狐精又被射杀的前世身份呢?这在性别话语上隐含着的内容是值得推敲的。也许作者潜意识中觉察到数千年以来女性被男性压迫的地位,在明末清初这个乱世看到许多泼悍的女性后,认为她们是在报数千年被压迫凌虐之仇?狐精让我们想起"女色祸水"一类的说法,尤其是狐精被描写变为"绝美娇娃"来引诱晁源,晁源本也动了心,狐精在猎狗苍鹰逼迫下现出原形后,指望晁源搭救,晁源反而将其射死,用晁源公公的话说:"你起先见了他,不该便起一个邪心,你既是与他有缘了,他指望你搭救,你不救他也还罢了,反把他一箭射死……他见我来,将你杀害他的原委备细对我告诉,说你若不是动了邪心,与他留恋,他自然远避开去,你却哄他到跟前,杀害他的性命。他说明早必定出门,他要且先行报复。"(第三回)可见是男人先对女人无情,才招来报复的。这种宗教鬼神书写也许还包含着更多值得探讨的民族集体潜意识内容,例如对女色祸水说的反思等,有待日后深究。

总结《醒世姻缘传》以上两个宗教书写情节和相关内容,作者注意到晚明阴盛阳衰的现实,认识到女性在家庭甚至社会上的巨大能量;但他赞美那种不破坏旧有的男性中心的社会性别结构而发挥巨大的安定家庭与社会的能量的女性,却忘了其典型形象晁奶奶是在作恶多端的丈夫与儿子死后才掌握家政权、大行仁政的；他对于那些不忍受男性中心地位的女性加以严厉批判，他塑造了薛素姐这样一个典型，借人们的口称她是"野物"、"失心疯"、"作孽万剐的禽兽"，却把她对丈夫的种种暴行安排在一个恶有恶报的框架内。就现实的层面来说，如论者所分析的，薛素姐对丈夫的每一次暴行都是因为丈夫的不合理行为，例如丈夫与妓女孙兰姬来往，婆婆还护着丈夫；想去泰山烧香，却被公公以妇道人家不应抛头露面禁绝；丈夫在北京瞒着她又娶一个妻子；等等①，这些问题都是由于男性中心、片面压制女性的不合理造成的，引起了薛素姐暴烈的反抗，作者对此加了猛烈的批评，而对传统性别话语对于女性的要求没有任何反省。总之，作者的女性观非常矛盾，并没有提供解决家庭问题的更好的方案，包括在婚姻问题上赞美晁梁与姜氏的包办婚姻，却忘记了狄希陈与薛素姐的家暴婚姻也是父母包办的。不过小说这种对家庭问题的注意足以令人警醒到中国古代性别话语对婚姻家庭的种种不合理的安排，包括对女性的种种要求。

《红楼梦》关于女性的性别话语已经为学界分析得很透彻，不过仍有一些地方值得提出来，在此主要探讨警幻仙姑对贾宝玉说的一番话：

一言未了，只见房中走出几个仙子来，荷袂翩跹，羽衣飘舞，娇若春花，媚如秋月。见了宝玉，都怨谤警幻道："我们不知系何贵客，忙的接出来。姐姐曾说今日今时必有个绛珠妹子的生魂前来游玩，故我等久待，何故反引这浊物来污染清净女儿之境？"

宝玉听如此说，便吓得欲退不能，果觉自形污秽不堪。警幻忙携住宝玉的手，向众姊妹道："你等不知原委：今日原欲往荣府去接绛珠，适从宁府所过，偶遇宁荣二公之灵，嘱吾云：'吾家自国朝定鼎以来，功名奕世，富贵传流，虽历百年，奈运终数尽，不可挽回者。故遗之子孙虽多，竟无可以继业。其中惟嫡孙宝玉一人，禀性乖张，生性怪谲，虽聪明灵慧，略可望成，无奈吾家运数合终，恐

---

① 参见李剑国、陈洪主编《中国小说通史》第四册，高等教育出版社2007年版，第108页（该部分对《醒世姻缘传》的介绍由雷勇完成）。

第二章 事事如意与竟不如意:涉道小说丰富的社会文化内涵

无人规引入正。幸仙姑偶来,万望先以情欲声色等事警其痴顽,或能使彼跳出迷人圈子,然后入于正路,亦吾兄弟之幸矣。"……

警幻便命撤去残席,送宝玉至一香闺绣阁之中……更可骇者,早有一位女子在内,其鲜艳妩媚,有似乎宝钗,风流袅娜,则又如黛玉。正不知何意,忽警幻道:"……吾所爱汝者,乃天下古今第一淫人也。……淫虽一理,意则有别。如世之好淫者,不过悦容貌,喜歌舞,调笑无厌,云雨无时,恨不能尽天下之美女供我片时之趣兴,此皆皮肤淫滥之蠢物耳。如尔则天分中生成一段痴情,吾辈推之为'意淫'。'意淫'二字,惟心会而不可口传,可神通而不可语达。汝今独得此二字,在闺阁中,固可为良友;然于世道中未免迂阔怪诡,百口嘲谤,万目睚眦。今既遇令祖宁荣二公剖腹深嘱,吾不忍君独为我闺阁增光,见弃于世道,是以特引前来,醉以灵酒,沁以仙茗,警以妙曲,再将吾妹一人,乳名兼美字可卿者,许配于汝。今夕良时,即可成姻。不过令汝领略此仙闺幻境之风光尚如此,何况尘境之情景哉?而今后万万解释,改悟前情,留意于孔孟之间,委身于经济之道。"说毕便秘授以云雨之事,推宝玉入房,将门掩上自去。

这一段为人所熟悉的场景描写及警幻的话语之所以被笔者不怕读者厌烦、几乎原封不动地引录在此,是想提醒大家一个很少注意到的矛盾之处,那就是太虚幻境是一个只有清净洁白的女仙居住的地方,一切男人都不许进来,因为他们是须眉浊物。太虚幻境无疑是女儿崇拜的产物,关于这种对女儿的崇拜,方克强认为源自"原始人把生育看作女性独自完成的'孤雌生殖观'"[1];但是警幻仙姑却因爱惜宝玉之"意淫"——堪为闺阁之良友的特质,将妹妹许配给宝玉,并且她不否定孔孟之道,而谁都知道,孔子说过:"唯女子与小人难养也。"关于本段的矛盾,清代戚蓼生说:"说出此二句(指要贾宝玉'留意于孔孟之间,委身于经济之道'——引者注),警幻亦腐矣,然亦不得不然耳。"[2]张新之在此有一夹

---

[1] 方克强:《原型题旨:〈红楼梦〉的女神崇拜》,《文艺争鸣》1990 年第 1 期。
[2] 朱一玄:《红楼梦脂评校录》,齐鲁书社 1986 年版,第 102 页。

批："上句是孔孟之间、经济之道，紧接授予云雨之事，千古奇事，千古奇闻。"他们都注意到，作者把关于男女情爱甚至性爱的大胆话语与关于记取孔孟之道的告诫放在一起写，同时也不愿违背贾府老祖宗宁荣二公希望家族传承兴旺下去的愿望。

这里牵涉道教与女仙传记有关的女性话语，其内涵当然是对女性清净洁白特质的重视，对男女情爱乃至性爱也不否定，反映了道教的大致立场，或者说回归了唐代大部分涉道传奇的立场，而对明清以来道教禁欲主义有所摒弃；文中对孔孟之道不能不给几分面子，表示作者不打算完全抛弃大传统，结合书中对女性才华的描写来看，这与《醒世姻缘传》重视女性在家庭社会中的作用，但希望她们不破坏男性中心的基本结构是有几分相似的，只不过《红楼梦》对男性中心的性别话语内核更为否定而已。这一点正如方克强先生所说："作者并不愿意抛弃男性社会的现实文明成果，而是要在文明发展的基石上，摒斥男性文化对人的生命的漠视与扭曲，重建女性文化的特质与优势。"[①]

二 《女仙外史》的道教女仙书写与女性话语

清代康熙五十年（1711年）出版的《女仙外史》以明代建文帝靖难之事为背景，写明代农民起义领袖唐赛儿起兵勤王，对抗燕王朱棣的靖难军，以谋求建文帝复位之事。唐赛儿在历史上实有其人，是明初以白莲教组织农民起义的领袖，永乐十八年（1420年）以益都的卸石蹦寨为据点发动起义，很快攻陷青州、莱州、寿光、即墨等九个州县，朝廷震惊，派重兵镇压，并多次诱其投降被拒，最后起义军因寡不敌众而失败，但唐赛儿逃逸，不知所踪。唐赛儿之变最早记载于《明太宗实录》，其中有对唐赛儿事变的详细记录，"山东蒲台县妖妇唐赛儿作乱"（卷二二二），"赛儿，县民林三妻，少好诵佛经，诡言能知前后成败事，又云能剪纸为人马相战斗"（卷二二三）[②]。唐赛儿之所以被称为妖妇，是因为她是官方认定的邪教"白莲教"的领袖。白莲教初起于南宋初年的"白莲

---

① 方克强：《原型题旨：〈红楼梦〉的女神崇拜》，《文艺争鸣》1990年第1期。
② 《明太宗实录》，上海书店出版社1990年版。

第二章　事事如意与竟不如意：涉道小说丰富的社会文化内涵

菜"团体，被朝廷视为异端而以妖妄惑众罪取缔，元初曾一度解禁，至英宗时再次被禁，从此一直被官方视为"邪教"。明清白莲教起义不断，严重打击了封建统治势力，所以一直被封建统治者严禁。吕熊却对唐赛儿这一被封建统治者称为"妖妇"的白莲教领袖身份避而不谈，另外给她安排了一个月宫嫦娥下凡历劫的身份：小说第一回就写在西王母的蟠桃会上，王母与佛祖均暗示她与后羿的孽缘未了，还需下界走一遭，蟠桃会后回月宫的路上恰逢天狼星乘下界之机调戏她，嫦娥恼怒气动，埋下了与天狼星下界后所托身的明朝永乐帝朱棣为对头的线索，由是而成为她下界后领导"靖难之役"反对朱棣的缘由。

历史上的"靖难之役"历时四年（1399—1403年），唐赛儿领导的山东农民起义则发生在永乐十八年（1420年），不久就宣告失败，与"靖难之事"并无关联，但因作者把讨燕伐逆这样的正义之事与被称为"妖逆"的唐赛儿起义两件毫无关联的事情联系到一起，唐赛儿——月君就成了他借"褒忠殛叛"来扶植纲常思想的寄托者，但客观上渲染的是一部嫦娥——唐赛儿英雄传奇的"外史"。"作者真正要讴歌的，是唐赛儿大胆'反'的女性意识。"[①] 她运筹帷幄，雄踞一方与逆党对抗，领导她的臣民去从事那"自开辟以来"从未有过的"至正至大"的宏伟事业，成为勤王战争中的核心和统帅，这既是对封建传统妇德的颠覆，更是对女性的极致赞美。

不过，作者所赞美的女性是有其选择的。作品中的唐赛儿，从小便志向高远，不爱红装爱武装，虽为女身，却想像男儿一样，建功立业。她抓周时抓的是一把宝剑，平素"不喜熏香，不爱绮绣，不戴花朵，不施脂粉"，虽从小聪慧，赋诗立就，而"诗中杀气凛然，绝无闺阁之致"，她刚到十岁就要看兵书，所作咏月诗歌充满严肃气象："露洗空天新月钩，瑶台素女弄清秋。似将宝剑锋芒屈，一片霜华肃九州。"（第二回）主动来教养她的鲍母对此解释道："姑娘是女中丈夫，故此做的诗词，都觉得冠冕阔大。"她所崇拜的人是"智如辛宪英，孝如曹娥，贞如木

[①] 于丹：《嫦娥形象与〈女仙外史〉的创作》，《学习与探索》2004年第2期。

兰，节如曹令女，才如苏若兰，烈如孟姜，皆可谓出类拔萃者"。甚至写出"情脉脉，泪双双，二女同心洒碧篁。不向九疑从舜帝，湘川独自作君王"之类的话来。作者明确地借人之口说她"女子以四德为主，诗词不宜拈弄，何况口气是个不安静的"（第三回），作者也一再暗示她显贵、似草莽英雄、要掌管兵权、做王者，这就有几分不同凡响了。的确，作者笔下的唐赛儿已经偏离了温柔和顺的女德之教，这一点就大大背离了传统。

　　相应地，在女仙谱系的建构与选择上，作者刻意选择了那些历史或文学中有本领、有作为的女仙或女性形象来充任唐赛儿的部下或者辅佐者，如有战神之称的九天玄女授她"天书七卷"，唐赛儿非凡的本领皆拜玄女所赐，剑仙聂隐娘、公孙大娘这些文学作品中的人物也被作者收纳进来帮助她。她们一反过去作品中娇柔的女性形象，是大英雄，大豪杰，既不失女性的娇美，又有男性的豪爽。如素女之诗："珠宫宝阙郁岩莞，帝女高居降节朝。双剑劈开千百劫，英雄无数一时消。"被月君（文中唐赛儿为月中嫦娥降世，故有此名）赞为"掌劫法主之诗"（第三一回）又如女仙聂隐娘，"眉宇间杀气棱棱，绝无花柳之态；眼波内神光灼灼，浑如刀剑之芒。旧白绫衫，飘飘乎欲凌霞而上；新素罗袜，轩轩乎可御风而行"（第三三回），同唐月君一样，虽貌美却无娇弱之感，反而充满着勃勃生气。作者还虚构一位女魔头——刹魔公主来帮助唐月君，她领导的魔教势力蒸蒸日上，几乎压在释道二教之上。她敢于藐视儒、释、道三教："一拳打倒三清李，一脚踢翻九品莲。独立须弥最高顶，扫尽三千儒圣贤。"她自称自己的魔教中人是"有富贵而无贫贱，多刚强才智而无昏愚庸弱……若只论女人，名垂青史，可以历数者，如妹喜、妲己、褒姒、骊姬……吕母、貂蝉、上官昭容、徵侧、徵发、陈硕真，大都色必倾城，才必绝世，其谋猷智略。驾驭丈夫，操纵帝王，不颠倒一世不止也"。说那些能使丈夫畏之如虎的大官之妻都是从自己魔教中来，这就彻底颠覆了传统妇德要求，刹魔公主还藐视戏曲《牡丹亭》中杜丽娘一类人物，说她梦见柳梦梅就害成相思，是不长进的女人（以上刹魔公主之言皆见第三一回），其崇尚有本领、能控制别人乃至世界的思想由这个

第二章 事事如意与竟不如意：涉道小说丰富的社会文化内涵

典型的细节可见一斑。

当然，作者没有安排背离三教合一传统的刹魔公主作为自己书中的第一主人公，而仍旧赋予唐月君忠孝的秉性，没有偏离传统女性观太远。她孝顺父母，出嫁前一定要将去世的母亲安葬好，自己的嫁妆则是可有可无的：

> 赛儿道："第一件正经大事，要寻块地安葬母亲，那些妆奁的事，有亦不见得好，没亦不见得不好，不用费心的。"孝廉道："我已安排下了，你祖父坟上尚有余地。"赛儿道："不是主穴，如何葬得？"孝廉道："纵葬不得，我岂肯将林家银子买地的？吾儿你性固至孝，但厚葬不如薄葬，孔子已经说过。"（第五回）

她又忠君（指建文帝）爱国。在决定"起义勤王"之前，燕王兵已至江南，所到之处，城市荒凉，禾黍萧条，而"万岁爷征召勤王兵入卫京师。南北阻隔，诏书竟不能到这里，而今竟无一人敢赴国难者"。尽管如此，唐赛儿仍然忠于建文帝而起兵，她说："但举大事，全以'忠义'两字为主，使天下之人咸知我等真为国家之难，不是私有所图以侥幸富贵。"（第一九回）即使在建文帝生死不明的情况下，她仍然要努力复国。在书中，她是正义的化身，肩负着"复国"的重任，与被其视为叛逆的一方燕王进行了不屈不挠的对抗。

小说第三回曾描写十三岁的唐赛儿赋诗嘲讽宋儒："王螭千古镇诗书，好似拘方宋代儒。曷不化龙行雨去？九天出入圣神俱。"并且说："圣人神明变化，岂拘拘焉绳趋尺步者乎？善学孔子者，唯有孟氏七篇，所述不越乎仁义孝悌，此入圣之大路也。……宋儒未达天道，强为传注，如参禅者，尚隔一尘，徒生后学者之障蔽。又讲到性理，非影响模糊，即刻画穿凿，不能透彻源头，只觉到处触碍。……孩儿读书，要悟圣贤本旨，不比经生，眼孔只向章句钻研，依依样葫芦之解。是以与宋儒不合。"作者笔下的唐月君批判程朱理学，表现了她的独特见解，但不背离孔孟之道，肯定忠义孝悌，这是其不可忽视的特点。

总之，《女仙外史》借神魔之笔构筑了新的女仙谱系，其中尤其赞美了那些杀气难除、有所作为的剑仙，一定程度上表达了新的女性观，以至有人说："作者以极大的热情塑造了一批性格鲜明的女英雄形象，同时还对妇女的地位问题做了思考，并对'女仪'、夫妇之礼等提出了一些'移风易俗'的改革措施，表现出了比较进步的女性观。""可以看出作者对女性独立的赞美以及对女性的欣赏。""吕熊在作品中所体现的对女性的同情、关爱、尊重与赞美，体现了他对男权社会制度下种种弊端的不满，体现了他在特殊的历史背景下进行的深深反思。"[①] 不过作者仍然是有所顾忌的，没有明确地表示要背离孔孟之道，而是仍旧打着肯定忠义孝悌的旗号。此外，在男女两性关系上，即使刹魔公主也承认在魔道中也是"女固不能敌男"（第三一回），尤其是受到后期道教修炼思想的影响，作者是明确地反对男女爱情的，这一点在本书第四章第四节将会探讨，在此就不详论了，但要指出，这一点是《女仙外史》的性别话语很明显的特点。

三　《镜花缘》的道教书写与性别话语透视

《镜花缘》全书共一百回，在前五十回写秀才唐敖和林之洋、多九公三人出海游历各国及唐小山寻父的故事。女皇武则天在严冬乘醉下诏要百花齐放，当时负责总管百花的仙子不在洞府，众花仙不敢违抗诏令，只得按期开放。因此，百花仙子同九十九位花仙被贬到人间，百花仙子则托生为秀才唐敖之女唐小山。唐敖因为和起兵反抗武则天的骆宾王有牵连而仕途不利，产生隐遁之志，抛妻别女跟随妻兄林之洋到海外经商游览。他们路经几十个国家，见识许多奇风异俗、奇人异事、野草仙花、野岛怪兽，并且结识了由花仙转世的十几名德才兼备、美貌妙龄的女子。唐小山跟着林之洋寻父，直到小蓬莱山，遵父命改名唐闺臣，上船回国应考。

后五十回着重表现众女子的才华。作者借一代女皇武则天在位的史

[①] 刘鹏飞：《论〈女仙外史〉的女性观》，《陕西理工学院学报》（社会科学版）2011年第1期。

第二章　事事如意与竟不如意：涉道小说丰富的社会文化内涵

实，虚构她开科考试、录取一百名才女的故事。才女们被录取后，多次举行庆贺宴会，并表演了书、画、琴、棋、赋诗、音韵、医卜、算法，各种灯谜，诸般酒令以及双陆、马吊、射鹄、蹴鞠、斗草、提壶等，尽欢而散；唐闺臣两次去小蓬莱寻父未返；最后则写到徐敬业、骆宾王等人的儿子，起兵讨伐武则天，在仙人的帮助下，他们打败了武氏军队设下的"酒"、"色"、"财"、"气"四大迷魂阵，拥护中宗继位。

李汝珍在小说中设置了百花仙子及其他九十九位花仙因过被贬红尘，以及她们在凡间所历，并于女科应试中高中才女，最后尘缘期满而返本归源的故事，无疑是道教"谪仙修道"母题的再现。在古代小说中本来不乏天庭神仙谪世—回归天庭的母题表现[①]，但一般都是以一两位神仙被贬谪到红尘中的经历为主要线索展开，如此大规模的女仙降世在小说中则是前所未有的，这个宗教书写的外表下描写的则是与女性话语密切相关的故事。作者受到《红楼梦》赞美女性才华、批判男性中心话语思想的影响，有过之而无不及，更深刻地展现了对男性中心性别话语的深刻反思：他一方面大面积、大规模地彰显女性的才华胆识，另一方面设置种种在古代社会不可能有的离奇情节对男性中心的社会进行讽刺或批判，从而完整地表达了男女平等的进步思想。

首先，全书共塑造了一百多个女性，有帝王宰相，有豪门闺秀，有丫鬟宫女，有忠良之后。她们有的文采惊人，有的深通医理，有的精于数学，有的有胆识，有的有侠肠，都是巾帼奇才，女中俊彦。例如黎红薇、卢紫萱、唐小山、阴若花四人最博通经史。黎卢二人在和老秀才多九公、探花唐敖论辩时，曾使多、唐二人大汗淋漓、羞愧难当。她们具有博识、雅趣、自尊等相同的总体特征，同时比《红楼梦》中的才女表现出更广博的学识，更加自立自强的意识。尤其是她们以才"试举"和"参政"的大胆行动，这应该算古代小说创作中的最早尝试。就才女的活动场景而言，李汝珍笔下的才女，不仅远离了以往才子佳人小说的模式，而且在《红楼梦》的基础上，将女性置于更为广阔的社会场域予以观照，

[①] 参见孙逊《释道"转世"、"谪世"观念与我国古代小说结构》，《文学遗产》1997年第4期。

从闺阁庭院到社会官场,多维度、多层次地表现她们的自主意识和自立能力[①]。

其次,对男性中心的社会进行讽刺或批判。这方面最有名的情节当属让男人体会缠足的痛苦,那就是第三四回林之洋被女人国国王看中,被纳为贵妃被缠足。在此之前就已交代:"此地女儿国却另有不同,历来本有男子,也是男女配合,与我们一样。其所异于人的,男子反穿衣裙,作为妇人,以治内事;女子反穿靴帽,作为男人,以治外事。"作者虚构的这个女儿国一切以女子为中心,从皇帝到大臣都由女子来担任,她们做着男子所能做的一切事情,她们拥有独自掌握自己和国家命运的权力。在这个国家穿了男衣的女子做国王、大臣,拥有诸种受统治结构保护的权利,而穿了女衣的男子则是宫娥、嫔妃等,他们是受压迫、遭蹂躏的角色,可见作者故意设置此种情节,让男性体会做女人的种种不便。尤其是林之洋被不由分说地纳为贵妃及被缠足之时宁愿去死的心理描写,很让人发笑,也的确让人深思,因为是比较有名的章节,在此就不必引用原文了。联系作者早在小说第一二回就借吴之和之口对缠足的本质进行的揭露与批判:"小子以为此女或有不肖,其母不忍置之于死,故以此法治之。谁知系为美观而设,若不如此,即不为美?即如西子、王嫱皆绝世佳人,彼时又何尝将其两足削去一半?况细推其由,与造淫具何异?此圣人所必诛,贤者所不取。"可见作者是有意设置这样的情节来表达自己反对男性中心和缠妇女足的思想的。

此外,在第五○回至第五一回,有大盗抢了几个女孩子准备做妾,其老婆知道后寻死觅活,大盗只好求饶,其老婆要把他狠狠打一顿才放手,并且说出一番话来,彰显女性对丈夫纳妾举动的批判,甚至说"若要讨妾,必须替我先讨男妾",在令人发笑的同时,又使人深省纳妾制度下女性的内心痛苦:

  四个偻罗听了,那敢怠慢,登时上来两个,把大盗紧紧按住;

[①] 参见刘凤霞《论〈镜花缘〉才女形象对〈红楼梦〉的借鉴与创新》,硕士学位论文,重庆师范大学,2009年。

第二章　事事如意与竟不如意：涉道小说丰富的社会文化内涵

那两个举起大板，打的皮开肉破，喊叫连声。打到二十，偻啰把手住了。妇人道："这个强盛无情无义，如何就可轻放？给我再打二十！"大盗恸哭道："求夫人饶恕，愚夫吃不起了！"妇人道："既如此，为何一心只想讨妾？假如我要讨个男妾，日日把你冷淡，你可欢喜？你们作男子的：在贫贱时原也讲些伦常之道；一经转到富贵场中，就生出许多炎凉样子，把本来面目都忘了，不独疏亲慢友，种种骄傲，并将糟糠之情，也置度外，这真是强盗行为，已该碎尸万段！你还只想置妾，那里有个忠恕之道！我不打你别的，我只打你'只知有己，不知有人'。把你打的骄傲全无，心里冒出一个'忠恕'来，我才甘心！今日打过，嗣后我也不来管你。总而言之：你不讨妾则已，若要讨妾，必须替我先讨男妾，我才依哩。我这男妾，古人叫做'面首'，面哩，取其貌美；首哩，取其发美。这个故典并非是我杜撰，自古就有了。"

《镜花缘》这种女性话语书写被安排在道教谪世框架下进行不是偶然的。原因无他，那就是本章第三节探讨过的道教对女性的重视，以及男女平等思想。道教汲取了道家的平等思想，这一思想体现在女性伦理中则是倡导男女平等。对于男女平等，道教不像汉传佛教那样仅将其停留在终极层面，而是全面贯彻到制度修行中。例如，在道教的神谱中，男女神仙班列共享祭供，以西王母为首的众女仙都拥有独立的神格而非作为男神的陪衬而存在；在道教的教义和组织中，男道女冠同列，女性不仅拥有和男性等同的修道成仙的权利，而且拥有担任教派组织首领的资格，东汉末年五斗米道第三代传人张鲁的母亲卢氏与晋代女道魏华存即为例证，前者担任五斗米道的首领，后者成为上清派的领袖，受到道徒们极大的尊重。此外，著名的八仙传说与全真七子中，都分别有女性何仙姑与孙不二和她们的同道赫然并列，毫不逊色。这种男女平等的思想和做法成为道教最具人文色彩的特质。

当然，《镜花缘》的女性话语也是有其局限性的，如作者设置了才女喝酒猜拳时，以《女诫》为行酒令的情节，这可以看出作者所欣赏的才女是在内在精神上遵守《女诫》，并受其规范和影响的传统淑女；小说中多次推崇"父母之命，媒妁之言"的婚配模式，第一五回中，唐敖在元股国遇见其师尹元，尹元要为其儿尹玉娶媳，请唐敖帮忙，唐敖道："刚才门生偶然想起廉锦枫入海行孝一事，自古少有。兼之品貌端正，举笔成文，可谓才、德、貌三全。门生本欲聘为儿妇，适因他们姐弟同世妹、师弟比较，不独年貌相当，而且门第相对，真是绝好两对良姻。"作品中大多数才女都是通过这种方式实现了婚配，可见作者对"父母之命，媒妁之言"的中国传统婚配模式还是极为推崇的；"作者以男权社会形成的文化价值取向与行为标准为参照，塑造女儿国，写出女儿国君主的霸道。如《镜花缘》中的林之洋走进女儿国的王宫，他的穿着打扮如同女儿国中的'男子'，却被国王看出了破绽，看出了他是个'女子'。国王爱林之洋长相俊美、皮肤白皙，尽管后宫已佳丽三千，还要纳其为'妃'，不管林之洋家中有无妻小，不管林之洋本人是否愿意，男权社会特有的霸权在女国王身上显示了特有的力量。女儿国的社会形态，是将男人与女人的地位调换了一下，地位的调换已经说明作者意识到现实中的男女不平等以及男权思想对女性的制约。但女儿国国王表现出的君主的霸道，折射出了作者对男权中心文化的推崇"①。从与道教思想根源的关系上看，这与道教本身不断汲取儒家思想资源有关，包括等级秩序、忠孝思想等，这是学界对道教研究的共识，在此就不必展开论述了。

四　余论

正如学者所说：比较汉传佛教女性伦理观与道教女性伦理观可以发现，由于文化渊源及宗旨的不同，对于女性形象，汉传佛教持"女性卑污论"，道教持"女性崇高论"；对于制度修行中的男女地位，汉传佛教奉行男尊女卑，道教力求男女平等；在两性关系问题上，汉传佛教与道教除了对男女地位所持看法不一，同时还对男女之间的情欲及其产物——生命所持态度不同：汉传佛教企图杜绝欲望及厌弃生命，道教能

---

① 参见刘阳《〈镜花缘〉女性观及其文化学分析》，硕士学位论文，辽宁大学，2011年。

够正视欲望及看重生命①。具有强烈的生命意识可谓道教文化的鲜明特色，而生命又源自阴阳交合，因此道教必然肯定男女之间的正当情欲，认为这是人类繁衍和发展的需要，《太平经》云："如男女不相得，便绝无后世，天下无人，何有夫妇父子君臣师弟子乎？"② 对于男女性爱问题，道教既不主张禁欲，也不主张纵欲，而是主张行房有度、不强为、不乱为。当然，如本书后文会谈到的，道教中也有主张禁欲的全真道，也有个别假借修炼房中术而恣情纵欲之徒，但这只是极少数道派及道徒的做法，并未成为道教对于情欲的主流观点③。较之于汉传佛教，道教对于人类欲望和生命的看法更为合乎人性并符合社会发展需求。由于文学作品本来是表现人的生命情感的，汉传佛教对生命与情欲的禁绝态度当然就造成了佛教在文学作品题材上的枯窘，因为这种态度阻止了佛门中人对有关爱情婚姻家庭问题的探索，除了像蒲松龄这样的优秀作家可以利用佛教题材对某些问题加以创新性表达之外；而道教却能创造出题材多样、异彩纷呈的爱情婚姻家庭作品来，在其中表达多方面进步的女性话语意向。从以上对涉及道教宗教书写的文言小说与章回小说的分析来看，虽然它们无不留下了对儒家男性中心话语妥协的痕迹，但是其所共同展现的对女性的重视、欣赏，从各种角度和层面肯定女性对家庭、社会的贡献，对男性中心话语的批判也是明显的，这构成了章回小说性别话语的一道亮丽色彩，是与道教的性别观点有密切关系的。

第五节　涉道小说的伦理与哲思

涉道小说表现出对人间伦理道德浓厚的兴趣，通过对人、鬼、神世界的描写，透露出作者或劝善，或惩恶，或者二者兼有的创作题旨。这虽然在涉佛小说中也有表现，但在涉道小说中则更有灵活多样的表现方

---

① 参见刘玮玮《汉传佛教女性伦理观与道教女性伦理观之比较》，《道德与文明》2012年第1期。
② 王明：《太平经合校》，第149页。
③ 参见刘玮玮《汉传佛教女性伦理观与道教女性伦理观之比较》，《道德与文明》2012年第1期。

法，所涉及的善恶问题也更细致深入，值得探讨，尤其是《聊斋志异》中的有关篇章。

一 对慷慨之士的奖励：《聂小倩》与《柳毅传》

《聊斋志异》中的《聂小倩》与唐传奇《柳毅传》都是名篇，但似乎很少有人注意到它们有一个共同的内在结构：奖励慷慨豪爽有操守的士人。

《聂小倩》描写宁采臣寄身古庙读书，夜有女子投怀送抱，宁采臣严词拒绝，女子临走丢下一块金子，被宁采臣扔了出去，谓："非义之物，污我囊橐"，遂感动这一女子——原是受妖物威胁的女鬼聂小倩——告以实情：夜晚妖物将要降临。在隔壁侠士燕南生的宝剑的庇护下，宁采臣躲过一劫，并依小倩之托将其坟墓迁到安全的地方，使她摆脱了妖怪的控制。宁采臣回家，小倩之魂随之而走，在宁采臣妻子死后二人结为夫妻。

仔细考察这一篇的构思，可发现与唐传奇中的《柳毅传》很相似。虽然《柳毅传》中的女子贵为龙女，龙宫生活环境气象万千，而《聂小倩》的故事发生于荒郊古庙和书生贫寒之家，但两者的命意基本一样。《柳毅传》写柳毅为龙女传书信，龙女因之得救，后几经辗转，二人终成眷属。二者内在的理路，都是书生的慷慨仗义感动女子下嫁。柳毅听了龙女的泣诉和请求后说："闻子之说，气血俱动，恨无毛羽，不能奋飞。是何可否之谓乎？"足见他的爱心义胆，他将自身科举受挫的失意全然置之度外，激于义愤，急人之急，慨然允诺，传书洞庭。而后在龙女的舅舅钱塘湖龙王因酒作色欲强迫柳毅娶龙女为妻时，这个白面书生嘲笑钱塘湖龙王的屠困，说他以禽兽蠢然之躯逼迫自己，自己宁愿以死相报，表现出一介文人凛然的气骨，可谓中国文化之嫡传。而《聂小倩》开篇就介绍宁采臣"性慷爽，廉隅自重"，在财、色两方面均不随便。验之以小倩诱惑之事，果然。在聂小倩的心中，采臣是"义气干云"，因此托之以迁坟之事，宁采臣也毅然诺之。蒲松龄与李朝威都不惜让笔下如此优秀的士子经历婚姻的变故与曲折，使他们的妻子死去，再让男主人公得以鸾弦重续,与女主人公喜结连理,其实不过是要奖励慷慨之士的德行。

二 惩罚节行有亏之人:《窦氏》与《霍小玉传》等篇

《聊斋志异·窦氏》与唐传奇《霍小玉传》的相似性似更明显。《窦氏》中地主家的儿子南三复避雨于佃户窦家时,认识了颇有姿色的窦氏,他取得窦氏的信任,允诺将来娶她而占有了她,使她怀孕。当窦氏抱着刚生下的孩子找上门来,南三复却因为她的门第问题而后悔,不允许放她进门。窦氏因回家要面对父亲的拷问而不想回家,遂抱着孩子在南家门口坐了一夜,第二天早晨发现母女俩已双双死去。从此南家频生怪异。初娶之妇善悲,后自缢,而窦氏尸体自现于南家;好不容易又娶一女,神情极似窦氏,一夕而逝,尸变为别人家新亡之女。这样两次引发诉讼,终于使南三复遭到官府的惩罚。众所周知,唐传奇《霍小玉传》结尾霍小玉弥留之际,发誓报复不守信诺的李益。李益娶妻后屡于恍惚中见到异常现象而怀疑妻子有外遇,遂患猜疑嫉妒之症,终身不得安宁。这两篇故事的相似性早就为论者注意到了。

《聊斋志异》还有一些篇章表现出对其他细小或隐微的恶德的惩戒,这似乎是佛教题材中少有的,也很有趣味。

如《种梨》写乡下人卖梨,遇道士乞讨,不仅不与梨,还对道士破口大骂,受到道士以小技相惩:将其扁担变成梨树,结出的梨子送给围观者品尝,而此梨子即为乡下人所卖之梨;最后连其变成梨树的扁担也被断为两截。细细思考,蒲松龄先生也稍显过分了:乡下人到底是可怜的,他虽有恶德,但梨子被道士全部送人也很过分。也许作者是希望他能改正小小的过失。《骂鸭》写一个偷邻人鸭子的人身上长细绒毛,被鸭主人骂过方好;《邑人》中的无赖乡人恍惚中被人推入肉案上的猪肉中,直待猪肉卖完他的凌迟之苦才结束;《道士》中徐氏因讥讽道士只知道做客、不做一次主人招待别人,道士遂回请一次,诱惑徐氏与一女同榻而眠,醒来发现睡在茅坑里的石头上;《翩翩》还写到如何惩戒不知感恩戴德的好色男人。如此不一而足,都有小施惩戒之意,是一些颇有趣味的篇章。

三　劝善与惩恶兼有：《彭海秋》《巩仙》等篇

《彭海秋》《巩仙》等篇则兼有劝善与惩恶之意。《彭海秋》前已论述①，《巩仙》中写巩仙在帮助尚秀才与歌妓团圆之前还写到他对中贵人的惩罚：

> 巩道人，无名字，亦不知何里人。尝求见鲁王，阍人不为通。有中贵人出，揖求之。中贵见其鄙陋，逐去之；已而复来。中贵怒，且逐且扑。至无人处，道人笑出黄金二百两，烦逐者覆中贵："为言我亦不要见王；但闻后苑花木楼台，极人间佳胜，若能导我一游，生平足矣。"又以白金赂逐者。
>
> 其人喜，反命。中贵亦喜，引道人自后宰门入，诸景俱历。又从登楼上。中贵方凭窗，道人一推，但觉身堕楼外，有细葛绷腰，悬于空际；下视，则高深晕目，葛隐隐作断声。惧极，大号。无何，数监至，骇极。见其去地绝远，登楼共视，则葛端系棂上；欲解援之，则葛细不堪用力。

势利的、之前因巩道士外表鄙陋而驱逐追打他，后又见钱眼开的中贵人被巩道士用细葛吊在空中，受到了一次小小的惊吓，这是蒲松龄对此类人的一个回敬。而对善意收留他的寒士尚秀才，巩道士则助其与相好的惠哥团圆，表现了蒲松龄一贯的希望寒门读书人受到命运眷顾的思想。

《翩翩》还设计了仙女翩翩如何惩戒好色男人罗子浮的情节。

以上表明，涉道小说，尤其是《聊斋志异》中的相关篇章有着很强的劝善惩恶的伦理意识。此外，涉道小说还可以表现出一定的哲理思索。

---

① 参见本章第二节《终成眷属或"竟不如意"——涉道人神恋文言小说对性别话语的思索》。

四 涉道小说的修道哲思：《灌园叟晚逢仙女》《崂山道士》等篇

涉道小说可以通过情节体现出一定的道教修炼的哲理，并与世俗哲思相通，这一点可以通过《灌园叟晚逢仙女》《崂山道士》这两篇小说看出来。虽然一白一文，它们却恰好从正反两方面体现出这种修炼哲理。

出自冯梦龙"三言"的《灌园叟晚逢仙女》从正面表达了修道问题上精诚所至与开阔心胸的重要性。秋先爱花成癖，他对花不仅是喜欢与欣赏，更有种种爱惜、疼惜的举措，甚至在林黛玉之前有"葬花"乃至"浴花"之举，所以他的花园之花越来越多、越来越漂亮。没有对花的这种精诚，是不可能发生后面的感动花神下降的情节的。对此，可通过秋先被捉、关进牢房后梦见花神对他所说的话来验证："吾乃瑶池王母座下司花女，怜汝惜花志诚，故令诸花返本。"

秋先因为爱花，所以不许别人随意攀摘：

> 有小厮们要折花卖钱的，他便将钱与之，不教折损。或他不在时，被人折损，他来见了损处，必凄然伤感，取泥封之，谓之"医花"。为这件上，所以自己园中不轻易放人游玩。偶有亲戚邻友要看，难好回时，先将此话讲过，才放进去。又恐秽气触花，只许远观，不容亲近。倘有不达时务的，捉空摘了一花一蕊，那老儿便要面红颈赤，大发喉急。下次就打骂他，也不容进去看了。后来人都晓得了他的性子，就一叶儿也不敢摘动。

没想到因为这个花园，秋先遭遇大祸。恶少张委想强买花园，被拒绝后命人将花枝打乱，虽然花神使花朵重上枝头，并开得更加艳丽，张委却因此诬告秋先勾结妖道谋反，秋先因此被府尹捉拿拷打并关进牢房；幸亏后来邻居们连名保结，才被释放。经此一难，秋先看开了，遂将花园打开，任人观赏，自己专心修道，最后成仙。从中我们可以领悟到：修道人需要开阔心胸，不执于物。

《崂山道士》中没有吃苦耐劳精神却想学得道术的王生学得穿墙术，回家炫耀却一头撞在墙上，告诉我们修道首先要能吃苦、经得起考验。王生虽然在师傅担心他"娇惰不能作苦"时回答"能"，却在两个月的采樵生涯中不堪其苦而萌生退志。在看到师傅与朋友的道术后他又坚持一个月，却还是得不到传授道术，于是毅然诀别，临行前恳求师傅，才学得穿墙术。按文中师傅的说法，学得道术后"宜洁持"，他之所以在妻子面前炫耀而不成，应该就是因为心里有不良的念头，诸如穿墙不劳而获，甚至"逾东墙而搂处女"之类的想法。由此我们说，修道乃至任何一种事业，都应该抱有神圣的念头才能成功，王生把道术当成炫耀的工具，一开始就错了。

　　这样，我们从《灌园叟晚逢仙女》《崂山道士》这两个短篇中，获得了修道乃至人生正反两方面的哲理，那就是不仅要怀抱至诚的信念、开阔的心胸，还要能吃苦耐劳、有神圣的心态。

　　当然，其他修道小说也表现出多方面的哲理，尤其在"修道考验"类的题材中，因已有很多研究，在此就不重复了。

第三章　文学视野下的佛道教度脱剧的演进及对《红楼梦》的影响研究

继文言小说以及宋元话本之后，又一种较多涉及宗教现象的文学作品是产生于元代，在明清时期也有所发展的"度脱剧"，也就是文学史中所谓的"神仙道化剧"。对于这一特定的文学体裁，学界研究得比较充分，不过大多着眼于它们与宗教的关系。出于本书的立场，我们对这一问题只略作概述，而把重点放在这些佛道教度脱剧的演化与文学性的进展上，最后落脚于《红楼梦》对度脱文学因子的继承。

概括来说，元代度脱剧尚属于相对于简单粗糙的宣教作品，而明清传奇中的度脱剧由于篇幅加长，描绘世态人情更加细腻，因而结尾处人物被度脱时，更令人震撼，而且具有哲理的意味。如果把元代度脱杂剧比作粗陈梗概的魏晋六朝志怪小说，可归类于宗教宣教之作的话，那么明清传奇则可比作成熟的唐传奇，曲折婉转、合情合理的故事情节加上细致的人物刻画，其中渗透着作者对人生思考所得的理趣。往往令人得到的是人生的感悟和哲理的超脱，而非仅仅是宗教的说教感。这样，这些明清传奇的宗教思想就相对淡化了。这对于《红楼梦》是有影响的：《红楼梦》关于超现实宗教世界的描写继承了很多佛道教度脱剧的因子，但我们从《红楼梦》的超现实宗教描写中得到的印象是，其中包含更多的是作者的一种人生感悟，而非宗教的出世、度世情结。

第一节 度脱剧及与佛道教的关系概说

诞生于公元前后的大乘佛教的核心即其悲智双运、利生无我的菩萨道思想，它一反小乘佛教远离社会、以个人解脱为目的的理想，提出了融入社会"普度众生"的口号，以众生的解脱为个人解脱的前提，具有强烈的入世情怀。菩萨思想是大乘佛教思想的一大特色。所谓菩萨，即指立下宏大誓愿，要救度一切众生脱离苦海，从而得到彻底解脱的佛教修行者。小乘偏于自度，大乘不仅自度，而且还要度人。很明显，度脱剧所具有的基本情节模式是对大乘佛教入世精神的形象展示。

所谓度脱，指超度解脱生死之苦。大乘佛典中关于度脱的论述比比皆是，不胜枚举。《妙法莲华经》之《序品》曰："诸仙之导师，度脱无量众。"[1] 该经《观世音菩萨普门品》专述观世音菩萨为救度众生而现众生相之事："佛告无尽意菩萨：善男子，若有国土众生应以佛身得度者，观世音菩萨即现佛身而为说法。应以辟支佛身得度者，即现辟支佛身而为说法……应以执金刚身得度者，即现执金刚身而为说法。无尽意，是观世音菩萨成就如是功德，以种种形游诸国土，度脱众生。"[2] 中间所提及的众生之类别有声闻、梵王、帝释、自在天、大自在天、天大将军、毗沙门、小王、长者、居士、宰官、婆罗门、比丘、比丘尼、优婆塞、优婆夷、长者居士、宰官、婆罗门妇女、童男、童女、天龙、夜叉、乾闼婆、阿修罗、迦楼罗、紧那罗、摩睺罗伽、人、非人等种种，总之，意在宣示观音菩萨为度脱众生即现其身份类别而度脱之的善巧方便。后代从此衍生出无数宣讲观世音菩萨应化事迹与度脱危难众生的故事。当然，这些故事与度脱剧中被度者因明白一定的佛理而出家还有所不同。此外，《增一阿含经》云："舍利弗白世尊言：'此长者子居此罗阅城中，不识三尊。唯愿世尊善与说法，令得度脱。'"[3] 《大般若经》中则云："复有无量无数菩

---

[1] 《大正藏》第九卷，台北：新文丰出版公司1983年影印版，第5页。
[2] 同上书，第192页。
[3] 《大正藏》第二卷，第678页。

第三章　文学视野下的佛道教度脱剧的演进及对《红楼梦》的影响研究

萨诃萨……善知有情心行所趣，以微妙慧而度脱之。""'世尊，云何名为善观察三摩地？''善现，谓若住此三摩地时，于诸有情能善观察根性胜解，而度脱之。'"①《道行般若经》："初发意菩萨稍增自致至佛，成就作佛已，当度脱十方天下人。"②《金刚经》："佛告妙生：'若有发趣菩萨乘者，当生如是心：我当度脱一切众生，悉皆令入无余涅槃……'"③《妙法莲华经》："诸善男子！如来所演经典，皆为度脱众生，或说己身、或说他身、或示己身、或示他身、或示己事、或示他事，诸所言说，皆实不虚。"④《华严经》："一切诸佛初发心时，不为供养十方各十阿僧祇世界众生一切乐具……欲悉度脱一切众生故。"⑤凡此种种，都说明了佛教圣贤欲救度一切苦恼众生的悲愿与行迹，为佛教普度众生的口号提供了经典依据，而为信众敷衍出种种度脱故事来。

度脱故事又是对道教灵宝派和全真教等教派义理的形象折射。在为灵宝派所奉持的《灵宝经》中，一些晚出的经文如《灵宝度人经》《灵宝智能上品大戒》等，在佛教经典和戒律的影响下，也宣扬三世轮回、善恶报应，劝人造福田、修功德，以求来世之仙福贵寿，更将传统道教遁世的态度转化为一种入世苦行精神，将禁欲苦行与入世济难有机地结合在一起。其中比较突出的是《灵宝度人经》，全称为《元始无量度人上品妙经》或《太上洞玄灵宝无量度人上品妙经》，灵宝派道人为之所作的注释达八种之多⑥，可见其受重视的程度。该经中有："大罗玉清……金阙玉房，森罗净沾。大行梵气，周回十方。中有度人不死神……""真中有神，长生大君，无英公子，白元尊神。太一司命，桃康合延，执符把箓，保命生根。上游上清，出入华房，八冥之内，细微之中。下镇人身，

---

① 《大正藏》第五卷，第297页。
② 《大正藏》第八卷，第466页。
③ 同上书，第772页。
④ 《大正藏》第九卷，第42页。
⑤ 同上书，第450页。
⑥ 即《灵宝无量度人上经大法七卷》《元始无量度人上品妙经四注》《元始无量度人上品妙经注三卷》《元始无量度人上品妙经通义四卷》《元始无量度人上品妙经内义五卷》《太上洞玄灵宝无量度人上品妙经注三卷》《元始无量度人上品妙经注解三卷》《太上洞玄灵宝无量度人上品经法五卷》，皆见于《道藏》第二册，上海书店出版社2005年版。

泥丸绛宫，中理五气，混合百神。十转回灵，万气齐仙，仙道贵生，无量度人。""夫戒斋诵经，功德甚重。上消天灾，保镇帝王；下禳毒害，以度兆民；生死受赖，其福难胜，故曰无量，普度天人。"这些言说都宣扬了道教度脱的功德。对此道教徒还加以注释："度人者，从凡入圣……灵宝元始天尊随劫应化，游行三界，出法度人，得道成真，有如雨露，考史不知其算，故曰无量度人。"① 黄勇在研究了道教神话度人故事后认为："道教度人思想以'慈心济物'为其根本宗旨，因此，在度人成仙主题的济世体道教笔记小说中，有时候出于神仙的'慈心'，度人成仙的尺度会被放得很宽。这在以落难者遇仙获救为情节模式的小说中表现得尤为突出，如《神仙传·马鸣生》……可见神仙虽然超越于凡人，但仍然有凡人的感情，甚至有比凡人更加深沉的无量慈悲之心。也正是在这种无量慈悲之心的驱动下，'慈心济物'的度人成仙才惠及到普通的落难者身上，从而赢得了社会各个阶层的人对道教的虔诚信仰。所谓道教乃'近于人情之宗教'，正可于此处见之。"② 关于慈悲济世，全真道人也留下了很多例子。马钰赞师父王重阳救度众生的慈悲情怀所作的诗《赞重阳悯化妙行真人》说："……妙行真人酬本愿，拯危救苦度众生。"③ 丘处机以高龄之身西游雪山见成吉思汗，一言止杀，救了无数百姓，刘处玄认为这是"圣贤救世"，心性慈悲，哀怜众生，并说要学习师兄马钰"救生拔死，德遍十方"④。王处一在《全真》诗中说重阳师父立全真道"传化人天赞圣君，救拔群生诸苦难"⑤。

可以说，佛教大乘与灵宝派、全真教行善济世的入世精神，正是度脱剧能够成为一种具有独立宗教特性杂剧的根本原因。

佛道教出于特定各自的宗教追求，而形成了一样的出世色彩，同时又出于慈悲济世的情怀，宣扬教徒要入世度脱众生，因而又形成了一样的度脱传统，并在元代这个戏曲走向成熟的时代产生影响，使戏曲领域

---

① 以上引文皆见于《元始无量度人上品妙经四注》，《道藏》第二册。
② 参见黄勇《道教笔记小说宗教思想研究》，博士学位论文，四川大学，2005年。
③ 《洞玄金玉集》卷一，《道藏》第二十五册，第559页。
④ 《四言颂》，《仙乐集》卷三，《道藏》第二十五册，第435页。
⑤ 《云光集》卷一，《道藏》第二十五册，第649—650页。

第三章　文学视野下的佛道教度脱剧的演进及对《红楼梦》的影响研究

出现了很多度脱文学作品。其内容基本上可以分为两类：一类描写道祖、真人悟道飞升，例如《黄粱梦》《铁拐李》《蓝采和》就演述了吕洞宾、铁拐李、蓝采和成仙的过程。一类则描述神仙道士和佛祖高僧们度脱世俗凡人和精灵鬼魅成仙成佛。《岳阳楼》《城南柳》《升仙梦》和《猿听经》就叙写了桃树精、柳树精、梅花精、玄猿怎样先转世成人，然后再被度脱，进入仙、佛之界；《玩江亭》《竹叶舟》《庄周梦》《忍字记》《刘行首》《度柳翠》《任风子》则写了书生、员外、妓女、屠户，如何在仙佛的指引下，参透"浮生梦短"，抛弃"酒色财气"而悟道出家的历程。从作家群来看，既有马致远、郑廷玉、吴昌龄、李寿卿、岳伯川、范康、史九散人等作家，也有红字李二、花李郎等民间艺人。此外，还有许多佚名作者。

　　与佛道教有关的元代度脱剧成为一个重要戏剧类型的原因在于，元代蒙古族入主中原后，士人阶层的地位一落千丈。元代文人穷愁潦倒、怀才不遇，元杂剧对文人种种悲惨的人生况味有着细致入微的描画："十载攻书，半生埋没。学干禄，误杀我者也之乎，打熬成这一副穷皮骨。"[①]"窗前十载用殷勤，多少虚名枉误人。只为时乖心不遂，至今无路跳龙门。"[②] 士子们虽然有兼济天下的抱负，却无路得以实现。在这一残酷现实面前，元代士子们转向称赏与世无争的道家生活，认为人生至乐至美境界乃在于摒弃名利追求，清心无为，及时行乐。加上受元代盛行的全真教影响，他们认同全真教"跳出凡尘，好觅长生路"的思想，以"识心见性，除情去欲"为追求目标。所以，度脱剧中对被度脱者的人生境遇的描写是对生活的浓缩和提炼，他们不与社会同流合污，最终出家修道的抉择显然也是文人守节抗俗的人格追求的外化。元代度脱剧的基调是仙境和尘世二元对立，彻底否定尘世，盛赞讴歌仙境。仙境是美的极致，而对仙境的刻画不可拘泥于表面词句的描绘。而尘世的苦难和无奈

[①] （元）无名氏：《渔樵记》，王学奇编《元曲选校注》第三册上卷，河北教育出版社1994年版，第2198页。

[②] （元）史九敬先：《庄周梦》，隋树森编《元曲选外编》第二册，中华书局1959年版，第380页。

则通过一幅幅充满世态人情的社会风俗画卷浓缩展示出来,充溢着情感的真实和现实精神。仙凡对立的模式有利于把尘世不合理现象凝缩、彰显,突出其荒诞性,从而在极强烈的反差中重新寻找平衡,彻底否定尘世,皈依自由永恒的仙境。

明清时期,这一剧种继续发展。据不完全统计,明杂剧"度脱剧"现存有《度金童玉女》《冲漠子》《海棠仙》《半夜朝元》《花里悟真如》《常椿寿》《十长生》《神仙会》《三度小桃红》《太平仙记》《翠乡梦》《逍遥游》《有情痴》《一文钱》《李云卿》《红莲债》《鱼儿佛》等十九部,明传奇"度脱剧"则存有《通玄记》《昙花记》《邯郸记》《南柯记》《樱桃梦》《李丹记》《梦境记》《蝴蝶梦》《蓝关记》《升仙记》十部。明代度脱剧作品数量超过前代,其作者阵营不仅包括普通文人学士,并进一步扩展到宫廷。

据研究,"明清杂剧在文人的推动下走上了高度雅化的道路。度脱剧等宗教剧中体现出了文人对人生的哲理思考。元杂剧中的宗教剧表现出极强的世俗色彩、功利色彩,并没有高深的宗教哲理,入道成仙者并不具有仙风道骨,他们大多是屠夫、妓女之类的俗人。他们之所以入道,也往往是出于无奈。这正表明了元杂剧宗教剧的平民色彩。明杂剧中的宗教剧探索了社会人生的哲理。如《小天香半夜朝元》鲜明地表现了封建社会后期的文化特征,即在儒家伦理纲常、政治思想的基础上,吸收禅宗的思维方式和道教的实践方法,把人的行为伦理修养与人的生理、心理修养联系起来。这样,明清杂剧中所表现的思想显然要高雅多了。"[①]另外,故事性强,世俗性强,语多讽刺,构成了明代中后期佛教度脱剧的另一个重要特点。

明代中后期度脱剧中,以汤显祖的《南柯记》《邯郸记》尤其出色,对《红楼梦》的以度脱框架包容丰富的世情内容产生了重大影响。吴梅《中国戏曲概论》卷中曾言:"记中所述人世险诈之情,是明季宦途习气,足以考万历年间仕宦况味,勿粗鲁读过。"[②]《邯郸记》一剧中的卢生在梦

---

① 沈敏:《元明"度脱剧"异同辨》,《武汉大学学报》2005年第1期
② 吴梅:《顾曲麈谈 中国戏曲概论》,上海古籍出版社2000年版,第168页。

中官运亨通、青云直上是由于贿赂；他瞒过皇帝偷写五花封诰与其崔氏、为求富贵不择手段；在与宇文融的政治斗争中几经沉浮，最终满门荣华，子孙封官。其中的强烈讽刺色彩独树一帜。正因为有了讽刺的意味，冲淡了马致远、李时中、花李郎、红字李二所创作的《黄粱梦》、苏元俊《梦境记》等度脱剧作中传统的悲剧色彩，从"悲"破人生，到"笑"破人生。而所谓的"笑"却是建立在深度刻画人物心灵和揭露黑白颠倒的社会的描写上，把无价值的一面撕毁在人面前。

第二节 元代佛道教度脱剧：粗呈梗概与面貌趋同的文本

元代佛道教度脱剧在文学史上更为人所知道的称谓是"神仙道化剧"，其实是不够准确的，因为这一类戏曲的题材不限于道教神仙度化凡人，而有大量的佛教题材。而之所以有此称谓，大约是由于它们之间面目趋同，充满了荒唐不经的内容，情节也粗制滥造，充满宣教的意味，我们只能以文学小说史的第一阶段：粗呈梗概的时代来命名它们。从艺术上讲，本节侧重分析它们趋向雷同的特点。

一 度脱者形象的趋同

度脱者也就是那些僧人道士常以普通人不能习惯的形象出现，他们面目难堪，哭笑无常，度脱剧中常用一个词概括他们：疯僧狂道。例如，元代马致远的《吕洞宾三醉岳阳楼》中有：

（郭云）你着我看甚么？（正末云）兀的不是乌江岸。（郭云）乌江岸在那里？（正末云）兀的不是华容路。（郭云）华容路在那里？（正末哭笑科）（郭云）这师父风僧狂道，着我看兀的不是乌江岸，兀的不是华容路，哭了又笑，笑了又哭，正是个风魔的哩。①

---

① 《吕洞宾三醉岳阳楼》，王学奇编《元曲选校注》第二册下卷，第1654页。

吕洞宾又哭又笑，是因为历史兴衰无常，超越了凡人所能承受的程度，但常人对此并不能领悟，其实这种哭笑无常显示的正是仙人超越于历史之外而具有的超常的情怀。又，《汉钟离度脱蓝采和》中有：

> （钟离上云）今日是蓝采和生辰之日，度脱他走一遭去，早来到门首去。（做哭三声、笑三声科。正末云）王把色是听的么，谁人在门首唱叫？（净云）哥哥也闲管事，知他是谁。俺则吃酒。（正末唱）
> 【贺新郎】是谁人啼天哭地两三声。（云）我开开这门，原来是这泼先生，好无道理也呵！……今日我生辰，我是寿星，不和你计较。（钟云）谁是寿星？（正末云）我是寿星。（钟云）你今日是寿星，明日敢做了灾星也。（正末云）这先生好无礼也，说这等不吉利的话。（唱）你休这般胡做胡称。①

元代岳伯川杂剧《吕洞宾度铁拐李岳》中有：

> （吕洞宾来到岳寿门首，做哭科，云）岳孔目好苦也。（做笑科）（俫儿上，云）咱家岳孔目的孩儿福童便是。学里来家吃饭，家门首一个先生。师父作揖。（吕洞宾云）无爷的小业种。（俫儿上，云）我好意与你作揖，你倒骂我。和俺奶奶说去。（见旦科，云）母亲，门首一个先生，骂我是无爷业种。（旦云）在那里？我去看。（做见吕科，云）你这先生好无礼也，怎生在门首大哭三声，大笑三声，又骂孩儿是无爷业种？②

汉钟离和吕洞宾的哭笑无常，一样是为了告诉蓝采和、岳孔目家人蓝采和与岳孔目即将面临灾祸，以上的情节无疑《红楼梦》有所借鉴。

度脱文学中疯僧狂道是非常常见的角色，他们衣衫褴褛，形容邋遢，

---

① 《汉钟离度脱蓝采和》，隋树森编《元曲选外编》第三册，第974页。
② 《吕洞宾度铁拐李岳》，（明）臧晋叔编《元曲选》第二册，中华书局1958年版，第490页。

第三章　文学视野下的佛道教度脱剧的演进及对《红楼梦》的影响研究

《汉钟离度脱蓝采和》中的蓝采和出家后"头巾歪缠，板撒云阳"；《月明和尚度柳翠》中月明和尚为香积厨下烧火的腌臜和尚，人又称"风和尚"；《韩湘子九度文公升仙记》中韩湘子下凡度脱韩愈时，"将真仙形容改，把凡夫衣裳换，无人识得春风面"；史九敬先的《老庄周一枕蝴蝶梦》中太白金星化作一个"衣衫褴褛，命运不济"之人，等等无不如此。

二　对俗世的看法趋同

由于与佛道教关系密切，度脱剧出于宗教修行的立场，往往表现出一样的否定世俗人情，认为俗世的一切是魔障与梦幻、是假，还有把人间看作是非之地的观念。

与前述僧道形象特点相关，神界僧道为了考验凡人的慈悲与智慧，往往衣衫褴褛，表示处境难堪，而他们经常口出疯话，表现出深达人生道理、看透世情冷暖、不再贪图世俗荣华富贵的特点，以及对俗世人热衷追求的功名富贵、儿女恩情的否定。这也是佛教和道教度脱剧的共同特点。

《马丹阳三度任风子》中有"儿女是金枷玉锁，欢喜冤家"之说，任风子出家后，妻子来找他回家，他说"魔头来了"，甚至还把孩子摔死了；《马丹阳度脱刘行首》中林员外之于刘倩娇、《月明和尚度柳翠》中牛员外之于柳翠，都被僧人道士称为"魔头"、"魔障"；《有情痴》[①]中蓬莱仙客卫叔卿慨叹"（有钱人吝啬），守着若大家贲，只道有几百岁光阴，慢慢受享，谁知一旦无常死了，便是做了鬼，还恋着家里。后来子孙，生出一个散漫的来，把祖宗苦积的东西，就如消雪一般，弄得干干净净"，他还对有情痴说"不知美恩情是障魔，活冤家成眷属"。

这些思想与全真道有极大关系。全真道把世俗的生命看作是虚假的，到头来是一场空。马钰曾向京兆权赠词一首，与《好了歌》的意蕴非常接近："妻妾儿孙一假，金玉珍珠二假，三假是荣华，幻化色身四假，知假知假，说破浮名无假。"[②]他还有《养家苦》的组诗，其中特别提到希

[①]《有情痴》，《盛明杂剧》二集，中国戏剧出版社 1958 年版。
[②]（元）马钰：《赠京兆权先生》，《渐悟集》卷下，《道藏》第二十五册，第 469 页。

求富贵、养活妻子儿女的艰辛，却对自己毫无好处："……养家苦，赡他人，衣食丰足尚嫌贫。运机心，丧了真……养家苦，特贪饕，家丰又待望高官。遇危难，无计逃……养家苦，恋尘缘，铺谋活计望千年。奈凡躯，不久坚……养家苦，为妻男，是非荣辱饱经谙。限临头，事怎甘。"①丘处机对人生变迁、万事随空也很有感触，他感叹花落时的情景，认为人生就像在梦中，其《落花诗》云："昨日花开满树红，今朝花落万枝空。滋荣实藉三春秀，变化虚随一夜风。物外光阴元自得，人间生灭有谁穷。百年大小荣枯事，过眼浑如一梦中。"②

此外，特别要提及的是对于人世欢乐都是虚幻的看法，更是度脱文学中的常见思想。明代谢国的传奇《蝴蝶梦》中，长桑公子告诉庄子："世间诸乐，皆是幻境……因汝欣厌未除，故认幻为真，一真既湛，诸幻皆空。"《南柯记》第二十二出《情尽》中，"人间君臣眷属，蝼蚁何殊？一切苦乐兴衰，南柯无二。等为梦境，何处升天？""咱为人被虫蚁儿面欺，一点情千场影戏，做的来无明无记。""众生佛无自体，一切相不真实，蚂蚁儿倒是你善知识。"③《邯郸记》的结尾更是否定了世俗一切的功名富贵、伦常亲情。

度脱剧还往往把人间看成是应该舍弃的是非之地，如《马丹阳三度任风子》中任风子得道后自称"今日个得道成仙，到大来无是无非快活到老"，吴昌龄《花间四友东坡梦》中："（东坡云）你这出家的怎生？（正末唱）俺躲人间是非。"④其他如谷子敬《吕洞宾三度城南柳》中，吕洞宾劝老柳"你除了酒色财气，辞了人我是非"⑤，岳伯川《吕洞宾度铁拐李岳》中有"休恋着酒色财气，人我是非"⑥，等等。原因是我国古代宗教（特别是道教中的全真教）往往把人间看作是非之地。

---

① （元）马钰：《渐悟集》卷下，《道藏》第二十五册，第476页。
② （元）丘处机：《磻溪集》卷四，《道藏》第二十五册，第826页。
③ （明）汤显祖：《南柯梦记》，人民文学出版社1981年版，第171页。
④ （元）吴昌龄：《花间四友东坡梦》，（明）臧晋叔编《元曲选》第三册，第1242页。
⑤ （明）臧晋叔编：《元曲选》第三册，第1199页。
⑥ （明）臧晋叔编：《元曲选》第二册，第503页。

三　度脱方式的趋同

佛道教度脱剧在度脱凡人的方式上也往往一样，那就是启悟被度脱者认识"来路"或"本来面目"，通常是通过梦境或幻境。

度脱文学中，被度脱者往往是上界神仙或菩萨、罗汉，因为凡心一起或小有过犯而下界，得道的僧道为了启悟他们，往往要引导他们认清"来路"或"本来面目"，而这种启悟的方法，通常是引被度脱者进入梦境，经历一番所谓的"恶境头"。

如《马丹阳度脱刘行首》中：

（正末唱）你怎么才出家来，可又早迷了正道！村性格，劣心苗。（旦云）哪里来？哪里去？（正末唱）怎生不常常的记着？（旦云）我记得啊，我不问你也。①

马丹阳两次度脱刘倩娇出家不成，让东岳神在其梦中点化她，告诉她的前身故事，她醒悟而跟马丹阳出家。谷子敬的《吕洞宾三度城南柳》中老柳死后魂灵遇见八仙才醒悟自己的"本来面目"：

（净云）弟子恰才省了也，师傅是吕真人，弟子是城南柳树精。（正末云）既知你本来面目，我今番度你成道……②

贾仲明《铁拐李度金童玉女》中，铁拐李先度脱了玉女下凡而托身的娇兰，金童托身的金安寿追赶他们，铁拐李让他入梦，进了洞天福地，铁拐李派婴儿姹女在心猿意马上追赶他，使他惊醒过来，不过他还是不能醒悟自己的来由。结尾处有：

（正末云）师傅，你待着我哪里去？（铁拐云：）金安寿记者！望

---

① 《马丹阳度脱刘行首》，王学奇编《元曲选校注》第四册上，第3338页。
② （元）谷子敬：《吕洞宾三度城南柳》，王学奇编《元曲选校注》第三册下，第3022页。

你那来处来，去处去，休差了念头，休迷了正道。①

《马丹阳三度任风子》中有几乎雷同的情节：

（正末云）师傅，我来时一条路，如今三条路，不知往哪条路去？（丹阳云）你来处来，去处去，休迷了正路。（正末做寻思科，云）父母生我，是来处来；我若死了，便是去处去。他着我休迷了正道，这先生敢教我跟他出家去？罢罢罢，任屠情愿跟师傅出家。②

佛教度脱剧中有如出一辙的情节。《月明和尚度柳翠》中，柳翠本为观音净瓶中杨柳枝，因沾上微尘，被罚往人世为柳翠，月明和尚下世来度脱她，也有关于来路去路的问答：

（旦儿云）敢问师傅，从哪里来？（正末云）我来处来。（旦儿云）如今到哪里去？（正末云）我去处去。（旦儿云）这和尚倒知个来去。③

柳翠被月明和尚缠着要她出家，她装作熟睡不睬。和尚乘机让她在梦中遭遇"恶境头"令地府阎神派牛头鬼力将其斩首，柳翠呼救，月明点化其来历她才明白过来而出家。

四 趋同现象的原因略析

佛道教度脱剧为什么产生这种趋同现象，只能从文学艺术形式对它们的制约中去寻找。

度脱剧尽管有太明显的宣教文学的色彩，可是其表现形式还是属于

---

① （元）贾仲明：《铁拐李度金童玉女》，《全元曲》第八卷，河北教育出版社1998年版，第5665页。
② 《马丹阳三度任风子》，王学奇编《元曲选校注》第四册下，第4222页。
③ 《月明和尚度柳翠》，王学奇编《元曲选校注》第四册上，第3377页。

第三章 文学视野下的佛道教度脱剧的演进及对《红楼梦》的影响研究

文学艺术的,也就是戏剧这一综合艺术形式。既然是一种戏剧,就难免要考虑舞台效应的问题,那么僧道以疯疯癫癫形象出现可能比较吸引观众的注意,而度脱方式上也出现一些程序化的内容,这样形成一些共同的特点,佛道教两家都不得不遵守或继承,这样就形成了以上所说的佛道教度脱剧的共同点,而它们之间也肯定有互相影响、互相借鉴的方面,这应该也是这种趋同现象出现的原因之一。

此外,得道者引领被度脱者领悟"来路"或"本来面目"的共同思路,从教义渊源来讲,是因为在元明清时期,佛道教早已混同,特别是全真教更大力吸收禅宗教义,讲究性命双修,将《心经》列为基本经典,并且建立出家制度;而在通俗文学中,更是混同仙佛,最著名的当然是《西游记》。以下我们可以考察一些度脱剧的类似情节来说明这一点。

苏元俊的《吕真人黄粱梦境记》[①]中的吕洞宾是道教仙人,被汉钟离点化,却相信禅宗师父的话:"旧时马祖目小生曰:'此儿骨相不凡,何物风尘能染,他日遇钟则扣,遇卢则居',如今得见先生,不为遇钟乎?欣逢高士,敢拜下风。"郑廷玉的《布袋和尚忍字记》[②]中,刘均佐被弥勒尊者化身的布袋和尚度化,随其出家三天,后回到家里,人间早过百年,佛家的日月仿佛是道教的仙境。范子安的《陈季卿误上竹叶舟》[③]中,吕洞宾以一个梦境点化陈季卿,地点却是在禅宗寺庙里,和尚没有因门户之见而赶吕洞宾出门,反而给了他点化陈季卿的机会。《猿听经》[④]里,修公禅师可以命令山神吓走潜入庙里听经的玄猿,《一文钱》[⑤]里,帝师天幻化为僧人,将酒给吝啬鬼卢至让他喝醉,自己化作其身形去散其家财,为保护其身体,命令土地神保护他不被虎狼侵害。

最能说明这个问题的可以说是《蝴蝶梦》[⑥]一剧,该剧演庄子得道的故事。庄子本来是战国时期人,与禅宗远远搭不上边,但该剧写仙人长

---

① (明)苏元俊:《吕真人黄粱梦境记》,《古本戏曲丛刊》初集,商务印书馆1955年版。
② (元)郑廷玉:《布袋和尚忍字记》,王学奇编《元曲选校注》。
③ (元)范子安:《陈季卿误上竹叶舟》,王学奇编《元曲选校注》。
④ (元)无名氏:《猿听经》,隋树森编《元曲选外编》第三册。
⑤ (明)破道人:《一文钱》,《盛明杂剧》,中国戏剧出版社1958年版。
⑥ (明)谢国:《蝴蝶梦》,《古本戏曲丛刊》三集,文学古籍刊行社1954年版。

桑公子因为庄子"夙有慧因,颖悟绝世",但"只从语言文字参入,以辩说胜人",因而还未得到实在的解脱。为了点化他,逗起他的"疑情",长桑公子采用让庄周做梦,梦中让骷髅的阴灵与庄子对话,说人死后的解脱之乐,使庄子疑惑而去寻仙访道。这个套路考证起来毫无道理,明显看得出来在战国时代的人物庄子身上运用了唐代禅宗的法门,也就是说是用仙禅鬼神合一的方式。这些足以说明度脱文学中打破佛道界限的传统。

佛道教度脱剧的相互影响,可以使我们清楚地看到,这一类文学作品尽管有明显的宣教色彩,但是还得受到自身作为戏曲艺术的特性的制约:什么样的形式在戏曲舞台上流行,佛道教度脱剧就不约而同地采取什么样的形式。这是我们研究这一问题比较独特的视角。

五 神仙道化剧的荒诞色彩

全真教将家庭视为牢狱、火宅,把夫妻子女等亲情看作金枷玉锁,而要学人看破红尘,割断情缘,抛妻弃子,出家修道。这对神仙道化剧产生了深刻的影响,使之弥漫着为世人所不解的荒诞色彩。

度脱是宗教剧在情节方面的一个基本模式,即主人公要么是受贬谪的仙物,要么有半分仙缘,因而不管他们愿意与否,仙家都要到凡间度脱他们。甚至会为了度脱而不择手段,或设计使其家破人亡(如《岳阳楼》等);或让其在梦中经历一番劫难,醒后顿悟名利的虚幻、人世的艰险(如《黄粱梦》《升仙梦》等);或展示仙家的法术,使被度脱者知仙术不凡,最终决定出家(如《玩江亭》《金童玉女》等)。可见,度脱者和被度脱者之间并没有思想的交流,被度脱者往往留恋人世,并没有出家成仙的梦想,很多时候他们往往是被逼无奈的,如《岳阳楼》中的郭马儿,本来他生活安定,死活都不愿出家。于是吕洞宾设计使其妻被杀(虽然看似假的),郭马儿捉吕洞宾去见官,其妻却又出现,因郭诬告要去杀头,郭乃向吕求救,从而出家。《蓝采和》中,蓝采和被幻化的官府换取官身,官府责令重打四十,蓝乃向汉钟离求救,愿随出家。这样一来,宗教剧就显示了它们情节的概念化、模式化、简单化特点,很多剧情缺乏必然的逻辑性和令人信服的感染力，有时甚至让人怀疑度脱的意义何在。很多的被度脱者的即刻省悟，更缺乏真正有意义的刺激和精神超越。

《岳阳楼》中郭马儿百度不悟，最后并无特别刺激，却突然悟出自己就是三十年前岳阳楼下的老柳树；相反，其妻贺腊梅只吃一盏茶就省悟了，省悟的过程简单得失去了意义。同样的情形也出现在《金童玉女》中金安寿与娇兰身上，金安寿经多次点悟，又经一梦"魔障"才省悟，娇兰只铁拐李"你不过来，还等什么哩"一句话便即刻皈依："师父稽首，弟子省悟了也。"《升仙梦》柳春与陶氏梦中赴任遇强人被杀，意识到"可怜我一命似飞花"，于是决定出家修行。与人生荣辱浮沉相比，这次意外事故对促成生存转向显然还嫌单薄。从中可看出，被度脱者省悟的本质仅仅是"仙根"的显化，蜕变为一个既有设定的实现。

有些被度脱者在彻悟之后的表现也让人怀疑，如任风子，为了表明出家的决心，竟至摔杀亲子，缺乏起码的人性。有些被度脱者经历一番劫难，就大彻大悟，毅然出家修行，似乎对人世忽然没有一丝留恋，不合人之常情，因而许多情节设计显然有为了度脱而度脱之嫌。可能作者也认识到这点，所以开篇往往指出很多被度脱者是被贬谪的上界仙物，出家成仙是他们的宿命，借此来冲淡其不合常情之处。并且也暗示了全真教并不提倡苦修成仙，而是像禅宗一样，提倡顿悟，放下屠刀，立地成佛，也算是三教合流的一个例证吧。

第三节 明清戏曲名作中的度脱剧：精致化的文本

明清戏曲名作如《南柯记》《邯郸记》《桃花扇》中，有很多包含了佛道教度脱凡人的情节，我们进行戏曲与宗教关系的研究，不能对此避而不谈。而从艺术演进来讲，这些作品比元代度脱剧显然更为精致，可以说是成熟期的度脱剧了。在本节，我们将对它们之中的度脱情节与佛道教的关系进行专门探讨，进而分析它们在艺术上较元代度脱剧进步、精致的特点。

一 《翠乡梦》的佛教主题辨析

徐渭的《玉禅师翠乡一梦》是其杂剧名作《四声猿》中的一种，题材来自元杂剧《月明和尚度柳翠》，写玉通和尚两世轮回，从僧到俗，从男到女，情节曲折，关目的组织，甚见机杼。以往的文学史倾向于这样概括其思想内涵：《翠乡梦》写玉通和尚由于专心修道，没有参见临安府尹柳宣教，被其设计破了色戒，他出于报复而转世投胎为柳家的女儿柳翠，又堕落为妓女败坏柳氏门风，最后经师兄月明和尚点醒，重新皈依佛门的故事，此剧旨在宣扬轮回报应，但也揭露了官吏的阴险毒辣和僧侣们奉行禁欲主义的虚假。中性一点的评价如陈洪先生如是说："一位有道高僧，二十年修持，却轻易为妓女破戒，这只能说明佛法不足恃，情欲不可灭……（剧本）反对矫强不近人情的'修为'。把和尚放在最敏感的问题——性欲前面来考验，使其破戒出丑，这在明清小说中屡见不鲜……徐文长这样处理……一则与他自己的思想倾向有关……这批人物虽然都对佛教深感兴趣，但又充分肯定人的情欲，因而对佛门之清规戒律有程度不同的讥弹。"[①]

其实本剧与佛教禅宗思想有颇多关联，若从禅宗思想解读，也颇能得出本剧是印证佛教修行不易的结论。

玉通和尚上场时有一首定场白曰："南天狮子倒也好堤防，倒有个没影的猢狲不好降。看取西湖能有几多水，老僧可曾一口吸西江。"其中的"老僧可曾一口吸西江"用了一则禅宗公案典故，即宋代释道原所编撰的《景德传灯录》中《居士庞蕴》条中说的："（庞蕴）后之江西，参问马祖云：'不与万法为侣者是什么人？'祖云：'待汝一口吸尽西江水，即向汝道。'"意思是佛性或真性是不能言说的，言说即乖。玉通之意谓自己一意参禅、从不戏论佛法佛性。其实这段自白中最关键语乃是"倒有个没影的猢狲不好降"，意思是说人心难以调伏，修行就是要调伏这颗追逐攀援外境的心。这与《西游记》把孙悟空称为"心猿"是一个意思。后

---

① 陈洪：《佛教与中国古典文学》，天津人民出版社1991年版，第250—251页。

第三章 文学视野下的佛道教度脱剧的演进及对《红楼梦》的影响研究

文就印证了这一点："俺家玉通和尚是也。俺与师兄见今易世换名的月明和尚，本都是西天两尊古佛。止因修地未证，夺舍南游，来到临安见山水秀丽，就于竹林峰水月寺，选胜安禅。住过有二十余载，越觉得光景无多，证果不易。"他说佛教修持"好像如今宰官们的阶级，从八九品巴到一二，不知有几多样的贤否升沉；又像俺们宝塔上的阶梯，从一二层扒将八九，不知有几多般的跌磕蹭蹬"。如同论者徐振贵所说：这几句并非是揭露佛教"众生平等"的主张与其等级森严的矛盾，而是说修行是一个艰难困苦的过程，询是"证果不易"的具体解释[①]。在后文就论及佛门禅宗的种种乱象，因此更说明证果朝元的困难："有一辈使拳头喝神骂鬼，和那等盘踝膝闭眼低眉，说顿的，说渐的，似狂蜂争二蜜，各逞两下酸甜；带儒的，带道的，如跛象扯双车，总没一边安稳。谤达摩单传没字，又面壁九年，却不是死林侵盲修瞎炼，不到落叶归根；笑惠可一味求心，又谈经万众，却不是生胡突斗嘴撩牙，惹得天花乱坠。真消息香喷喷止听梅花，假慈悲哭啼啼瞒过老鼠。此乃趁电穿针，一毫不错；饥王嚼蜡，百味俱空。"[②] 这里对于狂妄议论禅宗祖师达摩、惠可的人提出批评，用极其形象的比喻"趁电穿针"来提醒学人要抓住心光发明的那一刻来参就心性，一毫不容错过；用"饥王嚼蜡"来比喻修道之人要不执着于任何东西，就像饥渴至极的人却给他蜡烛咀嚼一样，"百味俱空"，不产生任何贪恋，方可脱离三界轮回，臻于极乐彼岸。这样高难度的修行，符合佛经所谓一般人要经三大阿僧祇劫才能成佛的说法，也为后文写玉通禅师没能经受住诱惑埋下了伏笔。

但通观全文，剧本对玉通禅师是持同情态度的，这就证明了该剧并非讽刺佛教戒律。

红莲初次上场时，自己交代："昨日蒙府尹老爷，因怪玉通长老不去迎参，在我身上，要设个圈套，如此如此。倘得手了，又教把那话儿收回回覆他，做个证验。我想起来，玉通是个好长老，我怎么好干这样犯

[①] 徐振贵：《悔恨"落入圈缋"的断肠哀鸣——徐渭〈翠乡梦〉探微》，《戏曲研究》第八十一辑，文化艺术出版社2010年版。

[②] （明）徐渭：《四声猿》，上海古籍出版社1984年版，第20—21页。

佛菩萨的事？咳，官法如炉，也只得依着他做了。"然后红莲设计进入水月寺，她能进去，完全是出于玉通禅师的慈悲为怀；接着红莲装病，禅师不得已按其所说的方法去救她，果然堕入圈套，他叹息道："我也是救苦心坚，救难心专。没方法将伊驱遣，又何曾动念姻缘？……不觉的走马行船，满帆风到底难收，烂缰绳毕竟难拴。"然后他去投胎转世为柳家女儿、败坏其家风，这一折结尾得知内情的和尚说道："佛菩萨尚且要报怨投胎，世间人怎免得欠钱还债。"也许读者客观上可以讽刺这里的玉通和尚或佛教戒律，但作者在剧情设计上却是写柳宣教做坏事受恶报的。第二折就描写经过师兄月明和尚苦心点拨她，并拟她的口吻说："红莲弄我似猢狲，且向绿柳皮中躲一春。浪打浮萍无有不撞着，只怕回来认不得旧时身。呸！（大喷旦一口介）"，使柳翠终于忆起前世，高叫道："我知道了！我知道了！"师兄弟二人相认，"两弟兄一双雁行，老达摩裹粮渡江。脚根踹芦蒋叶黄，霎时到西方故乡"。剧情至此，我们不妨说，这是一个从佛教角度来看的欢喜团圆的结局，而非讽刺佛教自身的。

至于说月明和尚的如下自白："俺法门像什么？像荷叶上露水珠儿，又要沾着，又要不沾着。又像荷叶下淤泥藕节，又不要龌龊，又要些龌龊。修为略带，就落羚羊角挂向宝树沙罗，虽不相粘，若到年深日久，未免有竹节几痕。""俺也不晓得脱离五浊，尽丢开最上一乘。刹那屁的三生，瞎帐他娘四大！一花五叶，总犯虚脾；百媚千娇，无非法本。搅长河，一搭里酥酪醍醐；论大环，跳不出瓦查尿溺。只要一棒打杀如来，料与狗吃。笑倒只鞋，顶将出去救了猫儿。所以上我这黄齑淡饭窝出来臭刺刺的东西，也都化狮子粪，倒做了清辣香材；狗肉团鱼呕出来鏖糟糟的涓滴，便都是风磨铜，好妆成紫金佛面。"熟悉禅宗的人都知道，这无非是狂禅和光同尘、混同世俗、推倒佛教偶像崇拜的一套语言，不足为怪，也不足为讽刺佛教的证据，不然只能贻笑大方了。

即使从结尾的题目正名"大临安三分官样，老玉通一丝我相。借红莲露水夫妻，度柳翠月明和尚"来看，核心一句"老玉通一丝我相"说的仍旧是正统佛教修行的道理，如《金刚经》告诫的菩萨要"无我相、人相、众生相、寿者相"，修行人是连丝毫的"我"都不能执着的，不然就难免堕入轮回。那么本剧可以说是通过玉通和尚与柳翠的两世轮回，证明了以上道理，是很好的佛教思想的教本，故事也很精彩。只不过，两个和尚上场都有大段夹杂着禅宗思想的自白，不太具备喜剧的欣赏性，但历来禅宗戏曲都如此，徐渭算是写得比较出彩的了。

二 《南柯记》与佛教否定男女之情的思想

众所周知，汤显祖的《南柯记》是对唐传奇《南柯太守传》进行改写充实而成，戏曲与佛教的关系也有很多研究者注意到，不过在此笔者想首先指出的是，《南柯记》相对《南柯太守传》而言，很突出地增加了佛教高僧形象，这是要特别强调的。

在《南柯太守传》中，淳于棼梦入槐安国后，有如下情节：

> 一女谓生曰："昨上巳日，吾从灵芝夫人过禅智寺，于天竺院观右延舞《婆罗门》。吾与诸女坐北牖石榻上，时君少年，亦解骑来看。君独强来亲洽，言调笑谑。吾与穷英妹结绛巾，挂于竹枝上，君独不忆念之乎？又七月十六日，吾于孝感寺侍上真子，听契玄法师讲《观音经》。吾于讲下舍金凤钗两只，上真子舍水犀合子一枚。时君亦讲筵中于师处请钗合视之，赏叹再三，嗟异良久。顾余辈曰：'人之与物，皆非世间所有。'或问吾氏，或访吾里。吾亦不答。情意恋恋，瞩盼不舍。君岂不思念之乎？"

在小说中，没有利用禅智寺、孝感寺、契玄法师这些佛门地点与人物进行任何佛教思想上的发挥，它们只是为主人公情事的发生提供了条件而已，这很有点像《西厢记》的作者把人物爱情安排在寺庙中一样。而到了戏曲《南柯记》中，情况就大不一样了。

《南柯记》重点花了单独四出的篇幅来展现佛教，尤其是禅宗的思想内容，在第四出《禅请》中，通过契玄法师之口，叙述了他与蟥蚁国八万四千户蟥蚁于五百年前后的因缘：五百年前他不小心以热油倾注蚁穴，现在他来度脱他们全数升天，因此预言了南柯下蚂蚁的未来；第八出

《情著》前段大段描写契玄禅师与包括淳于棼在内的四众弟子之间的问禅参禅、机锋对答，预言淳于棼"此人外相虽痴，到可立地成佛"并且借讲《法华经·观世音菩萨普门品》中明言"应以人非人等度者，（观世音）即现其身而度之"之机，暗示来听讲的槐安国琼芳公主等人他们也可以得度升天；第四十三出《转情》、最后一出《情尽》前半段中契玄禅师广做水陆道场，淳于棼也清斋闭关四十九日，一日念佛三万六千声，并燃指为香，于佛前祈请亡父、妻子、槐树安一国升天而满愿。写淳于棼开悟成佛的戏则在《情尽》后半段。

淳于棼已经知道所谓妻子瑶芳公主不过是蝼蚁一只，和她的恩爱是梦中情缘，为幻为假，却还常想她的恩情不尽，还要与她重做夫妻。这里可以看出人对情感的迷惑执着有多重、多么难以舍弃，即使明知为错也不能割舍。难舍难离的最后见面后，瑶芳要上天去，淳于棼还说"我定要跟你上天"，被契玄禅师用宝剑分开，才发现公主留赠的金钗玉盒不过是槐枝槐荚，这才明白"人间君臣眷属，蝼蚁何殊；一切苦乐兴衰，南柯无二。等为梦境，何处生天"，自己过去是"咱为人被虫蚁儿面欺，一点情千场影戏，做的来无明无记"，于是"求众生身不可得，求天身不可得，便是求佛身也不可得"。禅师进一步点化他说"众生、佛无自体，一切相不真实"。他就立地成佛了。

全剧站在超脱的境界看待人间富贵、情感的来去与纷争，把个中众生都看作是渺小的蝼蚁昆虫世界，尤其是两个蚂蚁国煞有其事的战争，极能令人想起庄子蜗角触蛮之争的寓言。檀萝国太子发动抢夺瑶芳的战争，致使瑶芳受惊吓后过早亡身，淳于棼失去妻子；槐安国右相段功因嫉妒淳于棼受宠、在朝中势力熏天而抓住其把柄进谗言，致使他失去权势、被驱逐出蚂蚁国境，最后才醒悟过来，这其实代表了汤显祖在明代官场历练翻滚之后，看透了官场上不过是一伙为微小而充满腥膻气味的利益而争夺的人，他要出离这个肮脏的世界。因此，《南柯记》颇有跳出三界看众生的意味。这个世界唯一能让他留恋的是"情"，这种情在《牡丹亭》中还是受到歌颂的至高的哲学范畴的东西，到了《南柯记》中则变成了魔障。作者通过契玄禅师来点明这一点："彼诸有情，皆由一点情,暗增上呆痴受生边处。先生情障,以致如斯","诸色皆空,万法惟识"。

值得指出的是,瑶芳公主本承诺在忉利天等淳于棼来继续为夫妻,却被契玄禅师用宝剑将他们分开,淳于棼因而悟道;而在后来的戏曲名作《长生殿》里,唐玄宗李隆基与杨玉环却被作者安排在生离死别后的忏悔之后,在牛郎织女帮助下在忉利天相会。可见,汤显祖对情的看破甚至远超后人。《南柯记》的结尾颇具哲理的震撼力,使人刹那间有超脱之感,是与它包含的融会了庄子与佛教因素的禅宗思想有很深刻的关系的。

三 借道教度脱框架批判现实的《邯郸梦》

众所周知,汤显祖的又一名作《邯郸梦》是在"黄粱梦"题材作品的基础上改写、扩展、充实而成,前代作品主要有唐代沈既济的传奇小说《枕中记》与元代马致远的杂剧《黄粱梦》。沈既济的《枕中记》中虽有一道士吕翁,但还没有以神仙的面貌出现,卢生梦醒后虽对人生有所悟,却并没有跟随道士出家修行。文末卢生说:"夫宠辱之道,穷达之运,得丧之理,死生之情,尽知之矣。此先生所以窒吾欲也。敢不受教!"表明该小说只是曲折地表达对人生欲望的一概否定而已。马致远的《黄粱梦》大大增加了对神仙形象的描写,把主人公从卢生变为吕洞宾,道士吕翁则变为由东华帝君差遣的钟离权,如是则由钟离权点化吕洞宾出家修道,剧本遂成为道教宣扬其神仙谱系的一环:东华帝君—钟离权—吕洞宾[①],而其思想则主要体现全真教戒除酒色财气、人我是非而成仙的修行思路,其中免不了有内丹修炼的词语如"神炉仙鼎,把玄霜绛雪烧成;玉户金关,使姹女婴儿配定","出家人长生不老,炼药修真,降龙伏虎"等。该剧写吕洞宾戒除酒色财气的经过比较突兀仓促、缺乏充分的铺垫,尤其是写吕洞宾的妻子,即高太尉的女儿已生有一双儿女,却在吕洞宾征战沙场时在家里偷情;又写吕洞宾带一双儿女发配无影牢城的路上,儿女被钟

---

① 参见侯光复《元前期曲坛与全真教》,《文学遗产》1988年第5期。

离权摔死,虽然这些都是在梦中发生,但也未免荒唐之讥。"从以上分析可知,《邯郸道省悟黄粱梦》实际上就是全真教戒律的形象教材。"① 这是学者对《黄粱梦》思想的定性,说明它实际上是一部宣教之作。

《邯郸梦》将做梦的人还原为卢生,而将小说中的吕翁改为八仙之一的吕洞宾。它虽然也把主要情节放在梦中来写,但大大增加了梦中之事的现实感,亦如吴光正所说:"其中浸着汤显祖的宦海体验和刺世心态"。如果从艺术性上来看,这样的改写给作为度脱剧的《邯郸梦》带来了什么样的效果呢?

首先我们要注意,《邯郸记》中的卢生代表一种世俗人生的极致。他入梦前就表明他的理想是"建功树名,出将入相,列鼎而食,选声而听,使宗族茂盛而家用肥饶",而梦中结尾时,他的这些理想都实现了:四子尽升华要之职,包括最小的儿子也托付给了高力士;皇帝赏赐的甲第田园、佳人名马不可胜数;与《南柯记》中淳于棼梦近尾声时被送出槐安国的悲哀结局不同,《邯郸梦》中卢生在梦中的结局是临死的哀荣。以卢生为视角切入点,这些都写得极其真切。第二十七出名为《极欲》,是对这种世俗人生最高理想的概括。我们不妨看取其中最有趣的段落,当皇帝颁赐女乐二十四名,卢生长篇大论,引经据典地论证不可近此女色时:

> (旦)这等,公相可谓道学之士,何不写一奏本,送还朝廷便了。(生笑介)这却有所不可。礼云。不敢虚君之赐。所谓却之不恭。受之惶愧了。②

结果因为沉溺女色,甚至动用采战之术,卢生病入膏肓。这无疑是讽刺其虚伪。如此细致入微的描写与鞭挞,是篇幅有限的元代度脱剧不可能有的。

---

① 吴光正:《八仙故事系统考论——内丹道宗教神话的建构及其流变》,中华书局 2006 年版,第 173 页。
② 吴秀华:《汤显祖〈邯郸梦〉校注》,河北教育出版社 2004 年版,第 267 页。

第三章 文学视野下的佛道教度脱剧的演进及对《红楼梦》的影响研究

与《南柯记》的主人公淳于棼一样，卢生也在宦海、人生沉浮过，不过是沉浮的尺度更大：从状元及第到处以死刑，从死刑赦免到流放边地，再到位居宰辅，沈际飞所谓"极悲、极欢、极离、极合"[①]。对这种官场与人生的沉浮，汤显祖给予了细节上的描绘：崔氏女赠卢生钱以打通科考关节，结果连皇帝都被打动；因卢生自称天子门生，招来宰相宇文融的嫉恨，后来屡次寻找机会陷害他，终于将其置之死地时，却峰回路转被赦回朝，皇帝的宠幸达到极致时，赐给他二十四女乐；却又因与这些女乐行采战之术而重病，萧嵩、裴光庭来探望，萧已在祝福裴拜相在望了。这些情节仿佛《红楼梦》所批评的忽离忽遇，但正艺术地展示了官场与人生的无情与荒唐。

《邯郸梦》与元杂剧《黄粱梦》相比，更多地挣脱了宗教的束缚，它的主旨是批判现实。因此在《邯郸梦》中，道教神仙世界的构筑更多是体现一种象征性的意义，即以彼岸神仙世界的逍遥自在来反衬、否定、批判尘世的无聊荒唐，具体体现为否定了一切尘世的功名富贵、伦常亲情，第三十出《合仙》中众仙如此数落卢生：

【浪淘沙】（汉）甚么大姻亲！太岁花神，粉骷髅门户一时新。那崔氏的人儿何处也？你个痴人！（生叩头答介）我是个痴人。

【前腔】（曹）甚么大关津！使着钱神，插宫花御酒笑生春。夺取的状元何处也？你个痴人！（生叩头答介合前）

【前腔】（李）甚么大功臣！掘断河津，为开疆展土害了人民。勒石的功名何处也？你个痴人！（生叩头答介合前）

【前腔】（蓝）甚么大冤亲！窜贬在烟尘，云阳市斩首泼鲜新。受过的凄惶何处？你个痴人。（生叩头答介合前）

【前腔】（韩）甚么大阶勋！宾客填门，猛金钗十二醉楼春。受用过家园何处也？你个痴人！（生叩头答介合前）

【前腔】（何）甚么大恩亲！缠到八旬，还乞恩忍死护儿孙。闹

---

① 吴秀华：《汤显祖〈邯郸梦记〉校注》，河北教育出版社2004年版，第326页。

喳喳孝堂何处也？你个痴人！（生叩头答介合前）

应该指出的是，《邯郸记》这种否定一切现实的思想是来自佛教的，也是荒唐的。且看卢生醒后和吕洞宾的对话：

（生笑介）老翁教我把玉真重访，难道来时路还在这枕根里。（再看枕叹介）咳！枕儿枕儿，你把我卢生有家难奔，有国难投。别的罢了，则可惜俺那几个官生儿子呵。（吕笑介）你那儿子难道是你养的。（生）谁养的。（吕）是那店中鸡儿狗儿变的。（生）咳！明明的有妻，清河崔氏坐堂招夫。（吕）便是崔氏也是你那胯下青驴变的，卢配马为驴。（生想介）这等，一辈儿君王臣宰，从何而来。（吕）都是妄想游魂，参成世界。（生叹介）老翁老翁！卢生如今惺悟了。人生眷属，亦犹是耳。岂有真实相乎。其间宠辱之数，得丧之理，生死之情，尽知之矣。

由于卢生梦中梦见的妻子儿子都是吕洞宾以店中鸡儿、狗儿、驴子变成的，就否认现实中一切人、事物的真实性，说这"都是妄想游魂，参成世界……岂有真实相乎"，这与《南柯记》的思路完全一致。这种以现实世界为梦为假的观念，是道教汲取了佛教的世界观后形成的，如有名的佛教经典《金刚经》中著名的六喻"一切有为法，如梦幻泡影，如露亦如电，应作如是观"，以及"空、假、中"三观中的假观认为世界为不实、为假相，卢生的话语中明显有以上佛教思想的痕迹。道教是一个大熔炉，尤其全真教以来，对佛教的汲取更多，有时还明确地标榜三教合一。因此我们认为，从宗教哲理上来讲，《邯郸记》没有比《南柯记》贡献更多的东西。如果要谈各自的侧重点，则可说《南柯记》更侧重对情的勘破，《邯郸记》更多是批判现实，尤其是批判官场的倾轧、世俗人生欲望至上的理想。

四 《桃花扇》的主人公入道修行的结局探讨

《桃花扇》也许并不能算是度脱剧，不过它的结尾安排了男女主人公

第三章　文学视野下的佛道教度脱剧的演进及对《红楼梦》的影响研究

双双入道修行的情节，这个情节在学术界引起一定争议，所以在此我们也探讨一下这部名剧的度脱情节的意蕴。

之所以说《桃花扇》也许并不能算是度脱剧，是因为它没有像一般的度脱剧那样安排一个神佛世界的人物犯戒下凡后被超度或者凡人有仙缘、佛缘被度脱的框架，作者没有任何方面暗示男女主人公侯方域、李香君有前身后世的什么身份。《桃花扇》的本质是一部政治剧，是一部比较严格的现实主义作品，浸透着浓厚的现实关怀的意识。关于这种特点，我们都知道，《桃花扇》是作者在严格考证南明史实的基础上写成的，每一出甚至标明了事件发生的时间如"崇祯癸未二月"、"甲申三月"等字样，它的超现实色彩和宗教鬼神描写相对就比较淡薄少见。

具体到对结尾主人公双双入道修行这一点的意蕴上，学术界是有争议的，争议核心在于：侯方域与李香君双双入道的意蕴是什么？我们可先从作者明确地用下列话语标榜自己写作目的来分析："场上歌舞，局外指点，知三百年之基业，隳于何人？败于何事？消于何年？歇于何地？"（《桃花扇小引》），"余孽者，进声色，罗货利，结党复仇，隳三百年之帝基者也"（《桃花扇小识》），"南朝兴亡，遂系之桃花扇底"（《桃花扇本末》），"借离合之情，写兴亡之感"（第一出《先声》）。结合这些话语和作品的实际，可以说甚至侯方域与李香君的爱情都不是作者的写作目的，他们的悲欢离合都不过是表现南明小王朝兴亡的道具、线索而已，其中寄托着作者对明朝的一种怀念之情，即使作者一再表明了对清朝的礼赞。具体来说，侯、李的爱情是产生于明末动乱时代，升华于与阉党余孽的斗争之中，其基础本来是对国家的关心与爱护，等到明朝灭亡，这种爱情就失去了存在的基础。所以张瑶星呵斥他们说："呵呸！两个痴虫，你看国在那里，家在那里，君在那里，父在那里，偏是这点花月情根，割他不断么？"[1] 于是两人就入道去了，这里明确地把对国家的感情放在个人爱情上，借此表现出明朝灭亡后其不愿仕清的明朝遗民们的幻灭感。

本来经历了悲欢离合后难得重新相见时，按常理常情侯方域和李香

---

[1] （清）孔尚任：《桃花扇》，人民文学出版社1959年版，第258页。

君终于结为夫妻、然后去隐居是比较能为读者接受的结局,作者在《桃花扇本末》中就提到:"顾子天石,读予《桃花扇》,引而申之,改为《南桃花扇》,令生旦当场团圞,以快观者之目;其词华艳精警,追步临川。虽补予之不逮,未免形予伧父,予敢不避席乎?"可见作者也未对改写结尾"令生旦当场团圞"的做法强烈反对。原书眉批还说:"悟道语,非悟道也,亡国之恨也。"更可见入道的情节构思本质实在不是要表现道教的修行思想。对此,有论者认为:"作品安排侯方域入道,并不是一般的隐而不仕,而是脱尘离世,修真学道,万念俱灭。入道,是党祸造成侯方域对社会、对朝廷失望甚至绝望的结果。在体现拒绝与清统治者合作的态度的同时,更蕴含了对党祸的一种痛恨之极、失望之至的浓烈之情,还暗示了机关算尽、明争暗斗、互相倾轧的党争,到头来只会随着历史的发展成为过眼烟云,销声匿迹。"① 这是有一定道理的,不过若透彻来说的话,这个结局重点还是在表达万念俱灭,至于修真学道,倒不一定,作品中侯方域从来对道教没有接触,何以会一下子接受道教修行的思想是有疑问的。王国维就说:"《桃花扇》之解脱,非真解脱也:沧桑之变,目击之而身历之,不能自悟,而悟于张道士之一言;且以历数千里,冒不测之险,投缧绁之中,所索之女子,才得一面,而以道士之言,一朝而舍之。自非三尺童子,其谁信之哉?故《桃花扇》之解脱,他律的也。"②

所以,我们不如说,这个显得有点不合人情的入道修行的结局是作者接触明朝遗民后所熟悉的一种幻灭思想的体现,这种思想在《桃花扇》中早已在第二十四出《骂筵》和第三十出《归山》借丁继之、张瑶星的归隐表达了出来,尤其是丁继之"二位看俺打扮吧,这道人醒了扬州梦"之语表达得更清楚。而让张瑶星作为从北京南下的明朝正统人物的代表,先入道后点醒侯、李二人,表达对明朝的一种追思,就再恰当不过了,而其中的核心情感即是我们再三强调的幻灭感。这种幻灭感和通过"那

---

① 阙真:《关于〈桃花扇〉中侯方域入道的思考》,《广西师范大学学报》2013年第6期。
② 王国维:《〈红楼梦〉评论》,《王国维文学论著三种》,商务印书馆2001年版,第10—11页。

热闹局就是冷淡的根芽,爽快事就是牵缠的枝叶"等语体现的世事无常感对《红楼梦》是有影响的,只不过《红楼梦》表达的不是一个朝代消失后的幻灭感,而是对整个中国文化走向倾颓时的幻灭感了,这一点在下节讨论《红楼梦》时再谈。

第四节 佛道教度脱剧对《红楼梦》的影响

无疑,《红楼梦》关于超现实宗教世界的描写很多继承了佛道教度脱剧的因子,但我们从《红楼梦》的超现实宗教描写中得到的印象是,其中包含更多的是作者的一种人生感悟,而非宗教的出世、度世情结。

首先,《红楼梦》继承的佛道教度脱剧的因子有如下几个方面。

一 疯僧狂道的形象

《红楼梦》中联袂而行的一僧一道在仙界是"骨格不凡,丰神迥异",到了凡间却成了癞头和尚、跛足道人,形象邋遢、不堪入目,其意蕴陈洪先生有非常精到的解释,在此我们还想补充一点,就是他们行为之怪异、"疯疯癫癫",常人难以理喻,最有名的是如下的行为:

> 看见士隐抱着英莲,那僧便大哭起来,又向士隐道:"施主,你把这有命无运、累及爹娘之物,抱在怀内作甚?"士隐听了,知是疯话,也不去睬他。那僧还说:"舍我罢,舍我罢!"士隐不耐烦,便抱女儿撤身要进去,那僧乃指着他大笑,口内念了四句言词道:惯养娇生笑你痴,菱花空对雪澌澌。好防佳节元宵后,便是烟消火灭时。(第一回)

僧人这一哭一笑,是为了喻示英莲的不幸命运以引起甄士隐的注意,但情绪变化过于剧烈,所以使人误以为是疯子。

二 否定世俗人情

《红楼梦》中跛足道人见到甄士隐时说:"施主,你把这有命无运、累及爹娘之物，抱在怀内作甚？"还有有名的《好了歌》："世人都晓神仙好，惟有功名忘不了！古今将相在何方？荒冢一堆草没了。世人都晓神仙好，只有金银忘不了！终朝只恨聚无多，及到多时眼闭了。世人都晓神仙好，只有姣妻忘不了！君生日日说恩情，君死又随人去了。世人都晓神仙好，只有儿孙忘不了！痴心父母古来多，孝顺儿孙谁见了？"以及癞头僧救宝玉、凤姐脱离魔魇法时所云："沉酣一梦终须醒，冤孽偿清好散场！"这些都表现出对世俗人情的否定，被认为是疯话。有论者指出，《好了歌》与《南柯梦》中淳于棼被度脱时的情节关系特深，《南柯梦》本来也属于度脱剧，所以与我们的思路不矛盾。

《红楼梦》结局部分也承袭了这种思想，事见第一一六回：

> 宝玉拉着和尚说道："我记得是你领我到这里，你一时又不见了。看见了好些亲人，只是都不理我，忽又变作鬼怪，到底是梦是真，望老师明白指示。"那和尚道："你到这里曾偷看什么东西没有？"宝玉一想道："他既能带我到天仙福地，自然也是神仙了，如何瞒得他。况且正要问个明白。"便道："我倒见了好些册子来着。"那和尚道："可又来，你见了册子还不解么！世上的情缘都是那些魔障。只要把历过的事情细细记着，将来我与你说明。"

至于这样写是否符合曹雪芹的意思，有待后文分析，此处只想指出，《红楼梦》结局处这样描写是套用了度脱文学的常套。

三 悟道的过程

《红楼梦》里，柳湘莲在尤三姐自刎后，梦见她来告别，醒来见一道士：

> 便起身稽首相问："此系何方？仙师仙名法号？"道士笑道："连我也不知道此系何方，我系何人，不过暂来歇足而已。"柳湘莲听了，不觉冷然如寒冰侵骨，掣出那股雄剑，将万根烦恼丝一挥而尽，

第三章 文学视野下的佛道教度脱剧的演进及对《红楼梦》的影响研究

便随那道士,不知往那里去了。(第六六回)

柳湘莲的出家,也承袭了被度脱者询问来路去路的套路,但是却反其道而行,因道士说"连我也不知道此系何方,我系何人,不过暂来歇足而已"而领悟人生从空无中来、到空无中去的道理而出家,可以说是曹雪芹巧妙的创新。而后四十回中写贾宝玉神游真如福地,领悟自己与林黛玉的前世关系,也是采用的这种模式。后来也写到了他领悟自己的来路或本来面目:

(宝玉):"……弟子请问,师父可是从'太虚幻境'而来?"那和尚道:"什么幻境,不过是来处来去处去罢了!我是送还你的玉来的。我且问你,那玉是从那里来的?"宝玉一时对答不来。那僧笑道:"你自己的来路还不知,便来问我!"宝玉本来颖悟,又经点化,早把红尘看破,只是自己的底里未知;一闻那僧问起玉来,好像当头一棒,便说道:"你也不用银子了,我把那玉还你罢。"那僧笑道:"也该还我了。"(第一一七回)

这里宝玉的问话引起僧人反问他自己的来路,作者写他因此领悟了人生大道,却不明写其中内涵,或许算是一种高明的写法。

此外,《红楼梦》还继承了度脱文学中一个特殊之处,就是情痴能悟道,或者说唯有情痴能悟道的思想。

关于情痴能悟道的说法,在度脱文学中也不乏存在。无名氏的《有情痴》中,有情痴自云:"生长三十余岁,我的险阻也备尝过了,世情也曾遍阅过了,上之未能致身青云,光耀门户,次之不能隐居丹穴,入圣超凡,我这一点性灵,不知终归何处。"度化他的蓬莱仙客卫叔卿却说:"人都道你没搭煞,做不来,我偏爱你有情痴,脱得俗……"不过卫叔卿却要有情痴先去建立一番功名事业。到了汤显祖的《南柯记》中,淳于梦就把功名与夫妻之情一起看破了。

沈际飞在《题南柯梦》中说:"……临川有慨于不及情之人,而乐说

129

乎至微至细之蚁；又有慨于溺情之人，而喻乎醒醒醉醉之淳于生。淳于未醒，无情也。惟情至，可以造立世界；惟情尽，可以不坏虚空。而要非情至之人，未堪语乎情尽也。世人觉中假，故不情；淳于梦中真，故钟情。既觉而犹恋恋因缘，依依眷属，一往信心，了无退转，此立雪断臂上根，决不教眼光落地……"① 不及情之人，就如同至微至细的虫蚁，终日惶惶于生计，是为愚；溺情之人，就像醉酒之人，于醒醉之际，是为痴，这两种人充斥世间。此中所述的"要非情至之人，未堪语乎情尽也"，即是汤氏磊磊清骨、率性存真的品格写照。不是这样一位执着追求完美人生理想之人，就不能最终勘破情障，放舍身心，获得觉悟与解脱。这里，沈际飞对汤显祖的评价是极高的，说他犹如禅宗的二祖慧可禅师，为法忘躯，立雪断臂。他认为，汤显祖在历经磨难之后，不是处于一种消极、逃避的状态，而是由原来的"情至"，即对人生真情至性理想的执着追求，转化为"情尽"，犹如打破漆桶，由对生命表层的执着转向了对生命深层意义的探究。在这里，"情至"只是一个生命必须历经的过程，转过身来，汤显祖发现"山河依旧"，如禅师曰"行到水穷处，坐看云起时"，不行至极处，安能堪破此中真意？这也如常言所说，经历就是财富，而佛家曰：烦恼即菩提。在《南柯记》第八出《情著》中禅师曰："老僧以悲眼观看，此人外相虽痴，倒可立地成佛。"② 不痴，安能情至？《红楼梦》中的贾宝玉有"情极之毒"，即深情、用情到了极点，但最终抛下凡情，转情为智，去寻找另一片天地。如同淳于梦的几分感慨："无语落花还自笑，有情流水为谁弹。"淳于梦的确有些"慧根"，开始叩问人生的意义在何处了。否则，像黛玉葬花，落花无语，流水无情，只不过人有情罢了。有情则迷，迷则痛苦，最终为情而死。因此，从淳于梦的这个人物身上，可以清晰而明确地看到汤显祖的精神历程与思想③，以及对于曹雪芹创造贾宝玉形象的影响。

---

① 《汤显祖全集》卷四，北京古籍出版社1999年版，第2570页。
② 同上书，第2308页。
③ 参见徐宏《曲肱禅呓——汤显祖〈南柯记〉禅宗思想杂谈》，《中国戏曲学院学报》2005年第1期。

第三章　文学视野下的佛道教度脱剧的演进及对《红楼梦》的影响研究

但《红楼梦》的超现实宗教描写中包含更多的是作者的一种人生感悟，而非宗教的出世、度世情结，这与《南柯梦》《邯郸梦》《桃花扇》等戏曲颇有关联。

之所以这么说，是因为与《南柯梦》《邯郸梦》《桃花扇》一样，《红楼梦》的主体还是对现实世界的描绘，宗教超现实世界成为加在现实世界上的一个框架而已，作家们已经不是如元代神仙道化剧那样专门为宗教服务而创作这些戏曲小说作品，也就是它们并没有完整地诠释宗教思想，而只是借用了宗教哲学思想或宗教领域为人物安排一个出路。有时候，人物出家前必须的悟道显得有几分勉强，例如淳于棼、卢生都因一梦而悟道，这就有几分不可信，一般文学史都认为《南柯梦》《邯郸梦》的重点在于对现实的批判，它们在宗教思想与现实世界孰轻孰重之间已然实现了转换。《桃花扇》干脆去掉了神仙谪世再被超度的框架。《红楼梦》虽然重新安置这样的框架，但很清楚，它的超现实宗教世界与现实世界描写相比几乎没什么分量，来自神佛世界的和尚道士的话也被认为是"不经之谈"、"如何信得"。

说到影响，《南柯梦》站在超脱的境界看待人间富贵、情感的来去与纷争，《邯郸梦》以彼岸神仙世界的逍遥自在来反衬、批判尘世的无聊荒唐，否定一切尘世的功名富贵、伦常亲情，这在《红楼梦》中留下了明显的影响痕迹。而《桃花扇》主人公双双入道修行中体现的明朝遗民因国家消亡而产生的幻灭感，以及通过"那热闹局就是冷淡的根芽，爽快事就是牵缠的枝叶"，"眼看他起朱楼，眼看他宴宾客，眼看他楼塌了"等语体现出的世事无常感，这也是对《红楼梦》有明显影响的，只不过《红楼梦》站在了更超然的境界。《桃花扇》的视野还局限在明末这个有限的时空，把对国家的情感置于男女私情之上，《红楼梦》则把视野扩展到整个中国文化，关注其结构中男权至上下女性的悲剧命运，对整个文化提出反思。在《红楼梦》里，贾府虽然衰败但并未彻底消失，而贾宝玉却随一僧一道离家出走，所以它表达的不是一个朝代消失后的幻灭感，而是整个中国文化走向倾颓时的幻灭感。这种脱离具体时空、把视野放在对整个中国文化的观照、反思的倾向，与受到时事政治剧《鸣凤记》

《清忠谱》影响较深的《桃花扇》的关系较轻，而与把背景虚拟为唐代、实际上俯瞰整个古代官场文化与家庭文化的《南柯梦》《邯郸梦》关系更密切。入乎其中又出乎其外，构成这些作品细腻描绘世情而又超越的境界。《好了歌解》描写的种种无常："陋室空堂，当年笏满床，衰草枯杨，曾为歌舞场。蛛丝儿结满雕梁，绿纱今又糊在蓬窗上……"最后总结说："乱烘烘，你方唱罢我登场，反认他乡是故乡；甚荒唐，到头来都是为他人作嫁衣裳！"彻底表达了曹雪芹思想中具有的某种否定人生与命运的倾向，这与《南柯梦》《邯郸梦》是一样的。当然也应指出，这种思想倾向实质是对男权至上的家国一体文化的怀疑，但不是作品的全部，而只能说它与作品浓浓的恋家情结交织在一起，构成小说巨大的张力。

第四章 古代小说戏曲中的几种准宗教现象溯源与解读

在中国古代小说戏曲中存在着一类作品，其中出现了非现实的情节以及有法力的宗教人物或者超现实人物，但这些作品不一定是为了表达宗教的思想，相反往往蕴含着一定的人文思想，我们称之为准宗教现象。本章笔者打算清理中国古代小说戏曲中的几种典型的准宗教现象，并从文学的角度进行溯源与分析解读。

第一节 精怪化美女与僧道干预

一 魏晋南北朝的精怪化美女题材

精怪化身美女与人结合，这是一个源远流长的题材。前文第二章中我们就提到，在魏晋南北朝小说粗具梗概的阶段，就有《甄异传》之《杨丑奴》《谢宗》分别写水獭与乌龟化女故事；南朝宋刘敬叔的《异苑》之《徐奭》、刘义庆的《幽明录》则分别写白鹤、白鹄化女子[1]的故事。据洪树华统计，这样的作品在魏晋志怪中有六十三篇[2]，而涉及的其他动物则包括鲤鱼、鼠、狐狸、白燕等十余种。这些作品大都情节简单，结构类似，即在短暂地与人相处后，人类发现精怪之异常，随后精怪逃走，故事结束，作品也没描写人类与精怪之间产生真正的感情。这一类

---

[1] 《汉魏六朝笔记小说大观》，第719页。
[2] 见洪树华《先秦至唐五代文学中的超现实之婚恋遇合及其意蕴》之附录，博士学位论文，南开大学，2007年。

作品有些纯粹属于搜奇猎异之作，没有太深的命意，而有一些则有巫师、道士、僧人出现其中①，反映了佛道教或掌握巫术之人利用这类故事显示自己降妖除怪的本领，以推进其影响的努力。值得指出的是其中僧人出现的概率不高，而大多数降妖除怪的是道士，大约是此时较多利用除邪怪来彰显自己存在与扩大影响的是道教与巫术而非佛教，只有缺名《杂鬼神志怪》的《广陵王女》中出现了僧人除怪的事例：

> 沙门竺僧瑶，得神咒，尤能治邪。广陵王家女病邪，召瑶治之。瑶入门，便瞋目大骂云："老魅不念守道，而干犯人。"女乃在内大哭，云："人杀我夫。"魅在其侧曰："吾命尽于今，可为痛心！"因歔欷悲啼。又曰："此神也，不可争。"旁人悉闻。于是化为老鼍，走出中庭，瑶令扑杀之也。②

这一篇之所以被笔者特意录出来，是因为它貌似显示了人与异类之间较深的感情，其实从文本的角度应解读为此女子被蛊惑之深，相应地则更显示了沙门竺僧瑶为广陵王家除怪的功德。

二　唐以来小说中的精怪化美女与僧道干预题材的哲理与艺术成就

唐传奇精怪化美女题材中出现了《任氏传》《孙恪》《尹纵之》《计真》《王璇》《李麐》《申屠澄》《焦封》这类没有僧道形象出现的作品，也有《王煌》这样的道士形象出现的作品，此后古代小说戏曲中，白娘子传说中的话本题材如《白娘子永镇雷峰塔》、清代传奇《雷峰塔》及弹词小说《白蛇传》等，文言小说则有《画皮》，章回小说如《西游记》之白骨精故事等，精怪化美女的故事层出不穷，大致可以说它们按两种方式出现，一种是世俗化，物怪与人类的情感或命运上有较深涉入，但

---

① 参见洪树华《从魏晋南北朝志怪看巫术对人与异类超现实婚恋遇合的影响》，《社会科学辑刊》2011年第2期。

② 鲁迅：《古小说钩沉》，《鲁迅全集》第八卷，人民文学出版社1973年版，第538页。

第四章　古代小说戏曲中的几种准宗教现象溯源与解读

是没有出现僧道来降妖除怪，从而显得是人类感情的一种变形描写，洪树华则认为其中很多篇章呈现男子与异类女性的性爱上主动化，折射出唐代文人与妓女的性恋现象①；另一种就是有僧道的涉入，但故事也曲折复杂化，在世俗化与宗教指向之间呈现更大的张力。为本课题题目所限，我们只讨论后一种作品。

先谈两篇文言小说《王煌》与《画皮》的相关问题。《王煌》写王煌路遇一女子祭奠丈夫，好而求之，女子再三婉拒，故意表现出忠贞于丈夫和恪守礼节的样子，博得王煌的好感，终与之合欢，不久遇到道士，对他提出警告，不听，终为所害，原来女子是芝田寺北天王右脚下三千年一替的耐重鬼，王煌被此鬼踏死，永世不得替换。小说对王煌得到女子的经过作了委曲详尽的描写，在艺术真实性上非常令人赞叹。其中，妖怪所化女子先是对亡夫故作坚贞状，使王煌对她更加倾心；与王煌结合后还特意对王煌说："妾诚陋拙，不足辱君子之顾。身今无归，已沐深念，请备礼席，展相见之仪。"展读全文后回顾其故意以礼自持的特点，使读者猜测此篇意在揭露人类中某一类害人之物利用礼教来伪装自己，把自己打扮得分外温婉动人而又中节守矩，已经让我们想到《西游记》中白骨精三次化身为一家三口骗唐僧的情节。而道士在本篇中则扮演了警醒人类的角色。

《画皮》是《聊斋志异》中的名篇，其前半部分写王生清晨路遇一女子，把她带回家并与之欢爱，结果被道士发现他身上有邪气，给了他拂尘阻吓她而竟不能制之，终为鬼所害。笔者发现，《画皮》这一情节整体上与《王煌》如出一辙，但《画皮》的寓言色彩更明显，即将"丑恶的事物往往披着美好的外衣来害人"的鉴戒化作一个有着美女皮的鬼可经常揭下皮来进行描绘的形象。这一构思从许许多多与《玄怪录·王煌》一样的故事中凝聚而成，令人拍案叫绝，而写作上更加精练。

《画皮》的后半部分写王生的妻子为了救活他，忍受了道士所指点的乞丐的羞辱，终于救回王生之命。使我们联想到在《玄怪录·齐饶州》

----

① 洪树华：《唐代小说中人与异类的婚恋遇合及其文化折射》，《武汉理工大学学报》2008年第5期。

中，韦会为了救妻子的命，忍受了草堂田先生的折磨与羞辱，终于得到指点，被黄衫人引到紫衣判官那里，如愿以偿。《画皮》将这一情节浓缩了，即将受辱与得到帮助集合在同一个人即乞丐的身上。这一部分的主题可归纳为：要想达成目标，就必须忍受考验乃至一般人不能忍受的羞辱。所以《画皮》是一篇寓含了更多哲理的作品。

《西游记》中有好几回涉及妖精化美女的题材，在艺术性上颇有创新，在此简单论述。

《孙悟空三打白骨精》故事将妖精的狡猾加以淋漓尽致的描写，其巧语花言比起《王煌》中的妖精可以说有过之而无不及，艺术上可称最为杰出：白骨精第一次化美女被悟空打死后，贼心不死，又两次三次化老妇、老丈前来，装作一家三口来行骗，出人意表，情节陡增曲折，肉眼凡胎的唐僧被救下来却不领情，反在猪八戒的挑唆之下终于将孙悟空驱逐；罐子里的食物变成青蛙、癞蛤蟆，却被猪八戒说成是悟空的障眼法；白骨精被打死变成粉骷髅，猪八戒说是悟空故意变化，唐僧执意驱逐悟空，悟空有口难辩。小说在此象征了历史上一种救国救民的英雄在小人陷害下反而成为罪恶元凶的悲剧故事，不辨真相的最高统治者被小人彻底愚弄，他虽不为美色所迷，却被自己的愚昧所迷，难免陷入更大的危难之中，在故事发展上，为下文的黄袍怪故事作了张本。这就是此一情节在思想上的亮点，它已经突破了和尚与美女故事的传统命意框架，艺术上极具创新意味。

第五五回《色邪淫戏唐三藏》写蝎子精把唐僧抓去逼他成亲，在描写唐僧的坚守戒律、抗拒女怪的过程中加入几分喜剧色彩，则是此节故事的特色。如他们之间的对话情景：

> 女怪解衣，卖弄他肌香肤腻，唐僧敛袂，紧藏了糙肉粗皮。女妖道："我枕剩衾闲何不睡？"唐僧道："我光头异服怎相陪！"那个道："我愿作前朝柳翠翠。"这个道："贫僧不是月舍黎。"女怪道"我美若西施还袅娜。"唐僧道："我越王因此久埋尸。"女怪道："御弟，你记得宁教花下死，做鬼也风流？"唐僧道："我的真阳为至

宝，怎肯轻与你这粉骷髅。"……那女怪扯扯拉拉的不放，这师父只是老老成成的不肯。

细心的读者可以看出，这段情节无论是人物对话还是叙事语言都有不经意的对偶特点，作者有意以此来纾解人妖纠缠时的紧张局面，把传统的妖精化美女害人的严肃题材变成了笑料，与全文的喜剧特色相一致。

精怪化美女题材中有一个白蛇精故事的诸多版本，经历了长期的演变，值得我们在下文专节探讨。

三 《红楼梦》风月宝鉴故事对精怪化美女题材的提炼

对于以上这一题材，我们也许可以用"精怪化美女—僧道干预救色男"来概括其大部分的内容，这一源远流长的题材至少还在《封神演义》的狐精化妲己、《西游记》的猪八戒被女妖所迷、《绿野仙踪》的部分情节中得到了发挥，其文化内涵除了佛道教对自己降妖除怪本领的宣扬的因素外，还可能是中国古人关于"女色是祸水"的思想的变形表达。我们所关心的问题是，这些小说好像显示了中国古人对女性的一种偏颇的看法。而《红楼梦》作为一部对女性有相当尊重态度的小说，居然也出现了类似的情节。

《红楼梦》中当然并没有什么精怪化美女的非现实情节，但在笔者看来，其风月宝鉴故事中对这一源远流长的经常有宗教人物出现于其中的现象进行了提炼与寓言性的书写，其意蕴值得我们好好探讨。

1. 贾瑞与风月宝鉴的故事之寓意

所谓的《红楼梦》中的风月宝鉴故事，首先是指第十二回中贾瑞因居然垂涎于凤姐，被凤姐设计捉弄而生病，病重之际，有跛足道人声称自己有一面镜子可治其病："这物出自太虚幻境空灵殿上，警幻仙子所制，专治邪思妄动之症，有济世保生之功。所以带他到世上，单与那聪明俊杰、风雅王孙等看照，千万不可照正面，只照他的背面，要紧，要紧！"结果贾瑞照反面看见一个骷髅，将正面一照，只见凤姐在镜中招手，贾瑞于是进去与之欢会，如此再三，从而加速了他的死亡。为此人们归罪于镜，要用火来烧，却听镜内哭道："谁叫他自己照了正面呢！你们自己以假为真，为何烧我此镜！"最后道士进来抢了镜子飘然而去了。

风月宝鉴看反面是骷髅，看正面却是美女，这一意象显然是对中国古代佛道教视野中色空思想的一种令人拍案的创造性表达。在上述《西游记》的白骨精故事中，叶昼曾批评道："谁家没有个白骨夫人，安得行者一棒打杀？"清代汪象旭则评曰："究竟此一月貌花容者，肉眼视之则月貌花容，而道眼观之则骷髅白骨。人苟知其为骷髅白骨，亦何苦甘为所迷？而无如呆子之流但见月貌花容，而不见骷髅白骨也。迷人败本，岂止一朝一夕！"① 这种文字虽然不能保证曹雪芹一定见过，但其思想在古代乃是特别流行的。清代人护花主人就对这一情节发表过类似评论："背面是骷髅，正面是凤姐，美人即骷髅，骷髅即美人，所谓'色即是空，空即是色'也。"② 二知道人也有类似看法："风月宝鉴，神物也：照鉴之背，不过骷髅；照鉴之面，美不可言。但幻由心生，仙家亦随人现化。贾瑞为凤姐而病，照之则凤姐现身其中；浸假而贾赦照之，鉴中必是鸳鸯矣；浸假而贾琏照之，鉴中必是鲍二之女人矣。至于鉴背骷髅，做凤姐之幻相可，做鸳鸯、鲍妇之幻相亦无不可。"③ 总之，风月宝鉴的作用是使人认识到美女就是骷髅，但这并非普通人的看法，而是佛道教的看法，是从宗教的角度来看的，特别是佛教白骨观的修行方法（即佛教禅定中观想人为白骨的办法）。风月宝鉴意象是曹雪芹对宗教思想的抽象而空灵的演绎。其灵感可能就与《西游记》里的白骨精意象有关，并结合了佛道教经典、法事以及涉及佛道教的小说中经常提到的镜子意象（例如王度的《古镜记》、照妖镜等）④ 而成。

风月宝鉴故事的主人公贾瑞为色所迷而不顾伦理道德、最后落入他所追求的王熙凤的陷阱丢了性命，正是作者借警幻仙姑之口所批判的皮

---

① （明）吴承恩著，吴圣燮辑评：《西游记百家汇评本》，长江文艺出版社2007年版，第202页。
② 冯其庸纂校：《重校八家批评红楼梦》，江西教育出版社2000年版，第256页。
③ 同上书，第32页。
④ 参见笔者著作《〈红楼梦〉的多重意蕴与佛道教关系探析》附录，中国社会科学出版社2011年版。

肤滥淫之徒，某种程度上他的死是自找的，是他为色所迷太深，以至不能识破王熙凤的机关所致，他的死也许可看作作家对这一类人的惩戒，是对于《金瓶梅》中西门庆追逐色欲而死于色欲的生涯的一个浓缩展现。

2. 《风月宝鉴》作为《红楼梦》另一书名的蕴涵

但是，上述讨论并没有解决全部问题。因为在第一一六回中还有一段似乎也涉及这面镜子：贾宝玉梦中见到鸳鸯、秦可卿等人变作鬼怪追自己，正在情急中，"只见那送玉来和尚，手里拿着一面镜子一照，道：'我奉元妃娘娘的旨意，特来救你！'登时鬼怪全无，仍是一片荒郊。"后来还对宝玉说："……世上的情缘都是那些魔障。只要把历过的事情细细记着，将来我与你说明。"然后宝玉就醒了，醒来后"他的念头一发更奇僻了，竟换了一种。不但厌弃功名仕进，竟把那儿女情缘也看淡了好些。"也就是说，与贾瑞因镜子亡身相对，贾宝玉因镜子而悟道，应该就是在这一意义上，《红楼梦》开篇说该书另一名字是《风月宝鉴》。的确，如果这面镜子与贾宝玉没有关系，它是没有资格成为《红楼梦》的书名的。

但问题是，《红楼梦》的风月宝鉴意象在小说中只明确出现了一次，却被用来作为小说的书名之一。如果作者通过这面镜子所提示的不过是色空思想，那么《红楼梦》的思想意义就只能限于对通过警幻仙姑之口提出的皮肤滥淫之徒的批判，这就与《金瓶梅》那劝百讽一、警戒世人不得纵欲的外壳没有两样了。可我们知道，《红楼梦》的男主人公毕竟不是贾瑞，而是贾宝玉，作家为贾宝玉构思了木石前盟故事，宝黛之间的深挚爱情正是作为对皮肤滥淫者的故事的对立面出现的，这一点不必强调就很清楚，因此，说风月宝鉴意象的意义在于昭示"色即是空"的佛理未免简单，而理应有更深刻的解释。

对风月宝鉴故事所包含的意味能否概括小说的主要思想与情感，清人洪秋藩就提出过否定意见："风月宝鉴虽制自太虚幻境、警幻仙姑，而其作用不过使人勿向风月，故正照则殆，背之则生，且仅于贾瑞死时一现，宝玉重游太虚幻境时一现，虽能疗治邪淫之症，消除鬼蜮之形，而于《红楼梦》大旨无甚关涉。东鲁孔梅溪以四字名书，无非借警世人，不知无当本书意义，悼红轩易去之甚是。"① 当代也有学者认为："有关贾瑞的情节在全书中完全不占什么重要的位置，与全书的整个情节线索似乎还有某种程度上的游离，这面'风月宝鉴'更是写得十分怪诞离奇，荒唐可笑……"② 大体也认为《风月宝鉴》这个书名并不适合整本书。

总之，风月宝鉴故事在小说中的意味是微妙的。笔者认为，由于贾瑞曾对王熙凤说过："死也要来！"贾宝玉挨父亲痛打后则说："就便为这些人死了，也是情愿的！"二人情淫不一，但痴迷则一，结果同落个悲剧结局。所以此书名《风月宝鉴》，不妨说是作者对荒唐人世的无奈嘲讽，着眼处不在贾瑞的可笑，乃在贾宝玉的悲哀。

也就是说，即使不同意和尚道士关于"色即是空"的说法（"和尚道士的话如何信得？"），比西门庆、贾瑞之流多了"传情入色"的过程，可贾宝玉最终依旧免不了"由色悟空"的结局。风月宝鉴来自太虚幻境而为道人携入红尘，太虚幻境对联的下联是："痴男怨女，可怜风月债难偿"，不管是贾瑞还是贾宝玉，都属于执迷不悟的痴男，或为色迷，或为情牵，因此，尽管境界有高下之分，他们与所恋慕的女性的关系都是彼此之间存在着"风月债"的，尽管这样有贬低贾宝玉的嫌疑，但在宗教视角中，他们都是需要度脱的对象。后四十回中，贾宝玉也与这枚风月宝鉴发生关系，只不过因之而得救，是贾宝玉天分聪颖所致，更说明了灵性不可为欲望所阻滞的宗教哲理。但是，痴迷女色而不顾道德伦理的贾瑞最终葬送了性命，个性纯真但同样痴迷的贾宝玉却一样落得一个悲剧的结局，尽管我们可以因这种对比而产生诸如揭露封建社会的黑暗之类的结论，但其中也似乎照样验证了佛教关于一切人生皆苦而需要度脱的看法。特别是"镜内哭道：'谁叫你们瞧正面了！你们自己以假为真，何苦来烧我？'"一节，同样连接着人世真假的问题，更发人深思。《红楼梦》就这样在人性中的儿女真情与宗教色空思想之间展开极大的张力。这种张力之中显现的矛盾的心态，大约就是作者自嘲时所说的："满纸荒唐言，一把辛酸泪"吧！

---

① 冯其庸纂校：《重校八家批评红楼梦》，第 256 页。
② 胡邦炜：《贾瑞与王熙凤》，《红楼梦研究集刊》第九辑，上海古籍出版社 1982 年版。

第四章 古代小说戏曲中的几种准宗教现象溯源与解读

最后我们要讨论的是"镜子一照，鬼怪全无"的情节。它包含着与贾宝玉有关的女人都是鬼怪的荒唐思想，这是否违背了全书对女儿的尊重态度呢？笔者的看法是，由于这一情节只是出现在贾宝玉的梦中，我们不能坐实地说它代表了作者的思想。即使是，我们也只能说，那样尊重女儿的贾宝玉最后却同意女儿都是鬼怪所变、世上一切情缘都是魔障这样带有宗教思想内涵的话，那么《红楼梦》这部小说的确反映了作者对旧文化的一种反思。

针对以上问题，当代学者梅向东在分析了风月宝鉴上所显示的骷髅与纵欲两极镜像的象征后指出，风月宝鉴的正反两面恰好体现为明清之际儒家文化精神中"天理"与"人欲"的背反……骷髅与纵欲两极镜像，无论是取正取反，它实际上无法构成正反价值取向的悖谬，而只能是同一本质的死亡，要么是已经死亡的骷髅，要么是走向死亡的纵欲，它们既是贾瑞在风月宝鉴上所看到的自我无以解救的两极病态，同时也是风月宝鉴所照摄到的明清之际病入膏肓的文化困境和现实困境……风月宝鉴体现出"红楼"作者对中古传统文化精神和中古社会现实中所固有的"理"与"欲"的两极悖谬的哲学意识；同时也意味着"红楼"作者试图以"情"这个新的文化价值形态去消除而整合那种两极悖谬的文化哲学努力[①]。梅向东不仅对于程朱理学持批评态度，而且对所谓的启蒙思潮也持批判立场，而只肯定曹雪芹的以情为最高价值的人文主义。笔者则认为，在清代保守主义社会背景下曹雪芹对情的意义最终也抱持着伤感的怀疑态度，不然贾宝玉不会同意"世上的情缘都是魔障"的说法，《红楼梦》也不会被称为什么《风月宝鉴》了。

总之，风月宝鉴鉴照下，女人要么变为骷髅，要么连鬼怪的假象也消灭，这是现有一百二十回本《红楼梦》对妖怪变美女——僧道干预救色男题材的一种提炼性描写，虽然其内涵是一个还不能完全确定的问题，但从文学上来说，这一情节当然是令人拍案叫绝的。

[①] 梅向东：《正反悖谬风月镜——〈红楼梦〉对一种文化困境的意识与隐喻》，《安庆师院社会科学学报》1997年第2期。

第二节　一个典型精怪化美女题材个案
——白蛇系列小说戏曲题旨的演变

　　白蛇系列小说戏曲经历了长期演变，《西湖三塔记》可算较早的版本，其中的白蛇虽然以美女面貌出现，但全无人性，只见妖怪的残忍，她把奚宣赞骗到家，为的是满足自己的色欲，却把原来捉到、已经玩弄过的男人杀死、取了心肝下酒，以后再拿别的男子来，对奚宣赞也会如法炮制，所以有人说该文满是妖气，白蛇精尚无一点人性。结尾处奚宣赞出家在龙虎山修道的叔叔回家来捉拿住白蛇与其他两个妖精，分别镇压在西湖三个塔内，这就是西湖三塔的由来。小说宣扬的是道教的法力。

　　从话本《西湖三塔记》改编而来的拟话本小说《白娘子永镇雷峰塔》大大减弱蛇精的残忍，将白娘子主要塑造为追求与男子许宣的角色，她是婚恋关系中主动的一方，而许宣明显是为妖精色欲所迷的男子。小说清晰地宣示他对白娘子的动心经过："娘子把秋波频转，瞧着许宣。许宣平生是个老实之人，见了此等如花似玉的美妇人，傍边又是个俊俏美女样的丫鬟，也不免动念。"其中还插入许宣后来的住家主人李员外也为白蛇所迷，设计奸骗白娘子，被白娘子现出原形吓倒。结尾处法海禅师题诗八句以劝后人："奉劝世人休爱色，爱色之人被色迷。心正自然邪不扰，身端忽有恶来欺？但看许宣因爱色，带累官司惹是非。不是老僧来救护，白蛇吞了不留些。"题旨非常明显是告诫世人不要为色所迷。许宣亦出家修行，去世前留一偈语："祖师度我出红尘，铁树开花始见春。化化轮回重化化，生生转变再生生。欲知有色还无色，须识无形却有形。色即是空空即色，空空色色要分明。"分明宣说的是佛家色空思想。

　　当然，小说一方面写白蛇精几次三番以巧语花言骗得许宣的原谅而重新与之团聚，另一方面也写了她突兀地现出吓人狰狞的原形，多了几分妖怪的可怕，还比较缺乏后世改写作品中白娘子的妩媚与深情。其中的法海和尚起到了与上述作品中道士一样的功能：告诉人类美女为妖精所化。为了显现高僧法海的法力高强，作者还特意加入了终南山道士与捉蛇人对付白蛇无果而终的情节。本篇叙事曲折委婉，如话家常，体现了宋元话本的典型特色，相比文言小说而言，体现出白话小说的优长。

清代传奇《雷峰塔》把剧情安排在宗教与妖性、人性的紧张中描写，呈现多重的题旨。它将许宣安排为佛祖座前一捧钵侍者，因与窃食王母蟠桃的白蛇妖旧有宿缘而缔结婚姻，最终被佛祖所派法海禅师点化、悟了本来面目而返归灵山："堪笑那痴儿和呆女，打不破昏阱迷关。【月上海棠】（生）情丝挽，怎如俺跳出了红尘，妻法喜，女慈悲，同返灵山……好重把菩提细演。本来面目可无言，再休提三生石上话前缘。"① 这是剧本的佛教意旨。但另外，剧本虽然基本上承袭的冯梦龙话本小说剧情，但是加入了白娘子为救许宣不惜前去嵩山盗仙草的情节，增加了她对许宣有情有义的描写；何员外对她见色起心，设计占有她，她说："员外不可如此，不独坏了员外的行止，妾身亦有何面目见我官人？这没廉丧耻的事，断然不可！"表现出对许宣的忠贞，脱离了妖怪为色欲化身的面貌。

还有一点非常突出的是，剧中白娘子与法海和尚大战之时，指责法海"你拆散人家夫妻，天理何在？（外）你这妖孽，既知天理，为何在人间害人？（旦）我敬夫如天，何曾害他？你明明煽惑人心，使我夫妻离散。你既不仁，罢罢，我和你誓不两立矣！"她后来生育孩儿许士麟后对青儿说："我想自遇许郎之后，不觉一载有余，且喜生下个宁馨孩儿，得传许门后嗣，也不枉我受许多磨折。"表现的是为许家延续血脉的想法。她被压在雷峰塔下后，许士麟考中状元来祭塔，骂法海："我想法海那贼秃，好不可恨人也！陷害我亲娘，无端旋诡辩。便做道法力无边，那曾见离间人骨肉的奸徒，会把三乘妙演。"母子相见时白娘子对许士麟的嘱咐：

（旦）儿呵，事已如此，不必悲痛，但愿你日后夫妻和好，千万

---

① （清）方成培：《雷峰塔》，陕西人民出版社1996年版。

不可学你父薄幸！（小生）阿呀，我那亲娘呵！（旦）我还有一言。（小生）孩儿谨听。（旦）你今身受国恩，当为皇家宣力，不要苦苦思念我，做娘的虽在浮图之下，变得瞑目矣！

这些都使白娘子进一步向符合中国传统伦理中的妻子与母亲形象靠拢，并批判了许宣的薄情和佛家的拆散家庭幸福，从而与《西游记》的猪八戒和牛魔王故事一样，展现出佛教与本土文化的矛盾①。

而剧中虽也有道士（神仙庙中住持魏飞霞）欲除白娘子反被制服的内容，却也写到嵩山南极仙翁在道士叶法善降伏白娘子后，在白娘子哀求下不仅放了她，还赐给她救命仙草，理由虽然是"他丈夫许宣，乃世尊座前一捧钵侍者，与此妖原有宿缘，故降生临安，了其孽案。今被他惊死，看世尊之面，理应救之。这妖日后自有法海禅师收取。"但好像也显得道教比佛家更近人情。

至于更晚近的《白蛇传》干脆将同情倾斜于白娘子身上，法海和尚反而成为阻挠别人家庭幸福的封建势力的象征，当然是此一题材中描写宗教与人性矛盾的一个逆转，在文学史上的意义之非凡甚至有超越《红楼梦》的所在。其第十一章《合钵》中（白素贞）说："秃驴呀，秃驴！今天你的金钵虽是厉害，罩得了我白素贞的身子，却罩不断我夫妻的恩爱，我母子的天伦，我姐妹的情义！秃驴，你这样伤天害理，神鬼也不能容你的！"② 对佛教力量的谩骂，是前所未有的。只是由于这一点为人所共知，就不再赘论了。

总之，白蛇系列小说戏曲在与宗教的关系方面，经历了从扬道到抑道扬佛、再到崇佛又骂佛教的双重关系中小赞道教的变化，而其中人性的色彩逐渐加重，宗教因素最终在一定程度上成为被批判的对象，遂成为中国四大民间传说之一，并为其在现当代社会被继续演绎打下了良好基础。

---

① 参见本书第五章第三节。
② 赵清阁：《白蛇传》，上海文化出版社1956年版，第120页。

第三节　中国古代小说戏曲中的情使形象

在中国古代以道教为核心的神灵信仰属于多神系统，包括了天神地祇众多的神灵，还有数不清的仙人，在《西游记》《封神演义》两部小说中可以大致看到其盛况，诗仙李白一句诗"仙之人兮列如麻"则可说是这种情况的形象表达。总之，河流山川、花草树木、天上地下、雷霆雨露无不有神仙掌管，人的命运也当然由他们掌管。这可能与其他民族一样，但是说到人的感情，中国古代却不像西方神话中很早就出现爱神丘比特那样类似的形象，而是要到很晚近的明清时期才在《红楼梦》中出现一位警幻仙姑，而且还不是为全民族统一接受的爱神，她的身份还颇复杂，既"布散相思"，又警告世人相思无益。警幻仙姑这一文学形象能在清代出现有其时代背景，不可能是突然出现的，在这一形象之前应该还有其他文学作品中的类似的形象作为铺垫，在文学家心中构成思维火花撞击的源头。本节即拟爬梳中国古代文学，尤其是叙事文学中的小说戏曲中的情使形象线索，并探讨警幻仙姑的特质与《红楼梦》创作主旨的关系。这一问题在笔者的《红楼梦的多重意蕴与佛道教的关系探析》一书中曾有过探讨，本节是进一步的深化之作。

一　古代诗文中的高唐神女及其他女神仙形象

警幻仙姑形象的构思显然不仅从西王母形象中汲取了灵感，还有其他的女神女仙给了作家以启示。如果说警幻仙姑形象从西王母继承的是女仙之首的地位和超绝尘世的魅力，那么她作为太虚幻境这个"情天孽海"的主宰者、布散相思的女仙的身份，则来自其他的女神女仙形象的影响。

由于作者在警幻仙姑出场时就用了一篇优美的赋体文字来对她进行描绘，因此提醒了研究者注意到这一女神形象与历代赋体文学中的女神形象进行比较，蔡义江先生就认为："《警幻仙姑赋》从《洛神赋》中取意的地方甚多，如'云堆翠髻'……等等，即曹植所写'云堆峨峨'……显然，作者是有意使人联想到曹子建梦宓妃的事。"① 还有,通灵宝玉的取名,也很容易让我们想起杨修《神女赋》里的"余执义而潜厉,乃感梦而通灵"② 以及曹植《洛神赋》里的"洛灵感焉"③ 等语。

众所周知,文学史上自从宋玉的《高唐赋》《神女赋》出现,高唐神女的意象成为男性文人关于女性梦想的典范型投射对象,从而启迪了后代文人不断的创作,其中汉魏六朝的赋体文学中,关于女神的就有曹植的《洛神赋》、陈琳的《神女赋》、张敏的《神女赋》等,关于美女的则有陶渊明的《闲情赋》等。清人陈元龙编辑的《历代赋汇》专设《美丽》一集,收集的该类作品比较全面。郭建勋指出,高唐神女具有集情欲、神圣、美丽于一身的特点,而到了汉魏六朝女神—美女系列辞赋中,女性形象分化为两个体系,她们都有高唐神女一样的美丽,但是没有同时拥有情欲与神圣的特征,也就是说,或者是情欲的载体,或者是神圣的,二者再不能兼容,而这是由于汉代以来,随着儒学教育在全国范围的推行,作家的创作受到伦理与道德判断的影响而无法在创作同类题材作品时随意书写对异性的幻想,女神与人之间的情爱受到了质疑。前一类例如司马相如的《美人赋》、王粲的《神女赋》、张衡的《定情赋》、张敏的《神女赋》,后一类作品如曹植的《洛神赋》、陶渊明的《闲情赋》等④。洪树华则将人神遇合作品简单划分为"遇而合"与"遇而不合"两类⑤,大致意思是一样的。李鹏飞在研究唐代非写实小说时对其渊源进行分析,指出"从(上古)民间祭祀歌舞的'不能无亵慢淫荒之杂'到《九歌》'不能无嫌与燕昵',再到宋玉、曹植和张敏赋中的申明'礼妨'、'自持'之大义,演进的轨迹是非常明晰的"⑥。梅新林先生也注意到了警幻仙姑与巫山神女的关系,认为她将兼美许配给宝玉"真与

---

① 蔡义江:《红楼梦诗词曲赋鉴赏》(修订重排本),中华书局2001年版,第4页。
② (清)陈元龙编辑:《历代赋汇》,江苏古籍出版社、上海书店1987年版,第615页。
③ 同上书,第616页。
④ 郭建勋:《先唐辞赋研究》,人民出版社2004年版,第359—362页。
⑤ 洪树华:《先秦至唐五代文学中的超现实之婚恋遇合及其意蕴》,博士学位论文,南开大学,2007年。
⑥ 李鹏飞:《唐代非写实小说之类型研究》,北京大学出版社2004年版,第97页。

自荐枕席于楚王的巫山神女一脉相承"①。

《红楼梦》对太虚幻境女神的创造又奇妙地将两类赋体文学女性形象的特点集合起来了,那就是既写到贾宝玉在警幻的授意下与神女的遇合,也保持了神女警幻仙姑的神圣品格。

一方面,她像文言小说中一些神仙女子一样对无意间进入神界的凡人贾宝玉是那样热情亲切;但另一方面,她还宣示了一篇关于情淫关系的高论,最后推出那有名的"意淫"之说,可谓是惊世骇俗、"千古罕闻":这使她不仅与简单地自荐枕席的高唐神女区别开来,而且大大高于后者。因为按照这种逻辑,高唐神女也不过是自荐枕席于皮肤滥淫之蠢物即楚王罢了,可归入她所批评的"流荡女子"之列。后代的神女从来也只有与凡人的遇合,而没有关于从女性自身立场出发对于感情的论述,以致被研究者认为不过是男性文人性幻想的投射而已②,这样来看,警幻仙姑的确是作者所设立的一个爱神,她自身超越于世俗情欲之外,但却布散相思,而且能甄别人之品格的高下,是作家怜惜纯美女性的思想的物象化,比简单地将一支箭射进情人心中的西方爱神丘比特要更有文化内涵。

二 晚明主情戏曲中的情使形象

赋体文学中的女神形象毕竟很大程度上只是男性的情感投射,这样的形象在道教形成后借助宗教张扬神怪的思维进入了志怪传奇小说,进一步拓展自己的空间,从而形成一个个热烈追求爱情的女仙形象,这一潮流一直持续到清代的《聊斋志异》而达到顶峰,这种现象已经有研究者进行了系统的爬梳而归纳为高唐女神意象及其变形③。而晚明时期,这种潮流开始凝练为维护"情"的存在的宗教鬼神意象。

晚明是中国文化一个大转折的时代,这一点在宗教神话的创新上也

---

① 梅新林:《红楼梦的哲学精神》,学林出版社1997年版,第25—26页。
② 洪树华:《先秦至唐五代文学中的超现实之婚恋遇合及其意蕴》,博士学位论文,南开大学,2007年。
③ 参见叶舒宪《高唐女神与维纳斯》,陕西人民出版社2005年版。

有很多表现，例如《西游记》《封神演义》等大部头作品的出现，以至有人称之为"新神话"时代①，意指这一时期以来，文学作品中的鬼神描写往往不是出于宗教宣传的目的，而是为自己的创作宗旨与思想服务的。在主情文学中，这一点也有突出的表现，尤其是在明清戏曲之中。我们尤其注意到汤显祖的《牡丹亭》以及以因喜读《牡丹亭》而深受其影响的以冯小青为主人公的《风流院》《春波影》等作品中的宗教鬼神描写。

众所周知，《牡丹亭》是晚明主情文学的代表作，其中的鬼神形象就不乏为情服务、同情和宽容"情"的特点。其中先有南安府后花园花神，"因杜知府小姐丽娘，与柳梦梅秀才，后日有姻缘之分。杜小姐游春感伤，致使柳秀才入梦。咱花神专掌惜玉怜香，竟来保护他，要他云雨十分欢幸也。"（《惊梦》）在他的保护下，杜丽娘与柳梦梅在梦中成就了好事。这个花神身上就俨然有警幻仙姑的影子。后来杜丽娘醒来伤感而亡，冥府判官审问，杜丽娘问自己"怎生有此伤感之事"，判官查得柳梦梅和她有姻缘之分，因此"我今放你出了枉死城，随风游戏，跟寻此人"（《冥判》）②。判官对杜丽娘之情的宽宥，使她得以重返阳世，终与柳梦梅结合。总之，《牡丹亭》中的鬼神描写是专为"情"服务的。

如果说汤显祖因为对至情的颂扬在晚明形成了一个令人触目的风景，那么，也可以说，围绕着汤显祖这一人物，在晚明出现了一种张扬至情的文化热潮，乃至凝聚出相关的宗教意象出现在戏曲作品中。

晚明以来，文人学士以及钟情女子大受《牡丹亭》感染，以致出现了命运不幸的冯小青因读《牡丹亭》伤感而死的现象。而在冯小青故事的基础上，才子文人沿着汤显祖开辟的主情道路上继续发挥，创造出了大量小青题材的作品，其中戏曲中有名的有吴炳的《疗妒羹》③、朱京藩的《风流院》④、徐士俊的《春波影》⑤ 等。《疗妒羹》中虽没有多少鬼神描写，但提到小青在看《牡丹亭》时有如下的感慨："似这小花神妒色惊

---

① 朱越利：《金瓶梅求助鬼神观刍议》，《江西社会科学》1997年第2期。
② （明）汤显祖：《牡丹亭》，人民文学出版社1963年版。
③ 《古本戏曲丛刊》三集，文学古籍刊行社1954年版。
④ 《古本戏曲丛刊》二集，国家图书馆出版社2016年版。
⑤ 《盛明杂剧》，中国戏剧出版社1958年版。

回（指花神用花片将杜丽娘从梦中惊醒——引者注），倒不如后回的老冥判原情宽宥"，可见人们已认识到《牡丹亭》鬼神描写的含义。而《风流院》《春波影》则在宗教鬼神描写上继承发扬《牡丹亭》的传统而有了创新，可以说开警幻仙姑以及太虚幻境意象之先河。

《风流院》从对"情"的爱护的角度着眼，设立了一个仙界"风流院"，其院主就是汤显祖，而柳梦梅与杜丽娘就在他手下掌管花名册籍。据剧中汤显祖说："风流院内都是断肠流，则俺小神呵为断肠尤，每日价谈莺说燕醉花楼，天不管地不摄神不收……生为绰约，死也风流"，而入风流院之人，果然生前都是风流辈，除了柳梦梅与杜丽娘外，有年二十二而卒的戴二娘，"在生饮酒赋诗，耽于月夕，每于月夕浪游，以至受疾而死"；有余言生、沈倩姬二人，因以私期密约私奔，后恐人知拆散，双双自缢而死；又有杨六娘，因"嫉夫蠢笨，吞断肠花而死"；还有有名的娄江女子余氏因读《还魂记》，伤感而死。风流院是一个爱护才情的所在，后来院主为帮助死后的小青和对小青有情的舒洁郎成就冥婚而与南山老人一起奔走，使之终于结合。这个风流院与院主的设立，就更进一步靠近了警幻仙姑和太虚幻境。只不过曹雪芹决心来一个对男性主宰的历史的彻底改写，将院主从男性变成了女性。而其赞美痴情的宗旨没变，而且变本加厉，将风流院从玉皇管辖下的一个所在变成了"天"："孽海情天"。

此外值得一提的是《长生殿》中的牛郎织女。我们需要专门花篇幅对其进行讨论。

三 一个典型个案：《长生殿》中作为爱情之神的牛郎织女形象

明代后期、清代前期的叙事文学作品在宣扬情感乃至塑造超现实情使方面是很突出的，其中名著除了《牡丹亭》外，当数《长生殿》。《长生殿》努力避免此前同类题材在对李杨爱情描写上存在的"女人祸水"偏见和褒李贬杨、不重情感逻辑、艺术格调不高的倾向；在思想意义上，宣扬真挚专一的情爱；在人物塑造上，将杨玉环形象加以美化，"凡史家秽语，概削不书"（《长生殿·自序》），并把李隆基处理为双重性转化型形象；在艺术构思上，用钗盒为线索贯穿全剧，以"定情"（定下情爱基调）、"密誓"（情爱趋向专一）、"情悔"（体现情感净化）、"重圆"（实现情爱永恒）为四部曲，奏出了理想化至情的颂歌。李杨二人后来一个生守前盟，泪洒相思地；一个死抱痴情，愁满离恨天，爱得惨淡而痛苦。这种生死相许不但深化了情爱悲剧，显示了情感的超越力量，揭示了情感本体超越时空力量和情感追求的必然性，借以表现情感的解放和自由，开启了对情感本体思考的端绪。情化—净化—理想化，这就是洪昇《长生殿》的情感美学思想①。

　　与此相应，传说中的牛郎织女被组织进来，他们在王母娘娘前为主人公求情，最终使他们在月宫重会，可以算得上中国特色的情使形象。由于这一对人物在此前的李杨爱情题材作品中没有出现过，我们需要回顾这一题材的发展经过，以明白洪昇在《长生殿》中塑造他们的价值。众所周知，唐明皇李隆基与杨贵妃的爱情故事是文学史上被反复改写的题材，此前最有名的是唐代诗人白居易的诗歌《长恨歌》、与白居易同时的陈鸿的文言小说《长恨歌传》、元代白朴的杂剧《梧桐雨》。李杨爱情题材作品一开始就与七夕节有不解之缘，到洪昇的《长生殿》中，七夕传说的主人公牛郎织女双星才升级为爱情的守护神。

　　在唐代诗人白居易的诗歌《长恨歌》中，就有"七月七日长生殿，夜半无人私语时。在天愿作比翼鸟，在地愿为连理枝"的句子，但是诗歌以李杨的天上人间相隔的悲剧结尾，所谓"天长地久有时尽，此恨绵绵无绝期"。与白居易同时的文人陈鸿的文言小说《长恨歌传》中，则描写道士替唐玄宗找到了仙山上的杨贵妃后，杨贵妃有这样一段话：

　　　　"秋七月，牵牛织女相见之夕，秦人风俗，是夜张锦绣，陈饮食，树瓜华，焚香于庭，号为乞巧。宫掖间尤尚之。时夜殆半，休侍卫于东西厢，独侍上。上凭肩而立，因仰天感牛女事，密相誓心，

---

① 参见黄南珊《洪昇〈长生殿〉的情感美学思想》，《上海社会科学院学术季刊》1991年第2期。

第四章　古代小说戏曲中的几种准宗教现象溯源与解读

愿世世为夫妇。言毕，执手各呜咽。此独君王知之耳。"因自悲曰："由此一念，又不得居此。复堕下界，且结后缘。或为天，或为人，决再相见，好合如旧。"因言："太上皇亦不久人间，幸惟自安，无自苦耳。"

小说虽然以唐玄宗不久去世为结尾，并没有写到两人的重新团圆，却也留下了有关的想象空间，为后人的创作开启了灵感之源。

元代白朴的杂剧《梧桐雨》中，有关七夕的情节是，当夜，唐明皇对杨贵妃发誓："妃子，朕与卿尽今生偕老；百年以后，世世永为夫妇。神明鉴护者！"杨贵妃问："谁是盟证？"唐明皇回答："……你道谁为显证，有今夜度天河相见女牛星。"这里牛女双星正式成为李杨爱情的证人，不过该剧仍以悲剧结束。

清代初年，著名戏曲家洪昇将李杨爱情故事充实改写为长篇戏曲《长生殿》，剧中大大加强了唐玄宗时代历史政治的描写，并包含一定的时代政治的情结，但更重要的是，《长生殿》在马嵬坡事变、李杨二人生离死别后，通过写李杨二人一个在天上、一个在地上的彼此思念与忏悔往事，终于感动牛郎织女，促使他们在月宫重会，将以往的悲剧结局改为团圆结局。这其中，起到最重要作用的是牛郎织女双星，而他们也一跃而成为中国文学史上第一次出现的爱情守护神形象。

《长生殿》的第二十二出《密誓》中，就有这样的情节铺垫：

（贴）星河之下，隐隐望见香烟一簇，摇扬腾空，却是何处？（仙女）是唐天子的贵妃杨玉环，在官中乞巧哩。（贴）生受他一片诚心，不免同了牛郎，到彼一看。（合）天上留佳会，年年在斯，却笑他人世情缘顷刻时。（齐下）……（小生扮牵牛，云巾、仙衣，同贴引仙女上）只见他誓盟密矢，拜祷孜孜，两下情无二，口同一辞。（小生）天孙，你看唐天子与杨玉环，好不恩爱也！悄相偎，倚着香肩，没些缝儿。我与你既缔天上良缘，当作情场管领。况他又向我等设盟，须索与他保护。见了他恋比翼，慕并枝，愿生生世世情真至也，合令他长作人间风月司。（贴）只是他两人劫难将至，免不得生离死别。若果后来不背今盟，决当为之绾合。（小生）天孙言之有理！[①]

这里最值得注意的是牛郎说："我与你既缔天上良缘，当作情场管领。"明确地指出了牛女双星的爱情之神的形象特点，而这一中国式的爱情之神既不同于唐代以来的婚姻之神月老，也不同于西方神话里的爱神丘比特，因为中国传统中的婚姻之神月老只管婚姻，而不管爱情，也就是不管有情无情，月老红绳一系，两人必然结合，他们之间的幸福或痛苦、个人是否愿意与对方结合不在月老的考虑之内，而西方神话中作为爱神的丘比特则只负责爱情的发生，至于婚姻则不负责任，因此，爱得死去活来的人却可能不能最终结合。《长生殿》里的牛女双星则结合了二者的优点，将爱情婚姻放在一起考虑，那就是如果男女双方果然感情深厚，牛郎织女就会设法帮助他们最终结合："若果后来不背今盟，决当为之绾合。"这预示着如果两人中有人无情，牛女就不会促成他们的结合，这里显然有着周全的考量，其中包含的爱情婚姻伦理是行得通的。

后文写道：

奴家杨玉环鬼魂是也。自从马嵬被难，荷蒙岳帝传敕，得以栖魂驿舍，免堕冥司……我杨玉环鬼魂，自蒙土地给与路引，任我随风来往。且喜天不收，地不管，无拘无系，煞甚逍遥。只是再寻不到皇上跟前，重逢一面。（悲介）好不悲伤！今日且顺着风儿，看到那一处也。（行介）

（贴）土地，杨妃魂灵何在？速召前来，听宣玉敕。（副）领法旨。（下）（引旦去魂帕上，跪介）

（贴宣敕介）玉旨已到，跪听宣读。玉帝敕曰：咨尔玉环杨氏，原系太真玉妃，偶因微过，暂谪人间。不合迷恋尘缘，致遭劫难。

[①] （清）洪昇：《长生殿》，人民文学出版社1958年版。

第四章 古代小说戏曲中的几种准宗教现象溯源与解读

今据天孙奏尔吁天悔过,夙业已消,真情可悯。准授太阴炼形之术,复籍仙班,仍居蓬莱仙院。钦哉谢恩。(旦叩头介)圣寿无疆。(见贴介)天孙娘娘叩首。(贴)太真请起。前天宝十载七夕,我正渡河之际,见你与唐天子在长生殿上,密誓情深。昨又闻马嵬土地诉你悔过真诚,因而奏闻上帝,有此玉音。(旦)多谢娘娘提拔。(贴取水盂,付副净介)此乃玉液金浆。你可将去,同玉妃到坟前,沃彼原身,即得炼形度地,尸解上升了。炼毕之时,即备音乐、幡幢,送归蓬莱仙院。我先缴玉敕去也。

《长生殿》后面的情节证实了以上的论断,第四十四出《怂合》中这样写道:

……斗府星宫,岁岁今宵会。

【梧桐树】银河碧落神仙配,地久天长,岂但朝朝暮暮期。【五更转】愿教他人世上夫妻辈,都似我和伊,永远成双作对。

(小生)天孙……可记得长生殿里人一对,曾向我焚香密誓齐。(贴)此李三郎与杨玉环之事也,我怎不记得。(小生)天孙既然记得,须念彼、堕万古伤心地,他愿世世生生,忍教中路分离。……

(贴)【东瓯令】他情轻断,誓先骤,那玉环呵,一个钟情枉自痴。从来薄幸男儿辈,多负了佳人意。伯劳东去燕西飞,怎使做双栖!

(小生)天孙所言,李三郎自应知罪。但是当日马嵬之变啊,【金莲子】国事危,君王有令也反抗逼,怎救的、佳人命摧。想今日也不知怎生般悔恨与伤悲。

(贴)仙郎恁般说,李三郎罪有可原。他若果有悔心,再为证完前誓便了。

这里,织女指出"从来薄幸男儿辈,多负了佳人意",牛郎为唐明皇辩解,得到织女的同情,答应"他若果有悔心,再为证完前誓便了"。最终,剧本通过第四十七出《补恨》写织女见到为唐玄宗上天入地寻找杨

153

玉环的道士杨通幽，终于为之感动：

  只是你如今已证仙班，情缘宜断。若一念牵缠呵，怕无端又令从此堕尘劫。
  （旦）念玉环呵，
  【小桃红】位纵在神仙列，梦不离唐宫阙。千回万转情难灭。（起介）娘娘在上，倘得情丝再续，情愿谪下仙班。双飞若注鸳鸯牒，三生旧好缘重结。（跪介）又何惜人间再受罚折！
  （贴扶介）太真，坐了。我久思为你重续前缘。只因马嵬之事，恨唐帝情薄负盟，难为作合。方才见道士杨通幽，说你遭难之后，唐帝痛念不衰。特令通幽升天入地，各处寻觅芳魂。我念他如此钟情，已指引通幽到蓬莱山了。还怕你不无遗憾，故此召问。今知两下真情，合是一对。我当上奏天庭，使你两人世居忉利天中，永远成双，以补从前离别之恨。

然后在第五十出《重圆》中写玉帝准织女之奏，李杨二人终于在忉利天宫相会，永为夫妇：

  玉帝敕谕唐皇李隆基、贵妃杨玉环：咨尔二人，本系元始孔升真人、蓬莱仙子。偶因小谴，暂住人间。今谪限已满，准天孙所奏，鉴尔情深，命居忉利天宫，永为夫妇。如敕奉行。

  总之，《长生殿》里牛郎织女的加入，是李隆基与杨玉环最终团圆的关键因素，李隆基与杨玉环的忉利天宫相会、永为夫妇，实现了白居易"但教心似金钿坚，天上人间会相见"的爱情预言，这一情节既是作者的天才构想，又是对于白居易美好理想的完善处理，同时也是对于七夕故事的巧妙而合理的延伸。之所以这么说，是因为这一延伸提升了牛郎织女的形象，使他们从中国文学与文化中忠于爱情的典型形象更上升为爱情守护神的形象，并使七夕作为中国情人节的内涵进一步确定下来。

这些都应该影响到曹雪芹所描写的三世爱情以及主情神仙警幻仙姑的产生。在此可以提及的是，《红楼梦》中写元春省亲时所点戏目中有《乞巧》一出，正是《长生殿》曲目，可见曹雪芹对该剧的熟悉；第一〇九回写贾宝玉希望梦见林黛玉而不得，感叹"悠悠生死别经年，魂魄不曾来入梦"，则可谓续作对李杨故事一样的有兴趣。当然，《红楼梦》打破了《长生殿·传概》揭示的"今古情场，问谁个真心到底？但果有精诚不散，终成连理"的乐观看法而描写了一曲情的悲歌，但对其所谓"万里何愁南共北，两心那论生和死。笑人间儿女怅缘悭，无情耳"中传达的炽烈永恒的情感是认同的。

第四节　明清小说中对神仙婚恋故事的一种否定态度及其道教文化内涵

一　《女仙外史》与《绿野仙踪》对神仙婚恋故事的否定

众所周知，在六朝志怪和唐传奇中，不乏对人神婚恋故事的描写。六朝志怪之首《搜神记》中，就有杜兰香降张传家、神女成公知琼降弦超家的故事。南朝梁陶弘景《真诰·运象篇第一》："萼绿华者，自云是南山人，不知是何山也。女子年可二十，上下青衣，颜色绝整，以升平三年十一月十日夜降羊权。自此往来，一月之中，辄六过来耳。"这是萼绿华降于羊权家的故事。尤其是成公知琼降弦超的故事，明确地写神女对弦超说："我天上玉女，见遣下嫁，故来从君，不谓君德。宿时感运，宜为夫妇。"[①] 后为世人发觉而离开，五年后再相遇，回复旧好。如果说这些故事还只是略陈梗概，情节不够曲折生动、人物面貌不够清晰的话，唐传奇就大大迈进一步，将此类故事敷衍得精彩动人了。其中佼佼者有如前所述《裴航》《柳毅传》《郭翰》《封陟》甚至写神女多次委屈自己、求嫁封陟而不可得，《崔书生》《韦安道》等则写神女或仙女与凡人婚后被公婆所忌而离开。如果加上弄玉与萧史、董永与织女以及

---

① （晋）干宝原著，黄涤明译注：《搜神记全译》，贵州人民出版社1991年版，第42页。

巫山神女等传说，那么可以说，人神婚恋本是一个源远流长、遍地开花的题材，它们反映的是道家或道教重视阴阳协调、不避男女婚恋配合的思想。

但是到了明清小说戏曲中，却出现了否定这类故事的说法，其中以《女仙外史》和《绿野仙踪》比较突出。《绿野仙踪》第四五回《连城璧误入骊珠洞　冷于冰奔救虎牙山》写冷于冰的弟子连城璧误入狐精洞穴骊珠洞，有如下描写：

> 那妇人道："我是锦屏公主。"又指着那少年妇人道："他是翠黛公主。我们都是西王母之女，因为思凡，降谪人间，在此山数十年，从未遇一佳士。我看客人，神气充满，相貌魁梧，必系大有福命之人。今欲将我这仙妹，与你配合夫妻。这必是你世世修为，才能得此际遇。"城璧道："我是福浅命薄之人，安可配西王母的女儿？你只开了门，让我出去，便是我的福。"那妇人道："休说这一层门，就是你来的那一层门，已用符咒封固，便是真仙也入不来、出不去。你到要把走的念头打歇，匹配婚姻要紧。"城璧道："我没见个神仙还急的嫁人。"那妇人道："你说神仙没有嫁人的事么？我数几个你听：韦夫人配张果，云英嫁裴航，弄玉要了萧史，花蕊夫人配了孙登，赤松子携炎帝少女飞升，天台二仙姬留住刘晨、阮肇，难道不是神仙嫁人么？"城璧道："这都是没考证的屁话。"①

《绿野仙踪》中的连城璧本不过是一位江湖大盗，后随冷于冰出家修道，却知道说话要有学术上的所谓"考证"为依据。明眼人一看就知道这是作者把自己的思想塞进去的，所以它事实上是作者对唐传奇中人神婚恋故事的看法。《女仙外史》则不否认这类故事的存在，但对此有一番自己的解释，大致是否认神仙有感情和身体的结合的。如第三一回写唐赛儿（即文中月君）游历天下名胜时，借各女仙吟诗，完全否认了人仙爱情的

---

① （清）李百川：《绿野仙踪》，北京大学出版社1986年版，第356页。本书所引《绿野仙踪》均出自此书，不一一注明。

实质,如:

> 云英遂吟曰:"儿家自会捣玄霜,阿姊无端到鄂阳。赚取裴郎寻玉杵,迷心一点是仙浆。"
>
> 曼师道:"这却公道。服煞了云英妹子也!"云英道:"就是裴郎便怎么?我怕谁哩!"
>
> 杜兰香诗云:"偶访前因震泽旁,凤钗劈破醉瑶觞。人间不省仙家事,只说仙娘也嫁郎。"
>
> ……瑶姬就呈诗云:"朝为行雨暮行云,云雨何曾染电裙。明月一轮峰十二,漫传宋玉梦中文。"①

这些都是明确否认人神有婚嫁云雨之事的。后来《女仙外史》又对此问题有所修正,第三九回小说通过公孙大娘之口说:"……那风流有才情的仙子,又是西王母娘娘为主,偶然有个思凡下降的……我教中,大概是义侠、节烈、勇毅的女子,所以不怕见男人的。"虽然承认了有才情、思凡下降的仙子的存在,但撇清了和她们的关系。而从以《西游记》等为代表的小说戏曲中,我们基本上有一个共识,即上界神仙如果动了凡心,那是必须要下凡到人间来完成情缘的,也就是说,神界仙界是不能有男女之情的。这与早期的道教小说也不大一样。

一样是借道教的题材做文章,在文学史上却发生这样前后矛盾的事,个中原因既与两部小说各自的创作意图有关,也应该与道教修炼思想整体的变化有关。接下来我们对此问题进行探讨。

二 《女仙外史》与《绿野仙踪》与道教修炼思想的关联

《女仙外史》不能说是一部道教的宣教小说,它依托明代初年唐赛儿起义,借题作文,写所谓忠于建文帝的"忠臣义士"、"烈媛贞姑"诛伐以武力篡权的燕王朱棣及其党羽的"靖难"事件。但其中因将唐赛儿描

---

① (清)吕熊:《女仙外史》,百花文艺出版社1984年版。本书所引《女仙外史》均出自此书,不一一注明。

写成月宫嫦娥降世、历劫后重返天上而涉及了道教的修炼思想。如第五回写到唐赛儿因与后羿转世的林公子有未了缘必须成婚，担心失去女儿身，其修炼的指导者鲍母和她有一段对话：

> 鲍母道："……凡女子一受男子之精，天灵盖上，就有墨黑一点，所以谓之点污。女子有此一点，虽修炼到十分，不过尸解，不能肉身升天。"赛儿道："儿前生奔月怎样去的？"鲍母道："也是尸解去的。就是女子之经，也与男子之精一般，若一漏泄，便亏元体。学神仙者，也要使之不行，所谓斩断赤龙。你服我之乳，乃是仙液，所以至今尚无月事。我今教你修炼真炁之法，俾元阴永无泄漏。元阴不漏，月事不行，便成坚固子，佛家所谓舍利是也。仙家亦有夫妇，不过，炁交，非凡之比，就如天地交泰一般。你将来与公子行夫妇之道，差不多与炁交相类，虽然损却元红，犹为无垢之躯，仍旧飞入月宫为广寒殿主也。"

这里所说到的"仙家亦有夫妇，不过，炁交，非凡之比"可以说是代表了前文提到的《女仙外史》对前代小说尤其是唐传奇中神仙婚恋故事的一种解释，其特点正是否认神仙有感情和身体的结合。证之以本书其他情节，则有如下几点值得注意。

第一，第三一回写月君请刹魔公主看昆腔戏《牡丹亭》时写道：

> 月君尚有欲询，鲍师道："旷劫奇谈，不可尽泄，且听笙歌如何？"刹魔道："是何笙歌？"鲍师道："昆腔子弟。"刹魔道："好。"即命演来。曼师道："戏没有点，演怎么？"月君命演《牡丹亭》。刹魔看了一回，笑道："是哄蠢孩儿的。"
>
> 看到《寻梦》一折，刹魔主道："有个梦里弄悬虚，就害成相思的，这样不长进女人，要他何用？"向着扮杜丽娘的旦脚一喝，倏而两三班梨园都寂无影响。

第四章 古代小说戏曲中的几种准宗教现象溯源与解读

文学史上传为美谈的写情名著《牡丹亭》在《女仙外史》的话语系统中不过是"哄蠢孩儿的",汤显祖笔下的"至情"人物杜丽娘在刹魔公主等人眼中不过是"不长进的女人",演员也被呵斥而消失,可以说代表了本书话语对男女之情的激烈排斥。这无疑是与它所反映的古代社会晚期的道教修炼思想有关的。

第二,书中的主角唐赛儿不是凡人,而是月殿仙子投的胎,是上界金仙,她的出身和出生过程都异乎寻常,从小就"不喜熏香,不爱绮绣,不戴花朵,不施脂粉","杀气凛然,绝无闺阁之致",也就是说女性的柔美在她身上不见踪迹。这样描写都是为了有利于塑造她作为未来的义军领袖人物以及适于经过修炼后重归月宫的形象。而辅佐她的军师吕律,一开始小说并没有重点描述他的出身,只知道他是一位满腹雄韬伟略、隐居山林的儒者,但在最后,作者却补叙了他的传奇出身,原来他是玉局洞天中修炼多年得道羽士,这就更加坐实了本书与道教的关系。

李百川的《绿野仙踪》是清中期一部以冷于冰求仙访道的过程为框架的小说,具有浓厚的道教文化内涵。其中不仅有对于道教内丹和外丹修炼技法的详细介绍,还有对于道教法术详尽而全面的展示,某种程度上可以说是一部长篇的道教宣教小说。它产生在古代社会晚期,其道教修炼思想有集各家修行思想之大成的特点,自然具有前期道教所没有的一些特点。

试详论之。虽然从全书看,《绿野仙踪》是融神怪与世情乃至讲史于一体的小说,因而在文学史上被称为神怪小说的世情化之作,但从创作宗旨来看,其神怪描写本质上呈现出道教宣教的特点。可以说,它的神怪创作内容只是为了向读者宣扬作者的那一套道教修炼思想,别无他意。而这种修炼思想中,很重要的一点就在于断绝一切欲望。

小说第一〇回写冷于冰求仙访道几经磨难,终于遇到火龙真人向他传授金丹大道时云:

> 大抵人神好清,而心扰之;人心好静,而欲牵之。诚能内观其心,心无其心;外观其形,形无其形;远观其物,物无其物。三者

既晤，惟见于空。观空亦空，空无所空。所空既无，所无亦无。无无亦无，湛然常寂。盖生者，死之根；死者，生之根。有动之动，出于不动；有为之为，出于无为。无为则神归，神归则万物云寂；不动则气泯，气泯则万物无生。耳目心意俱忘，即众妙之门也。

这段话明显继承唐代重玄学色彩，既汲取佛教空观，又糅合了老庄思想的痕迹与色彩（关于重玄学的论述详见后文），但我们首先注意到的是，它把欲望看成是修道的障碍，而认为"清"、"静"、"无为"是修炼之关键。"心"、"形"、"物"三者皆空，才能达到"清"、"静"、"无为"的境界。这与老子所谓"致虚极，守静笃。万物并作，吾以观其复。夫物云云，各归其根。归根曰静，静曰复命；复命曰常，知常曰明"的"清静"思想是一致的。而要"清净"就得无欲。《绿野仙踪》写修道，根基在于破"酒色财气"四贪欲，其核心是"财色"。如第三七回冷于冰对连城璧、金不换二位弟子道出了修心的重要性，小说写道：

我有几句话，要切记在心。虚靖天师有云："不怕念起，只怕觉迟。念起是病，不续是药。"盖能剪情欲则神全，导筋骨则形全，慎言语则福全。……

《绿野仙踪》秉承了"绝欲""除念"炼心、炼性的思想。这种思想来自对全真道否定现实人生、摒弃肉体享受、看破红尘的教旨的吸收。而全真道的这种思想则来自佛家，如其创始人王重阳吸收佛家思想，认为要超越三界方可得道："欲界、色界、无色界，此乃三界也。心忘虑念，即超欲界；心忘诸境，即超色界；不着空见，即超无色界。离此三界，神居仙圣之乡，性在玉清之境。"① 小说中可以很明显地看到这种思想传承的痕迹，如第七二回，皈依冷于冰修炼的二女妖银屏、翠黛问冷于冰："敢问入手功夫，以何为先？"冷于冰即以脱胎于王重阳的话语答之："心者神之

---

① （金）王重阳：《重阳立教十五绝》，出自《金代道教研究》下篇"资料"，中国社会科学出版社2007年版，第568页。

舍，心忘念虑，即超欲界；心忘缘境，即超色界；心不着空，即超无为界。故入手功夫，总以清心为第一。"后文中冷于冰要诸弟子守丹炉，借此考验他们的修行境界。他先谆谆告诫他们："今令汝等各守一炉，一则验汝等操守，二则补诸弟子所不足。其丹之成败，总在汝等一心。一心正，则百邪远去，一心不正，则百感丛生。丹之成就，都无定日。有日期已足，而丹未成；亦有日期不足，而丹即成者。我这丹炉，即岛洞诸仙得此术者，十无一二。此系《天罡总枢》内密方。汝等果能心诚功到，何难立办？"（第九三回）但众人终究禁不住幻境所惑，心生欲念，导致炉鼎坍塌，丹药尽毁。最后连城璧跪在冷于冰面前，顿首大哭。冷于冰道："你心游幻境，却无甚大过恶。只是修道人最忌贪、嗔、爱、欲四字……你们问终身结果，能正心诚意，不为外务摇惑，便是终身好结果。就如日前镜内楼台，影中山水，皆幻境也，不邪、锦屏见之，视若无物。城璧等则目眩心动矣。此非幻境迷汝等，实汝等遇幻成幻，自迷也。"

小说里的诸位修仙者，除冷于冰对酒、色、财、气四贪无动于衷、视之如粪土外，其余四弟子（修道后的猿不邪、锦屏例外）各有所好，心有所骛。四人幻境遭遇正是其修心未成，"心魔"发作的表现。所以，修道成败得失，关键在"心"，小说对"心诚功到"说得很明白。连城璧等四弟子还是因心性未净，欲望尚存而失道坏丹炉。如果他们均"能正心诚意，不为外务摇惑"，视"日前镜内楼台，影中山水，皆幻境"，谁能迷之？正如冷于冰所言"此非幻境迷汝等，实汝等遇幻成幻，自迷也"（第九八回）。此情节从更大范围强调了绝欲对道教修行成功的重要性，男女之情就更属禁绝之列了。

三 对神仙婚恋故事的否定与道教修炼思想向禁欲主义的转折

《女仙外史》和《绿野仙踪》都是清代的神魔小说，《女仙外史》成书于康熙四十三年（1704年），《绿野仙踪》则自乾隆十八年（1753年）写起，一直至乾隆二十七年（1762年）告完成，两书的完成相距大约五十多年，在历史文化上来说同属古代社会后期的作品。从以上论述可见，《女仙外史》和《绿野仙踪》对神仙婚恋故事之所以同样持否定态度，其原因在于它们都受到后期道教断绝一切人类欲望方可成仙的修炼思想影响，这是与唐传奇中涉及道教神仙与人类婚恋内容的小说绝不一样的。我们接下来探讨，为什么道教会发生这样的转折。

道教自东汉末年形成以来内部派别林立，到明清时大致分属正一、全真两派。正一道在宋以前只注重符箓、外丹，全真道兴起于金元时期，以内丹修炼为主而上承唐宋内丹学说。伴随着内丹修炼理论的探讨，性命双修命题的提出和有关实践方法的涉入，无疑是道教的一大转折。而其中最核心之处，恐怕非修性问题上结合老庄思想、汲取佛教理论而成的理论莫属。

受佛教讨论"佛性"的影响，内丹道教提出了"道性"问题。所谓"道性"，指一切众生禀赋于道、与道同一的真心本性。这个真心本性是众生应修道并能得道的内在根据，与老庄思想有很深的关联，后又汲取了佛教的很多东西。老庄思想本来有追求虚无淡漠的倾向，如老子的贵无和"致虚极，守静笃。万物并作，吾以观复"，庄子的"游心于淡，合气于漠"，就连外丹理论大家葛洪在《抱朴子内篇》中也说"仙法欲静寂无为，忘其形骸"，反映了老庄思想的影响。而佛家则进一步强调禁绝欲望，影响了内丹学说的修性理论。随着道教外丹学说的衰落，隋唐时内丹道教兴起，出现了"重玄"学说。如大约成书于隋唐之际的《太上老君内观经》以"重玄"学说为本，强调修道即是修心，修心即是修道；提出在世俗之网的笼罩下，向内在的心性挖掘人生的理想。重玄学提出："众生的心性得自道体，本来清净澄明，具足一切功德智慧，但为后天尘缘迷惑染蔽，以致心动神驰，与道隔断。若能方便修行，断诸烦恼，清除污垢，恢复本心，则能归于道。"[①] 这些论述对佛教经论的继承是很明显的。对于心性学说的倡导一直延续到金元全真南北二宗，全真道讲求的是不追求肉体成仙、白日飞升，故不事黄白，不重视符箓斋醮，以修习渊源于钟、吕的内丹成仙证真的修行方式。张伯端南宗派主张先修命后修性，王重阳全真道则主张先修性后修命。其中先性后命即先在除情

---

① 王卡：《读〈上清经秘诀〉所见》，《中国道教》1999年第3期。

去欲、摄心守念、明心见性上下功夫,以清净心地、不受欲尘污染为诀要。此后从真心中生真意,循序炼化精气神。

随着"内丹"在道教内部影响日益扩大,以"明心见性"为目标,以"摒绝人欲"为法门的观念更加普及。即使是另一道教主要派别正一道也汲纳这种思想,规诫修持真功、参究性命者须先离情舍爱、远离尘俗①。道教这种对"人欲"的严厉态度也体现在各种道教文学中。《神仙传·李八百》《神仙传·魏伯阳》中神仙在吸纳凡人为徒之前,皆以各种看似不近人情的方式加以考验和磨难,以帮助他们去尽"人欲"。"张道陵七试赵升"的故事无疑是此类神仙磨炼凡人故事的典范。而其宗旨,无非是阐明"求仙"与"人欲"势不两立的关系。至明清时代,内丹诸家多数仍承袭传统内丹学,劝人断舍爱缘,看破功名富贵,学道修仙。因此此时兴起的"神魔小说"在介绍主人公修道经历时,也借用了道教仙传中这种"神仙磨难"方式来宣传"去欲澄心"的伦理观念。如《飞剑记》中的神仙钟离权就曾"七试"吕洞宾,帮助他摒绝世俗欲望,静心修仙。《韩湘子全传》、《咒枣记》第九回、《铁树记》第一○回、《东游记》第一○回及二四回、《西游记》第二三回等都有此类故事。

全真道在清初颇受刚刚入主中原的满洲统治者的青睐,尤其是从顺治帝起,对全真道受戒传度大开绿灯。《绿野仙踪》在清中叶出现不是偶然的,正是在全真中兴的大背景下产生的,其中写到的道教更以全真道为主,强调"成仙证真的信仰","识心见性","性命兼修"。因此修道即修心,内观定心是修道成仙的根本,以"清静"为重。这样才有上述小说第一○回写冷于冰求仙访道几经磨难,终于遇到火龙真人向他传授金丹大道时的那番重玄学色彩浓厚的话。至于《女仙外史》,由于是大体同期的作品,不受到这种敌视欲望的看法的影响是很难的。这样,它们不约而同地否认唐传奇中的人神婚恋故事就不是偶然的了。

四　余论

以上我们辨析了《女仙外史》和《绿野仙踪》对神仙婚恋故事的否

---

① 任继愈主编:《中国道教史》增订本下卷,中国社会科学出版社2001年版,第828页。

定态度的内涵在于：佛教禁欲思想深入影响了道教修炼思想的转折。所以从某种程度上说，这是佛教思想对古代小说的影响的一个侧面，也可以说，是佛教否定欲望的思想终于战胜了道教中反映的中国人的世俗渴望。不过《女仙外史》和《绿野仙踪》以及《封神演义》等小说终究是道教小说，它们还是深刻地反映了道教干预世事的倾向。它们反映了作者们对后期道教的把握：尽管对男女的情爱持否定态度，但对政治的热情没有减轻，因此不惜以种种形式表达对政治的干预，而政治问题势必涉及儒家思想，在此问题上，这些小说无一例外地对儒家思想给予了接纳（当然，此中的差异也是有的）。此外，这些小说表现的终究是还有仙可成、一定要成仙，与佛教禅宗否定了一切追求（"无佛可成"）还是不一样的。这样，它们反映的到底是道教思想的胜利。

如果要在相关问题上把《红楼梦》纳入研究视野，我们发现也大同小异，那就是《红楼梦》尽管一方面借警幻仙姑之口肯定贾宝玉的"意淫"，从而肯定了男女之情，并将妹妹许配给贾宝玉，这可以说是继承了唐传奇的人神婚恋的描写，表现出道教在这一问题上的开明；但另一方面也强调一切情缘都是魔障，是空幻的。《红楼梦》在这方面表现了集道教文化对男女情感问题之大成的倾向，但同时也表现出作者的困惑、迷惘与伤感，也代表着作者对中国文化的反思。

第五节　佛道教争胜与小说

在古代小说中，还有一种宗教书写跨越佛道二教，表现二者之间的斗争，但最终会有自己明确的宗教指向，那就是佛道教争胜。目前学界对此一问题还缺乏全面的了解与研究，只有零星个别的涉入，如吴光正的《佛道争衡与吕洞宾飞剑斩黄龙故事的变迁》[1]、吴真的《降蛇——佛道相争的叙事策略》[2]等。在本节中，我们打算对此现象作一大致的梳理与文学性评估，本着本书一贯的原则，在对宗教文化背景加以分析的基

---

[1] 吴光正：《佛道争衡与吕洞宾飞剑斩黄龙故事的变迁》，《文学遗产》2005年第4期。
[2] 吴真：《降蛇——佛道相争的叙事策略》，《民族艺术》2006年第1期。

础上对一些文学表现比较优秀的作品或篇章加以探讨。

一 宗教史上佛道教斗争的回顾

中国历史上，为扩大自身影响力，佛道二教互有借鉴，也经常斗争，抢夺地盘。这是文学作品中出现佛道争胜的大背景。

西晋时，帛远和尚与道士王浮就佛、道两教孰先孰后和夷夏之别的问题展开了论战，王浮为了证明道教优于佛教，便编造出《老子化胡经》让老子教化释迦牟尼，究其用心是道家想要获得比佛家更优越的地位。而佛家则在《清净法行经》中把老子说成是佛祖手下的菩萨。两教互不相让，以争高下。北魏太武帝时，道教领袖人物寇谦之唆使太武帝镇压佛教，"太平七年，遂毁灭佛法，分遣军兵烧掠寺舍……一境之内无复沙门"（《高僧传》卷一〇《昙始传》）。南朝宋的有黑衣宰相之称的慧琳写了《白黑论》来攻击佛教，何承天也写了《达性论》来诽谤佛教，于是僧人宗炳写了《难白黑论》、颜延之作《释达性论》与道教徒进行论战。南朝宋明帝泰始三年（467年）顾欢作《灭夏论》贬低排斥佛教，说佛教是外来的宗教，非中夏所宜取，结果招来佛教徒们的纷纷责难。

在唐代，佛、道之争也很厉害，为确定地位的高低，座次的先后，他们进行了一次又一次辩难和斗争，佛、道两教的地位也屡次更改。高祖、太宗、高宗是道先佛后，武则天当朝时又是佛先道后，至玄宗时又改为道先佛后，这种反复的情况与佛、道斗争有着直接的关系。

在元代，起初由于全真教主丘处机受到成吉思汗的接见与信任，受命掌管天下所有出家人。丘处机遂为道教总首领，全真教进一步得到大发展，成为北方第一大教派。于是一些教徒就乘机抢占佛寺，并强迫佛教徒改信全真教，引起佛教徒极大的不满。当时道教为与进入蒙古上层社会的藏传佛教抗衡，又把《老子化胡经》抬出来大肆宣扬，这种经义直把佛教说成是道教的弟子教门，当然佛教徒不能容忍。于是在1258年，即元宪宗八年，蒙哥汗命忽必烈在开平再次主持佛教与道教两教关于《老子化胡经》是真是伪的大辩论。这场大辩论以道教失败而告终，忽必烈于是下令将辩论失败的道士樊志应等十七人强送至龙光寺剃发为僧，又禁毁了四十五部道教经典,将被道教占用的二百三十七所佛寺归还给佛教徒。明朝道教比较受到尊崇,特别是明朝中后期一些道士被皇帝宠幸,干预朝政,闹得乌烟瘴气,引起人们对道教的侧目,这些在《西游记》中有所表现,那就是对道教的嘲讽,相比较而言对佛教更为肯定。

二 小说中的佛道争胜分析

在唐代,虽然佛道二教的次序有前后几次变动的情况,但大概由于道教被尊奉为国教,统治者不但将老子提升到至高无上的地位,大修道教经典,而且在不断下诏书为道佛定座次后将道列于佛之前,"纵观整个唐代,道教因为统治者的扶植,实际取得了比佛教更高的宗教地位"[①]。所以唐传奇中很多作品都表现出道教战胜佛教的现象。比较有名的当属《太平广记》卷二二之《罗公远》、《玄怪录》中的《叶天师》。前者描写罗公远法术不仅胜于道士张果、叶法善,还胜过藏传佛教法师金刚三藏,由于这一篇比较知名,故在此不必多加分析;后者描写著名的道士叶静能帮助观南小海龙王打败胡僧、制止其以咒语喝干海水,使龙王免于责罚,后来龙王报答叶天师,应其所求将泉水引至其所在道观周围,使其徒免于奔波十里之外汲水的辛劳。本篇中胡僧虽不一定是佛教出家人,但大致也可被视为描写道胜于佛,因为唐传奇中往往出现胡僧,并不明确所指。该篇描写非常生动,如写在胡僧咒语作用下海水渐渐干涸,叶天师所派使者、门人一时不能胜胡僧时,白龙"跳跃浅波中,喘喘焉","奋鬣张口于沙中",描写如在目前。最后胡僧抚剑而叹曰:"三十年精勤,一旦术尽。何道士之多能哉!"表现出甘心认输的态度,也就是赞美了叶天师的法术技高一筹。

唐代张读《宣室志》中有《尹君》一篇,也是写得比较好的佛道争胜的文言小说,因一般读者比较陌生,兹录于下:

唐故尚书李公诜镇北门时,有道士尹君者。隐晋山,不食粟,

---

① 参见徐辉《从唐代道教小说看唐代的佛道之争》,《哈尔滨学院学报》2007年第1期。

第四章　古代小说戏曲中的几种准宗教现象溯源与解读

常饵柏叶，虽发尽白，而容状若童子，往往独游城市。里中有老父年八十余者，顾谓人曰："吾孩提时尝见李翁言，李翁，吾外祖也。且曰：'我年七岁，已识尹君矣，迨今七十余年，而尹君容状如旧，得非神仙乎！吾且老，自度能几何为人间人，汝方壮，当志尹君之容状。'自是及今，七十余岁矣，而尹君曾无老色，岂非以千百岁为瞬息耶！"

北门从事冯翊严公绶，好奇者。慕尹之得道，每旬休，即驱驾而诣焉。其后严公自军司马为北门帅，遂迎尹君至府庭，馆于公署，终日与同席。常有异香自肌中发，公益重之。公有女弟学浮图氏，尝曰："佛氏与黄老固殊致。"且怒其兄与道士游。后一日，密以堇斟致汤中，命尹君饮之。尹君既饮，惊而起曰："吾其死乎？"俄吐出一物，甚坚，有异香发其中。公命剖而视之，真麝脐也。自是尹君貌衰齿堕，其夕，卒于馆中。严公既知女弟之所为也，怒且甚。即命部将治其丧。后二日，葬尹君于汾水西二十里。

明年秋，有照圣观道士朱太虚，因投龙至晋山，忽遇尹君在山中。太虚惊而问曰："师何为至此耶！"尹君笑曰："吾去岁在北门，有人以堇斟饮我者，我故示之以死。然则堇斟安能败吾真耶！"言讫，忽亡所见。太虚窃异其事。及归，具白严公，曰："吾闻仙人不死，脱有死者，乃尸解也。不然，何变异之如是耶！"将命发其墓以验之，然虑惑于人，遂止其事。①

本篇先用他人视角描写尹君：里中老父说他外祖父小时候就看到尹君，七十余年后外祖父老了，告诉他尹君容颜依旧，要他记住尹君容貌；现在七十余年过去，他自己也老了，尹君容颜依旧不改，所以至少一百四十余年间，尹君容颜一直不变。以此来说明尹君是一个以千年为瞬间的神仙。后文写严绶迎请尹君至家奉养后，其妹妹是佛教徒，暗害尹君致死，但是后来道士朱太虚在他处遇见尹君，尹君声明自己只是外示死亡

---

① 李剑国辑校：《唐五代传奇集》第四册，中华书局2015年版，第1957—1958页。

而已，事实上是不会死的。

这篇小说显然是维护道教的声望的，尹君自示死亡而实为遁世离去，显示出不与佛门中人争斗纠缠的高尚品德。与宣教之作不太一样的是，关于尹君到底有没有死，小说结尾呈开放姿势："（严公）将命发其墓以验之，然虑惑于人，遂止其事。"给读者留下无尽的猜测。这是好的小说的写法，朦胧迷离，但依旧可看得出是扬道之作。《宣室志》更有《游仙都稚川》甚至写到和尚向道士学法术：契虚和尚为避战乱逃入太白山，乔道士告诉他应当到仙都稚川一游。契虚和尚请求引导，乔道士告诉他有人在商山旅店接你，但见有挽着竹筐的小贩，你就买东西给他们吃，他们就会带你到稚川。契虚和尚被引导到了仙都稚川，拜见了稚川真君，学到了"绝其三尸"的修炼方法。这一篇当然是描写了和尚叛教皈依道教，其扬道痕迹非常明显。

也有不少文言小说是写佛胜于道的。《宣室志》之《赤水神》中，赤水神求袁生在调任新明县令时帮助他重建被毁弃的庙宇。次年，袁生果然调任新明令，当他会见赤水神时，发现这赤水神把一个名叫道成的老和尚的魂魄拘禁起来，使其肉身卧病一年，天天受着赤水神的鞭笞。袁生劝老僧出钱修祠，无意间向其透露了致病的原因与赤水神有关。老僧答应重修赤水神庙宇，魂被放回，病也好了，但背弃诺言，反而率领弟子们"持插负畚，诣庙，尽去神像及祠宇"，他的理由是："夫神所以赖于人者，以其福可延，戾可弭，旱亢则零之以泽，潦淫则禜之以霁。故天子诏天下郡国，虽一邑一里，必建其祠。盖用为民之福也。若赤水神者，无以福人，而为害于人，焉可不去之？"这篇小说反映的佛道教斗争比较激烈、曲折而复杂，结果以佛教徒取胜，使赤水神无处可归，最后还怪罪于袁生：

（袁生）行至三峡，忽遇一白衣，立于路左。视之，乃赤水神也。曰："向托君修我祠宇，奈何致道成毁我之舍，弃我之像？使一旦无所归，君之罪也。今君弃逐穷荒，亦我报仇耳！"袁生即谢曰："毁君者道成也。何为罪我？"神曰："道成师福盛甚，吾不能

第四章　古代小说戏曲中的几种准宗教现象溯源与解读

动。今君禄与命衰，故我得以报。"言已不见。生恶之，后数日，竟以疾卒。①

该篇中的赤水神斗不过道成和尚，却殃及无辜的平人，不过是欺善怕恶之辈。从中不仅可以看出对道教的贬低，还似乎有对佛教徒不守诺言的批评。至少写到了佛道教的斗争殃及无辜。

也有和尚让信道教者见其佛家法术者，如《太白老僧》：

> 大唐中，有平阳路氏子，性好奇，少从道士游，后庐于太白山。尝一日，有老僧叩门，路君延坐，与语久之。僧曰："檀越好奇者，然未能臻玄奥之枢，徒为居深山中。莫若袭轻裘，驰骏马，游朝市，可不快平生志，宁能与麋鹿为伍乎？"路君谢曰："吾师之言，若真有道者。然而不能示我玄妙之迹，何为张虚词以自炫耶！"僧曰："请弟子观我玄妙之踪。"言讫，即于衣中出一合子，径寸余，其色黑而光。既启之，即以身入。俄而化为一鸟，一飞冲天。②

《太白老僧》中太白老僧让信道者路氏子见识佛家法术无疑是劝解路氏子弃道从佛，不过这个故事中僧人不向路氏子讲佛理之玄奥，却示之以变化之神奇，属佛教徒展示神通之动作而已。

《西游记》中车迟国斗法是章回小说中彰显佛胜于道的名段。《西游记》本来是著名的喜剧文本，本节更是发挥搞笑特长，在斗法开始前就让孙悟空、猪八戒等人推倒三清圣像并将其丢进茅厕坑，并撒尿装圣水给道士们喝，显示对道教的揶揄之意。接下来赌胜祈雨，孙悟空小赢一场，已是精彩纷呈；接着赌云梯显圣坐禅、隔板猜枚，道士一一输掉但不服输，最后依次赌砍头、剖腹剜心、下滚油锅洗澡，孙悟空使虎力大仙、鹿力大仙、羊力大仙一一现形或被斩丢命，将斗法之文写到了淋漓尽致。最后孙悟空告诫国王："你怎么这等昏乱！见放着那道士的尸骸，

---

① 李剑国辑校：《唐五代传奇集》第四册，第 1966 页。
② （宋）李昉等编，汪绍楹点校：《太平广记》，第 2276 页。

一个是虎,一个是鹿,那羊力是一个羚羊。不信时,捞上骨头来看,那里人有那样骷髅?他本是成精的山兽,同心到此害你,因见气数还旺,不敢下手。若再过二年,你气数衰败,他就害了你性命,把你江山一股儿尽属他了。幸我等早来,除妖邪救了你命,你还哭甚?……今日灭了妖邪,方知是禅门有道,向后来再不可胡为乱信。望你把三教归一,也敬僧,也敬道,也养育人才,我保你江山永固。"明确说出三教合一的主旨来,显示佛教的宽容慈悲。至此,佛道争胜的白话文学描写达到了空前绝后的境界。

第五章　宗教书写与古代经典小说创作主旨的解读

我们知道，文学作品以描写人的生活与思想感情作为自己的内容，也就是以表现人性为内容，那么古代小说中的超现实宗教书写对于解读小说的思想感情起到怎样的作用呢？

可以说，古代小说中的超现实宗教书写与小说的题旨的关系有两种情况：一种是像《韩湘子全传》《绿野仙踪》那样单纯的宣教小说，作者可能是宗教中人或对宗教有很深的涉入和追求，这些小说往往就成了宗教的传声筒，但这样的小说在艺术性上往往就差了不少。另一种情况是像《西游记》《红楼梦》这些艺术性极强的经典小说，其中的宗教书写与对人性的描写的确构成矛盾，因而在宗教书写与小说的解读上表现出复杂的关系，我们甚至可以用"复调"小说来指称它们。此外，《水浒传》的超现实宗教书写本身有矛盾性或说复杂内涵，对应着写定者对水浒好汉的复杂态度。本章意图解读几部经典小说与其宗教书写，特别是其超现实宗教书写的复调关系。

不过，考察中国古代小说史，可以发现最早的复调小说并不是这些经典名著，我们有必要追溯到更早的唐传奇、宋元话本作品去作一番探源工作。

第一节　唐传奇中涉及宗教书写的复调性作品
——《杜子春》与《圆观》的多重解读

唐传奇作品中涉及道教的小说颇多，其中有不少表面上看起来已与六朝志怪不同，有了华丽的语言、曲折的情节，乃至鲜明的人物形象，但也有不少作品虽然具备了以上因素之一二，却难以摆脱宣教小说的实质指向。例如《玄怪录》之《裴谌》，其内容写裴谌、王敬伯、梁芳共同修道，因梁芳之死，使王敬伯失去修道信心而返回红尘追求荣华富贵，小有所得，多年后见到修道成功的裴谌，其人虽外表平平，却借邀敬伯至其家之际炫耀其富丽堂皇而高雅脱俗的环境以及摄人魂魄的手段。明眼人可看出，本篇事实上是在吹嘘修道之所得享受远超凡间。有人说，道教事实上是中国人对理想人生追求的折射，这在类似《玄怪录》之《裴谌》这样的作品中得到了清晰的反映。不过，《裴谌》等篇不会表现对至上享受赤裸裸的追求，反而是强调要得到这样的享受，先需要淡泊一切的名利欲求，将沉迷于其中的人看成是追梦之人（裴谌语云"吾乃梦醒者，不复低迷"）。所以勉强来说，本篇也可算一种复调小说。

而有名的《杜子春》一向被看成是道教修炼题材作品，却可以解读为真正的复调小说，即具备宗教信仰或宗教修炼与深刻人性内涵双重意蕴的小说。由于《杜子春》为人所熟知，此处简略交代其内容：杜子春在三次挥霍尽老人所赠巨额钱财后许身为老人看守丹炉，经历了重重考验，最后却在轮回转世为女子后因不忍爱子被摔死、失口叫喊一声"噫"而使炼丹的成就前功尽弃。

若对《杜子春》一篇作宗教性的解读，当然可以读出道教修炼需要祛除一切人类的情感这样的内涵，文中老人说得很清楚："吾子之心，喜、怒、哀、惧、恶、欲，皆忘矣。所未臻者，爱而已。向使子无噫声，吾之药成，子亦上仙矣！"老人由此判断："子之身犹为世界所容"，也就是说杜子春还不具备超脱凡尘的资质，因而弃之而去，杜子春只能怅恨而返。不过若作另一面的解读，我们未尝不可以说，本篇客观上描写了人类某种情感之深沉：杜子春在幻境中经受住了种种苦楚的考验，却在投胎转世成为女人后因不忍见其子之惨死而失声，难道这不是人类亲子之爱的深刻表达吗？在这一意义上，小说呈现出与道教修炼内涵相反的指向。道教修炼要求灭绝一切人性情感，而小说却不经意间展现此种修炼之难以达成，从而成为对人性的深刻书写。

第五章 宗教书写与古代经典小说创作主旨的解读

若把《杜子春》与后来经冯梦龙改写成的《杜子春三入长安道》作一番比较，也许可以看得更清楚。冯作虽然也继承了前此的情节要点，即杜子春因不忍见其子之惨死而失声，后来却又经过"三年斋戒，一片诚心"，"洗心涤虑，六根清净无为；养性修真，万缘去除"的修炼，终为老人所接受，携其成仙。这一改写迎合了大众的口味，却落了道教修炼小说的俗套。因为这类小说多矣，何须冯梦龙再添一篇，与原作的复调意味相比，算是狗尾续貂了。

《甘泽谣·圆观》也是一篇有一定复调意味的作品，本篇写圆观及其投胎转世后所成的男孩与李源的两世情谊，好像是以佛教的轮回转世为题材，而且后世男孩在见面时告诫李源不得靠近："与公殊途，慎勿相近。俗缘未尽，但愿勤修，勤修不堕，即遂相见。"还算是对这种两人之间的两世情缘比较戒备，但他所唱的歌说："三生石上旧精魂，赏月吟风不要论。惭愧情人远相访，此身虽异性长存。"直称两人关系为情人，难怪学者将圆观称为早期的"情僧"了。如此，则本篇所写的实质是借此轮回题材写人之情感难以断绝，乃至延续后世，这一类的篇章无论在同时代还是在后代的文言小说中在所多有，例如《广异记》之《李元平》、《聊斋志异》之《小谢》等，就不一一展开论述了。

第二节　水浒好汉的双重身份与《水浒传》的宗教书写
——从学界论《水浒传》的新倾向谈起

《水浒传》主题思想的研究目前有农民起义说、为市民写心说、忠义说、游民说等，虽未有定论，但农民起义说的巨大影响至今仍在，目前发行量相当大的文学史教科书就认为不能否定这种观点①。"农民起义说"的特点是对水浒好汉的行为给予全盘的肯定，认为他们具有正义性。随着时代的发展，《水浒传》研究中出现了否定水浒文化的倾向，很多论者痛骂水浒好汉"歧视女性"、"残忍、滥杀无辜、盗贼恶霸行径、有悖

---

① 袁行霈主编：《中国文学史》第四卷，高等教育出版社2005年版，第43页。

173

侠义及不合情理"、"仇富"、"流氓气",等等。吴越干脆说:《水浒传》中宋江等人本质上就是强盗土匪[①]。还有人写文章,认为《水浒传》宣扬的"造反有理"的思想是有害的。这些观点虽然没涉及水浒主题的研究,但大体来说,已经和"农民起义说"站在了对立面,因为众所周知,"农民起义说"的重要观点在于认为《水浒传》前半部描写和歌颂了一场农民起义发生发展的全过程。目前否定、批判水浒文化的倾向的出现是社会向理性、秩序、道德重建的方向发展中出现的,有一定的合理性,但是和"农民起义说"为当时的政治文化所左右一样,对《水浒传》这部伟大著作的超时代意义把握不够,从一个极端走向了另一个极端,即从全面肯定水浒起义走向了全面否定。本节意图从《水浒传》反映的情义与法的矛盾,探讨其超越时代的意义。

笔者认为,《水浒传》的内容可以用现代社会所谓的"情义与法"的冲突来概括。这一内容有两个相反的方面:一方面,小说反映了权力缺乏监督而被奸人所利用时,水浒好汉为追求生存与正义而与国家法度抗争的现实。但另一方面,小说也描绘了"江湖"情义与法度的矛盾,涉及现在所谓黑道、黑社会的情形。对二者的全面把握是客观看待《水浒传》反映的矛盾的超越时代价值的基础。

一 水浒好汉为情义而犯法与为正义而犯法以及完全出身黑道的情形并存

小说开始写到王进被高俅所逼,远走边关,遇到了史进;史进本有意和少华山强盗头目做对头,可是被他们的情谊所感动,于是和他们来往,被官府发觉、捉拿而后逃走,这里就初次展示了民间义气与法制的冲突,这时我们无法判断其正义与否,但史进交结强盗显然是违反法制的。史进遇到鲁达,小说转到以鲁达为主人公,写了他打抱不平、三拳打死了镇关西的过程。鲁达是正义的,但是他的方式是触犯法制的,所以官府捉拿他,这在今天也是正常的(这里就驳斥了我国古代社会不讲

[①] 张虹、马成生、王益庸主编:《水浒争鸣》第11辑,中央文献出版社2009年版,第276页。

第五章 宗教书写与古代经典小说创作主旨的解读

法制的观点);鲁达上五台山后不守清规戒律,被送到东京,然后才因为帮林冲对付高俅而连和尚也做不成了,上了二龙山落草(其间还交代了桃花山上有李忠、周通一帮强盗占山为王的事)。

鲁智深之后,林冲是第一个完全无辜、被逼上梁山的好汉,他的经历说明了权力与法制完全为奸人所把持。

其后就是"智取生辰纲",生辰纲固然是不义之财,但晁盖和吴用他们取到手后,是将其瓜分享受去了,并没有什么高远的目标,这就是今天的人尤其要注意的。然后宋江给他们通风报信让他们逃离了官府的捉拿,这是又一次明显的江湖情义与法制的冲突。小说写宋江知道官府要捉拿晁盖的消息时的心理活动:"晁盖是我心腹弟兄。他如今犯了迷天大罪,我不救他时,捕获将去,性命便休了!"① 按现代社会标准,宋江走漏消息是知法犯法。后来当宋江见了防备梁山好汉的公文,心内寻思道:"晁盖等众人,不想做下这般大事,犯了大罪,劫了生辰纲,杀了做公的,伤了何观察,又损害了许多官军人马,又把黄安活捉上山。如此之罪,是灭九族的勾当。虽是被人逼迫,事非得已,于法度上却饶不得。倘有疏失,如之奈何?"(第一九回)小说在这里再次点明了宋江心中的法度(即现代的法制观念)的存在。

由于晁盖等人上梁山后给宋江送来银两,被阎婆惜发觉,在后者勒索之下,宋江情急之时杀死了她,再次触犯法律,不得不亡命江湖。这次的触犯法律完全是由于第一次做的就是犯法的事,不然他就不必杀死对方了。看得出来,宋江与史进一样,完全是由于为江湖情义而犯法一步步陷身一个曲折的命运的。

宋江在接受招安后征辽的路上,由于手下军校杀死克扣御赐酒肉的厢官而将其斩首,当时宋江哭道:"我自从上梁山泊以来,大小兄弟不曾坏了一个,今日一身入官所管,寸步也由我不得。虽是你强气未灭,使不的旧时性格。"表明他决心完全服从现实的统治秩序与法度,即使后者无理也罢。

---

① 陈曦钟等辑校:《水浒传会评本》第一七回,北京大学出版社1981年版。下同。

宋江在逃到柴进那里时遇见了武松。武松在景阳冈打虎做了阳谷县都头，由于斗杀官府包庇的害死了武大郎的西门庆，被发配孟州，到这里都是正义的；路上遇到"母夜叉"孙二娘开的黑店，交代了这个黑店代表的江湖的规矩，这套规矩是讲情义的，但显然不管怎样，黑店也是违法的，武松凭自己的机灵而度过一劫；在孟州，武松的义气被施恩利用，他卷入了一场地头蛇的争斗中，最后对手蒋门神买通官府陷害他，使他不得不报仇后上了二龙山。武松路上再遇宋江，小说转入写宋江在流浪江湖的过程而串联了一批又一批好汉：清风山、清风寨、对影山，之后被父亲招回，却被官府捉拿到，发配到江州。一路上遇见许多凶险，都是地方上的恶霸地痞干的，几次差点丢掉性命，终因自己远播的义气的名声而得救。到江州后被诬写反诗，执行死刑时被好汉们救下，终于上了梁山。可以说，宋江是由于江湖义气而陷身一般人看来麻烦的命运，又因为这个义气而得救，其中的是是非非，已经难以一言而论。

这种观点并非笔者一人之见，例如吴越就认为："（水浒好汉的来源）其次是犯罪分子为了避难而做土匪。典型例子如宋江、晁盖。他们或因为抢劫，或因为杀人，无法在社会上生存了，不得不逃到山上，以抢劫谋生……有的人是交游不慎，误入歧途。典型例子是史进。"[①]

水浒好汉还有纯粹犯法和非正义的，例如少华山、桃花山的强盗公然冒犯法制、打家劫舍，他们的行为今天的时代也不能容忍。

还有在宋江的传记里夹杂出场的李逵，小说写到他是一个无业游民，只知道赌博打架，为了报答宋江的义气而大闹赌场、渔场，很难说是正义的，但是李逵得到了宋江的赏识而成为其心腹兄弟。梁山好汉中有很多其实是这样的游民，甚至是歹徒、恶霸。典型例子如张青、孙二娘、王英、穆弘、穆春、施恩等。他们的事迹很难用正义来概括。此外还有少量的人，是被宋江、吴用等人设计骗上山去的。典型例子如卢俊义、徐宁、金大坚。他们实际上都是受害者。为了使一条好汉上梁山，他们使用了很多灭绝人性的手段，这样的另一形式的逼上梁山，也不在少数。

---

① 张虹、马成生、王益庸主编：《水浒争鸣》第11辑，第303页。

当然，要注意的是，宋江等人可以把大批的地痞、地方恶霸、山贼收归己有，而后化其暴虐，用其才华，打起"替天行道"、"忠义双全"的旗帜，受到人民的拥护，也是不可否认的。但是，如果要全面概括《水浒传》的主题思想，忽略以上所指出的梁山人物在上山过程中不完全正义的复杂性，是无法服人的。我们只能说，梁山好汉大致是正义的，但他们的义气本质上与当时的"忠"的观念是冲突的。这决定了他们即使后来接受招安讨伐辽国、平定方腊，也仍旧不能为朝廷所信任。所以说，他们的悲剧命运，是由于忠与义两种观念本质上是冲突的。要讲义气，就必然冒犯朝廷和法制；后来贪官污吏就利用"忠"的观念来压制他们而置之于死地。

一个社会的法制与政治体系是从来无法与社会公正完全合拍的；同时，民间永远有触犯法制的人，从某种程度来说，这正是因为法制本身是不完全公正的，是容易为当权者用来谋取私利的，这时不遵守法制倒不一定要受到道义的谴责；但是一个社会要求人们遵守法制，却是普世性的无可否定的标准，这就是人类发展不得不面临的矛盾。《水浒传》很真实地反映了这样的事实，所以直到今天还是有其现实意义的。尽管完全的公正无法做到，但它却促使一个政府去调整政治制度，以满足人民的正义要求，防止动乱的发生；而对于民众来说，《水浒传》提出了警示：政权可能被不义的人操纵，全忠的观念是值得反思的。

二　李贽论水浒好汉：忠义论与强盗论并存

一般的论者只注意到李贽的水浒好汉忠义论，即他在总评中的话："《水浒传》者，发愤之所作也……今观一百单八人者，同功同过，同死同生，其忠义之心，犹之乎宋公明也。独宋公明者，身居水浒之中，心在朝廷之上，一意招安，专图报国，卒至于犯大难，成大功，服毒自缢，同死而不辞，则忠义之烈也。"[1] 其实李贽对水浒好汉有比较复杂和全面的看法。

---

[1] 朱一玄编：《水浒传资料汇编》，南开大学出版社2000年版，第171—172页。

李贽曾经评点朱仝、雷横私放宋江的行为道："朱仝、雷横、柴进不顾王法，只顾人情，所以到底做了强盗。……或曰：知县相公也做人情，如何不做强盗？曰：你道知县相公不是强盗么？"① "杨志是国家有用人。只为高俅不能用他，以致为宋公明用了。可见小人忌贤嫉能，遗祸国家不小。"② 第十四回，又批道："晁盖、刘唐、吴用，都是偷贼底。若不是蔡京那个老贼，缘何引得这班小贼出来。"③ 又在后文评点说："一僧读到此处，见桃花山、二龙山、白虎山都是强盗，叹曰：当时强盗真恁地多。余曰：当时在朝强盗还多些。"④ 这是比较早注意到《水浒传》涉及的情义与法制的矛盾以及水浒好汉复杂性的论述。其观点似乎与水浒好汉"忠义说"相矛盾，其实不然。可以这样理解：李贽认为水浒好汉有很多出身强盗，但他们为宋江所搜罗，最终归于忠义；此外，李贽的水浒好汉强盗论并非对水浒好汉的全面否定，因为他认为：知县相公也可能是强盗，当时在朝强盗还多些。既然政权为强盗所把持，那人民做强盗就有可能是出于被逼无奈。这就与现代人认为《水浒传》是写了官逼民反的主题比较接近了。

笔者看来，李贽的观点是比较客观的、经得起历史的检验的，这里可以拿金圣叹的观点与现代的"农民起义说"与李贽进行比较。我们知道，金圣叹是否定水浒好汉忠义说的：

> 若使忠义而在水浒，忠义为天下之凶物、恶物乎哉！且水浒有忠义，国家无忠义耶？……且亦不思宋江等一百八人，则何为而至于水浒者乎？其幼，皆豺狼虎豹之姿也；其壮，皆杀人夺货之行也；其后，皆敲朴剡刖之余也；其卒，皆揭竿斩木之贼也。……而又妄以忠义予之，是则将为戒者而应将为劝耶？……无恶不归朝廷，无美不归绿林，已为盗者读之而自豪，未为盗者读之而为盗也。⑤

---

① 朱一玄编：《水浒传资料汇编》，南开大学出版社2000年版，第175页。
② 同上书，第174页。
③ 同上。
④ 同上书，第179页。
⑤ 《〈水浒传〉序二》，见陈曦钟等辑校《水浒传会评本》，第7—8页。

第五章　宗教书写与古代经典小说创作主旨的解读

　　金圣叹不分析水浒好汉上梁山的复杂原因，只从绝对忠于朝廷的思想出发，对水浒好汉给予基本全面的否定（在具体的评点中，金圣叹对水浒好汉有所赞美，这种矛盾的态度的实质和原因在此不论），当然为后人所不能接受。而20世纪后半叶以来的《水浒传》"农民起义说"则站在完全赞同水浒起义的立场对其加以赞美，对宋江接受招安加以批判，我们知道，这也是出于一种偏颇的立场，是为当时强调阶级斗争至上的政治局面所左右而作出的评价，当时代走向秩序与理性的时候，这样的评价就失去了其意义，显出了其局限性，至少是不够公正客观了。

　　回头来看李贽的评价，就可以感受到他没有局限在哪个特定的阶级的立场去看问题，他认为知县乃至朝廷官员也可能是强盗，意即反抗朝廷也是有合理性的；同时江湖上的所谓"好汉"也可能有不那么光彩的一面，完全可以以"强盗"称呼他们，如桃花山抢占民女的小霸王周通、李忠等人。李贽的评价标准完全是有没有做不利于人民的事，也就是民本主义的思想。李贽直到死都说自己的学说"于圣教有益无害"，大约就是因为此一点。这比金圣叹的否定水浒好汉的立场及现代的"农民起义说"都更能为人所接受。有论者认为：李贽的立场既不是御用文人的笔舌，也不是站在"盗贼"即农民起义一边，而是站在以朝廷国家为中心、臧否人物以是不是对国家有用为出发点、评价执政以是否能够用贤等的立场①。笔者完全赞同这一论点，并认为李贽的思想因此具有超越性的意义。

　　水浒传所反映的是黑暗年代的斗争，当前是所谓的"后革命"时代，是社会呼唤理性、良知、道德秩序的重建的时候，随着社会的回归正轨，水浒好汉的出身、行为受到了严格的盘查，结果出现了否定的声音，人们对于他们的某些行为必然不再认同，因此目前出现了讨论《水浒传》中"造反有理"的社会危害性的文章。这是可以理解的，但是如果全盘否定他们，则又走过了头，有点金圣叹的意味了，因为简单否定梁山好汉的行为就失去了对这部小说的伟大之处的把握。李贽的评

---

① 张同胜：《论李贽的〈水浒传〉评点》，《济宁学院学报》2009年第4期。

点提醒我们,全面看待《水浒传》的主题,必须同时把握它所反映的不良官僚利用权力害民导致民众与法制对抗以及好汉们为情义而违抗法律,乃至危害社会的现象,得出一个不为一时的政治情势所左右的、能体察《水浒传》超越当时时代的意义的看法。因为在现实社会中,永远有为追求正义乃至干脆为了物质的利益而铤而走险的人。

三 从宗教书写看作者对梁山好汉的矛盾态度

《水浒传》中有一些宗教书写,过去被认为是糟粕,现在学界则渐渐认识到,其中有些部分对于了解作者对水浒好汉的态度是有价值的。

《水浒传》中的智真长老是一位得道高僧。小说第四回写赵员外带着鲁达刚到五台山想介绍他出家的时候,受到众僧的阻拦,智真长老却力排众议,接纳了他:

> 长老道:"他是赵员外檀越的兄弟,如何撇得他的面皮?你等众人且休疑心,待我看一看。"焚起一炷信香,长老上禅椅盘膝而坐,口诵咒语,入定去了。一炷香过,却好回来,对众僧说道:"只顾剃度他。此人上应天星,心地刚直。虽然时下凶顽,命中驳杂,久后却得清净,正果非凡。汝等皆不及他。可记吾言,勿得推阻。"(第四回)

得道高僧对鲁智深的判语,其实代表作家对笔下好汉的态度:否定他的凶顽、扰乱禅堂的生活秩序,肯定他"上应天星,心地刚直"。

类比智真长老,我们可以发现道教罗真人在小说中同样的意义。《水浒传》第五三回写李逵和戴宗寻找到了公孙胜,其师父罗真人开始不放公孙胜跟他们回梁山,于是李逵晚上斧劈了罗真人。当然,真正的罗真人使用法术躲过了,他折磨李逵一顿后说:"贫道已知这人是上界天杀星之数。为是下土众生作业太重,故罚他下来杀戮。吾亦安肯逆天,坏了此人,只是磨他一会。"这里对李逵作出了大体上肯定的批评,认为他即使有滥杀无辜的时候,整体上也是替天行道。

180

第五章　宗教书写与古代经典小说创作主旨的解读

《水浒传》与道教的关系自然比佛教要深很多，但是道教在小说叙事中的价值也无非如此。在开头的楔子部分，小说以洪太尉误放道教祖师镇锁妖魔的情节，表明了"乱自上作"的意思，把梁山好汉的造反归咎于统治者的无道，但同时说他们是"妖魔"；后来又写宋江梦遇九天玄女，玄女娘娘的一番话说出了作者对宋江（也可以说对所有梁山好汉）的完整的评价："宋星主，传汝三卷天书，汝可替天行道，为主全忠仗义，为臣辅国安民，去邪归正……玉帝因为星主魔心未断，道行未完，暂罚下方，不久重登紫府，切不可分毫懈怠！若是他日罪下酆都，吾亦不能救汝。"（第四二回）这些都表明了小说写定者对于水浒好汉的复杂态度：他们位列仙班，但又魔心尚存。这对应着他们的双重的特性和作家复杂的评价。

写定者虽然在主体故事中表现了对当日的政治腐败和社会黑暗的清醒的认识和深刻的体察，迫切希望有梁山泊这样"路见不平，拔刀相助"的英雄面世，惩恶济善，替天行道，因而对好汉的义举作了酣畅淋漓的描绘，对他们的行为极尽歌颂之能事，而且自觉不自觉地将矛头对准了当时的政治体制及其皇帝，甚至让李逵喊出"杀去东京，夺了鸟位"的口号，但是他毕竟看到了梁山好汉给社会带来的危害。这就是当代人越来越多地注意到的水浒好汉滥杀无辜等正常法制社会不能认同的行为。在好汉自身而言，为了反抗贪官污吏压迫而铤而走险，或为了救助弱小而行侠仗义，固然有其正义性，而当他们为了保全性命，往往伤害无辜民众，这时候作者就在肯定中难免夹杂否定了。说到底，水浒好汉到底都不是完美的英雄，都有这样那样的缺点，特别是一个正常有序的社会是不能忍受这样的人物存在的。《水浒传》写定者对笔下英雄的态度是恰当的：整体肯定梁山好汉的"忠义"行为中包含着些微的否定。这就是小说中出现的佛道教话语一方面称他们是"上应天星"，另一方面却又说他们是"妖魔"、"恶魔"的原因。

冯文楼认为：宋江上梁山后改"聚义厅"为"忠义堂"，将"义"与"忠"进行融合，是梁山人格由"魔性"向"神性"的转化过程[①]。这种观

[①] 冯文楼：《〈水浒传〉：一个文化整合的悲剧》，《陕西师范大学学报》1997年第3期。

点已经触及了《水浒传》对梁山好汉的态度的复杂性,即认为水浒好汉是魔性中夹杂着神性的。如果就水浒好汉与法度的矛盾来看,如前所论,由于法制本身是不完全公正的,是容易为当权者用来谋取私利的,这时不遵守法制倒不一定要受到道义的谴责;但是一个社会要求人们遵守法制,却是普世性的无可否定的标准,这就是人类发展不得不面临的矛盾。《水浒传》很真实地反映了这样的事实,促使执政者一方面关注社会公正、法制健全,以避免动乱的发生;另一方面防范社会上黑道的存在,这就是《水浒传》的超越时代的意义。我们既不必像"阶级斗争说"论者那样对水浒好汉全盘肯定,也不能像金圣叹和当代一些学者那样对他们全盘否定。

第三节 《西游记》中体现的本土文化与佛教的矛盾
——人文视野下《西游记》中猪八戒和
牛魔王家族命运解读

　　《西游记》与宗教的关系是一个颇为复杂、似乎难以厘清的话题。目前学术界基本一致的认识是,它将一个具有高深佛学修养的佛教徒克难取经的故事,改塑成充满神话色彩的神魔斗争题材的小说,其中虽然还不乏对宗教的虔诚,却已然渗入太多的戏谑味道甚至是批评。但它并没有改变这一由历史上有名的取经故事发展而来的故事的指向,即对佛教的颂扬。至于与道教的关系,则更为复杂,孙悟空等取经四徒由道入佛的身份变化及辅佐唐僧取经成功、分别晋级的事实更已经昭示了佛高于道,何况小说中的道士一般是为害人间的妖道。不过其中夹杂大量的丹道文字的韵文却似乎透露了小说与全真教的密切关系。对此一现象,南开大学的陈洪先生等人有较好的解说,简单地说,就是认为该书在成书时有全真道士把全真教的内容融入其中,但后来在写定时恰逢明代道教为害社会,因此小说有对道教的批判性描写[①]。但是孙悟空告诫车迟国

[①] 参见陈洪、陈宏《〈西游记〉与全真教之缘》,《文学遗产》2003年第6期。

国王时说,"望你把三教归一:也敬僧,也敬道,也养育人才。我保你江山永固"(第四七回),却又显示对道教的不无包容的态度。

而话说回来,《西游记》的大量韵文与全真教的关系即使可证为真,毕竟是游离于故事情节之外的内容,作为文学研究,我们还是应从小说的情节发展来看其与宗教的关系,而这种关系恐怕还是以随意性为主,而非为宗教作传声筒。拿它与佛教的关系来看,举两个极小的例子可证。第一四回孙悟空皈依唐僧后遇到六个毛贼抢劫,他们的名字为:眼看喜、耳听怒、鼻嗅爱、舌尝思、意见欲、身本忧。明眼人一看就知道,这是佛教所谓的妨碍修道的六贼,即从人的六根而起的六种向外攀援的心意识,孙悟空替唐僧把他们打死,精通佛学的唐僧岂不悟道?唐僧却偏偏大怒,把孙悟空赶走了。另外,牛魔王故事中,牛魔王现原形后为一头大白牛,熟悉《法华经》的人都知道,大白牛所拉的车象征大乘佛教广度群生,小说中这头大白牛却不然,依旧与取经人和佛祖派来的天兵作对。所以是否可以说,《西游记》本质为一神魔小说而已,而非宗教或佛教的诠释。这虽然似乎还是一老生常谈,却是不得不进一步辨明的。

以此视角来探寻,会发现在取经人赎罪证道的表面框架之下,有更多人文的内涵。例如学人就认为:"孙悟空原是'修仙了道'的道士,不得已皈依佛门。先是为了'报恩',后又被'紧箍咒'所拘,才护送唐僧西行取经。他虽做了和尚,然而本性不改,仍然争强好胜,毫无宗教虔诚和反省精神,无人不敢骂,且稍有不满立刻骂人……唐僧一行四人终成正果,如来佛祖犹如人间帝王分别予以加封。孙悟空竟被封为'斗战胜佛'。佛教原是出世的宗教,与世无争。然而,《西游记》中的佛祖却需要孙悟空'斗战'……孙悟空虽已成佛,仍然对'菩萨'的'紧箍咒'满怀怨愤,并且防范着'菩萨'继续用它拘禁别人。这其实是一种人道主义情怀——不愿将自己受过的灾难再让别人承受。"[①] 目前,关于《西游记》体现的晚明深具人文气息的心学思潮的渗透早已不是新鲜的话

---

① 王学钧:《〈西游记〉与佛教:世俗性叙事观点》,《学术交流》2007 年第 11 期。

题，在此也无需赘言。如果单独涉及佛教话题的话，可注意猪八戒和牛魔王这两个角色。

《西游记》中对于猪八戒和牛魔王家族的描写，曾分别有人以悲剧命运视角和儒家伦常意识去解读。不过如果联系到对佛教的态度，似乎有一种视角很少为人所注意，那就是猪八戒和牛魔王家族的命运一起蕴含着古老中国本土文化与佛教的矛盾。猪八戒和牛魔王表面上有取经人与阻碍取经的妖魔的差别，其实二者有颇为相似的身份与命运，那就是两个人都曾经有家庭，而最终被迫入佛门，这与他们代表的本土文化倡导的人生价值观形成根本的冲突。下文试图对此加以阐释。

一 猪八戒被迫取经的故事焦点：色欲难消

在取经队伍中，猪八戒是最为懒惰的一个成员。以论者经常提到的第三二回为例，本回写悟空让八戒去巡山，他心里老大不情愿，却又不敢不去：

> 行有七八里路，把钉钯撇下，吊转头望着唐僧，指手画脚的骂道："你罢软的老和尚，捉掐的弼马温，面弱的沙和尚！他都在那里自在，捉弄我老猪来跑路！……睡一觉回去，含含糊糊的答应他，只说是巡了山，就了其帐也。"那呆子一时间侥幸搴着钯，又走。只见山凹里一弯红草坡，他一头钻进去，使钉钯铺个地铺，毂辘的睡下，把腰伸了一伸，道声："快活！就是那弼马温也不得像我这般自在！"

取经人里唐僧不用说，本领高于他的孙悟空、本领不如他的沙僧，在取经问题上都没有表现出他这样的缺乏主动与热情，该尽的责任不尽，而一旦遇到挫折就提出散伙，连白龙马也比猪八戒执着于取经事业。众所周知，在宛子山波月洞遇黄袍老怪之前，是猪八戒挑唆唐僧赶走了孙悟空，而遇黄袍老怪不能战胜、唐僧被擒之后，猪八戒就提出了散伙、自己"回炉做女婿"的想法。可以说，猪八戒执着的过平凡生活的愿望眼看就要实现了，要不是白龙马出言挽救了这个濒临解体的组织，后果难以想象。所以我们说，猪八戒在取经队伍中最缺乏热情。可以看得出，他对取经成正果毫无兴趣，这件事对他来说似乎没有一点价值。为什么会这样？说到底，是因为取经和所谓的修成正果与他的人生目标来说简直是南辕北辙，是一件别扭的事。他人生的目标不过是一般中国农民有家有室的平凡生活而已，而其中最重要的，是这种生活中他的男女之欲可以实现。

猪八戒有农民的特点，诸如武器为钉耙、加入取经队伍前善于耕地种田、能吃能睡，等等，一般读者非常熟悉，不必赘述，值得一提的是他在取经路上在色欲考验面前几乎不能过关，成为《西游记》搞笑情节的恒常主题，却很少有人以其他眼光来解读这种描写。

如果延伸视野，我们将看到，《西游记》里取经人在色欲考验问题上同样可以分为两种类型，一种是之前没有过家室的，色欲考验对他们来说，根本就不是问题，如唐僧、沙僧，还有孙悟空的"我从小儿不晓得干那般事"；还有一种就是有过家室的，如猪八戒见色即起心，却从不描写他怎样克制了色欲的萌动、最后彻底皈依佛门。所以即使到了第九五回，猪八戒见到嫦娥，还是一样的动了欲心，"忍不住跳在空中，把霓裳仙子抱住"。见到佛祖时，佛祖对猪八戒的特点也明确地解读为："猪悟能，汝本天河水神，天蓬元帅，为汝蟠桃会上酗酒戏了仙娥，贬汝下界投胎，身如畜类，幸汝记爱人身，在福陵山云栈洞造孽，喜归大教，入吾沙门，保圣僧在路，却又有顽心，色情未泯，因汝挑担有功，加升汝职正果，做净坛使者。"所以有学者总结说："猪八戒在天廷任天蓬元帅，则调戏嫦娥；投胎下凡为猪，又强占民女；皈依佛门后，虽名为八戒，嘴里也常说'避色如仇'，但一见美色便欲火中烧，大敌当前，竟往蜘蛛精'腿裆里乱钻'（79 回）。"① 这样的猪八戒做了净坛使者只是能满足口腹之欲，如果再有色欲考验到来，还是一个问题。

所以，《西游记》只是将猪八戒当笑料来描写，其根本之处也许可以

---

① 王学钧：《〈西游记〉与佛教：世俗性叙事观点》，《学术交流》2007 年第 11 期。

说是表现戒除色欲的难度之高,但假如联系到猪八戒和其他取经人的区别,我们就可以发现,其他人都没有过完整的家庭生活,不管是唐僧还是孙悟空、沙僧乃至白龙马,都是如此。不曾有过夫妻爱欲,所以对家庭生活毫不留恋,取经成正果是他们唯一的出路,而猪八戒则还有后路可走,那就是重新组织家庭。所以猪八戒故事的焦点可以追溯到佛教与讲究传宗接代、并无戒除色欲之说的本土文化的矛盾问题,我们可以看到,作者在猪八戒的叙事中无意去塑造佛学对门徒色欲的祛除功效,而在于展现这种矛盾的难以化解。在人文主义视角下,猪八戒不能不说是一个悲剧形象。有学者质疑:"正常的生理欲望都未能得到满足,却让他从事压抑人性的取经活动,这难道仅仅是猪八戒的错误吗?净坛使者的意义对他而言,不过是吃喝更有保障而已,并且还要为此付出永远放弃家庭的巨大代价,可谓得不偿失。"① 这与笔者的思考几乎一致,而与认为作者塑造猪八戒形象的目的在于展示人性所固有的弱点(如贪吃、贪睡、贪财、好色及好逸恶劳等),让读者在笑声中作自我反省等类似的解读拉开了距离。不过站在《西游记》对佛教不无维护的立场,恐怕对猪八戒形象理解为展现佛教在色欲问题上的禁绝立场与本土文化形成的矛盾是比较客观的。

二 牛魔王家族与取经人矛盾的焦点分析

对牛魔王形象,陈洪先生以佛教史上《十牛图》为依据,将其解读为佛教以牛说法的典型②,这当然是很有见地的说法,不过牛魔王家族与取经人的矛盾以及他们的结局却又有更复杂的内涵,值得分析。

牛魔王与猪八戒一样,在遇到取经人之前,都是有家室的,只不过牛魔王的生活更为丰富多彩,他有妻妾有儿子,还广有江湖朋友,例如看管落胎泉水的如意真仙、乱石山碧波潭的老龙王。如果说猪八戒之前的本质是入赘的普通农民,那么牛魔王可以算一个广有家产、地位尊贵的地主。作者把他描写为古代社会一般的一个一夫多妻制家庭中的一家

---

① 淮茗:《西天路上的凡夫俗子——猪八戒悲剧新说》,《名作欣赏》2011 年第 6 期。
② 参见陈洪《牛魔王佛门渊源考论》,《南开学报》1992 年第 3 期。

第五章　宗教书写与古代经典小说创作主旨的解读

之主,他必须在妻妾之间调停关系。当孙悟空寻访牛魔王到积雷山摩云洞遇到玉面公主、假托替铁扇公主央来请牛魔王时,作者描写道:

> 那女子一听铁扇公主请牛魔王之言,心中大怒,彻耳根子通红,泼口骂道:"这贱婢,着实无知!牛王自到我家,未及二载,也不知送了他多少珠翠金银,绫罗缎匹。年供柴,月供米,自自在在受用,还不识羞,又来请他怎的!"(第六〇回)

玉面公主被孙悟空吓唬一场,跑回家就把气撒在牛魔王身上,牛魔王只能好言相劝:

> 原来牛魔王正在那里静玩丹书,这女子没好气倒在怀里,抓耳挠腮,放声大哭。牛王满面陪笑道:"美人,休得烦恼。有甚话说?"……牛王闻言,却与他整容陪礼,温存良久,女子方才息气。魔王却发狠道:"美人在上,不敢相瞒,那芭蕉洞虽是僻静,却清幽自在。我山妻自幼修持,也是个得道的女仙,却是家门严谨,内无一尺之童,焉得有雷公嘴的男子央来,这想是那里来的怪妖,或者假绰名声,至此访我,等我出去看看。"

牛魔王只称玉面公主为"美人",称铁扇公主为"山妻",传统文化的味道非常浓厚,那就是说,前者只是他的相好,后者才是居于正统地位的发妻。作者在描写他们一家与取经人的矛盾时,也渗透进了很多颇负本土文化意味的人性因素。

牛魔王一家与取经人的矛盾起因于红孩儿要吃唐僧的肉,这本来是无可辩解的罪恶,不过作者在写"三调芭蕉扇"时,首先从路阻铁扇公主入手,强调了她因红孩儿入佛门的母子情痛。仔细寻绎铁扇仙的处境,颇多可怜悯的地方。

如同一般读者都能看到的,铁扇公主不像别的妖怪那样为求长生不老而对取经僧围追堵截,也不残害生灵、鱼肉百姓,她在每年收一些普通贡品的前提下为附近百姓扇灭火焰山之火，让他们能种植庄稼，但她无意伤人性命，这是一种合理的互助，人们愿意给她进贡，受她佑护。她也没有与其他女妖一样，强迫唐僧成亲，所以作者根本是把她当成一个传统的女性，而不是欲望张狂的女妖在描写。她怨恨取经人，是因为母子亲情受阻：

> 罗刹道："你这泼猴！既有兄弟之亲，如何坑陷我子？"……"你这个巧嘴的泼猴！我那儿虽不伤命，再怎生得到我的跟前，几时能见一面？"（第五九回）

如果我们能结合她此时的处境：牛魔王已经入赘玉面公主家，她只能孤身一人在芭蕉洞过活，近乎守寡，就更能理解她想念儿子、痛恨取经人的心情了。"三调芭蕉扇"故事开始于此处，强调的是佛教与本土文化重视母子亲情的矛盾。

作者在后文还刻意描写铁扇公主对孙悟空变化而成的牛魔王"忙整云鬓，急移莲步"，并说"妻者，齐也，夫乃养身之父。""男儿无妇财无主，女子无夫身无主。"（第六〇回）突出她具有传统文化意味的女性思想，更显可悯。正如论者认为的："牛魔王对她来说就不限于一般意义上的丈夫，而是她精神的寄托者，生命财产的保障者，命运的主宰者。"[1]而当牛魔王也被收入佛门，铁扇仙就真正守寡了。

至于牛魔王，他本人并无一般妖魔想吃唐僧肉的想法，对红孩儿的结局本来也曾看故旧之情，原谅孙悟空，是因借芭蕉扇的缘故，才和孙悟空闹起矛盾，牵涉更复杂的思想观念：

> 你说你不无礼，你原来是借扇之故！一定先欺我山妻，山妻想是不肯，故来寻我！且又赶我爱妾！常言道，朋友妻，不可欺；朋友妾，不可灭。你既欺我妻，又灭我妾，多大无礼？上来吃我一棍！

---

[1] 王锐、张晓梅：《人性・个性・悲剧——〈西游记〉中铁扇公主形象新解》，《郑州航空工业管理学院学报》2006年第1期。

第五章　宗教书写与古代经典小说创作主旨的解读

(第六〇回)

这个说:"你敢无知返骗我!"那个说:"我妻许你共相将!"言村语泼,性烈情刚。那个说:"你哄人妻女真该死!告到官司有罪殃!"(第六一回)

在此牛魔王表现出的是与牢固的家庭观念相关男人的爱面子思想,面子一旦受到侵害,他就大打出手了。"铁扇是一个好妻子,在封建伦常标准下,牛魔王也不失为一个好丈夫。他虽然喜新厌旧,但在名义上却并不愿抛弃发妻。"① 此时他更为了家庭的荣誉而出战取经人,即使战败也不轻易服输:"你这土地,全不察理!那泼猴夺我子,欺我妾,骗我妻,番番无道,我恨不得囫囵吞他下肚,化作大便喂狗,怎么肯将宝贝借他!"

其实佛界帮助取经人战胜牛魔王只是需要他交出芭蕉扇,完全没必要强迫他本人入佛门。牛魔王与其他妖怪不同,他不想吃唐僧肉,而安于自己的富足生活,与取经团队的对抗几乎是出于不得已。他既然本来有家有室、有妻妾有儿子,却因为与取经人的矛盾而最终妻离子散、家庭破裂,对此事中佛祖的表现,学者王学钧的观点很有见地:"这根本不是经典佛教中那位倡导众生平等,以理服人而循循善诱的智者如来,而是和孙悟空,也与历代开国君主、流氓无赖一样,杂王霸道而最终凭武力争胜的人物。"② 而牛魔王的妻子、作为地仙的铁扇公主最后守寡终身,对这件事,罗刹本人只是如此说:"……今此一场,诚悔之晚矣。只因不偲觉,致令劳师动众……"这里并没有什么不可饶恕的罪过,所以孙悟空最后也饶了她,让她修行成仙。至于牛魔王本人和猪八戒一样被迫入了佛门,这种武力强迫下的修行能否成功,当然和猪八戒一样要画上一个很大的问号。

诚如论者所言:"牛魔王夫妇,包括聚仙庵自称是红孩儿叔父的如意真仙都因为红孩儿被观音收伏而发难于悟空,这是一种身为长辈,对幼

---

① 陈诚、张秋玲:《牛魔王及其家族形象中的儒家伦常意识》,《天府新论》2006年第S2期。
② 王学钧:《〈西游记〉与佛教:世俗性叙事观点》,《学术交流》2007年第11期。

小的关心;身为父母,对孩儿的爱怜……它只是中国文化底蕴的再现,儒家伦常意识的潜在反映。"① 牛魔王并不想惹事,但孙悟空为了过火焰山找上门来,几次三番和他们一家缠斗,逼得他无法后退,为了自尊而不得不迎战,结果这个家庭彻底解体了。细读之下,我们并不觉得牛魔王像其他妖魔一样可憎,倒觉得他很值得怜悯。如果以人文主义视角来解读,牛魔王家族的命运不能不让我们想到历史上有人对佛教"入家而破家"的指责,其底蕴也不能不说有佛教与本土文化的矛盾在内。

三　余论

在修行人必须经受的破除"酒、色、财、气"的四大考验中,猪八戒故事的宗教学意蕴在于色欲(贪)考验难过,而牛魔王形象的重点则在于气(嗔)的难消。陈洪先生在考证了牛魔王的本相——大白牛与佛道教经典的密切关系后认为:"牛魔王所过的日子和人类平常过的日子差不多:他有太太——有太太的妖怪已经不多了,而他还有二房;妻妾之间还会争风吃醋;他还有些财产纠纷——为什么他能被玉面狐狸招赘,因为玉面狐狸得到大量遗产资财,所以她招了一个倒插门的牛魔王;牛魔王不仅有儿子,儿子有了稀罕东西还懂得孝顺父母;他有弟弟;有朋友,朋友会请他去喝酒。这个牛魔王呀,过的就是人类普通的生活……牛魔王本是妖仙,但他所过的却是一种凡人的生活,这种生活导致他与孙悟空的冲突加剧、升级。明代通俗小说一说到人的七情六欲就有一个套语,或称习惯思路,叫做'酒色财气'。比如《金瓶梅》的开卷词,就从这四个方面讲。《西游记》刻画牛魔王的形象,大体就循这一个思路……总括而言,《西游记》是把牛魔王写成陷溺于人欲之中了,这个是没有问题的。着意写陷溺于人欲,又着意写被牵归佛地——一头大白牛,老老实实地被'佛兵们'牵回佛的跟前,这意味是很显豁的,特别是在明代那个语境中。"这的确是非常有见地的,不过他也认为"牛魔王形象中的宗教内涵是中间的某一个阶段或环节注入的,而到最后形成的牛魔王形象中,我说的

---

① 陈诚、张秋玲:《牛魔王及其家族形象中的儒家伦常意识》,《天府新论》2006 年第 S2 期。

第五章 宗教书写与古代经典小说创作主旨的解读

这一层宗教意蕴被推到了深层。所以在直观的层面，他还只是一个被写得生动、饱满的魔怪形象而已，不过较为世俗化、趣味化而已。但如果追踪创作的各个环节，如果联系当年的语境，这层内涵就会逐渐浮现、清晰"①。但《西游记》并非刻板的宣教之作，而是对宗教屡有戏谑，包括对佛祖的揶揄、对唐僧形象的丑化，"唐僧虽名是师父，即使在自己的专业上，却经常受徒弟孙悟空的讽刺"，"可见《西游记》的作者只是借取经故事来表达自己的人生感悟和感慨以及对自由的渴望。鲁迅断定他'并未看过佛经'，虽不免矫枉过正，但他对经典佛教的知识极其贫乏，即使对他所陈述的民间佛教图景也毫无敬意，他既不可能是佛教中人，也未立意于宣传佛教，是很明显的"②。我们可以采取更宽松的态度看待猪八戒与牛魔王家族的形象命运。说《西游记》借猪八戒宣扬人欲、借牛魔王家族展现儒家伦理意识固然未必，但说他们的命运展现了佛教与本土文化的矛盾恐怕还是有几分道理的。

猪的特点是繁殖迅速，一胎多子，经济价值高，尤其是农村多有养殖；牛的特点是力气大、好耕田，二者是中国自古以来农村家庭中最常见的畜类，相比猴子、马来说，此二者与本土文化的关系更为密切。《西游记》作者以这两种动物为猪八戒和牛魔王的原型，是巧合还是有深意的安排值得思考。不管怎样，猪八戒走上出家之路，一子也无，牛魔王则妻离子散，他们的命运都让我们联想到佛教与本土文化重视家庭的矛盾。假如联系到猪八戒"依着官法打杀，依着佛法饿杀"、"'斯文！''斯文！'肚里空空！"等话语中的"童心说"色彩，以及如意真仙"我舍侄还是自在为王好，还是与人为奴好"的话语与明代后期主体意识的崛起的关系（在如意真仙看来，佛门人以为的红孩儿入观音门下是莫大的善果，他们却以世俗眼光看待，认为不过是与人为奴，其中反映的是一种人文观念，与明代后期兴起的心学尊重人的主体性有关），我们甚至可能发现猪八戒与牛魔王家族身上有孙悟空一样耀眼的光芒。

我们都知道，《西游记》中无论取经人还是形形色色的妖魔，都是高

---

① 陈洪：《〈西游记〉研究中的宗教视角》，《华夏文化论坛》2010 年第 1 期。
② 王学钧：《〈西游记〉与佛教：世俗性叙事观点》，《学术交流》2007 年第 11 期。

度的世俗化和民间化的，身上体现了"市民"的一面。最能体现世俗化和市民思想的非猪八戒莫属。而那些妖魔除了有些超人的神通外，都带有世俗众生的影子，有浓厚的人情味，而他们则可以牛魔王家族为代表。无论他们的形象与传统思想还是与时代思潮有关，猪八戒与牛魔王家族的命运都无意中显示了作者对佛教与本土文化矛盾的把握。

如是，小说在这些人物身上显示出颂扬佛教与展现其与中华本土文化矛盾的双重立场，在一定程度上，小说呈现出复调的性格。

第四节　《红楼梦》的复调性解读与其宗教书写

《红楼梦》的创作题旨存在多重理解的空间，引用一个术语来讲，我们称为"复调性解读"，笔者在《〈红楼梦〉的多重意蕴与佛道教关系探析》中[①]对这种复调性解读与其宗教书写的关系已有过详尽的分析，出于本研究的完整性，现将其内容概述如下。

一　《红楼梦》宗教书写中的三重他界框架

《红楼梦》结构的最大特点是在现实世界的故事主体之外，并存三重宗教色彩很重的"他界"框架：石头入世—回归的循环框架，由于与佛道教度脱剧关系密切，从宗教研究的角度，我们称为"僧道框架"；神瑛侍者与绛珠仙子的三世情缘框架，由于以道教谪凡形式出现，我们称为"谪凡框架"；关于太虚幻境的描写从更大的范围内笼罩全篇内容，我们称为"太虚幻境框架"。这三重他界框架的描写牵涉不同的文学传统，富含不同的宗教色彩，对整个文本的解读分别产生不同的导向，增加了文本的哲理内涵，是中国古代小说与宗教关系研究中极具有研究价值的文本。

小说开篇讲述了女娲补天所弃之石头在一僧一道的帮助下，入世又回归青埂峰的故事，这一故事包含的丰富的神话与宗教意味在于，它既

[①] 陈国学：《〈红楼梦〉的多重意蕴与佛道教关系探析》，中国社会科学出版社2011年版。

不是一个简单的神话故事，也不是一个佛教或道教的宣教故事，而蕴含着复杂的况味：石头为一僧一道携入红尘又被带回来，关联着第三章论述过的与佛道教有关的度脱文学的主题，这样就有着浓重的宗教况味；但石头所在和后来回归的青埂峰又与度脱剧中被度脱者最后的归宿地，即宗教彼岸世界不是一回事，因此，这一框架并不完全指向佛道教的超脱意味，而是通过石头变美玉入世经历世态炎凉、悲欢离合，后又回归石头本相、归于凄凉寂寞的境地的经历，蕴含了人生的感慨和冷峻的人生哲理。

僧道框架中的僧道形象超凡脱俗的特点，其意义无非是指向出世修道的传统，其核心问题是对于人生真谛的追寻，即对于人生应该追求什么才获得幸福与解脱的追问。

在这一僧道框架（或说石头框架）中，一僧一道又被称为双真，他们的真面貌是"骨格不凡，丰神迥异"，但到了红尘中却变成癞僧跛道，为世俗世界所不屑；而顽石进入红尘后却变成鲜明莹洁的美玉，备受人们青睐，这里有着丰富的象征意味，与宗教的世界观、价值观密切关联。小说在现实世界之外设立这样一个框架，并通过一僧一道时常往来于人间的描写，使宗教价值观与红尘的价值观产生鲜明的对照，从而产生超脱冷峻的哲理意味。

以佛道教教义为指向的度脱文学的传统意在否定现世的一切功名富贵和伦常亲情，这在《红楼梦》中甄士隐遇到的道人所唱的《好了歌》中得到了表现。《好了歌》的含义比较简单，那就是不仅否定功名富贵，而且否定天伦之情的最终存在，认为人世的幸福（"好"）总有尽头（"了"），真正彻悟后了断尘缘才是真正的好。它放在小说的开头，具有极其重要的意义。它否定了拥有功名富贵的将相的价值，这对于以之奠定整个统治基础的王朝所标榜的价值观念来说不啻是当头一棒，作家让它从疯疯癫癫的道士口中说出来，又为作品设置了保护色。更进一步，《好了歌》还否定了天伦情感的存在与永恒性，虽然显得荒谬和以偏概全，但符合佛道教极端的出世理论。

在第一章我们提到过，《红楼梦》在开篇冠以石头入世一回归的框架后，又通过甄士隐之梦预告了神瑛侍者与绛珠仙子下凡的神话来预示主人公之间的爱情悲剧。这个故事展开时依照的逻辑是：在道教的谪凡框架中夹杂着因果报应模式，这一模式在中国古代小说戏曲中曾被广泛利用，以致到泛滥的程度，不过《红楼梦》对这一模式的应用却有化腐朽为神奇之效。那就是，传统的因果报应故事中善有善报、恶有恶报的对应和惩恶扬善的意图非常明显，还泪神话的因果报应中这种对应则不明显，《红楼梦》的相应描写从道德鉴戒转向了发抒缠绵悱恻的情思，而且，神瑛侍者对绛珠草的恩德本来应该是得到与绛珠仙子下凡后喜结连理的报答，不料竟不能如因果报应的逻辑，以致很多续作更改结局，可见《红楼梦》的因果报应描写的创新。分析木石前盟与红尘还泪故事可见，它已经完全失去了劝善惩恶的意味，并无道德训诫的色彩。神瑛侍者与绛珠仙子下凡后并没有结为夫妻，也就是说，前世的恩情没有化为后世的连理，这个故事强调的是他们之间毫不涉及肉身之爱的知己之情，以及注定的悲剧色彩，而与传统双谪下凡故事中女仙因情欲萌动而受惩大相径庭，整个故事也与那类俗套无关。

在《红楼梦》中，谪凡框架所包含的超现实的报恩故事与现实情节是融合无痕的。这种融合既体现为，谪凡框架指出的本书第一男女主人公是贾宝玉、林黛玉，以及本书的中心故事情节是宝黛二玉悲哀缠绵的爱情故事，特别是关于林黛玉的泪的描写；又体现为神瑛侍者、绛珠仙草的关系与贾宝玉、林黛玉的关系一致，是彼此呵护的知己爱情关系；还表现为，作者在具体情节的进展中，屡屡点明宝黛之间有宿缘，并照应"还泪"之说。宿缘描写加深了人们对宝黛感情的印象，并升华了这种感情的性质。《红楼梦》之谪凡框架虽然采取了道教的形式，但却超越了因果报应、劝善惩恶的思路而归结于传达情之三世流转的不可磨灭的特点，这与石头一僧道框架相比显然是处于矛盾的态势。与之关联，小说展开的是宝黛感情纠葛的情节，并多次写到林黛玉流泪。

《红楼梦》作者在正文展开之前构建的第三重框架是太虚幻境神话，它描写贾宝玉梦中所见到的仙境及在其中的经历，这个梦境描写亦承袭着多种和宗教密切关联的文学传统，并和文本主体故事有丰富的关联。与前两个框架相比，太虚幻境框架摄含了更为广博的内容和多方面的宗教与文学传统，尤其是对于主情文学传统中超现实人物形象的提炼，使之推出了中国文学中前所未有的爱情女神——警幻仙姑，她是对性爱女神——巫山神女的升华；曹雪芹还使之袭取了西王母女仙之首的地位，却使之年轻化，并与众女仙处于平等位置；她还是司命之神，通过其薄命司册子和《红楼梦》十二支曲，透露了年轻女性的悲剧命运，包括宝、黛、钗三人的悲剧，这些通过一个梦境表现出来，从而融摄了前两个框架的内容，并使之各自进一步得到强调：情有了主使、有了依靠，但又归于空蒙一梦。在本框架之下，小说展开了对其他年轻女性悲剧命运的描写，在前八十回中已经写了秦可卿、金钏儿、尤三姐、尤二姐、晴雯的死，并开始了关于贾迎春、香菱的不幸婚姻家庭生活的描写，而几位主要女性如钗、黛、凤的悲剧已经有所展开。

二 三重他界框架之间的关系

三重他界框架之间在思想蕴涵上具有呼应、矛盾、互补等多重关系。

初步来看，僧道框架只是大体勾勒了《红楼梦》全书的基调，或说描就了"色空"的底色，谪凡框架则挺立出小说的主干故事——宝黛二玉凄美的爱情，而太虚幻境框架则全面预叙该书的主要人物（金陵十二钗）的命运，其中当然包括了宝黛二玉的故事，并为贾宝玉的为人定性。"石头"故事和"还泪"故事的"提纲挈领"作用，还只涉及全书内容的梗概或局部；而"太虚幻境"一回对全书内容的提挈作用，不仅更为具体，也更加全面，所以王希廉说它是"一部书的大纲领"[1]。就人物形象的预设来说，石头框架重在暗示贾宝玉假玉真石的形象，木石前盟神话重在刻画林黛玉重情的特征，并以侍者身份勾勒出贾宝玉在女孩子面前作小伏低的性格。太虚幻境框架则初步描就了十几位重要女性形象的才华、品格、个性等方面的特征，并以特笔点出贾宝玉痴情、"意淫"体贴、堪为闺阁良友、却为世道所摒弃的性格。

---

[1] 《红楼梦回评·第五回》，《红楼梦资料汇编》，南开大学出版社2001年版，第549页。

进一步看，就宗教色彩方面来说，不仅如前文所论，石头框架里存在着佛道合一的现象，后两个框架也是如此：木石前盟神话被设置于西方灵河岸的三生石畔，带着浓厚的佛教转世轮回故事的特点，而两位主角却被安排明显的道教身份：侍者、仙子；在太虚幻境中，则是痴梦仙姑、钟情大士、引愁金女、度恨菩提并存，似佛似道，恍惚迷离。这些都构成呼应的关系。由于神界僧道具有的预言本领，因此僧道框架与太虚幻境框架在谶验这一点上是互补的，彼此一起构成小说的预言—应验叙事系统。

僧道框架所指向的是色空的观念，谪凡框架指向的是哀婉缠绵的情思，这两者之间是矛盾的，但是又是互补的，那就是二者最终都指向对红尘生活的逃离，都充满悲剧意味。因为依照我们上文分析过的，不仅僧道框架以度脱出世为中心内涵和结局，谪凡框架内含的因果报应也没有指向忠孝节义的伦常道德观念，而将以神瑛侍者和绛珠仙子回归否弃情思的天界为结局。太虚幻境框架则缩和了二者：警幻仙姑既布散相思，赞同贾宝玉之痴情与意淫，亲切地称呼林黛玉之前身为绛珠妹子，总之，与木石前盟的神话相呼应；又高唱"春梦随云散，飞花逐水流，寄言众儿女，何必觅闲愁"。应和着僧道框架"万境归空"的悲剧基调。太虚幻境入口处宫门上的横幅"孽海情天"再精确不过地浓缩了这两方面的意味：情天者，有情之天；孽海者，视情缘为冤孽、视为必然毁灭而需要超脱的东西，正是前述度脱文学中典型的对人世感情的看法。总之，既寄托了作者的人生理想，又展示了理想的破灭。

三　《红楼梦》的宗教书写与其复调性解读

整体观照僧道形象出现的三大神话，我们可以发现作品在色空观与对情的执着追求之间的张力早已被安排好：一方面，通过神界僧人和仙人告诫希望入世的青埂峰下石头，再美好的世界也必将万境归空，含有"色即是空"的意味，预示小说的悲剧结局；另一方面，宣告大旨谈情的创作宗旨，情是对此世的人事的留恋，在其感伤的情调中包含着不愿意舍弃此世、不遁入顽空的意旨，不无"空即是色"的意味。"色即是空"

与"空即是色",互相矛盾和纠结。

首先出现的石头神话,作为楔子虽然有介绍石头入世的缘由的作用,但已经带有告诫"色即是空"的色彩:"那红尘中有却有些乐事,但不能永远依恃,况又有'美中不足,好事多魔'八个字紧相连属,瞬息间则又乐极悲生,人非物换,究竟是到头一梦,万境归空,倒不如不去的好。"这是甲戌本中的,程高本删除。不过不大影响我们的论述,因为无论何种版本中,都有石头历劫归去的结果,不过是上面多了一段记叙入世经历的文字,石头仍旧是石头,万境归空的意味还在。

接下来的"还泪"神话里,则侧重于文本的另一个方面,即对于情的浓墨重彩的抒写:

> 那道人道:"果是罕闻。实未闻有还泪之说。想来这一段故事,比历来风月事故更加琐碎细腻了。"那僧道:"历来几个风流人物,不过传其大概以及诗词篇章而已;至家庭闺阁中一饮一食,总未述记。再者,大半风月故事,不过偷香窃玉,暗约私奔而已,并不曾将儿女之真情发泄一二。想这一干人入世,其情痴色鬼、贤愚不肖者,悉与前人传述不同矣。"

对于色的迷恋会产生情,但《红楼梦》里情的描写"比历来风月事故更加琐碎细腻","历来几个风流人物,不过传其大概以及诗词篇章而已;至家庭闺阁中一饮一食,总未述记",表明小说将细致描写家庭的物质生活与儿女之间的精神生活,这都可以属于佛学中"色"的范畴。

太虚幻境神话将这两者结合起来。贾宝玉刚梦入幻境,听到的警幻仙姑的歌唱就是:"春梦随云散,飞花逐水流,寄言众儿女,何必觅闲愁。"含有劝诫的意味。然而在这孽海情天,贾宝玉却不由得决心尝一尝"古今之情"的味道。警幻仙姑以薄命司册子和《红楼梦》十二支曲来警示他,像"喜荣华正好,恨无常又到","自古穷通皆有定,离合岂无缘?""这是尘寰中消长数应当,何必枉悲伤!"等语,特别是《虚花悟》和《收尾·飞鸟各投林》都极其明显地暗示生命的虚幻无常和情爱的不可悯，但贾宝玉不能领悟。最后，警幻只好拿出在常人看来是"以淫止淫"的那一套，将妹妹兼美许配给他以期其醒悟，不料二人"柔情缱绻，软语温存，难解难分"，最后贾宝玉堕入迷津。在此值得注意的是，太虚幻境本来是仙境，却有"荆榛遍地，狼虎同群，迎面一道黑溪阻路"的所在，此即迷津，中有夜叉海鬼将宝玉拖将下去。这正如后文中跛足道人将风月宝鉴交给贾瑞，本来要救他，反而加速了他的死亡，其意蕴是同样矛盾的。

值得注意的更有警幻的"意淫"说："淫虽一理，意则有别。如世之好淫者，不过悦容貌，喜歌舞，调笑无厌，云雨无时，恨不能尽天下之美女供我片时之趣兴，此皆皮肤滥淫之蠢物耳。如尔则天分中生成一段痴情，吾辈推之为'意淫'。'意淫'二字，惟心会而不可口传，可神通而不可语达。汝今独得此二字，在闺阁中，固可为良友；然于世道中未免迂阔怪诡，百口嘲谤，万目睚眦。"在此，"天分中生成的痴情"之所以要被警戒，并不是其本质上有什么不好，而只是因为会遭遇误解与诽谤。这样，表面上的告诫变成了为情辩护，为后文展开儿女之情的细致描写打开了路径。警幻如此偷换概念，让我们以为所谓的"万境归空"的告诫不过是作品的一般性保护色。

总之，三大神话已经展现了小说既强调"色即是空"、万境归空的悲剧意味，又大旨谈情、琐碎细腻地描写尘世生活的世情小说特色的两种矛盾的方向，以致后人在小说的宗旨理解上产生无尽的分歧。

在小说的展开部分，我们看到，《红楼梦》的确对中国古代社会方方面面进行了细致入微的描写，因而人皆称为古代社会的百科全书，从家庭生活到皇室与上层社会、宗教、礼俗、医药、戏剧，无不洞幽探密地描绘出其神髓，使之成为了解中国文化的一面镜子。小说对那个社会的种种弊端有深入的剖析，并借各种各样的谶语时时处处渗入对人物不幸命运的暗示，使之充满了万境归空的悲剧意识，后四十回写贾宝玉在黛玉死去后和宝钗结婚，又看破红尘，为一僧一道带出红尘，完成了悲剧的结局，大体符合小说前文预示的结局。小说名字《红楼梦》也提醒我们注意这一点：红楼是对"色"——尘世繁华生活的描写，梦即是归于空的结局。总之，这部伟大的小说无论在细腻地描写此岸世界的种种世相以及人物的情感方面，还是在安排其悲剧结局、体现"万境归空"的蕴涵方面，都尽了最大的努力并达到了最高境界。

对于《红楼梦》一书人物、情节的双重意蕴，前人在阅读作品时已有察觉。最著名的是乾隆年间戚蓼生在《石头记序》中曾这样评价《红楼梦》的艺术："吾闻绛树两歌，一声在喉，一声在鼻；黄华二牍，左腕能楷，右腕能草。神乎技矣！吾未之见也。今则两歌而不分乎喉鼻，二牍而无区乎左右；一声也而两歌，一手也而二牍，此万万所不能有之事，不可得之奇，而竟得之《石头记》一书。嘻！异矣。……第观其蕴于心而抒于手也，注彼而写此，目送而手挥，似谲而正，似则而淫，如《春秋》之有微词，史家之多曲笔。……盖声止一声，手止一手，而淫佚贞静，悲戚欢愉，不啻双管之齐下也。噫！异矣。"① 戚蓼生虽未明确指出《红楼梦》存在写实与空幻的双重叙事，但已经看出"作者有两意"，并提醒读者阅读此书不可只从字面理解，要体察作者的"微旨"及此书的"弦外之音"。戚蓼生的观点对我们今天认识《红楼梦》这部伟大的文学作品的歧义特点仍有一定的参考价值。

由于《红楼梦》色空观与热烈歌颂、追思的感情并存的特点，使论者对《红楼梦》创作宗旨产生了我们在序言里已经指出的理解上的歧义，有悟书说、情书说、矛盾说（即认为小说的思想感情有矛盾之处）乃至借宗教形象为幌子暗藏对现实的批判说等。

依据我们前文对小说中出现的三大宗教神话的意蕴与小说整体思想感情的关联来分析，其实第三种说法是最全面的。余珍珠先生说得好："作者既以无限的爱心和同情细致缠绵地勾画出一个丰富多彩的荣华生活、感情世界，又从哲学角度深沉地批判了沉溺于情感和流于世俗的倾向。老庄道佛的虚无思想渗透了叙述的各个层面，因此小说处处表现出'人生是梦幻'的观点。这一观点又超越了道德的说教和批判。然而曹雪芹举笔成书，记录这一段经历，就是他没有完全看破红尘的说明。一部

---

① 一粟编：《红楼梦卷》第一册，中华书局1983年版，第29页。

《石头记》，徘徊在彻底撒手的召唤、挣扎和对人间世界特别是诗情画境的抵抗、眷恋之间……空空道人云空未必空，僧而又情，写出《情僧录》。邢岫烟对妙玉的讥讽：'僧不僧，俗不俗，女不女，男不男'（第六十三回），似乎是作者的自我写照，到底是槛内人还是槛外人，无法确定。要寻求《红楼梦》这样一本多种对话、多重意旨、多元观点的小说的'整体意义'，这命题本身是矛盾的。"①

此外，如同陈洪先生所说："石头的框架与绛珠的框架在意味上也是有区别、有分工的。绛珠的框架以'还泪'为神髓所在，意味凄绝，对应于作品缠绵悱恻的情缘描写。石头的框架以'化玉'为龙睛，意味深迥，对应于作品冷峻超脱的哲理思考。而这两个框架又以警幻仙子为纽带，互相联结，使宝玉与石头的关系若即若离，处于烟云模糊的状态，产生出微妙的象征效果。"② 此论精彩地揭示了《红楼梦》三重他界描写框架之间的关系。

借用他界的描写，《红楼梦》表达了这样惨痛的认识：不仅色是假、空、幻，诚挚的情也是假、空、幻，必将走向失落。如果说《金瓶梅》是一场讽刺剧，那么《红楼梦》就是一场真正的悲剧，其原因就在于，色鬼的人生必将走向毁灭，深情的人生也是如此而不得不走向出世的宗教之路。《红楼梦》真是在宣扬宗教意识吗？也许读者不会完全同意。但是《红楼梦》之超越《金瓶梅》乃至本身时代的哲思魅力正来自这种宗教视角之空灵，这种魅力似乎暂时还不会因为所谓时代的进步而消失。

在宗教哲学与世俗人生之间产生一种张力，令人思索，而不一定给予明确的答案，正是《红楼梦》的特征。而提出一个永恒的问题让人思索，是一种境界的标志。没有宗教框架，《红楼梦》的魅力将减色不少。而宗教书写与其人文意蕴之间构成的复杂关系，构成了《红楼梦》复调性的重要内涵，使宗教与文学的关系达到了水乳交融的境界，这是《红楼梦》居于古典小说巅峰的又一标志。

---

① ［美］余珍珠：《〈红楼梦〉的多元意旨与情感》，《红楼梦学刊》1994年第2辑。
② 陈洪：《佛教与中国古典文学》，天津人民出版社1993年版，第157—158页。

第六章 章回小说宗教书写的比较分析

宗教书写是很多章回小说中出现的现象,过去的研究较多涉及其宗教文化内涵与思想解读,但从文学本位的立场上,尚存在着这样的问题有待解决:它们与小说的现实描写内容构成怎样的关系?而又对小说在美学上构成怎样的效应?这是本章笔者打算解决的问题。有比较才有鉴别,本章打算针对以上问题在对比中展开讨论。由于涉及宗教书写的章回小说数量浩繁,为篇幅所限,本章选择了《金瓶梅》与《红楼梦》、《三国演义》与《歧路灯》、《绿野仙踪》与《西游记》这三组小说来进行比较研究,至于其原因在后文中将会涉及。其他有可比性的研究有待将来条件许可时继续进行。

第一节 神圣的解构与重建
——《金瓶梅》与《红楼梦》宗教书写之异同

《金瓶梅》(以下简称《金》)与《红楼梦》(以下简称《红》)中都出现了牵涉宗教的内容,其中不仅都有活跃于现实世界的宗教人物的宗教活动的描写,还都通过超现实宗教人物表达了有关整体构思的重要观念或思想,从而关系到全书的主旨,因此研究两部小说的宗教书写就成为非常重要的问题。就这一问题进行比较研究则是对该问题的深一步探讨,也是宗教与文学关系的深入研究。关于其现实世界的宗教人物的活动之比较,已有学者指出它们都揭示了明清时期宗教的世俗化倾向,在此不复赘言。关于张竹坡在《批评第一奇书金瓶梅读法》中所言的该书"起以玉皇庙,终以永福寺",也就是宗教人物的结构性功能也多有学者发挥[①]。《红楼梦》中在太虚幻境神话中预言人物命运,又在结尾处让出家的甄士隐归结全书人物命运,也具有一样的功能。我们希望更多地就二书的宗教书写在小说美学效应上的效果进行比较,这是对小说与宗教书写之关系研究的深化。

一 两书中超现实宗教人物形象与创作题旨的关系

《金》尽管客观上展现出晚明时期三教同时的衰落,但作家对于儒家主导的男权世界还是认同的。因为尽管小说描写了儒家仁义礼智信的价值观被西门庆等人践踏,却又写出了他们所遭受的恶报:西门庆不仅命丧于狂滥的欲望中,而且死后妻离子散;李瓶儿、潘金莲、庞春梅都死于非命(指非儒家所谓的正常死亡);吴月娘等人则由于不徇非礼行为而得以善终。笔者以为,他们的命运体现出"三教合一"的思想,特别是佛教思想与儒家的结合,即除了一般的劝善惩恶、戒除贪念之外,还借因果报应宣扬男尊女卑的家庭秩序,向往传统的道德观念主宰的世界。这一点与作品客观展示的晚明的礼崩乐坏的局面是两回事,显然我们不能因为作品故事客观描写而否认作者主观的价值取向,这只要看看作者对晚明世风的讽刺笔调就知道。有人以为《金》是一部哀书就是因为如此,作者在浇漓的世风中并没有失去自己的价值取向。说《金》并没有越出传统思想的藩篱一步,意思也是如此。冯文楼就此指出:"小说通过冷热转换间不容发的道家叙事文法、因果报应丝毫不爽的佛教叙事文法,重开人们的'畏惧'之心,修复由于社会变迁所造成的文化断裂。"[②]

《金》体现了以因果报应警戒对财色的贪恋等思想,但又与作品的主体叙事线索表现的晚明时代"好货"、"好色"、正视人欲的风潮矛盾,

---

① 施晔:《玉皇庙、永福寺在〈金瓶梅〉中的作用及其宗教文化因缘》,《上海师范大学学报》2006 年第 3 期。

② 冯文楼:《障蔽的破除与身位的开显——〈金瓶梅〉宗教伦理话语的剖示与辨析》,《陕西师范大学继续教育学报》2003 年第 2 期。

同时，人物的结局又大体上可以说是人物自身思想感情的逻辑发展，而且其因果报应显得很混乱：西门庆投胎转世之后，又是作为其儿子孝哥出了家，又是投身到富户沈家去了。为此人们聚讼不休：作者到底是否相信自己笔下的宗教教义？但不管怎样，它还不是根据因果报应模式规定人物的命运，从而进行空洞的说教的作品，其人物自有自己的性格发展逻辑与强烈的典型性。对此，也如冯文楼所说的："（《金》）对'身体'的兴趣和对'身位'的关注，形成一种'两面倒'的态度。这一充满悖论的叙事，在一定程度上消解了作者费尽心机所设定的宗教伦理观念，使之沦为一种不合时宜的道德说教……在具体的描写尤其是性事的描写中，很少作那种绝对式的道德判断，其性活动的述词也不再是善或恶，这种相对主义的道德观，也许更能反映时代的面相。"[1]

这样，在《金》中所出现的超现实宗教人物形象即吴神仙和普静禅师就只具备了预言或总结人物性格命运的功能，他们并没有为小说提供多少超逸的美学品位。

《红》则在对四大家族，特别是以贾府为主体的故事框架中体现出社会重返儒家"三纲五常"的趋势，这与清代官方重振理学地位是一致的；但这在小说的价值取向上则成为要突破的对象，因此，在《红》中，如同《金》那样的以儒家思想为本质的三教合一的宗教书写不复出现。《红》所构建的超现实宗教意象一方面以一僧一道为代表，完全否定世俗的功名富贵乃至妻子儿女等家庭幸福——这种幸福在其所描绘的中国文化背景下正是基于男权至上的观念，陈洪先生曾分析这一僧一道与庄子笔下的"畸人"形象和禅宗思想的关联，指出他们所体现的对沉湎于名利场、温柔乡者的批判精神[2]；相应地，小说又树立起基于女性崇拜的女仙世界，以至于研究者在探索其思想源头时追溯至上古母系氏族社会及其下影响到的道家崇阴思想、道教的女神——女仙信仰。这就与《金》的价值取向大异其趣了。就创作题旨而言，《红》虽表现了对情的执着与

---

[1] 冯文楼：《障蔽的破除与身位的开显——〈金瓶梅〉宗教伦理话语的剖示与辨析》，《陕西师范大学继续教育学报》2003年第2期。
[2] 陈洪：《论癞僧跛道的文化意蕴》，《红楼梦学刊》1993年第4辑。

看破后的迷惘,也就是徘徊于"情(色)"与"空"之间的矛盾,但一僧一道、茫茫大士、渺渺真人、空空道人乃至出家修道的甄士隐等形象都体现出了超逸于红尘幸福、寻求解脱的品格,警幻仙姑更具有无上的圣洁意味。这使《红》具有了超越于现实之上的品位。

二 毁僧谤道的不同内涵:两位男主人公宗教态度之比较

两书的男主人公西门庆与贾宝玉都曾毁僧谤道,但二者的内涵绝不一样,分析其区别正可以印证两书对神圣的解构与重建的不同态度。

西门庆也曾被永福寺道坚长老宣扬施舍得福禄寿的化缘文所打动而解囊施舍,但他的思想底色是"钱可通神(佛)",有他的名言为证:

> 咱闻那佛祖西天,也止不过要黄金铺地,阴司十殿,也要些楮镪营求。咱只消尽这家私广为善事,就使强奸了姮娥,和奸了织女,拐了许飞琼,盗了西王母的女儿,也不减我泼天的富贵。(第五七回)

西门庆经常做做法事,搞搞占卜及斋僧布道之类,不过他从来没有认真对待过,更谈不上虔诚的信仰。吴神仙冰鉴定终身,众皆以为神,他却说"自古算的着命,算不着好,相逐心生,相随心灭,周大人送来,咱不好器了他的头"。李瓶儿病危中见鬼,西门一面求神问卜,一面又说:"人死如灰灭,这几年知道他那里去了,此是你病得久了,神虚气弱了,那里有什么邪魔烟烟,家亲外祟!"他为官哥许过愿,那是为了消灾延寿,他捐金修庙,是为了换得"桂子兰孙,端庄自貌,日后早登科甲,荫子封妻之报"。送走化缘长老之后,他马上变虔诚为玩世不恭,说自己与和尚"鬼混了一会",所以吴月娘说他"你有要没紧,恁毁僧谤佛的"。论者以为:"他所从事的世俗化的宗教迷信活动,是跨越阴阳两界的交换行为,以尘世支配的价值实体,去赎买彼岸的空灵利益,不过是尘世经营活动的继续和补充。他是一个现实主义者,只是在尘世生活中遇到难以弥补的缺憾时,他才回头向彼岸投去一瞥,归根结蒂,他是个相信

'泼天富贵'高于一切的人。"①

相应地，《金》一开始就对神圣进行解构："当下吴道官却又在经堂外躬身迎接。西门庆一起人进入里边，献茶已罢"，道士已降为陪奉人的人，走下了神坛。接下来写人以世俗眼光看待神仙，"白赉光携着常峙节手儿，从左边看将过来，一到马元帅面前，见这元帅威风凛凛，相貌堂堂，面上画着三只眼睛，便叫常峙节道：'哥，这却是怎的说？如今世界，开只眼闭只眼儿便好，还经得多出只眼睛看人破绽哩！'"神仙本来本领非凡，在这个浊世反而成了多余的东西。又，"那博士打着宣科的声音道：'曾与温元帅搔胞。'"神仙成了性骚扰的对象。第八回则借潘金莲烧夫灵时和尚听淫声描写僧人的色化。

这些现实世界的宗教人物的活动体现出晚明宗教的财色化，西门庆的名言正建立在对此类现象的观察上。《金》就这样解构了神圣。还如冯文楼所言："这种有充分'人性论'根据的享乐主义追求和对金钱之'实在性'的认识与信仰所形成的金钱拜物教，很能代表当时市民的世界观和人生观，结果将绝对之域的设定相对化、神圣的理念虚无化了。"②

贾宝玉的名言则有："和尚道士的话如何信得！"他不唯有毁僧谤道的言论，而且还身体力行，在终身大事问题上以"木石姻缘"否定和尚提出的"金玉姻缘"之说。值得指出的是，贾宝玉有神仙思想，但那是他的审美情感之升华：他关爱着身边的美丽聪慧的女孩，甘愿做小伏低（与神界侍者身份对应），体贴周到，又为了她们的不幸而悲哀，并深深沉浸在这种感情里，达到无可自拔的程度，于是自己构造一番学说来帮自己解脱，那就是所谓的"虽死不死"说：

> 刘姥姥道："因为老爷太太思念不尽，便盖了这祠堂，塑了这茗玉小姐的像，派了人烧香拨火。如今日久年深的，人也没了，庙也

---

① 冯子礼：《相悖互依逆向同归——〈金瓶梅〉〈红楼梦〉主人公比较》，《明清小说研究》1990年第1期。
② 冯文楼：《障蔽的破除与身位的开显——〈金瓶梅〉宗教伦理话语的剖示与辨析》，《陕西师范大学继续教育学报》2003年第2期。

烂了，那个像就成了精。"宝玉忙道："不是成精，规矩这样人是虽死不死的。"（第三九回）

这与第四三回写贾宝玉借水仙庵祭奠金钏儿时的话可以联系起来看："我素日因恨俗人不知原故，混供神混盖庙，这都是当日有钱的老公们和那些有钱的愚妇们听见有个神，就盖起庙来供着，也不知那神是何人，因听些野史小说，便信真了。比如这水仙庵里面，因供的是洛神，故名水仙庵，殊不知古来并没有个洛神，那原是曹子建的谎话，谁知这起愚人就塑了像供着。今儿却合我的心事，故借他一用。""宝玉进去，也不拜洛神之像，却只管赏鉴。虽是泥塑的，却真有'翩若惊鸿，婉若游龙'之态，'荷出绿波，日映朝霞'之姿。宝玉不觉滴下泪来。"

在这里，曹雪芹明确地指出贾宝玉认为洛神是曹植的"谎话"，也就是说，是曹植为了寄托自己内心的情感而塑造的神灵形象，可是贾宝玉对着洛神之像却流下了真正的眼泪。回顾他曾派遣茗烟寻找所谓"茗玉"的庙的内容，我们知道贾宝玉所谓的"虽死不死"的神灵，原也是自己一厢情愿的产物。这在下面贾宝玉于晴雯死后相信她成了芙蓉花之神得到了验证。第七八回，晴雯死后，一个小丫头讨好贾宝玉，说晴雯临死告诉她："……我不是死，如今天上少了一位花神，玉皇敕命我去司主。"宝玉回答说："你不识字看书，所以不知道。这原是有的，不但花有个神，一样花有一位神之外，还有总花神。但他不知是作总花神去了，还是单管一样花的神？""这丫头听了，一时诌不出来。恰好这是八月时节，园中池上芙蓉正开。这丫头便见景生情，忙答道：'我也曾问他是管什么花的神，告诉我们，日后也好供养的。他说："天机不可泄漏。你既这样虔诚，我只告诉你，你只可告诉宝玉一人。除他之外，若泄了天机，五雷就来轰顶的。"他就告诉我说，他就是专管这芙蓉花的。'宝玉听了这话，不但不为怪，亦且去悲而生喜，乃指芙蓉花笑道：'此花也须得这样一个人去司掌。我就料定他那样的人必有一番事业做的。虽然超出苦海，从此不能相见，也免不得伤感思念。'"

后来在祭奠晴雯的《芙蓉女儿诔》里他还说："……因蓄倦倦之思，

不禁谆谆之问。始知上帝垂旌,花宫待诏,生侪兰蕙,死辖芙蓉。听小婢之言,似涉无稽;以浊玉之思,则深为有据。何也?昔叶法善摄魂以撰碑,李长吉被诏而为记,事虽殊,其理则一也。故相物以配才,苟非其人,恶乃滥乎?始信上帝委托权衡,可谓至洽至协,庶不负其所秉赋也。"(第七八回)看来他是相信晴雯死后成为神的了,其实也不过是他按心中的"理"而塑造的,他的"理"就是:美好的东西是形灭而神不灭的。这种"理"已与"情"紧密联系,可以说是"情理合一"论。

总之,贾宝玉的神仙思想其实体现的是他对女性的尊重,如果我们将之与前引《金瓶梅》里的头号顽主西门庆对女神女仙的态度相比较,就会看得更加清楚。总之,一样的毁僧谤道,西门庆是出于对金钱与权力的膜拜和对僧道世界的优越感,他对女仙的亵渎态度表明,他认为富贵可使他支配一切,即使对神仙也能占有,这种狂妄的态度体现的恰恰是对女性的不尊重,也就消解了一切宗教的神圣感。贾宝玉的痴话"这女儿两个字,极尊贵,极清净的,比那阿弥陀佛,元始天尊的这两个宝号还更尊荣无对的呢!"则一样体现出主人翁贾宝玉的性情:为体现尊重女儿的人生态度,不惜将其凌驾于佛道教最高神圣形象之上。笔者以为,《红楼梦》塑造贾宝玉具有女儿"虽死不死"而为神的观念,是在有意与《金瓶梅》里的西门庆对女仙的亵渎态度作一对比,体现了对女性的审美情感,与整部小说塑造一个超绝尘寰的女仙世界——太虚幻境包含的女仙崇拜的感情实质是一致的。由此可以体察二者各自的宗教态度。

三 超现实宗教书写的美学比较及探源

基于所描写的社会生活层次的不同,两书的宗教书写也呈现不同特色。《金》所描写的生活是以地方富豪、商人、官吏为一体的西门庆的家族为主体,与市井社会有更多联系,它的宗教描写更多地与驳杂的民间鬼神术数信仰有关,呈现出低俗的面貌,即使是与超现实神秘世界有关的宗教书写也是如此。它先是借吴神仙为大家相面,冰鉴定终身,总结主要人物的性格、命运;后是以乡里卜龟儿卦的老婆子的口吻进一步宣示孟玉楼、吴月娘、李瓶儿的性格命运;第六二回西门庆请五岳观潘道士为李瓶儿驱邪，结果潘道士说她"为宿世冤愆诉于阴曹，非邪祟也，不可擒之"，又为之祭本命星坛，结果于晴天月明星灿之时：

> 忽然地黑天昏，起一阵怪风，将李瓶儿二十七盏本命灯尽皆刮灭。潘道士明明在法座上见一个白衣人领着两个青衣人，从外进来，手里持着一纸文书，呈在法案下。潘道士观看，却是地府勾批，上面有三颗印信，唬的慌忙下法座来，向前唤起西门庆来，如此这般，说道："官人请起来罢！娘子已是获罪于天，无所祷也！本命灯已灭，岂可复救乎？只在旦夕之间而已。"

这种描写显然混杂了太多民间俗文学的意味。

第七九回让吴神仙再次出现，在西门庆重病之时宣布其"玉山自倒非人力，总是卢医怎奈何！""白虎当头，丧门坐命，神仙也无解，太岁也难推。造物已定，神鬼莫移。"第九六回则让水月寺长老叶头陀为陈经济相面，说他"只吃了你面皮嫩的亏，一生多得阴人宠爱"，"印堂太窄，子丧妻亡，悬壁昏暗，人亡家破；唇不盖齿，一生惹是招非；鼻若灶门，家私倾散"，"遭官司口舌，倾家散业"，"早年父祖丢下家业，不拘多少，到你手里，都了当了。你上停短兮下停长，主多成多败，钱财使尽又还来。总然你久后营得家计，犹如烈日照冰霜。你如今往后，还有一步发迹，该有三妻之命"。说得一毫不差，又劝他"花柳中少要行走"，他没有听从，丢了年轻性命。结尾处还有普静禅师度脱众人鬼魂，归结人物命运，并化西门庆之子孝哥出家，一起化做清风而去的情节。

以上描写都属于谶语—应验的内容，有的出自道士，有的出自和尚，还有的出自占卜者，其描写的情节甚至在现实生活中夹杂着鬼神的形象（"值日神将"与"一个白衣人领着两个青衣人"，后者是勾命鬼）。如果出现在神怪小说中，还比较容易被接受，在《金》中则显得有几分突兀。

相比之下，《红》的超现实宗教书写则更为灵巧。曹雪芹先申明了自己笔下是"满纸荒唐言，一把辛酸泪"，在一个无限缥缈的时空背景中描绘了一僧一道的仙风道骨的形象。后来现实生活中的一僧一道的形象与

第六章 章回小说宗教书写的比较分析

青埂峰下的这一僧一道形象迥异,前者邋遢而后者高洁,至于他们之间的本来同一则通过甄士隐的梦来揭示,因此还是显得缥缈难辨,轻巧而不那么坐实。同样,另一重要的宗教书写:太虚幻境与警幻仙姑的情节也通过梦来表现,就文学史而言,梦中遇仙本来不无所本,单独地来看,《红》通过梦境来对太虚幻境与警幻仙姑加以描写,放在整个对现实世界的精雕细刻中则一样显得巧妙、空灵。

如果探悉这种区别的来源,则可涉及二者不同的文学—美学思想背景。《金》的宗教书写关系到于宋元时期兴起的话本小说注重的市井风情,更具市民品位。宋元话本和明代拟话本小说中,在现实世界市井风情的刻画中夹杂荒诞灵怪的描写的不在少数,像"三言"中的《薛录事鱼服证仙》中就有顾夫人请道士为丈夫薛少府祭本命星灯的情节。《红》前八十回基本上不对这样的神鬼之事加以展开的细节描写。

《红》关于警幻仙姑的描写则关系到高唐神女、洛神等体现神女崇拜的作品。文学史上自从宋玉的《高唐赋》《神女赋》出现,高唐神女的意象成为男性文人关于女性梦想的典范型投射对象,从而启迪了后代文人不断的创作,其中汉魏六朝的赋体文学中,涉及女神的就有曹植的《洛神赋》、陈琳的《神女赋》、张敏的《神女赋》等,其描写对象均具有集情欲、神圣、美丽于一身的特点。唐代道教兴盛,道教文学中描写了大量与凡人遇合的女仙,孙昌武先生指出:"在唐人的这些故事里,神仙是作为'人'出现的,女仙则是女人;作品则着意描写人世间的关系和感情,其主旨完全是面向人间的。如此表现的神仙世界,已基本脱落了宗教的含义,而成了艺术构想的成果。"[1] 要补充的是,这些女仙还是具备超逸于尘世的品位,是仙而人、人而仙的,由于寄托着一番审美理想,故孙昌武先生称之为"神仙美学"。而如前所因陈洪先生的分析,癞僧跛道与文人愤世嫉俗的庄禅思想相联系,其重点不在灵怪,而在寄托一番思想内涵。

而其谶语描写显得更加隐秘、更巧妙,多以人物诗词、灯谜、酒令、

---

[1] 孙昌武:《道教与唐代文学》,第301页。

戏文出现，形式多样却又如盐入水地融入了整个情节进程之中①，不像《金》里的谶语那样突兀外显。

当然，《红》后四十回较多缺乏灵气的宗教书写，由于作者问题，在此不必展开分梳。

总之，《金瓶梅》与《红楼梦》都利用了超现实宗教人物来预言或归结人物性格命运、表达一定的思想内涵，也都写到了形而下的宗教活动和世俗化了的宗教人物。不过《红楼梦》作为雅化的世情小说，其宗教书写更具有美学意味，特别是还泪神话、太虚幻境神话更具有空灵秀逸之美，是对神仙美学的继承与发展，使之具有了审美功能，并重建了神圣的品位。相比之下，《金瓶梅》中的得道高僧高道并没有为该书提供超逸的品位，而只具备叙事学上的预叙—总结功能；由于主体故事体现出正视人欲的态度，与因果报应框架构成强烈矛盾，还解构了宗教神圣形象，这与全书的审美品位是一致的。关于小说中各自的男主人公形象的宗教书写印证了这一区别。最后，《金瓶梅》的宗教书写更坐实，《红楼梦》则更灵巧。

第二节　谶纬神学与理学影响下宗教书写
——《三国演义》与《歧路灯》宗教书写的比较

《三国演义》与《歧路灯》虽然属于不同题材的章回小说名著，一者是历史演义，一者则是世情小说，但它们都是明显受到理学影响的作品，而在宗教书写上则存在一定的可比性，前者体现出汉代"天人感应"思想与谶纬神学的影响而具有浓厚的神秘文化氛围，后者则多少体现出醇儒不愿奢谈鬼神的特点，但又因未能免俗而遮遮掩掩地涉及了一些鬼神描写。因此对比两书的宗教书写将是一个有意思的话题，可以使我们对中国古代宗教、思想与小说关系的研究获得一个新的话题与例证。由于《三国演义》中天人感应等神秘文化为人所熟悉，因此本小节我们先

---

① 参见宋莉华《〈红楼梦〉中的谶应》，《上海师范大学学报》（哲学社会科学版）1998年第4期。

分析《歧路灯》超现实宗教书写的特点及其思想渊源，然后与《三国演义》进行比较。

一 《歧路灯》超现实宗教书写的独特性

在世情小说名著中，《歧路灯》是一部少见的在宗教书写方面比较"清洁"的书，在该小说中，几乎没有任何超现实的宗教鬼神的描写。熟悉《金瓶梅》《醒世姻缘传》《红楼梦》等世情小说名著的读者知道，这些小说里都少不了超现实的神仙僧人的影子，他们或被用来传达作者的创作意图，或预示或归结人物的命运，而《歧路灯》对这些人物形象一洗而空，但却还是有一些模模糊糊、似是而非的鬼神描写（因属于非现实描写，故名非现实宗教书写），使这部小说显得有点与众不同，主要在于：作者似乎否认鬼神的存在，为何却又有这样一些描写？由于小说作者是一位理学家，小说中也充满了理学气息，因此笔者直觉其宗教书写与理学的鬼神观有关，下文笔者将先探讨这两者之间的关系。

（一）关于谭孝移死后鬼魂的描写

《歧路灯》关于鬼神的描写中值得注意的首先当属对主人公谭绍闻的父亲谭孝移死后的描写。人死后会成鬼或成神吗？作为明显拥戴理学的小说，《歧路灯》的有关描写是这样展开的。

第五二回《谭绍闻入梦遭严谴》，描写谭绍闻在夏逢若家睡觉时梦见父亲自言被封为南斗星君，勘察谭绍闻胡作非为所闹出的事情，生气地判决他腰斩之刑，在执行前父亲又生气地咬了他一口，然后他就醒来了。熟悉文言小说的读者都知道这段梦境描写与《玄怪录·崔环》的开头类似：崔环魂游冥府，见到自己的父亲并被责备："何故不抚幼小，不务成家，广破庄园，但恣酒色！又虑尔小累无掌，且为宽恕，轻杖放归，宜即洗心，勿复贰过。若踵前非，固无容舍。"又如同《红楼梦》中贾宝玉梦游太虚幻境遇见警幻仙姑一样，李绿园将有关情节放在谭绍闻的梦中展开，写他梦中得知父亲做了南斗星君。总之，可见作者对宗教鬼神题材是颇熟悉的，并且暗示为人方正的谭孝移死后成了神。

第五九回《救缢死德喜见幽灵》一段中，则写谭绍闻在赌场中陷得更深、输了八百两银子后，因无法还赌债而上吊自杀，家人德喜儿在搬椅子施救时，看见老主人谭孝移背墙而立；后又看见在谭孝移厢房门外站着，其他人怪德喜儿瞎说，另一个家人邓祥还为他辩解：

> 邓祥道："德喜儿他不是说谎的。在后书房，我是不敢说，怕你们胆小害怕。我卸吊时，亲身见老大爷站在西墙灯影里，拍手儿，却不响。以后他回来叫你们时，我抱着大相公，听的嗟叹，仿佛是老大爷声音。起初我也害怕，后来怕的极了，也就顾不的怕了。德喜他全不是说谎，若不然，他放声大哭是图什么？"王氏道："既是德喜见老大爷，想是他的阴灵不散，你们到前厅烧张纸儿，叫他休再出来吓孩子们。"

有邓祥一段话，结合上一处的梦境描写，可证实作者似乎确实认为鬼魂的存在。加上小说还在第七〇回《夏逢若时衰遇厉鬼》中明确地写屡次拖谭绍闻下水赌博的夏逢若在回家途中遇鬼：

> 夏逢若一见，哎呀一声，倒在路旁，那两个异形魔物，全不旁视，身子乱颤着，一直过去。这夏逢若把灯笼也丢在地下，那灯笼倒了，烘起火来。却看见七八个小魍魉，不过二三尺高，都弯着腰伸着小手，作烤火之状。夏逢若在地下觑得分明，裤裆撒尿，额颅流津。

所以作者似乎同意鬼神的存在。但是我们都知道小说另一方面早已借一个重要人物即谭绍闻的岳父、一个品格高尚的理学家孔耘轩之口在抨击"躲殃"的陋习时说过："自古只有招魂之文，无躲殃之说，人死则魂散魄杳，正人子所慕而不可得者，所以见忾闻，圣人之祭则如在也。"（第一二回）这里就否认了灵魂会变成鬼神。所以作品在这一问题上显得有矛盾。

(二) 判卷时暗中帮人的鬼

小说第一〇二回《书经房冤鬼拾卷》有一段恍惚写鬼神的情节，值得提出来进行讨论。本回写为人热诚正直、积过很多阴骘的娄昭之子娄朴参加科举考试，卷子答得很好，只是写漏了一个"不"字，几乎就被主考官黜落，接下来发生了这样的事情：

> （阅卷官员）邵肩齐只得袖回本房来，却甚觉屈心。放在桌上，偶尔袍袖一拂，（娄朴的考卷）落在地下，也就懒于拾他。又阅别卷。
>
> 及三更以后，又得佳卷，不胜欣喜。批了"荐"字，单等明日上呈。一时精神勃勃，再抽一卷，却仍是贡字五号卷子，心中好生厌烦。只疑家仆拾起误搁在上，爽快抛在地下。
>
> 只觉喉渴，叫一声："茶！"这家人已睡倒墙根地下。肩齐又一声道："斟茶！"那厨房茶丁，是不敢睡的，提上壶来。进的门来，忽一声喊道："哎呀！哎呀！老爷右边站着一个少年女，女——。他——拾卷子哩，他——磕头哩，他——没了。"提的茶壶早落在地上。肩齐一怔，由不的环顾左右，毫无形影。只右手处笔筒烛影，倒映地上，直拖到墙跟。少一迟意，说道："这是何等所在，不可胡言乱语。斟茶。"那墙跟睡着的家人，也惊醒了，斟上茶。肩齐呷了一口，依旧搦管濡墨阅起卷子来。那笔筒倒影依旧随烛火抖动。
>
> 次日，各房考官俱有荐的卷子。邵肩齐手持三卷，把昨夜之事，一一说明。总裁道："老先生所言，终属莫须有。我再看看文艺。"邵肩齐呈上，两总裁互相递观，不觉称赏不已。副总裁道："岂非关节必到之区哉，即验之原卷，也是如此。不过遗漏一'不'字耳。鬼神杳冥之谈，乡、会场外可言，场中不可言及。不过中的一百几十名就是了。"搦管批个"缺"字。正总裁批个"中"字。留在至明堂上，算一本中的卷子。及发榜时，中了一百九十二名。后殿试，引见，选入兵部职方司主事。
>
> 嗣娄朴谒见房师，邵肩齐说及前事，娄朴茫然不解。或言这是

213

济南郡守娄公，在前青州府任内，雪释冤狱，所积阴骘。后娄朴讯及乃翁，潜斋忖而不答，只道："我职任民社，十五年于今，只觉民无辜，心难欺，何尝念及尔辈子孙。烛影而已。"

这一段长文之所以全部引用下来，是因为一者一般读者不熟悉，二者是其重点细节难以概要复述。熟悉中国文学史的读者看了这一段，会马上想到《窦娥冤》的类似情节：窦娥的冤魂三次把自己的卷宗拿到父亲正在观看的那堆卷宗之上，终于引起父亲的注意而重新审案，为窦娥平冤昭雪；本文则描写娄朴的卷子被扔到地上后自动回到桌子上，第二次被扔下后仆人恍惚看到一个少女把卷子拾起来，后来当然应该是又放到阅卷人桌子上。但是，这两个情节也有不同的地方。《窦娥冤》毫不讳言鬼神的存在，《歧路灯》却欲言又止，明明写似乎有鬼，厨房茶丁的惊叫连睡着的仆人都惊醒了，阅卷官员却不许"胡言乱语"；阅卷人半信半疑地与主考官（即总裁）讲此事，主考官更是不许谈此等"鬼神杳冥之谈"，但小说题目却明明为《书经房冤鬼拾卷》，同样让读者莫名其妙：小说到底有没有写到鬼神？

让我们觉得可笑的是，作者居然把这样的情节在后面又炮制了一次，即最后一回中写谭绍闻的儿子谭篑初参加科举考试后卷子被判的描写：

余下筵字三号（即谭篑初之考卷——引者注）、贡字九号要汰一本。两本不分伯仲，房考官吴老先生难以瑜亮。副总裁择筵字三号经文中有一句不甚明晰，置之额外。不知怎的，筵字三号卷子，又在束中，贡字九号卷子落在地下。只得自疑手错，仍然易去筵字三号卷子，拾起贡字九号卷子入束。及隔了一宿，睡到半夜时，微闻案上有窸窣之声，窗上像个什么黑黑的影儿。天明看时，贡字九号卷子，已被油污墨迹，不堪上呈。副总裁默然无语，暗忖此生必有大失检处。筵字三号遂昂然特荐。蒙大总裁批了"中"字，发榜时刚刚中了第二十一名。

这里无非是写正人谭孝移的孙子谭篑初为鬼神所庇佑,有这样与上文雷同的描写,只能显得作者手法拙劣,但却说明了他的某种坚持。

二 《歧路灯》的鬼神描写与理学的鬼神观

对以上情节的合理解释,也许可以如论者所云:作者从"神道设教"的立场出发,宣扬讲究因果报应的"阴骘说"①。不过我们想探讨的是另外一回事——作者对鬼神存在与否这一问题的态度。这就要涉及理学的鬼神观与作者对这一问题的独特见解。

如一般论者所知道的,儒家老祖宗孔子不谈论怪、力、乱、神。季路向他请教敬奉鬼神的事,他坚持"不语"的原则,回答说:"未能事人,焉能事鬼?"(《论语·先进》)这种远鬼神的现实主义精神,使得儒家始终同宗教保持距离。"程朱理学以理为最高范畴。这个理是宇宙的普遍法则,是全社会的道德原则。它虽然是绝对的,但它是可以认知的,它不是神。理与神从本质上是互相排斥的。所以说,程朱理学不是宗教。"②朱越利先生这一判断我们都认同。不过理学世界论鬼神之有无还是有很大的争议空间存在。

理学的两个首要范畴是理与气,类似现今所谓的形而上的规律与形而下的物质世界之分。在这一问题上论鬼神,可以说尽管儒学或理学都把鬼神问题放在次要地位,即朱子云:"鬼神事自是第二着。那个无形影,是难理会底,未消去理会,且就日用紧切处做工夫。"③这正是理学小说《歧路灯》没有像《醒世姻缘传》那样放肆写鬼神的原因。不过在被反复问到鬼神之有无的问题时,朱熹又有所松口:

鬼神不过阴阳消长而已。亭毒化育,风雨晦冥,皆是。在人则精是魄,魄者鬼之盛也;气是魂,魂者神之盛也。精气聚而为物,

---

① 刘铭:《儒家"神道设教"思想对〈歧路灯〉的影响》,《焦作大学学报》2011 年第 4 期。
② 朱越利:《〈歧路灯〉展示的清代盛世士人对三教的态度》,《世界宗教研究》1996 年第 3 期。
③ 本节所有朱熹关于鬼神的言论都出于《朱子语类》卷三《鬼神》,中华书局 1986 年版,下文不再注释。

何物而无鬼神!"游魂为变",魂游则魄之降可知。〔升卿〕

鬼神只是气。屈伸往来者,气也。天地间无非气。人之气与天地之气常相接,无间断,人自不见。人心才动,必达于气,便与这屈伸往来者相感通。如卜筮之类,皆是心自有此物,只说你心上事,才动必应也。

这里朱子认为,鬼神也属于气的范畴,并不是气之外的东西,而是与人的心灵感应的气的流动、消长、变化,也就是说鬼神的出现与否取决于人自己的心灵状态。

下面我们将谈到朱子对祖宗神灵的看法:

有生必有死,有始必有终也。夫聚散者,气也。若理,则只泊在气上,初不是凝结自为一物。但人分上所合当然者便是理,不可以聚散言也。然人死虽终归于散,然亦未便散尽,故祭祀有感格之理。先祖世次远者,气之有无不可知。然奉祭祀者既是他子孙,必竟只是一气,所以有感通之理。然已散者不复聚。

这里谈到气的聚散与人之死亡,认为死是气之散,但也有未散尽的情况,故后人可以感应到先祖之气,这就是后人可以看到先祖所谓鬼魂的原因。"然已散者不复聚"这一句虽然好像又与上文矛盾,但朱子之意是说鬼神并不确实存在,只是被后人偶尔感应到而已。后文又说这一类现象"皆是气之杂揉乖乱所生,专以为无则不可"。总之,鬼神不可说没有,却又不应该过多注意、大张旗鼓地宣扬,这应该就是《歧路灯》里很少些鬼神,而写到鬼神时那样欲言又止、让人觉得矛盾多多的原因。

朱熹的言论中,最终还是容纳了鬼神的存在:

神祇之气常屈伸而不已,人鬼之气则消散而无余矣。其消散亦有久速之异。人有不伏其死者，所以既死而此气不散，为妖为怪。如人之凶死，及僧道既死，多不散。僧道务养精神，所以凝聚不散。若圣贤则安于死，岂有不散而为神怪者乎！如黄帝尧舜，不闻其既死而为灵怪也。

问："鬼神便是精神魂魄，如何？"曰："然。且就这一身看，自会笑语，有许多聪明知识，这是如何得恁地？虚空之中，忽然有风有雨，忽然有雷有电，这是如何得恁地？这都是阴阳相感，都是鬼神。看得到这里，见一身只是个躯壳在这里，内外无非天地阴阳之气。"

总之，理学世界也不否认鬼神的存在，但是将其放在理气二元论的框架下来谈的，这里的鬼神不是天地之主宰，影响人的命运的仍旧是人本身的行为，这是与殷周变革之从神本主义变化到人本主义一脉相承的，直到今天仍有其价值。《歧路灯》里遮遮掩掩的鬼神描写之来源应在这里。

三　天人感应思想与理学影响下宗教书写：《三国演义》与《歧路灯》宗教书写的比较

《三国演义》与《歧路灯》都是受到理学影响很深的小说，但是在宗教书写方面，却不尽相同。

《三国演义》不讳言鬼神的感应、神秘学说的影响。西汉经学家董仲舒是"天人感应"学说的始创者。他将"天道"与人事相比附，认为天人相应。认为天能干预人事，自然界的灾异和祥瑞是天表示对人的谴责和嘉奖的兆示。他认为"天亦有喜怒之气、哀乐之心"，"天心"是"仁爱人君"的，"国家将有失道之败，而天乃先出灾异以谴告之；不知自省，又出怪异以警惧之；尚不知变，而伤败乃至"[1]。同时，董仲舒又认为人君的政治措施和行为，人们的某些宗教仪式等也能感动上天，促使上天改变天意对人事的安排，他的这种"天人感应"学说，是以儒家学

---

[1] 参见（汉）董仲舒《天人三策》，《董仲舒集》，学苑出版社2003年版。

说为主，吸收了法家及先秦各家学派的思想而建立起来的。天人感应思想在《三国演义》中的表现在所多有，诸如国家衰而星隐、将相亡而星坠，例如写诸葛亮之死："司马懿夜观天文，见一大星，赤色，光芒有角，自东北方流于西南方。坠于蜀营内，三投而起，隐隐有声。懿惊喜曰：'孔明死矣！'"而恶人受天谴最突出的例子则属董卓死后的描写：董卓死后迁葬，"天降大雨，平地水深数尺，霹雳震开其棺，尸首提出棺外"，以致"三次改葬，皆不能葬，零皮碎骨，悉为雷火消灭"，书中说："天之怒卓，可谓甚矣！"（第一〇回）这样的例子在研究《三国演义》的神秘文化的论文中早就被分门别类地归纳总结过了，因此不必一一指出。

总之，从宗教书写的角度来看，《三国演义》的思想渊源相当庞杂，显示了从汉代时兴盛的天人感应、谶纬神学思想以及道教，乃至古代社会后期流行的理学的多重影响，而神秘文化的色彩更浓厚；《歧路灯》虽也难免有天人感应思想的痕迹，第九七回《阎楷谋房开书肆　象荩掘地得窖金》中写谭绍闻改邪归正之际，往日辞去的账房先生阎楷归来，与忠仆王中（即象荩）谋划赎回谭家被卖出的房子开书店，缺少资金之时，王中恰好在菜园里挖掘到银两，此段后议论说：

> 天无心而有气，这气乃浑灏流转，原不曾有祥戾之分。但气与气相感，遂分为祥戾两样。如人家读书务农，勤奋笃实，那天上气到他家，便是瑞气；如人家窝娼聚赌，行奸弄巧，那天上气到他家，便是乖气。如人遗矢于旷野，何尝有催牌唤那蜣螂？何曾有知单约那苍蝇？那蜣螂、苍蝇却慕慕而来。所以绍闻旧年，偏是夏鼎、张绳祖日日为伍。花发于墙阴，谁与蛱蝶送信？谁给蜜蜂投书？那蜜蜂、蛱蝶自纷纷而至。所以绍闻今日，谭观察立功浙右，偏偏升在河南；阎楷发财山西，偏偏来到豫省……此亦忠臣志图恢复，鬼神若为之默佑也。正是"天道远，人道迩"，于天道予何敢多言哉。

这正是《歧路灯》或者理学世界谈理气关系、鬼神的最好总结。其实儒家早有"积善之家，必有余庆；积不善之家，必有余殃"之说，只是这个"余庆"或"余殃"的施行者是谁，佛道教中一般是由天神或阎王、判官等来执行的，先秦儒家没有指明，宋明理学则说祸福是人自己感召来的，所谓鬼神只是"若为之默佑也"。所以，受理学深度影响下的《歧路灯》的世界中鬼神描写的特点，简单来说其实是在若有若无之间。这比《三国演义》的鬼神描写要简净得多，因此《歧路灯》显得更接近现代人的思维。

　　下面，我们可以浅谈一下这种区别与作者思想及其所处时代的关系。笔者以为，《三国演义》的作者对于天命有很深的信仰，周代人的"天命靡常，惟德是辅"的思想深深地影响着他们，他们深信有道有德的领袖人物是能得到天命眷顾的。可是事实并非如此，代表仁政的刘备—诸葛亮政权并没有统一天下，相反最终被司马氏政权所消灭，那么老天到底支持什么？也就是所谓的"天道"内涵是什么？扩而大之，元代这样一个残暴的蒙古政权到底为什么可以统一天下、奴役人民？这些都应当引起《三国演义》的作者们深刻反思，他们一方面以各方面的资料为基础，探索着天道、天数的内涵；另一方面又不由得深深慨叹天道难。于是，一方面，大量天人感应的现象被纳入小说，包括童谣、谶语、星象占卜、易数判词等，庞杂得无以复加；另一方面，作者还是承认天数不可预测，于是小说写到连深通易数的管辂也说："茫茫天数，不可预知"（第六九回），在结尾处作者慨叹："纷纷世事无穷尽，天数茫茫不可逃。"这一问题的答案现代人其实很清楚，那就是一国的兴衰是由实力决定的，统治者的道德水准对国家兴盛与否起到一定作用，但不是决定性作用。可是《三国演义》的作者们似乎不大同意这一点，因此只能把成败归于天数不可预测这样的说辞中。也就是说，神秘观念的弥漫是作者悲剧意识的表现，当世事不可解释时，只能把说辞归于天。试想，连诸葛亮这样天文地理无所不知的人物也不能扭转天命，那么天命、天道的内涵有多么幽深就真是一言难尽了。岂止是一言难尽，再写一部《三国演义》续集估计也难尽。但《三国演义》因此表现出的神秘文化、悲剧意识却比《歧

219

路灯》那样对理学的极端信任、乐观态度更有价值，因为它显示出中国古人对天命、天数、天道的积极探索。

当然，我们也要指出，《歧路灯》对理学极端信任、乐观的态度以及因此表现出的理学观念下若有若无的超现实宗教书写或者说鬼神描写也是有它时代的原因的，它不外是清代官方对理学的大力肯定接纳，以及社会的趋向稳定使李绿园看到了信奉理学的希望，这个时代比《三国演义》写定下来的元末明初要稍微多了一线光明。

此外，两书的宗教书写本质上还是一致的，那就是从西周兴起的注重人之"德"的天命观到西汉董仲舒的"天人感应"这样一脉相承的中国古代思想脉络，理学不过在其中加上了理气之辩的论述，于是就有了上述《歧路灯》中谈人的命运与气的关系那一段，其实质还是天人感应。这是我们在本节结尾处一定要指明的。

至于说美学效应或者说阅读效果，应该说还是《三国演义》更大气磅礴，《歧路灯》显得比较浅薄。尽管一个时期人们对《三国演义》的这种神秘文化有批评和抵制心理，但现在我们知道，它更有一种原生态的文化气息，正因为作者没有讳言自己的内在冲突——他们心中因为天理与天数不能一致而产生的悲剧感，所以它深刻。《歧路灯》反映的对理学的深度信任也许有一定的事实依据，那就是理学在家庭教育上对人的严格要求还有一定的价值，但其鬼神描写中强力捏造的痕迹过于明显，缺乏那种《红楼梦》中所谓的"有自然之理，得自然之气"的描写，这正与清代统治者强力推行严格束缚人的理学一致。《歧路灯》的笔力受到其理念的过多束缚，不能展开生动的描写，其非现实宗教书写不过是其中最失败的地方而已。

第三节　神魔小说《绿野仙踪》与《西游记》宗教书写的文学性比较

《绿野仙踪》是清代一部以道教修炼为核心内容的小说，该书将世情、历史与神魔斗法内容结合起来，算是一部比较好的神魔小说。我们

第六章　章回小说宗教书写的比较分析

将其与神魔小说名著《西游记》进行比较，其意义在于二者尽管分别属于道教修炼与佛教修行方面的题材，但统归神魔小说之列，其中少不了神魔斗法和宗教修炼的内容。如前文分析过的，元代以来的佛道教度脱剧就是互相影响的，作为后起的神魔小说，《绿野仙踪》也是免不了受到《西游记》的影响的，那么这种比较将使我们看到不管选择哪一种宗教题材，都会涉及哪些共同的内容，以及神魔小说的宗教意蕴的浓淡怎样影响到小说艺术水准的高低。

一　艺术特色对比——以色欲考验为例

《绿野仙踪》是融神怪与世情、讲史于一体的小说，其神怪描写本质上呈现出道教宣教小说的特点。可以说，它的神怪创作内容只是为了向读者宣扬作者的那一套道教修炼思想，别无他意。就这种修炼思想而言，笔者发现，在涉道小说中，没有哪一部像《绿野仙踪》这样将各种修行途径、修炼方式都总纳于其中，形成了一个庞杂的修炼方法体系，即内丹、外丹并重，内功、外功并行的大杂烩，但其根基在于破"酒色财气"，这是元代神仙道化剧以来宗教文学作品形成的共同主题，其核心是去"财色"之贪，其中诸位修仙者，除冷于冰对四贪无动于衷，视之如粪土外，其余四弟子（修道后的猿不邪、锦屏例外）各有所好，心有所骛，终究禁不住幻境所惑，心生欲念，导致炉鼎坍塌，丹药尽毁，最后：

> 只见连城璧跪在于冰面前，顿首大哭。于冰道："你心游幻境，却无甚大过恶。只是修道人最忌贪、嗔、爱、欲四字……你们问终身结果，能正心诚意，不为外务摇惑，便是终身好结果。就如日前镜内楼台，影中山水，皆幻境也，不邪、锦屏见之，视若无物。城璧等则目眩心动矣。此非幻境迷汝等，实汝等遇幻成幻，自迷也。"
> （第九八回）

修道要破"酒色财气"四贪在《西游记》中的牛魔王皈依佛门故事中也

221

有完整体现①，其他取经人身上则有所侧重，如孙悟空是侧重降服其高傲、暴躁之气，但整体来说，色欲考验是《西游记》修道描写的重中之重。既然《绿野仙踪》与《西游记》都有关于色欲考验的内容，我们可以比较这两部小说在这种题材描写方面的长短。

《西游记》是将宗教游戏化的著作，与之相比，《绿野仙踪》小说对冷于冰等人修炼济世的描写总体趋向平淡，某些同类情节描写明显更为严肃，也就缺少了《西游记》那样的趣味性而更显得一本正经，更像是一本宣教小说，这在很多地方都可看出来。

《西游记》中色欲考验的类型与描写方法是多样的，有唐僧、孙悟空通过考验的类型——其中唐僧与孙悟空师徒通过考验的写法还不一样，也有猪八戒这样不能通过考验的类型。《绿野仙踪》里冷于冰的弟子们也有能通过与不能通过色欲考验之别，他们受到考验时要么是严词拒绝，要么是不能自持而突破修炼禁忌，最后受到师父的严厉批评，读者并不能感受到文学的趣味，相反，感受到的是作者从道教立场出发的严格教条主义。我们不妨分别加以对比。

1. 能通过考验的类型

在《西游记》中，如第五五回，蝎子精把唐僧抓去逼迫成亲，有一段描写和对话：

> 女怪解衣，卖弄他肌香肤腻，唐僧敛袵，紧藏了糙肉粗皮。女妖道："我枕剩衾闲何不睡？"唐僧道："我头光服异怎相陪！"那个道："我愿作前朝柳翠翠。"这个道："贫僧不是月阇黎。"女怪道："我美若西施还袅娜。"唐僧道："我越王因此久埋尸。"女怪道："御弟，你记得宁教花下死，做鬼也风流？"唐僧道："我的真阳为至宝，怎肯轻与你这粉骷髅。"……那女怪扯扯拉拉的不放，这师父只是老老成成的不肯。

---

① 参见陈洪《〈西游记〉研究中的宗教视角》，《华夏文化论坛》2010年第1期。

这一段描写唐僧的语言已超越了佛教徒的话语界限，呈现出明显的科诨搞笑的色彩，作者的心态是宽松逗趣的，因此有很多细节描写和修辞手段，诸如"女怪解衣，卖弄他肌香肤腻，唐僧敛衽，紧藏了糙肉粗皮"的叙述语言和人物的一对一答，都是以对偶形式出现，读者不仅在情节上获得快乐，而且在语言阅读上也得到快感，总之阅读体验是轻松的。

《绿野仙踪》第四五回则这样描写连城璧受到狐精诱惑时的表现：

> 城璧道："我没见个神仙还急的嫁人。"那妇人道："你说神仙没有嫁人的事么？我数几个你听：韦夫人配张果，云英嫁裴航，弄玉要了萧史，花蕊夫人配了孙登，赤松子携炎帝少女飞升，天台二仙姬留住刘晨、阮肇，难道不是神仙嫁人么？"城璧道："这都是没考证的屁话。"

连城璧作为江湖大盗，却知道文言小说中这些人与神仙婚恋的故事，并且认为是"没考证的屁话"，这太刻板了，语言也明显是作者安排给他的，并不具有艺术真实性，其情节上还显得充满直奔主题的紧张感：

> 只见那少年妇人将一把泥金扇儿，半掩半露的遮住粉面，又偷的送了城璧一眼，然后含羞带愧，放出娇滴滴声音说道："招军买马，要两家愿意，既然这客人不肯俯就，何苦难为人家？姐姐不如放他去罢。"城璧道："这几句话，还像个有点廉耻的。"那中年妇人怒说道："只我是没廉耻的？你这蠢才，我也没闲气与你讲论。"吩咐左右侍女："快设香案，拉他与二公主拜天地。"众妇女随即安排停当，请城璧出殿外行礼。城璧大怒道："怎一窝子都是这样无耻？我岂是你们戏弄的人么？"那中年妇人道："你们听他好大口气，到是我们无耻。他不知是个什么贵品人，便戏弄不得他。"于是笑盈盈站起，将那少年妇人扶住道："起来，和他拜天地去。这是你终身大事，到不必和他一般见识。"又向众妇人道："把这无福头也拉起他来。"众妇女听了，一个个喜喜哈哈，把城璧乱拉

223

乱推起来。城璧大怒,抡动双拳,将些妇女们打的头破唇青,腰伤腿折。那中年妇人跑出殿外,骂道:"不识抬举的野奴才,你敢出殿外来?"城璧大喝道:"我正要摔死你这淫妇!"说罢,将身一纵,已跳在台阶下面……(那中年妇人)将城璧一指,随即轻移莲步,用右手将城璧一提,到了后洞,吊在一大石梁上。

这里女妖精要和连城璧成亲,受到拒绝就勃然大怒,一点温言软语也没有,缺乏女人味;受到拒绝后却还要吩咐左右侍女"快设香案,拉他与二公主拜天地",逻辑上也讲不通;连城璧此时道行并不高,面对一群自己不知底细的妖精,却敢大怒责骂,从这些方面都可以看到,作者似乎没有设身处地揣摩人物的心态与处境,而直接按设定的人物模式来为其安排语言,因此本段情节生造的意味非常浓厚,难以和《西游记》中对唐僧的描写相比。《西游记》在《四圣试禅心》中写唐僧拒绝招亲时也引得女人大怒,是这样描写的:先写唐僧听闻夫人招亲的想法时"好便似雷惊的孩子,雨淋的虾蟆,只是呆呆挣挣,翻白眼儿打仰",接着写妇人与他就出家与在家相比谁的好处多争论,在妇人数说在家人的好处后,三藏回答:"女菩萨,你在家人享荣华,受富贵,有可穿,有可吃,儿女团圆,果然是好。但不知我出家的人,也有一段好处。怎见得?有诗为证,诗曰:'出家立志本非常,推倒从前恩爱堂。外物不生闲口舌,身中自有好阴阳。功完行满朝金阙,见性明心返故乡。胜似在家贪血食,老来坠落臭皮囊。'"这样才惹得妇人大怒道:"这泼和尚无礼!我若不看你东土远来,就该叱出。我倒是个真心实意,要把家缘招赘汝等,你倒反将言语伤我。你就是受了戒,发了愿,永不还俗,好道你手下人,我家也招得一个。你怎么这般执法?"然后又写三藏见她发怒,只得者者谦谦,叫道:"悟空,你在这里罢。"这段情节内涵之丰富饱满、作者笔力之悠闲老到而又逼真,对唐僧的描写有恰到好处的动作与语言,艺术水准超越《绿野仙踪》不知凡几。

如果是孙悟空受到考验,小说则描写他轻巧地通过。如《四圣试禅心》中,他回答:"我从小儿不晓得干那般事,教八戒在这里罢。"第八

第六章 章回小说宗教书写的比较分析

一回写孙悟空变化为小和尚与白鼠精缠斗：

> 行者口里呜哩呜喇，只情念经。那女子走近前，一把搂住道："小长老，念的甚么经？"行者道："许下的。"女子道："别人都自在睡觉，你还念经怎么？"行者道："许下的，如何不念？"女子搂住，与他亲个嘴道："我与你到后面耍耍去。"行者故意的扭过头去道："你有些不晓事！"女子道："你会相面？"行者道："也晓得些儿。"女子道："你相我怎的样子？"行者道："我相你有些儿偷生抓熟，被公婆赶出来的。"女子道："相不着，相不着！我不是公婆赶逐，不因抓熟偷生。奈我前生命薄，投配男子年轻。不会洞房花烛，避夫逃走之情。趁如今星光月皎，也是有缘千里来相会，我和你到后园中交欢配鸾俦去也。"行者闻言，暗点头道："那几个愚僧，都被色欲引诱，所以伤了性命。他如今也来哄我。"就随口答应道："娘子，我出家人年纪尚幼，却不知甚么交欢之事。"女子道："你跟我去，我教你。"行者暗笑道："也罢，我跟他去，看他怎生摆布。"他两个搂着肩，携着手，出了佛殿，径至后边园里。那怪把行者使个绊子腿，跌倒在地，口里"心肝哥哥"的乱叫，将手就去掐他的臊根。行者道："我的儿，真个要吃老孙哩！"却被行者接住他手，使个小坐跌法，把那怪一辘轳掀翻在地上。那怪口里还叫道："心肝哥哥，你倒会跌你的娘哩！"行者暗算道："不趁此时下手他，还到几时！正是先下手为强，后下手遭殃。"就把手一叉，腰一躬，一跳跳起来，现出原身法像，抡起金箍铁棒，劈头就打。

这一段色欲考验没有《四圣试禅心》有名，但一样写得驾轻就熟、从容不迫，氛围轻松，完全是可以与之相媲美的名段，显示了作者毫不松懈的创造力。其中对悟空与妖怪之间的暗地较量安排了充分的对话（往还对话达八个回合之多，而且人物语言还很灵动，毫不做作），还有很多孙悟空的动作（如"故意的扭过头"，"行者接住他手，使个小坐跌法，把那怪一辘轳掀翻在地上"）、心理描写（如行者暗点头道："那几个愚僧，

225

都被色欲引诱，所以伤了性命。他如今也来哄我。"暗笑道："也罢，我跟他去，看他怎生摆布。"）以及"他两个搂着肩，携着手，出了佛殿"这样的情景描写、妖怪急不可耐又饥渴的动作描写（那怪把行者使个绊子腿，跌倒在地，口里"心肝哥哥"的乱叫，将手就去捏他的臊根），情节的时间跨度不长，内容却非常曲折生动，孙悟空相机行事的特点充分地表现出来，并且以悟空之法力高强，也要写到他在时机最成熟时才出手，比起上述连城璧轻易动手，艺术真实性与魅力一样高出几倍。

2. 不能通过考验的类型

《西游记》中不能通过考验的类型以《四圣试禅心》中的猪八戒最为出名，堪称经典。该情节就充满了诙谐幽默，猪八戒作为男女之欲不能泯灭的典型，其滑稽可笑让读者捧腹不已。该情节采用了滑稽夸张的手法，而猪八戒的欲望始终不能得到满足，因而成为一个始终处于饥渴之中的形象。而《绿野仙踪》描写温如玉不能通过考验时使用的是写实的手法，笔致细腻地描写男女之间的情欲场面，这是由于作者将世情小说细说家常的写法引入神魔小说中来了。在这方面，《西游记》和《绿野仙踪》缺乏可比性。

总之，《西游记》的色欲考验描写是滑稽可笑或轻松逗趣的，相比之下，《绿野仙踪》的相关情节则一味紧张严肃，缺乏可读性。

此外，就内丹修炼部分而言，《绿野仙踪》是将其以人物对话的形式展示出来，有时候长篇大论地插入这样的介绍修炼方法的文字，显得非常枯燥，如第七二回：

> 二女妖道："敢问七返九还之药何如？"于冰道："已去而复回，谓之返；已得而又转，谓之还。其回转之法，端在采药。然采药有时节，制药有法度，入药有造化，炼药有火候。修道者于未采药之前，先寻药之本源。西南有乡土，名曰'黄庭'，恍惚有物，杳冥有精。先仙曰：'分明一味水中金，可于华车仔细寻。'此即寻药之本源也。垂帘塞兑，窒欲调息，离形去智，几于坐忘。先仙曰：'劝君终日默如愚，炼成一棵如意珠。'此采药之时节也。天地之先，浑然

第六章　章回小说宗教书写的比较分析

一气。人生之初，与天地同。天以道化生万物，人以心肆应百端。先仙曰：'大道不离方寸地，功夫细密要行持。'此制药之法度也。心中无心，念中无念。注意规中，一气还祖。先仙曰：'息息绵绵无间断，行行坐坐转分明。'此入药之造化也。清净药材，密意为先。十二时中，火煎气炼。先仙曰：'金鼎常教汤用暖，玉炉不使火微寒。'此炼药之火候也。"

文中这种二女妖（已被冷于冰收为弟子）与冷于冰之间的往还问答有八次之多，充满了炼丹的专业术语，难以卒读，这在小说中是比较少见的，可见作者宣道心情之切。《西游记》则只在几个取经弟子出场时提到这种修道炼丹的内容，如第一九回猪八戒对孙悟空介绍自己：

自小生来心性拙，贪闲爱懒无休歇。不曾养性与修真，混沌迷心熬日月。忽然闲里遇真仙，就把寒温坐下说。劝我回心莫堕凡，伤生造下无边孽。有朝大限命终时，八难三途悔不喋。听言意转要修行，闻语心回求妙诀。有缘立地拜为师，指示天关并地阙。得传九转大还丹，工夫昼夜无时辍。上至顶门泥丸宫，下至脚板涌泉穴。周流肾水入华池，丹田补得温温热。婴儿姹女配阴阳，铅汞相投分日月。离龙坎虎用调和，灵龟吸尽金乌血。三花聚顶得归根，五气朝元通透彻。功圆行满却飞升，天仙对对来迎接。朗然足下彩云生，身轻体健朝金阙……

类似的文字内容在沙僧等出场时也出现过，虽然也有逸出情节发展的嫌疑，但因为是韵文，所以还是有游戏的味道，而且读者可以跳过不读，上下文不会显得不衔接，也就是没有太大地打扰读者的阅读兴趣，这比《绿野仙踪》硬生生将相关文字插入情节里要稍强一些。

二　典型人物形象：孙悟空与冷于冰、袁不邪形象之比较

明眼人可以觉察到，《绿野仙踪》中的冷于冰和其大弟子袁不邪似乎

227

是《西游记》里孙悟空形象的一分为二：冷于冰分担了孙悟空早期一心向道、寻求长生不老之术和后期执着地降妖伏魔的一面；袁不邪则是孙悟空以猴子成道的影像。我们不妨把《绿野仙踪》里的这两个角色分别和孙悟空进行比较，其意义在于，看看《绿野仙踪》在塑造自己的第一主人公冷于冰时的艺术成就上和孙悟空相差几何，而袁不邪这一由猴而仙的形象和孙悟空这一由猴而佛的形象在生动性上相比又如何。由此我们可以总结两书在塑造人物上的高低。

（一）孙悟空：猴性、人性、神性奇妙结合的艺术典型

《西游记》虽然是一部根据佛教题材发展而来的小说，其主人公孙悟空却不见得就是一个被用来图解佛教教义的人物。学界在考察孙悟空形象的发展时都注意到其前身《大唐三藏取经诗话》里的猴行者、杂剧《西游记》里的孙行者，但似乎没充分注意到《西游记》在塑造悟空形象时几乎是白手起家地将其猴性加以了十足的展开，这显示作者们对于艺术真实性的注意。

首先，孙悟空是一只猴儿，他的性格中自然有着猴性的一面。《大唐三藏取经诗话》里的猴行者还没有显示出任何猴的特性。杨景贤《西游记杂剧》里的孙行者也只自称自己"喜时攀藤揽葛，怒时搅海翻江"，"每日个逍遥在山曳脚，受用些春花夏果梨杏枣"。《西游记》里的孙悟空则具备了充分的猴的特征：从外部特征的尖嘴猴腮，毛脸雷公嘴，罗圈腿、拐子步，红屁股，长尾巴，火眼金睛；到猴子灵活好动、爬树攀枝、采花食果的天性。作者还时不时把这些特征组织到情节中去使之成为故事发展的有机组成部分：他管理蟠桃园，看见鲜美熟透的桃子，就一定要摘来吃；因偷吃蟠桃违反了天宫律条，就埋下了与玉帝、王母发生矛盾冲突的必然火种；后发现蟠桃宴上唯独没有邀请他这个齐天大圣，一向蔑视天宫的"妖猴"，当然不能容忍。因此，大闹蟠桃会、大闹天宫成为水到渠成的必然结果。作者还时不时拿孙猴子的红屁股做文章，最著名的当然是猪八戒揭穿他的虽经变化，红屁股还在的老底：

行者道："老孙变化，也只为你们，你怎么倒走了风息？这一洞

里妖精，都认不得，怎的偏你认得？"八戒道："你虽变了头脸，还不曾变得屁股。那屁股上两块红不是？我因此认得是你。"行者随往后面，演到厨中，锅底上摸了一把，将两臀擦黑，行至前边。八戒看见又笑道："那个猴子去那里混了这一会，弄做个黑屁股来了。"（第三四回）

孙悟空又有着猴精的狡黠聪明，古灵精怪。孙悟空的"精"在书中随处可见，如第六回写：二郎神与他大战花果山，三百余合不分胜负。后来，他变作麻雀儿、大鹚鸟、鱼儿、水蛇、花鸨与二郎神对战，最后变作一座土地庙，嘴巴为门、牙为门扇、舌作菩萨、眼作窗户。末了剩下条尾巴不好收拾，他灵机一动，将尾巴变作一根旗杆竖在庙宇后面……可以说，每次战斗，悟空都既表现了他的勇猛，更表现了他的灵活机智。至于他的古灵精怪、诙谐性格，更是比比皆是。可怜的八戒是他调侃的主要对象，捉弄八戒是他的拿手好戏。八戒好色，他就变作美女加以戏弄。第三二回在平顶山，孙悟空料定让八戒去巡山必然会"不知往那里去躲闪半会，捏一个谎来，哄我们也"，就变成了虫儿跟踪监视，并在他回来后严加盘问，揭穿其老底，着实出了八戒一回洋相。对唐僧他也时不时地调侃，比如戏说让唐僧与女儿国女王成亲等。连如来佛祖、观音菩萨也是他的调侃对象，与妖魔精怪交手更是他尽情耍弄、调侃的好时机。孙悟空的这种诙谐狡黠性格在全书中也是贯穿始终的。故而这个方面的孙悟空成为我国猴文化的集大成形象。

其次，孙悟空是一个人，虽为兽类却有人性。他的身上体现了古代英雄人物的美好品质和思想感情：他大公无私，正直好义，积极乐观，勇于反抗，为了实现自己的理想事业，勇敢奋斗。同时，他又不乏一些人的喜怒哀乐等社会心理状态和性格特征：他秉性骄傲，争强好胜，好出风头，急躁冲动，爱捉弄人，也爱搞恶作剧；还有着"一日为师，终身为父"，"男不与女斗"等封建思想。

悟空是高傲自大的，极其漠视神权。他对神权的漠视是与生俱来、始终如一的。他刚一降世就"目运两道金光，射冲斗府"，惊动冲犯了天公的最高统治者玉皇大帝。接着,孙猴子在山中称王,海外寻师学道;龙宫索宝,幽冥除名。之后又大闹天宫称"齐天大圣"。以后在取经途中也未改变他蔑视天宫一切礼法和神佛统治权威的性格。青咒怪捉住了唐僧,抢走金箍棒,孙悟空去天宫见玉帝,他傲慢地称玉帝为"老官儿",并指名要问他个"钳束不严"之罪;狮驼山上三个魔怪捉住唐僧,孙悟空到西天求救,他大胆讽刺如来说:"如来!我听见人讲说,那妖精与你有亲哩。"并说:"你还是妖精的外甥哩。"

悟空自始至终都追求自由。他出世后自称美猴王,在与世隔绝的水帘洞中逍遥自在地生活。后来为了自己掌握命运,不受冥司约束,曾下到地府强令冥司阎君修改生死簿。又"乱蟠桃"之后"闯丹房"被老君的金刚镯和二郎神的哮天犬拿住,放入八卦炉中炼了七七四十九天。一旦从炉中跳出来,他又是一场大闹,直打得"九曜星闭门闭户,四天王无影无踪"。最后,玉帝将如来佛请来,才算把这"猴头"捉住。他被镇压了五百年,一出来就又马上抛出金箍棒兴奋地说:"这宝贝,五百年不曾用着他,今日拿出来挣件衣服儿穿穿。"紧箍咒是束缚他的法宝,一路上他都与之斗争。刚戴上时就想挣脱其束缚,后又指责菩萨:"你怎么生法儿害我?"并以不再护唐僧西天取经相胁。直到菩萨许他叫天天应,叫地地灵,又送他三根救命毫毛,才答应继续做护法弟子。小说在行将结束时来了一个点睛之笔:

  诸佛赞扬如来的大法,孙行者却又对唐僧道:"师傅,此时我已成佛,与你一般,莫成还戴金箍儿,你还念甚么紧箍咒儿揞勒我?趁早儿念个松箍儿咒,脱下来,打得粉碎。切莫叫那甚么菩萨再去捉弄他人。"(第一〇〇回)

已经成佛的孙悟空并没有消释心头的积怨,对限制过他的紧箍儿仍耿耿于怀。他最终关心的并不是什么"大法",而是他始终追求的自由。

悟空还有一种逞强好胜的心理,如与金池长老斗富,为了争一时的心里痛快和不丢份儿,就自找麻烦,结果失了袈裟。他还有一种过于自恃的心理。过分依赖、相信自己的能力，最后终因对事情的估计不足而砸锅。孙悟空仗着自己的本事，一次又一次地对唐僧说："都在老孙身上！""尽是老孙包管。"可是结果他"包管"不了，最后还是请来菩萨才把事情管完了。在取经途中，他从来不肯干那些脏活、累活，凡是碰到这类事，他总是想法子"照顾"八戒，如在乌鸡国下井捞死国王等。

孙悟空作为人的形象传达的是一种诙谐、幽默和乐观主义的精神。

最后，孙悟空是天生地养，得天地之灵气造化的灵猴，后又跟从菩提老祖学道，所以他被赋予了与生俱来的神性。他有着非凡的能力和通天的本领：有一双火眼金睛，能七十二变，一个筋斗云就是十万八千里，可谓是金箍棒在手打遍天下无敌手。去西天的道路有十万八千里，历时十四年。一路上，唐僧师徒经过了不少国家，遇到了无数妖魔鬼怪。孙悟空一路上奋起千钧大棒，斩妖除怪，除暴安良，以其超凡本领和种种神通，终于通过了九九八十一难，保护唐僧到达西方的极乐世界，完成了取经使命。

总之，孙悟空就是这样一个具有多方面性格特点的人物形象，他具有多重性格和气质：首先，他是一只猴儿，自然就要有兽性的一面，他活泼可爱，上蹿下跳，聒噪机敏，将猴子的特征发挥得淋漓尽致；其次，他有人性，他爱憎分明，喜形于色，性格毛躁，骄傲自大，好胜心强，拥有了常人的喜怒哀乐；最后，因得天地之灵气幻化的悟空还具有神性的一面，有着非凡的能力和巨大的神通，能战胜各路妖魔鬼怪，保护唐僧西天取经。

虽然这一人物形象体现的是人、神、猴三性的完美结合，但其中最突出的特点还是他身上从前期大闹天宫到后期降妖除魔无不彰显着的对自我个体价值的肯定，这与佛教或道教的教义毫不相干，而是明代中期以来心学——人文主义思想的表现，因而深具文化新质，无论从思想性还是艺术性上都可以说是代表了中国古典神魔小说人物形象描绘的最高水平。

（二）冷于冰与袁不邪

《绿野仙踪》的主人公冷于冰虽才高八斗，但为奸相严嵩迫害而名落孙山，他看破红尘出家求道，抛弃万贯家财和娇妻幼子，于深山冷谷访道求师，后经火龙真人传授法术，冷于冰开始了赈济黎民、荡妖诛寇、锄灭汉奸、度脱凡人的修道历程，最终修成其道，白日飞升，表达了"天下之大冷人，即天下之大热人也"的主题。在小说《绿野仙踪》中，冷于冰完成了收服厉鬼、施展法术、救世济人、惩治贪官、平定叛乱的整个过程，广积阴功，引度强盗、商人、浪子、猿狐位列仙班，并辅佐官兵征讨叛逆，既充满道家色彩，又杂糅儒家信条。他身上对于妖邪毫不留情、赶尽杀绝的特点与孙悟空是一致的，不过显然，其艺术风骨缺少了灵动的精神而有一股教条化的色彩。其中特别值得提出的是，孙悟空在取经路上的降妖除魔是他的一种"爱好"而已，他没有指望因此成佛成圣，最后却不期然而然地成为"斗战胜佛"；而冷于冰则被赋予执着的飞升成仙的追求，目的性太强，被安排的痕迹很明显。

至于其徒弟袁不邪——经由师傅冷于冰教导并带领修炼而成仙的人物则更是一个具有教化意味的猿猴修仙的典型。

在古代小说戏曲中，猿猴的形象颇多，例如唐传奇《补江总白猿传》，话本《陈巡检梅岭失妻》，元杂剧《猿听经》《锁魔镜》，等等，《西游记》塑造的孙悟空形象可能对以上作品中的猴精形象有所借鉴，在宗教意义上说，则显示了佛教对出身道教的猴精的成功改造。而《绿野仙踪》里的袁不邪明显显示的是道教对猴精的成功驯服与度化，在这个意义上说，作者有可能有将其与《西游记》里的孙悟空争衡的意味。不过从艺术成就上看，二者可能相去甚远。以下我们将就袁不邪与孙悟空形象的艺术价值作一些比较。

在道教看来猴性好淫，异类中最为难以度脱的就是猴属。正所谓：如猿为物，心最难定。小说第一〇〇回中火龙真人曾言：

> 缘此辈原是邪种，少通变化，他便要播弄风云，作祟人世，千百中，无一安分者。再经仙传，其胆大妄为，较人中之最不安分者还更甚数倍。……大凡异类之中，惟猴性一刻无定，求安坐五六句话功夫亦不能。

袁不邪原本是一只猿猴，因"淫污谢姓之女"，被冷于冰收服。紫阳真人许之做冷于冰门徒，并命其看守《宝箓天章》。冷于冰得到《宝箓天章》后，遂收之为徒，最初起名为"猿不邪"，"亦以谢女事为鉴戒意"（第一二回）。冷于冰在玉屋洞修炼时，命他看守洞门，采摘鲜果奉送；冷于冰周游天下，为善"绿野"的过程中，猿不邪随时听候调遣。冷于冰授之养神御气口诀，他不懈操练，法术精进。冷于冰炼丹所用七炉丹药皆是他从四海五岳、八极九州采得。猿不邪在修炼过程中，谨遵冷于冰教诲，正心诚意；在炼丹过程中，不畏诱惑，心无旁骛，其心性远在连城璧诸人之上，后成仙为"灵一真人"，正式更名为袁不邪。袁不邪由猿猴修炼，皮毛脱尽，得为人身，同时"猿心"修得"道心"，终成正果，这是道教宣扬凡血气之属皆有可能成仙的最好例证。

"袁不邪"谐音"原不邪"，其名自是取自"思无邪"之意，从其名亦可见作者的劝化意味。他是冷于冰的首席大弟子，入门最早。虽为异类，却处处做得比同门修道的师弟师妹要好，处处彰显着身为大师兄的风范。自从被冷于冰度化以后，他便被赋予了诚心守正、一心向道的品质，突破了以往道教小说中淫邪奸佞的猿猴的角色特点。证明了冷于冰所说"仙道原不限人，均系人有限耳"（第九三回）的成仙之道。

小说里的袁不邪有着超人的品质与素养，人兽之分几乎没有显现。特别是他一心向道，心无杂念，不为外物所累的性格特点被作者刻画得尤为突出。在第九三回烧丹炉一节中有这样三段描写：

> 看那丹炉，并无半点火星在内，大家狐疑道："这扇子要他何用？"锦屏和不邪最近，低声问道："大师兄，我们就煽罢。"不邪道："少刻师尊发火，火起时再煽。"话未毕，只见冷于冰用右手向地下一指，就地下响一个霹雳，将连城璧等吓的惊心动魄，骊珠洞姊妹更是害怕。惟袁不邪神色自如。迅雷过处，各炉内烟火齐发。
>
> 众人看了半晌，起先见那山水楼台、花木等物还在镜中，此刻连镜子也没了，都一一摆列在目前。再细看冷于冰，竟不知归于何地。温如玉忍不住高叫道："袁大师兄，你可看见么？"叫了四五声，

袁不邪挥扇如故,和没听见的一般。

锦屏道:"此即我等道中之魔,躲他尚恐不及,怎么还要寻了去?"翠黛笑道:"姐姐好腐板,只管同我去来,包有好处。"锦屏道:"你听我说,可静守丹炉,莫负师尊所托。"翠黛道:"你决意不去?"锦屏不答。翠黛又叫道:"大师兄、二师兄,去不去?你们若不去,我就有偏了。"连城璧问不邪道:"大师兄肯同去么?"不邪两只眼睛半睁半闭,一言不发。

第一段描写中"一个霹雳"将别人吓得"惊心动魄",唯他"神色自如";第二段对幻境中物,他不仅不看,别人再三喊他去看,也"和没听见的一般";第三段连城璧邀他同去寻那奇观,他"两只眼睛半睁半闭,一言不发"。同样,第九八回金不换背后评论翠黛幻境经历之言,惹怒了连城璧,而袁不邪又是"和没听见一般","比极有涵养的人还沉潜几分"。

可见,无论是惊天霹雳,外物诱惑,还是人情世故均不能分散、动摇、阻止袁不邪炼丹之事、向道之心,所以身为兽类,他入道却要比他人迅速,从而能较早得道,位列仙班,功成名就。然而小说中的袁不邪虽然做到了师尊所教诲的"正心诚意,不为外务摇惑",至第九〇回就被作者由"猿不邪"改写为"袁不邪",脱却兽体,得为人身,但是他的形象让人感受到的却是那么的不近人情和冰冷苍白。他的形象从兽到人的变化是一蹴而就的,中间几乎没有多少铺垫和过渡的描写,缺乏一种渐进演变过程的真实可感。作者笔下被仙化了的猿猴精猿不邪,实在是少了一种能够让人可爱、可亲、可近、可感的真实之感和灵动之妙,终究缘于这个人物身上让人看不到猴属的灵动洒脱,感受不到人性的温情,他身上被赋予的只是一副被神性化了的仙风道骨。

总之,《绿野仙踪》里的袁不邪与孙悟空一样虽同属猴类,但其天然的猴性却过早地被作者说教劝化的宣教意味所扼杀,从而使其形象被塑造得太过理想化,缺少人文思想意蕴,也缺乏了一种人性的真实之感,类似鲁迅先生指出《三国演义》写人"亦颇有失,以致欲显刘备之长厚而似伪,状诸葛之多智而近妖"①。因此,美猴王之美就在于他的玩世精神体现出来的狂傲不羁、天然随性,这样的精神和美学特征和道家一脉相通,有着其独特而无穷的精神意蕴。这是《绿野仙踪》中袁不邪之类带有宣教意味的人物形象所难以企及的。

以上我们就《西游记》与《绿野仙踪》在色欲考验描写与典型人物形象塑造两方面的文学性进行比较,其结论是《绿野仙踪》比不上前者,原因显然是《绿野仙踪》的宣扬道教修炼的意图过于热切,影响到了小说的文学性描写。神魔小说毕竟是文学创作,过于照顾宗教意蕴的表达,当然会影响到小说艺术水准的高低。这是我们这一比较所得出的有意义的结论。

---

① 鲁迅:《中国小说史略》,《鲁迅全集》第九卷,第129页。

附录一　从泰山府君到阎罗王:关于死后世界的小说文本考察

关于死后的世界的描述,对明清小说略有了解的人都知道那里叫地狱、处于地底下,掌管者是阎罗王,那里还有一位地藏王菩萨云云,不过如果对唐传奇或《太平广记》中涉及死后世界的小说有所接触的人又会发现,其中经常出现一位泰山(常写作"太山")府君,是他在掌管死后的世界。而既然是泰山府君掌管,则不免令人想到这个死后世界不是在地下,而是在山上。那么,泰山府君与阎罗王是什么关系,如果是阎罗王取代了泰山府君掌管死后世界,那么这个代替的过程是怎样发生的?这是好奇的人不免要发问的。

如果从文化史研究的角度而言,这里涉及的问题本来已经基本得以厘清。如刘影的《泰山府君与阎罗王更替考》[1]、范文美的《泰山"治鬼"说与佛教地狱》[2],其基本的观点是:东汉末年泰山主死之说开始流行世间,两晋南北朝占据统治地位的冥神——泰山府君在唐宋之际逐渐被佛教的地狱之主阎罗王取代,以至近世湮没无闻;佛教的地狱观念使中国本土观念中作为死后世界的泰山和地狱之间便有了千丝万缕的关系,佛教在传入之初借助泰山来宣传地狱观念,泰山神也被借入佛教体系中,甚至在中国佛教已经成熟阶段,泰山被引入中国的地狱十王体系中成为泰山王。这些观点都是可信的。如果从文学与宗教的关系角度来研究这个问题,则也有很优秀的成果,例如孙昌武先生的《佛教地狱观念的文

---

[1] 刘影:《泰山府君与阎罗王更替考》,《华东师范大学学报》1999年第3期。
[2] 范文美:《泰山"治鬼"说与佛教地狱》,《东南大学学报》2010年增刊。

学呈现》①、延焰姈的《佛经与〈太平广记〉地狱故事叙述之关系》②。不过阎罗王取代了泰山府君掌管死后世界的过程在小说中的表现如何？或者说佛教地狱思想取代本土地府思想有哪些具体的文本呈现？这个需要通过细读文本来发现，本文即意在厘清这个问题的几个阶段。

一 本土思想中泰山府君完全掌管死后世界的文本

《列异传》是三国时期曹丕写的一部志怪小说集，属于本土思想中泰山府君掌管死后世界的文本，其中《蔡支妻》云：

> 临淄蔡支者，为县吏。会奉书谒太守，忽迷路，至岱宗山下。见如城郭，遂入致书。见一官，仪卫甚严，具如太守。乃盛设酒肴毕，付一书，谓曰："掾为我致此书与外孙也。"吏答曰："明府外孙为谁？"答曰："吾太山神也，外孙天帝也。"吏方惊，乃知所至非人间耳。掾出门，乘马所之。有顷，忽达天帝座太微宫殿，左右侍臣具如天子。支致书讫，帝命坐，赐酒食，仍劳问之曰："掾家属几人？"对："父母妻皆已物故，尚未再娶。"帝曰："君妻卒经几年矣？"吏曰："三年。"帝曰："君欲见之否？"支曰："恩唯天帝！"帝即命户曹尚书敕司命，辍蔡支妇籍于生录中，遂命与支相随而去，乃苏。归家，因发妻冢，视其形骸，果有生验。须臾起坐语，遂如旧。③

其中居然说天帝为泰山神（即泰山府君）的外孙，这也是与后来阎罗王是玉皇大帝的部下不一样的；此外，最主要的一点，人死之后，天帝可以让他死而复生，与阎罗王铁面无私地掌管一切死后世界也有差异。

《列异传·蒋济》中蒋济梦见死去的儿子说："我生时为卿相子孙，

---

① 孙昌武：《佛教地狱观念的文学呈现》，《中国文化》2012 年第 2 期。
② 延焰姈：《佛经与〈太平广记〉地狱故事叙述之关系》，《中国文化论坛》2016 年第 11 期。
③ （宋）李昉等编，汪绍楹点校：《太平广记》，第 2984—2985 页。

今在地下为泰山伍伯……今太庙西讴士孙阿,今见召为泰山令。"① 这里泰山令大约就是泰山府君,由世间人被召去任命。如果与出自同一书中的上文《蔡支妻》联系起来看,由于《蔡支妻》中天帝是泰山府君的外孙,这里的泰山令又由世俗人被召而任命,可见此时的泰山府君由什么人担任还是没有固定,因为很显然,太庙西讴士孙阿不可能是天帝的外祖父。

《列异传·蒋济》涉及死后世界的更关键点是,死后世界中官吏地位任免是可以通过求情来办到的,一样也是中国人际关系渗透官场的写照,也还没有一切由阎罗王掌管的那种铁面无私的氛围。

东晋干宝的《搜神记》是魏晋志怪小说的杰出代表,其中涉及泰山府君的故事也是本土思想中泰山府君完全掌管死后世界的文本,有几篇有名的故事在此可以拿来分析。如《胡母班》②,描写胡母班为泰山府君所托,送信给其女婿河伯,受到河伯殷勤款待后回到人间。其后再经过泰山时,求见泰山府君,如厕时遇见自己死去的父亲被罚打扫厕所,于是向府君求情,使父亲免于此役而做了家乡的土地神。没想到之后胡母班的儿子纷纷死亡,原来是为祖父所召而死。府君撤换了土地神之后,胡母班再生的儿子就没事了。

这篇小说里对死后世界的描述除了提供由泰山府君掌管、死生异路不可轻易靠近的信息之外,还写到人可以由于土地神的召见而死去,这与后来人死是由黑白无常或者鬼差、鬼役捉拿不一样的地方,表明这个时期的死后世界还有人情味,人鬼可以沟通,而不是阴阳完全两隔、毫无人情的。

总结以上魏晋时期关于死后世界的小说文本,可以得出的结论是此时泰山府君管辖的死后世界还有很明显的本土气息,即差不多完全是活人世界人情观念的投射。"这些故事里没有地狱设想,只是区分人与鬼的幽、明二界,并认为鬼魂能作用于人世,或致福,或降灾,二界能够相

---

① (宋)李昉等编,汪绍楹点校:《太平广记》,第2177页。
② (晋)干宝撰,汪绍楹校注:《搜神记》,中华书局1979年版,第44—45页。

交通。"① 孙昌武先生的这个论断笔者是认同的。

二 佛教思想渗入泰山府君故事留下痕迹

《幽明录》为南朝宋宗室刘义庆及门客所撰,这个时候佛教思想已经渗入泰山府君故事中。其中关于巫师舒礼的一则非常能够说明这一点:

> 巴丘县有巫师舒礼,晋永昌元年病死,土地神将送诣太山。俗人谓巫师为道人,路过冥司福舍前,土地神问吏:"此是何等舍?"吏曰:"道人舍。"土地神曰:"是人亦道人。"便以相付。礼入门,见数千间瓦屋,皆悬竹帘,自然床榻,男女异处,有诵经者,呗偈者,自然饮食者,快乐不可言。礼文书名已到太山门,而身不至。推问土地神,神云:"道见数千间瓦屋,即问吏,言是道人,即以付之。"于是遣神更录取。礼观未遍,见有一人,八手四眼,提金杵,逐欲撞之。便怖走还出门,神已在门迎,捉送太山。太山府君问礼:"卿在世间,皆何所为?"礼曰:"事三万六千神,为人解除祠祀,或杀牛犊猪羊鸡鸭。"府君曰:"汝佞神杀生,其罪应上热熬。"使吏牵着熬所。见一物,牛头人身,捉铁叉,叉礼著投铁床上,宛转身体焦烂,求死不得。经一宿二日,备极冤楚。府君问主者:"礼寿命应尽?为顿夺其命?"校禄籍,余算八年。府君曰:"录来。"牛首人复以铁叉叉着熬边。府君曰:"今遣卿归,终毕余算。勿复杀生淫祀。"礼忽还活,遂不复作巫师。②

舒礼本为巫师,死后要被送往太山,经过冥司福舍时由于知道此处是收留道人之所,就将舒礼留下来,进入一个"自然饮食者,快乐不可言"的地方,也就是说死后得到福报的地方。作者刻意强调舒礼是"道人"才得到这个待遇,但是情节很快逆转,他又被送到泰山进行审问,由于生前杀生祭神而受到恶报。所以作者这里是在强调此"道人"之道乃佛

---

① 孙昌武:《佛教地狱观念的文学呈现》,《中国文化》2012 年第 2 期。
② 见《汉魏六朝笔记小说大观》,第 706 页。

教之道，其原则是杀生有报应，而土地神居然不知，好像是其观念还没有转变，其实是作者创作留下的漏洞——安有地祇神灵不能领会其生活世界的原则的？所以这个文本是活生生的"化石"一样的文本，反映了佛教观念向泰山府君故事的渗透，至于说其结局中府君告诫他以后"勿复杀生淫祀"，其复活后再不做巫师，还有文中描写所谓冥司福舍中"男女异处，有诵经者，呗偈者"，更是佛教思想的体现。

《幽明录》中《赵泰》写赵泰被泰山府君派人捉入地府，看到府君按照各人"生时所行事，有何罪故，行何功德，作何善行"来判决人死后的去处，赵泰因为没有作恶而被任命为水官监作吏，后转水官都督，总管地狱事务，因此见到地狱里受罚的各种苦状，还写到如下场景：

> 泰见父母及一弟在此狱中涕泣。见二人赍文书来，敕狱吏，言"有三人，其家事佛，为有寺中悬幡盖，烧香，转《法华经》，咒愿救解生时罪过，出就福舍。"已见自然衣服，往诣一门，云"开光大舍"。有三重门，皆白壁赤柱。此三人即入门，见大殿珍宝耀日，堂前有二狮子并伏，负一金玉床，云名"狮子之座"。见一大人，身可长丈余，姿颜金色，项有白光，坐此床上。沙门立侍甚众，四座名"真人菩萨"。见泰山府君来作礼，泰问吏："何人？"吏曰："此名佛，天上天下，度人之师。"便闻佛言："今欲度此恶道中及诸地狱中人，皆令出。"应时云有万九千人，一时得出地狱。[①]

这里写到赵泰因为信佛而救了死去的家人，以及见到佛祖亲临地狱度脱恶道中人，宣扬佛法的思想是很明显的。但是佛祖到地狱中来度脱众生，泰山府君居然不认识佛，与上一则一样有一个漏洞，因为这个泰山府君已经按照佛法在行事，居然不认识佛，而还要他手下的小吏告之，这是后代关于地狱的描写中不可能有的，表明佛教地狱思想还在渗透的起始阶段。

---

① （宋）李昉等编，汪绍楹点校：《太平广记》，第739页。

三　阎罗王基本取代泰山府君

《法苑珠林》为唐代道世法师据各种经典编纂而成，书中有《孙稚》描写晋代孙稚的父母见到死后的孙稚，说其外祖父为泰山府君，并告诫家人"愿父兄勤为功德，作福食时，务使鲜洁。——如法者受上福。次者次福。若不能然，徒费设耳。当使平等，心无彼我，其福乃多"[①]，其中佛教思想也很明显，如劝人勤为功德、心念平等无彼我分别等。

同为唐代的唐临所撰《冥报记》中卷所记《睦仁蒨》条中，睦仁蒨得到被鬼界任命为临湖国长史的成景的赏识而结交为朋友，睦仁蒨从成景那里了解到："鬼所用物，皆与人异。唯黄金及绢，为得通用。然亦不如假者。以黄金涂大锡作金，以纸为绢帛，最为贵上。"这里令我们有趣地了解到烧纸钱和锡纸做的元宝给死去的人的民俗的起源。两人有关佛法及六道轮回的如下问答：

因问景云："佛法说有三世因果，此为虚实？"答曰："皆实。"仁蒨曰："即如是，人死当分入六道，那得尽为鬼？而赵武灵王及君，今尚为鬼耶？"景曰："君县内几户？"仁蒨曰："万余户。"又曰："狱囚几人？"仁蒨曰："常二十人已下。"又曰："万户之内，有五品官几人？"仁蒨曰："无。"又曰："九品以上官几人？"仁蒨曰："数十人。"景曰："六道之义分，一如此耳。其得天道，万无一人，如君县内无一五品官；得人道者，万有数人，如君县内九品数十人；入地狱者，万亦数十，如君狱内囚；唯鬼及畜生，最为多也……"……仁蒨问曰："道家章醮，为有益否？"景曰："道者彼天帝总统六道，是为天曹。阎罗王者，如人间天子。泰山府君，如尚书令录。五道神如诸尚书。若我辈国，如大州郡。每人间事，道士上章请福，如求神之恩。大曹受之。下阎罗王云：'以某月日，得某申诉云。宜尽理，忽令枉滥。'阎罗敬受而奉行之，如人奉诏也。无

[①] （宋）李昉等编，汪绍楹点校：《太平广记》，第2534—2535页。

理不可求免，有枉必当得申，何为无益也？"仁蒨又问："佛家修福何如？"景曰："佛是大圣，无文书行下。其修福者，天神敬奉，多得宽宥。若福厚者，虽有恶道，文簿不得追摄。此非吾所识，亦莫知其所以然。"①

这段记载比较值得注意的就是可以看到"泰山"仍被视为魂魄总归之处，但阎罗王如人间的天子，泰山府君已经成了天子手下的尚书令了，其地位明显下降，不再是地狱的唯一主宰，而是位于阎罗王的统治之下。至此，随着佛教的传入和渗透，泰山府君已完全让位于阎罗王这位佛教自身的地狱主宰。此文中佛教思想已经完全渗透死后世界的描写中，还有，佛家与道教两家的相处已经与《西游记》一样相安无事、互相支持了。

据研究，在阎罗王信仰中国化的过程中，唐初沙门藏川所撰《佛说地藏菩萨发心因缘十王经》《佛说阎罗王受记令四众逆修生七斋功德往生净土经》等经典，对于进一步提高阎罗王的地位起到了非常关键的作用。在这两部敦煌遗经之中，最早将阎罗王一分为十：秦广王、初江王、宋帝王、五官王、阎罗王、变成王、太山王、平等王、都市王以及五道转轮王，这地狱十王分别司掌十殿地狱②。"太山王"就是泰山府君，这样，藏川的"十殿阎罗"说将泰山王与阎罗王并列入十殿阎罗中，佛教地狱观念和中国本土的思想和信仰融为一体，使阎罗信仰中国化的程度进一步加深了。唐大善无畏内场秘译《阿吒薄俱元帅大将上佛陀罗尼经修行法仪轨》卷中："一切诸鬼神等上方下方东方南方西方北方思维住者，我今留汝等集会，随我所使领金刚密迹，护塔善神……二十八部一切神王、参辰日月诸天善神、南斗注生北斗注死、天曹地府、太山府君、五道大神、阎罗大王、善恶童子、司命司录、六道鬼神、山神王、海神王、风神王、树神王、水神王、金神王。今皆明听，汝等受我香花饮食供养，拥护弟子某甲及诸眷属，使作法求愿如意成吉。欲入道场烧安息香三称

---

① （宋）李昉等编，汪绍楹点校：《太平广记》，第2364—2367页。
② 参见杜斗城《敦煌本佛说十王经校录研究》，甘肃教育出版社1989年版，第239页。

神名,即闭目存思如执杖入坛竟……"① 泰山府君一样被引入进佛教的体系中。由于佛教借用"泰山治鬼"传说和借用泰山名义来宣传他的佛教思想,使佛教的地狱思想和中国固有的泰山治鬼说两者产生了交接,佛教的地狱观念中有了泰山的影子,而东岳泰山信仰中也加入了佛教的地狱观念,佛教起初借用东岳泰山虽是为了宣扬自身的地狱思想,但也无形中宣扬了"泰山治鬼"即泰山自己的"地狱"观念。两者之间存在着一种互帮互助的关系。不过将泰山府君与阎罗王并列到十殿阎罗之中的说法在唐传奇中的文本目前还没有发现,可能是笔者阅读有限所致。

总结一下,此时期关于死后世界的描写已经将泰山府君与佛教地狱观念完全结合,表达佛教因果报应观念已经很清楚了。这种描写中大多数都有地狱巡游的环节,摹写地狱恶报的种种惨状,因为一般研究者都已注意到,在此就不必举例了。

最后补充交代一下,《西游记》第三回孙悟空闹地府时,有如下一段:

> 猴王道:"我本是花果山水帘洞天生圣人孙悟空。你等是甚么官位?"十王躬身道:"我等是阴间天子十代冥王。"悟空道:"快报名来,免打!"十王道:"我等是秦广王、初江王、宋帝王、仵官王、阎罗王、平等王、泰山王、都市王、卞城王、转轮王。"

此处表明作者完全继承了将泰山府君与阎罗王并列到十殿阎罗之中的说法,不过不仔细看,谁都不会注意到还有个泰山王的存在了。

---

① 《大正藏》密教部(下),台北:新文丰出版公司1983年影印版,第195页。

附录二 继承、变化、创新与超越:《聊斋志异》与唐传奇的比较

《聊斋志异》相对唐传奇而言,有很多相似而又变化和超越的地方,这表现在语言、人物名称等细微的方面,更表现在更宏观的地方:或者继承其题材或主题,或者对情节进行变化与组合构成富于新意的篇章,或者加强人文因素与道德鉴戒而构成超越。这样的比较还有多方面的意义,可为其他相关问题提供解答的参考。

读《聊斋志异》,回想唐传奇,每每有似曾相识的感觉。对作为同一话语系统的这两个子项目,我们不妨打这样一个比喻:如果说唐传奇是文言小说的青藏高原的话,那么《聊斋志异》就是文言小说的珠穆朗玛峰,后者是在前者基础上超越而出的,反之,没有前者就没有后者。假如仔细将似曾相识的地方作一比较,将揭示出诸如小说创新技巧、小说的道德鉴戒方式等许许多多深具内涵的东西。前人对此多有研究,本文试图从比较细致的文本的比勘出发加以探讨。

一 语言、人物名称及形象、细节等细部的比较

《聊斋志异》与唐传奇的女性描写很相似,大都非常简洁,不作过多铺叙,但也可看出一些区别,从比较中我们能见出《聊斋志异》的特色与进步。

唐传奇中的女性出场描写,以《玄怪录》《续玄怪录》稍觉简单,例如:"年可十八,容色绝代,异香满路"(《玄怪录·华山客》)[①],"仪态

[①] 本文中唐传奇引文均出自《唐五代笔汇小说大观》,上海古籍出版社2000年版,不再一一说明。

附录二 继承、变化、创新与超越：《聊斋志异》与唐传奇的比较

风貌，绰约异常，但耳稍黑"(《玄怪录·尹纵之》)，"年可十八，容色绝代，辩惠过人"(《续玄怪录·苏州客》)，而《传奇》则比较长于铺叙，如《裴航》中写云翘夫人："玉莹光寒，花明丽景，云低鬟鬓，月淡修眉，举止烟霞外人，肯与尘俗为偶。"写云英："露裛琼英，春融雪彩，脸欺腻玉，鬓若浓云，娇而掩面蔽身，虽红兰之隐幽谷，不足比其芳丽也。"《封陟》中写上元夫人："玉佩敲磬，罗裙曳云，体欺皓雪之容光，脸夺芙蕖之艳冶。"《郑德琳》中写临舟女："美而艳，琼英腻云，莲蕊莹波，露濯蘙姿，月鲜珠彩。"这些描写明显有赋体文学的铺叙色彩，仔细一看，还有程式化的特点，似乎缺乏个性。比较之下，觉得《聊斋志异》是恰到好处的，例如："嫣然展笑，真仙品也"(《小翠》)，"娇波流慧，细柳生姿"(《娇娜》)，"容华绝代，笑容可掬"(《婴宁》)，"弱态生娇，秋波流慧，人间无其丽也"(《青凤》)，"肤映流霞，足翘细笋，白昼端详，娇艳尤绝"(《聂小倩》)，"鼙袖垂髫，风流秀曼，行步之间，若还若往"(《莲香》)①。这些描写一方面不拖沓，够简洁；另一方面，往往结合人物的姿态、动作、表情来写出该女性的特质，有在简单的描写中追魂摄魄的功效，给人留下深刻印象。

《聊斋志异》创造或利用了很多为一般人所未闻少闻的新异的神鬼名称，如《乐仲》中琼华为散花天女，《席方平》中的上帝殿下九王，《嫦娥》中的广寒十一姑，《狐梦》中狐女为西王母征为花鸟使，《瞳人语》中的芙蓉城七郎子新妇。唐传奇中有《玄怪录·崔书生》中西王母第三个女儿玉卮娘子，《柳归舜》中的桂家三十娘子，《传奇·裴航》中的云翘夫人、云英，《封陟》中的上元夫人，等等。可以看出，唐传奇中还以利用道教和民间传说中的鬼神名称为主，《聊斋志异》则有更多的创新，对于旧有鬼神采取淡化色彩，盖因为旧有鬼神名称已经为人所熟悉，失去了新鲜感。

《聊斋志异》中不仅有大胆追求爱情的女性，也有女子无意于婚恋的欢爱，如《青娥》中同名女主人公，又如《香玉》中的绛雪；唐传奇中

---

① 本文中《聊斋志异》引文均出自张友鹤辑校《聊斋志异（会校会注会评本）》，上海古籍出版社1962年版，不再一一说明。

也颇不乏这样的女性,如《玄怪录·华山客》中的狐精说:"枕席之娱,笑言之会,不置心中有年矣。"二者的男性形象也往往相同,《玄怪录·袁夸郎》中一少年"言辞温雅,风流爽迈",《聊斋志异》的少年不是"风采甚都"(《娇娜》)就是倜傥(《青凤》)。但也都有慷慨豪爽、乐于助人的男主人公,例如后文详论的宁采臣(《聂小倩》)与柳毅(《柳毅传》),或者执着追求爱情的如耿去病(《青凤》)与裴航《传奇·裴航》。

《聊斋志异》与唐传奇相比,除了女性描写方面的相似,还有故事的细节描写也有相似之处。《席方平》中席方平被锯为两半后,小鬼用一个红丝带把他围上,伤口复合;《玄怪录·崔环》中崔环被人矿院军将误用大锤捶为肉泥,为濮阳霞救回原形。原来阴间身体受到伤害时还是有办法拯救的。有些地方作者的议论表现的观念也是相同的。如《玄怪录·吴全素》:"命当有成,弃之不可;时苟未会,躁亦何为。"《前定录·袁孝义》:"事以前定,非智力所及也。今之躁求者,适足徒劳耳。"《聊斋志异·石清虚》:"彼急于自见,其出也早,则魔劫未除。"这些地方令人一眼看出是出于同一文化系统。

二 题材或者主题的延续和继承

更重要的是,相对于唐传奇,《聊斋志异》在题材或主题上多有延续和继承的方面。

朱一玄先生编辑《〈聊斋志异〉资料汇编》的本事编部分揭示了不少《聊斋志异》篇章的情节来源于唐传奇,例如《莲花公主》与《南柯太守传》,《向杲》与《张逢》,利用这些资料可以对相关问题有深入研究。除此之外,笔者也发现了两者之间一些新的整体或部分的思路相似的篇目,陈述如下。

《博异志·敬元颖》写敬元颖为毒龙控制,在一井中变化形象诱人掉下去为龙所食,而陈仲躬不受诱惑,后来救出元颖;《聊斋志异·聂小倩》写小倩为夜叉控制害人,宁采臣不受诱惑,后救出小倩。《玄怪录·华山客》与《聊斋志异·青凤》里都有狐狸预知祸事,求男主人公救援而都如愿。《玄怪录·党氏女》与《聊斋志异·四十千》一样写前世欠人

附录二 继承、变化、创新与超越：《聊斋志异》与唐传奇的比较

钱财者得债主投胎转世为后代来销损其钱财，财尽而其人去。《玄怪录·齐饶州》中丈夫为妻子乞命而须接受受辱，《聊斋志异·画皮》中妻子替丈夫乞命而受辱，经过考验二者都如愿。《续玄怪录·木工蔡荣》写蔡荣每食必祭土地，后在急难之际得到受祭的冥府武吏的救援；《聊斋志异·王六郎》写许姓渔人每饮必酹河中溺鬼，与一溺鬼王六郎成为好朋友并在王成为地祇后得到其帮助。不一而足。

《聊斋志异》中的《阿宝》与唐传奇之《离魂记》似乎缺乏相似性，但细看后会发现它们都采取了"离魂"的情节，只不过《阿宝》变《离魂记》中女子的离魂为痴情男子孙子楚离魂而已。朱一玄先生也发现了这一点，因此把《离魂记》收在《阿宝》的本事编里。但后者的创新性更显著，本文后面将详细分析这一点。

《聊斋志异》与唐传奇有主题上的延续性和共同性，明显显示出中国古代人的道德观念的承继，我们可以举两例进行详细分析。

《聂小倩》与《柳毅传》都是写慷慨之士感动女子下嫁。《聂小倩》描写宁采臣寄身古庙读书，夜有女子投怀送抱，采臣严词拒绝，女子临走丢下一块金子，被宁采臣扔了出去，谓："非义之物，污我囊橐"，遂感动这一女子——原是受妖物威胁的女鬼聂小倩——告以实情：夜晚妖物将要降临。在隔壁的侠士燕南生的宝剑的庇护下，宁采臣躲过一劫，并依小倩之托将其坟墓迁到安全的地方，使她摆脱了妖怪的控制。宁采臣回家，小倩之魂随之而走，在宁采臣妻子死后二人结为夫妻。

仔细考察这一篇的构思，可发现与唐传奇中的《柳毅传》很相似。虽然《柳毅传》中的女子贵为龙女，龙宫生活环境气象万千，而《聂小倩》的故事发生在荒郊古庙和书生贫寒之家，但两者的命意基本一样。《柳毅传》写柳毅为龙女传书信，龙女因之得救，后几经婉转，二人终成眷属。二者内在的理路，都是书生的慷慨仗义感动女子下嫁。柳毅听了龙女的泣诉和请求后说："闻子之说，气血俱动，恨无毛羽，不能奋飞。是何可否之谓乎？"足见他的爱心义胆，他将自身科举受挫的失意全然置之度外，激于义愤，急人之急，慨然允诺，传书洞庭。而后在龙女的舅舅钱塘湖龙王因酒作色欲强迫柳毅娶龙女为妻时，这个白面

书生嘲笑钱塘湖龙王的屡困,说他以禽兽蠢然之躯逼迫自己,自己宁愿以死相报,表现出一介文人凛然的气骨,的为中国文化之嫡传。而《聂小倩》开篇就介绍宁采臣"性慷爽,廉隅自重",在财、色两方面均不随便。验之以小倩诱惑之事,果然。在聂小倩的心中,采臣是"义气干云",因此托之以迁坟之事,宁采臣也毅然诺之。蒲松龄与李朝威都不惜让笔下如此优秀的士子经历了婚姻的变故与曲折,使他们的妻子死去,再让男主人公得以鸾弦重续,与女主人公喜结连理,其实不过是要奖励慷慨之士的德行。

又如《窦氏》与《霍小玉传》的主题都是惩罚负心汉。《窦氏》与《霍小玉传》的相似性似更明显。地主家的儿子南三复避雨于佃户窦家时,认识了颇有姿色的窦氏,他取得窦氏的信任,允诺将来娶她而占有了她,使她怀孕。当窦氏抱着刚生下的孩子上门来,南三复却因为她门第问题而后悔,不允许放她进门。窦氏因回家要面对父亲的拷问而不想回家,遂抱着孩子在南家门口坐了一夜,第二天早晨发现母女俩已双双死去。从此南家频生怪异。初娶之妇善悲,后自缢,而窦氏尸体自现于南家;好不容易又娶一女,神情极似窦氏,一夕而逝,尸变为别人家新亡之女。这样两次引发诉讼,终于使南三复遭到官府的惩罚。众所周知,《霍小玉传》结尾霍小玉弥留之际,发誓报复不守信诺的李益。李益娶妻后屡于恍惚中见到异常现象而怀疑妻子有外遇,遂患猜疑嫉妒之症,终身不得安宁。这两篇故事的相似性早就为论者注意到了。

体现主题的相似与延续性的例子还有很多,例如命定、轮回转世、果报等,这方面前人论述颇多,就不一一指出了。

三 情节的变化与组合构成富于新意的篇章

《聊斋志异》的作者蒲松龄还可能采取了对某些唐传奇的主体情节结构进行组合以形成有新意或新鲜感的篇目,由此也对原有情节进行变化,这也是一种创新。

举例来说,《画皮》的情节构成可分为受难与获救两部分,分别与《玄怪录·王煌》和《玄怪录·齐饶州》相似。

附录二 继承、变化、创新与超越:《聊斋志异》与唐传奇的比较

《画皮》的前半部分写王生路遇一落魄女子,把她带回家并与之欢爱,结果被道士发现他身上有邪气,给了他拂尘吓鬼而竟不能制之,终为鬼所害。这一情节整体上与《玄怪录·王煌》如出一辙:王煌路遇一女子祭奠丈夫,好而求之,女子再三婉拒,故意表现出忠贞于丈夫和深守礼节的样子,博得王煌的好感,终与之合欢,不久遇到道士,对他提出警告,不听,终为所害,原来女子是芝田寺北天王右脚下三千年一替的耐重鬼,王煌被此鬼踏死,永世不得替换了。《画皮》这一部分相对于《玄怪录·王煌》来说,寓言的色彩更明显,即将"丑恶的事物往往披着美好的外衣来害人"的鉴戒化作一个有着美女皮的鬼可经常揭下皮来进行描绘的形象。这一构思从许许多多与《玄怪录·王煌》一样的故事中凝练而成,令人拍案叫绝。

《画皮》的后半部分写王生的妻子为了救活他,忍受了道士所指点的乞丐的羞辱,终于救回王生之命。在《玄怪录·齐饶州》中,韦会为了救妻子的命,忍受了草堂田先生的折磨与羞辱,终于得到指点,被黄衫人引到紫衣判官那里,如愿以偿。《画皮》将这一情节浓缩了,即将受辱与得到帮助集合在同一个人即乞丐的身上。这一部分的主题可归纳为:要想达成目标,就必须忍受考验乃至一般人不能忍受的羞辱。

蒲松龄如此嫁接组合两种情节,形成《聊斋志异》中颇负盛名的篇目《画皮》,无疑也是一种创新。也许为了掩饰自己的灵感来源,蒲翁在结尾处议论道:"……爱人之色而渔之,妻亦将食人之唾而甘之矣。天道好还……"突出的是妻子的受辱,而不是如《玄怪录·齐饶州》的夫妻情深,从而凸显自己的鉴戒之意,令会心者发一笑。

前文提到《聂小倩》与《博异志·敬元颖》和《柳毅传》的相似,也可作一大致的分析。《敬元颖》中控制敬元颖害人的龙是被上天召回,而使敬元颖获得暂时的自由来找男主人公陈仲躬而获救的,龙没有被杀死,但后文再没提到。《聂小倩》则写夜叉被侠士燕南生的宝剑杀伤,后来又找过聂小倩,终于被收服,这一情节被放在结尾处,其中主要加入小倩获得宁采臣母子接纳终于与宁采臣成亲的经过,并没有多大的思想内涵,可看出主要是吸纳了《柳毅传》结尾处柳毅与龙女结合的曲折经

历，采用了鬼复生为人的一般套路，而加以丰富细节而已。

《阿宝》可谓是对《离魂记》的情节进行了更大的变通所得。《离魂记》描写倩娘与表兄王宙相爱，但为父母所不许，后离魂追随王宙而去，结为夫妻。五年后返家，才知道自己真身生病在床，身魂合为一体。《聊斋志异》中的《阿宝》思路稍变，创造出新的境界。孙子楚先是以阿宝所说的要他砍掉多余的手指才嫁给他的戏言为真，砍掉自己的手指，已给阿宝留下深刻印象，而后才魂灵出壳，并托身鹦鹉向阿宝告以实情，终于感动阿宝下嫁。两篇故事在题材上的相似性很明显，但是蒲松龄表现出了更多的巧思。

以上所探讨的变形与嫁接组合在其他篇章中也必然可以找到，只是有待发现而已。可以说，这样的比较与发现是相当有意思的。

四 人文因素与道德鉴戒的加强构成超越

唐传奇尽管已处于小说的成熟阶段，但仍然有很多篇目承继着六朝志怪粗呈梗概、单纯志怪的特点，《聊斋志异》也不能免除这一特点，但是它又有很多篇章——包括长与短两种类型——更具有了人文因素与道德鉴戒的特点，从而超越了单纯的志怪，甚至单纯的传奇。有论者指出："在非现实形象的塑造上，唐传奇以显示作者幻想的奇特为主要目的，这类形象多数都不够完美……有的非现实性形象物性超过人性，也有的是物性与人性的简单嵌合。如《申屠澄》中澄妻的形象显然只是人与虎的简单相加，是作者用来表达奇思异想的符号，不具有独立的生命价值和美学价值。"[①] 我们可以说，唐传奇尽管在文体上显示了小说的崛起，但是在文化意识上还有待成熟，也就是说，其直接体现人类的文化精神和道德意识的方面还有待加强。这方面《聊斋志异》有了明显进展。

我们先看较长的篇目。

《画壁》描写朱孝廉幻入画壁与画中天女发生情事，而后为回神将巡

[①] 潘峰、张伟：《由注重情节之奇到追求人物之真——〈聊斋志异〉对唐传奇叙事重心的切换》，《临沂师范学院学报》2003年第2期。

附录二 继承、变化、创新与超越:《聊斋志异》与唐传奇的比较

查、经历一番恐惧后到现实的故事,有可能取材于晋唐小说,例如唐人戴孚记人与画中女子发生交接的《朱敖》。但后者把女子写成害人的妖异,人怪之间无任何情愫,人对妖异是拒绝与害怕的,所以后来把它除掉了。《画壁》却借幻觉写出了人被掩盖的幻想,具有探讨人类潜在的性爱意识思维的特点,它一方面充实其细节,使之成为一个迷离恍惚、扣人心弦的故事;另一方面与道德鉴戒联系起来,作者在结尾说:"'幻由人生',此言类有道者。人有淫心,是生亵境;人有亵心,是生怖境。菩萨点化愚蒙,千幻并作,皆人心所自动耳。老婆心切,惜不闻其言下大悟,披发入山也。"可见,他是有意识地采用幻化的情节来达到警戒人不要随意起妄心、淫亵之心的,这与尚不离志怪、无任何道德意识的《朱敖》相比要进步很多。

唐传奇中描写人化虎食人的作品有好几个,例如《张逢》《南阳士人》,它们描写的化虎的人与被吃的人都没有任何冤仇,所以他们的化虎纯粹是奇异的情节,《聊斋志异》中的《向杲》写化虎,则是因为向杲的哥哥被有权势的庄公子行凶打死后又买通官府,使向家无法申冤昭雪,而后向杲在悲愤中化虎报仇,因此这篇小说已经注入了揭露官府黑暗与向往社会正义的人文性的内容。对于人化虎题材的利用似乎意犹未尽,作家又写了一篇《苗生》,这一篇更奇特,杜撰苗生虎化虎,扑杀那些水平不高却喜欢自我陶醉、喋喋不休地吟诵自己作品的儒生的情节。篇末言:"得意津津者,捉衿袖,强人听闻;闻者欠伸屡作,欲睡欲遁,而诵者足蹈手舞,茫不自觉。知交者亦当从旁肘之蹑之,恐座中有不耐事之苗生在也。"可见作者把化虎食人用来警戒缺乏自知之明的酸腐书生。要说书生之罪,也不至于赔掉性命,聊斋此篇,似有过于恣肆的嫌疑,不过从中我们要强调的是他戏笔中强烈的个人情怀。这更是脱离了单纯的志怪了。

有的较长的篇目尽管主题不是道德鉴戒性的,但作家也腾手加入类似的情节。例如《彭海秋》的主体情节是写彭好古为仙人彭海秋携带如西湖游玩,彭海秋以法术招致妓女娟娘同游,为彭好古与娟娘定三年之约,后来果然再见,赎出娟娘与之结合。朱一玄先生指出:"彭海秋与杨居士极相

似,但蒲松龄却写了彭好古出资赎倡女娟娘脱离卖笑生涯的事……至于情节的细腻,境界的幽深,远非《太平广记》的记载能相比的。"① 朱先生没提到,《彭海秋》中还有一条重要的附线,即素有隐恶的邱生被一同带往西湖,回来时被仙人化作马匹,成为彭好古的坐骑,回来后在马厩里恢复原形的情节。蒲松龄在结尾处抛开主要情节不谈,却对邱生化马大发议论:"马而人,必其为人而马者也;使为马,正恨其不为人耳。狮象鹤鹏,悉受鞭策,何可谓非神人之仁爱乎?"再清楚不过地显示了他强烈的道德鉴戒意识。《巩仙》主要写巩道人帮助尚秀才与鲁王府曲妓惠哥两个有情人终成眷属的事,但以道人将见钱眼开的宦官用葛藤吊在半空,摇摇欲坠上下不得以示惩戒的情节开头,也让我们感受到蒲松龄相同的创作倾向——时刻不忘鉴戒。

聊斋先生甚至将短小的志怪也用来进行道德训示。从《骂鸭》中的偷邻居鸭子的人身上长鸭毛,被骂过方好,到《邑人》写无赖乡人魂被人摄走、推入悬挂的半片猪肉中,在屠人卖肉时经受一场凌迟之苦,到《禽侠》篇尾写士兵射中鹳鸟,鹳鸟带箭而飞,后箭掉下,士兵拾箭挖耳,风吹门关,将箭抵入士兵脑袋致其死亡。妙手书生蒲松龄的笔墨之变化多端,但无不是为了劝诫。这样的篇章似乎是以前很少见的。

如此,我们看到《聊斋志异》不仅在情节上发挥了创造性想象而超越前人,在主旨上也更注重在作品里渗入人文或道德意识。诚如于天池先生所言:"从《聊斋志异》的创作动机和主要内容看,它应该包含三个方面,即孤愤、劝惩、游戏。"他认为劝惩教育是《聊斋志异》的重要方面②。

五 余论

关于《聊斋志异》与唐传奇的比较,应该也如《红楼梦》一样是一个说不尽的话题,因为二者包含的内容都太丰富。本文的比较也暂时只

---

① 朱一玄编辑:《〈聊斋志异〉资料汇编》,中州古籍出版社1985年版,第205页。
② 于天池:《论蒲松龄的教育思想与〈聊斋志异〉中的教育精神》,《明清小说研究》1999年第3期。

附录二　继承、变化、创新与超越:《聊斋志异》与唐传奇的比较

能限于以上的侧面，所涉及的篇目也很有限，这是为笔者目前的精力与学识所限制的。但说蒲松龄创作《聊斋志异》时从唐传奇中汲取了很多营养，但也进行了很多创新，这是没问题的。接下来想就这种比较引起的很多思考进行探讨。

1. 关于冯镇峦的一段评论和"异史氏曰"

清代评论家冯镇峦对《聊斋志异》有一段评论，今人经常引用，也有人不大以为意。他说:"《聊斋》非独文笔之佳，独有千古，第一议论醇正，准理酌情，毫无可驳。如名儒讲学，如老僧谈禅，如乡曲长者读诵劝世文，观之实有益于身心，警戒愚顽。至于说到忠孝节义，令人雪涕，令人猛省，更为有关世教之书。"[①] 这段话实际上就是说《聊斋志异》创作上道德意识之明确，道德教化作用的巨大。通过与唐传奇的比较，我们可以肯定地说，冯镇峦所认为的《聊斋志异》具有道德劝诫和教化的作用，是存在的，而且是我国文学的优良传统。

但有人对此并不认同。例如，冯镇峦这段话针对的那些捏造说聊斋遭雷劫的卫道者。而今人则对"异史氏曰"部分表示不满，认为这部分的道德说教气味太浓，而且往往误导了读者对小说价值的理解。

对这些问题，恐怕要联系到我们所说的《聊斋志异》的创造性来进行评判。王平认为:《聊斋志异》的创造性想象往往"摆脱了某种理念的束缚，跳出某些思维阶段，达到自己的精神追求"，"没有如此严谨的理性思考，它借助情感跨过了理性，实现了对人性肯定的愿望和要求"[②]。本文对《聊斋志异》的创造性想象之发达深表认同。回到我们探讨的问题上来，笔者要说的是，恰恰可能是这种创造性想象"过于"发达，使蒲松龄在潜意识或显意识里作一定的努力，将文本拉回到道德教化的轨道上来。众所周知，我国古代丰富的伦理思想影响太大，知识分子的史官文化意识又过于强烈，使人们倾向于平实与谨严的思考方式。蒲松龄的天才使他大大跨越了"界限"，他势必要为自己作一些回护性的工作，于是就出现了"异史氏曰"这样往往以偏概全地强调本文道德鉴戒意

[①] （清）冯镇峦:《读聊斋杂说》,《聊斋志异》,上海古籍出版社1998年版，第11页。
[②] 王平:《论〈聊斋志异〉创造性想象的个性特征》,《明清小说研究》1999年第3期。

义的文字。尽管如此，道学先生还是不满意。而今天的读者又不满作者的迂腐言论。其实这种情况在唐传奇里一样出现过。

限于篇幅，本文不能对这一问题作过多展开，但是不能否认的是，《聊斋志异》的成功是无可置疑的，而它的成功也无疑是基于作家丰富的创造力。我们可以肯定地说，《聊斋志异》的成功完全符合创作的规律：思想可以是旧的，但形式一定要是新的。

同时，蒲松龄这种对新形式的创造，使古老的道德发出了新的光彩，人们不会厌倦于他的说教。下文我们讨论《聊斋志异》与"文以载道"的关系。

2. 关于《聊斋志异》与"文以载道"的关系

韩愈提出的"文以载道"的命题有一段时间受到人们的质疑，认为文以载道会损害文的表达。如果以我们前几组故事比较的结果来看，我们可以说，文以载道是可行的。因为不管是《聊斋志异》还是唐传奇，很多篇章都是紧扣褒扬德行、警愚起顽的宗旨的，这与儒家所欲弘扬的道并没有两样。

我们要讨论的只是，文如何载道的问题。上面比较的几组故事在这方面也能给予我们启发，那就是文以载道时，不能直接进行说教，而要以婉曲的情节、鲜明的形象来表达。此外，文必须是新颖的。因为道就那几个字、那几句话，如果反复地说，必致使人麻木乃至厌恶，如不在文的形式上变通，道也就会湮没。《聊斋志异》相对于唐传奇，就进行了丰富的创新工作，从而将古代小说传达道德意识的方法推进到了前所未有的巧妙的程度。

以《聂小倩》与《柳毅传》的比较为例。《柳毅传》写龙女终于成为柳毅的妻子，过程是柳毅之妻无故死亡，两次之后，方娶龙女所化的卢氏为妻，后由卢氏告白个中真相，采用的是补叙的办法。《聂小倩》虽同样让男主人公的妻子死去，却明写小倩如何经过辛勤的劳作获得宁采臣及其母的认可，最后在宁妻去世后二人结合，这里用的是顺叙手法。从情节的进展来看，两者都有这样的经过：女子受困—男子解救—结为夫妻。但是为了避免过于直露地给人以道德教化的感觉，在两人结为夫妻前，小说都要让他们经受一番曲折：龙女必待柳毅二娶后方露面，小倩则为宁母所害怕，很久才被接受。这完全符合"文似看山不喜平"的需要。

再看《窦氏》与《霍小玉传》。同样是报复，窦氏与小玉的方式又不同。小玉是屡次制造李益之妻有外遇的假象，使李益猜疑发狂；窦氏则制造的是南三复盗取尸首的假象，如蒲松龄所说，他所受到的惩罚更严重。金圣叹倡导的"同而不同"、"特犯不犯"得到了严格的遵守。这说明，文以载道在小说领域也是可行的，只要作家能发挥他的丰富的想象与创造力。

3. 其他

从上述《聂小倩》与《柳毅传》两篇的比较中，我们可以看到它们在人物设置上的相同点，那就是都有一个慷慨豪爽的书生、一个美丽温柔的落难女子；此外，由于书生毕竟只是一介书生，并不能救受困之人出苦海，于是两篇小说都设置了另外的角色完成此任务，《聂小倩》中为侠士燕南生，《柳毅传》中为性格粗犷的钱塘湖龙王。这样，就形成了男性形象设置上儒生（或以德服人者）加武士或者好汉、侠客的特点，进一步考察我们可以发现，这是中国古代很多小说的人物设置模式。众所周知，《三国演义》中有刘备加关羽、张飞，《水浒传》中有宋江加吴用、李逵等。由这样的人物设置出发探讨其深层的文化内涵，比如与古代社会的社会分工的关系，将能揭示出更为丰富的意义。这是另外一篇文章的内容了。在此限于篇幅不再展开，只想指出，伟大作家的用心之细密不苟实在值得后人学习。

总体来说，《聊斋志异》的书名与唐传奇中那些最著名的文集《玄怪录》《续玄怪录》《博异志》《纂异志》《传奇》是如此相似，从细部到精神对后者有所学习和继承是不奇怪的，但《聊斋志异》做出了可贵的创新。我们相信，将它们进行比较将可以使我们获得创作短篇故事上的一些收益，从而为当代人的短篇小说创作提供一些借鉴。

参考文献

一 古籍

[1]《大正藏》，台北：新文丰出版公司1983年影印版。

[2]《道藏》，上海书店出版社2005年版。

[3]（宋）张君房编：《云笈七签》，中华书局2010年版。

[4]《古尊宿语录》，上海古籍出版社1991年版。

[5]《五灯会元》，中华书局1984年版。

[6]（宋）李昉等编，汪绍楹点校：《太平广记》，中华书局1961年版。

[7] 王明：《太平经合校》，中华书局1979年版。

[8]（晋）干宝撰，汪绍楹校注：《搜神记》，中华书局1979年版。

[9]《冥报记　广异记》，《古小说丛刊》本，中华书局1992年版。

[10] 董志翘：《观世音应验记三种》，江苏古籍出版社2002年版。

二 小说戏曲原著、工具书及资料汇编

[1] 丁福保：《佛学大辞典》，上海书店1991年版。

[2] 朱一玄：《红楼梦资料汇编》，南开大学出版社2001年版。

[3] 朱一玄：《红楼梦脂评校录》，齐鲁书社1986年版。

[4] 陈庆浩：《新编石头记脂砚斋评语辑校》，中国友谊出版公司1987年版。

[5] 吕启祥、林东海：《红楼梦研究稀见资料汇编》，人民文学出版社2001年版。

[6]（清）曹雪芹、高鹗：《红楼梦》，中国艺术研究院《红楼梦》研究

所校注，人民文学出版社 1996 年版。

[7] 丁锡良编著：《中国历代小说序跋集》，人民文学出版社 1996 年版。

[8] 石峻、楼宇烈等编：《中国佛教思想资料选编》，中华书局 1989 年版。

[9] 《唐五代笔记小说大观》，上海古籍出版社 1999 年版。

[10] 《憨山老人梦游全集》卷四五，北京图书馆出版社 2005 年版。

[11] 《紫柏老人集》，北京图书馆出版社 2005 年版。

[12] 《景德传灯录》，成都古籍书店 2000 年版。

[13] 张建业主编：《李贽文集》第七卷，社会科学文献出版社 2005 年版。

[14] （明）李贽：《焚书 续焚书》，中华书局 1975 年版。

[15] 朱一玄编：《水浒传资料汇编》，南开大学出版社 2000 年版。

[16] 《汉魏六朝笔记小说大观》，上海古籍出版社 1999 年版。

[17] （清）西周生：《醒世姻缘传》，上海古籍出版社 1981 年版。

[18] （清）李绿园：《歧路灯》，中州书画社 1980 年版。

[19] （宋）黎靖德编：《朱子语类》，中华书局 1986 年版。

[20] （明）王栋：《一庵王先生遗集》，《四库全书存目丛书》本。

[21] （明）王畿：《龙溪先生前集》，《四库全书存目丛书》本。

[22] （明）沈孟柈：《钱塘湖隐济颠禅师语录》，《明代小说辑刊》（第二辑），巴蜀书社 1993 年版。

[23] 鲁迅：《古小说钩沉》，齐鲁书社 1997 年版。

[24] 隋树森编：《元曲选外编》第二册，中华书局 1959 年版。

[25] 王学奇主编：《元曲选校注》，河北教育出版社 1994 年版。

[26] （明）汤显祖：《南柯梦记》，人民文学出版社 1981 年版。

[27] （明）《汤显祖全集》，北京古籍出版社 1999 年版。

[28] （清）孔尚任：《桃花扇》，人民文学出版社 1959 年版。

[29] 王国维：《王国维文学论著三种》，商务印书馆 2001 年版。

[30] （明）吴承恩著，吴圣燮辑评：《西游记百家汇评本》，长江文艺出版社 2007 年版。

[31] 冯其庸纂校：《重校八家批评红楼梦》，江西教育出版社 2000 年版。

[32] 陈曦钟等辑校：《水浒传会评本》，北京大学出版社 1981 年版。

[33] 许盘清、周文业整理：《〈三国演义〉、〈三国志〉对照本》，江西古籍出版社2002年版。

[34]（清）李百川：《绿野仙踪》，北京大学出版社1986年版。

[35] 张友鹤辑校：《聊斋志异（会校会注会评本）》，上海古籍出版社1962年版。

三 专著

[1] 陈洪：《中国小说理论史》，天津教育出版社2005年版。

[2] 陈洪：《沧海蠡得——陈洪自选集》，南开大学出版社2004年版。

[3] 陈洪：《佛教与中国古典文学》，天津人民出版社1993年版。

[4] 孙昌武：《道教与唐代文学》，人民文学出版社2001年版。

[5] 孙昌武：《中国文学中的维摩与观音》，天津教育出版社2005年版。

[6] 孙昌武：《佛教与中国文学》，上海人民出版社2007年版。

[7] 孙昌武：《道教文学十讲》，中华书局2014年版。

[8] 孙逊：《中国古代小说与宗教》，复旦大学出版社2000年版。

[9] 吴光正：《神道设教：明清章回小说叙事的民族传统》，武汉大学出版社2012年版。

[10] 万晴川：《宗教信仰与中国古代小说叙事》，浙江大学出版社2013年版。

[11] 宋珂君：《明代宗教小说中的佛教"修行"观念》，中国社会科学出版社2005年版。

[12] 卿希泰主编：《中国道教思想史》，人民出版社2009年版。

[13] 詹石窗：《道教文学史》，上海文艺出版社1992年版。

[14] 李剑国：《唐五代志怪传奇叙录》，南开大学出版社1998年版。

[15] 孙爱玲：《红楼梦本真人文思想》，齐鲁书社2007年版。

[16] 牟钟鉴、张践：《中国宗教通史》，社会科学文献出版社2003年版。

[17] 陈霞：《道教劝善书研究》，巴蜀书社1999年版。

[18] 高益荣：《元杂剧的文化精神阐释》，中国社会科学出版社2005年版。

[19] 张洪泽：《道教斋醮科仪研究》，巴蜀书社1999年版。

[20] 黄洽：《〈聊斋志异〉与宗教文化》，齐鲁书社 2005 年版。

[21] 张培锋等编：《文学与宗教——孙昌武教授七十华诞纪念文集》，宗教文化出版社 2007 年版。

[22] 赵益：《六朝南方神仙道教与文学》，上海古籍出版社 2006 年版。

[23] 曾礼军：《宗教文化视域下的〈太平广记〉研究》，中国社会科学出版社 2013 年版。

[24] 陈洪：《佛教与中古小说》，学林出版社 2007 年版。

[25] 俞晓红：《佛教与唐五代白话小说研究》，人民出版社 2006 年版。

[26] 李鹏飞：《唐代非现实小说之类研究》，北京大学出版社 2004 年版。

[27] 刘梦英：《梦的迷信与梦的探索》，中国社会科学出版社 1989 年版。

[28] 吴光正：《八仙故事系统考论——内丹道宗教神话的建构及其流变》，中华书局 2006 年版。

[29] 李艳：《明清道教与戏剧研究》，巴蜀书社 2006 年版。

[30] 周秋良：《观音故事与观音信仰研究——以俗文学为中心》，广东高等教育出版社 2009 年版。

[31] 吴国富：《全真教与元曲》，江西人民出版社 2005 年版。

[32] 宋珂君：《明代宗教小说中的佛教"修行"观念》，中国社会科学出版社 2005 年版。

[33] 麻天祥：《中国禅宗思想发展史》，武汉大学出版社 2007 年版。

[34] 詹石窗：《道教文学史》，上海文艺出版社 1992 年版。

[35] [日] 小南一郎：《中国的神话传说与古小说》，孙昌武译，中华书局 1993 年版。

[36] 苟波：《道教与明清文学》，巴蜀书社 2010 年版。

[37] 申喜萍：《南宋金元时期的道教文艺美学思想》，中华书局 2007 年版。

[38] 林辰：《神怪小说史》，浙江古籍出版社 1998 年版。

[39] 于非：《中国古代文学》，高等教育出版社 1988 年版。

[40] 冯汝常：《中国神魔小说文体研究》，上海三联书店 2009 年版。

[41] 余国藩：《〈红楼梦〉、〈西游记〉与其他》，生活·读书·新知三联书店 2006 年版。

[42] 梁归智：《禅在红楼第几层》，中国人民大学出版社 2007 年版。

[43] 侯传文：《佛经的文学性解读》，中华书局 2004 年版。

[44] 应必诚：《红学何为》，复旦大学出版社 2006 年版。

[45] 赖永海：《中国佛教文化论》，中国青年出版社 1999 年版。

[46] 王蒙：《红楼启示录》，生活·读书·新知三联书店 1991 年版。

[47] 石玲：《袁枚诗论》，齐鲁书社 2003 年版。

[48] 王均江：《冲突与和谐——李贽思想研究》，华中科技大学出版社 2007 年版。

[49] 罗因：《"空"、"有"与"有"、"无"——玄学与般若学交会问题之研究》，台湾大学出版社 1992 年版。

[50] [日]山口益：《般若思想史》，肖平、杨金萍译，上海古籍出版社 2006 年版。

[51] 黄卓越：《明中后期文学思想研究》，北京大学出版社 2005 年版。

[52] 黄卓越：《佛教与晚明文学思潮》，东方出版社 1997 年版。

[53] 李丰楙：《六朝隋唐仙道类小说研究》，台北：台湾学生书局 1986 年版。

[54] 《日本学者研究中国史论著选译》第 7 册，中华书局 1998 年版。

[55] 赵伟：《晚明狂禅思潮与文学思想研究》，巴蜀书社 2007 年版。

[56] 徐翠先：《唐传奇与道教文化》，中国妇女出版社 2000 年版。

[57] 王治心：《中国宗教思想史大纲》，上海三联书店 1998 年版。

[58] 陈永革：《晚明佛教思想研究》，宗教文化出版社 2007 年版。

[59] 罗伟国、洪丕谟：《谈佛说道解红楼》，安徽文艺出版社 2001 年版。

[60] 李哲良：《红楼禅话》，河南人民出版社 1999 年版。

[61] 侯杰、范丽珠：《世俗与神圣：中国民众宗教意识》，天津人民出版社 2001 年版。

[62] 韦思谛编：《中国大众宗教》，江苏人民出版社 2006 年版。

[63] 吴根友：《中国现代价值观的初生历程——从李贽到戴震》，武汉大学出版社 2004 年版。

[64] 吴言生：《禅宗诗歌境界》，中华书局 2001 年版。

［65］杨曾文、方广锠编：《佛教与历史文化》，宗教文化出版社 2001 年版。

［66］陈洪、乔以钢主编：《中国古代文学与文化的性别审视》，南开大学出版社 2009 年版。

［67］余英时：《儒家伦理与商人精神》，广西师范大学出版社 2004 年版。

［68］李剑国、陈洪主编：《中国小说通史》，高等教育出版社 2007 年版。

［69］陈国学：《〈红楼梦〉的多重意蕴与佛道教关系探析》，中国社会科学出版社 2011 年版。

［70］任继愈主编：《中国道教史》（增订本），中国社会科学出版社 2001 年版。

［71］袁行霈主编：《中国文学史》第四卷，高等教育出版社 2005 年版。

［72］杜斗城：《敦煌本佛说十王经校录研究》，甘肃教育出版社 1989 年版。

［73］王晓平：《佛典·志怪·物语》，南昌江西人民出版社 2006 年版。

四　学位论文

［1］王婷婷：《曹著〈红楼梦〉的佛门思想和后四十回》，硕士学位论文，中国艺术研究院，2005 年。

［2］洪树华：《先秦至唐五代文学中的超现实之婚恋遇合及其意蕴》，博士学位论文，南开大学，2010 年。

［3］孙伟科：《红楼梦美学阐释》，博士学位论文，中国艺术研究院，2007 年。

［4］黄怀萱：《红楼梦佛家思想的运用研究》，硕士学位论文，（台湾）中山大学中文研究所，2003 年。

［5］刘敏：《道教与中国古代通俗小说研究》，博士学位论文，四川大学，2006 年。

［6］刘凤霞：《论〈镜花缘〉才女形象对〈红楼梦〉的借鉴与创新》，硕士学位论文，重庆师范大学，2009 年。

［7］刘阳：《〈镜花缘〉女性观及其文化学分析》，硕士学位论文，辽宁大学，2011 年。

［8］黄勇：《道教笔记小说宗教思想研究》，博士学位论文，四川大学，

2005年。

五 学术论文

[1] 沈敏:《元明"度脱剧"异同辨》,《武汉大学学报》2005年第1期。

[2] 徐振贵:《悔恨"落入圈绩"的断肠哀鸣——徐渭〈翠乡梦〉探微》,《戏曲研究》第八十一辑,文化艺术出版社2010年版。

[3] 侯光复:《元前期曲坛与全真教》,《文学遗产》1988年第5期。

[4] 阙真:《关于〈桃花扇〉中侯方域入道的思考》,《广西师范大学学报》2013年第6期。

[5] 徐宏:《曲肱禅呓——汤显祖〈南柯记〉禅宗思想杂谈》,《中国戏曲学院学报》2005年第1期。

[6] 胡邦炜:《贾瑞与王熙凤》,《红楼梦研究集刊》第九辑,上海古籍出版社1982年版。

[7] 梅向东:《正反悖谬风月镜——〈红楼梦〉对一种文化困境的意识与隐喻》,《安庆师院社会科学学报》1997年第2期。

[8] 刘玮玮:《汉传佛教女性伦理观与道教女性伦理观之比较》,《道德与文明》2012年第1期。

[9] 王卡:《读〈上清经秘诀〉所见》,《中国道教》1999年第3期。

[10] 黄南珊:《洪升〈长生殿〉的情感美学思想》,《上海社会科学院学术季刊》1991年第2期。

[11] 吴光正:《佛道争衡与吕洞宾飞剑斩黄龙故事的变迁》,《文学遗产》2005年第4期。

[12] 吴真:《降蛇——佛道相争的叙事策略》,《民族艺术》2006年第1期。

[13] 徐辉:《从唐代道教小说看唐代的佛道之争》,《哈尔滨学院学报》2007年第1期。

[14] 吴越:《〈水浒传〉究竟是写英雄豪杰,还是写土匪强盗》,张虹、马成生、王益庸主编《水浒争鸣》第11辑,中央文献出版社2009年版。

[15] 张同胜:《论李贽的〈水浒传〉评点》,《济宁学院学报》2009年第

4 期。

[16] 冯文楼：《〈水浒传〉：一个文化整合的悲剧》，《陕西师范大学学报》1997 年第 3 期。

[17] 严云受：《〈红楼梦〉与因果报应模式》，《红楼梦学刊》1994 年第 2 辑。

[18] 陈洪、陈宏：《论〈西游记〉与全真教之缘》，《文学遗产》2003 年第 6 期。

[19] 王学钧：《〈西游记〉与佛教：世俗性叙事观点》，《学术交流》2007 年第 11 期。

[20] 淮茗：《西天路上的凡夫俗子——猪八戒悲剧新说》，《名作欣赏》2011 年第 6 期。

[21] 陈洪：《牛魔王佛门渊源考论》，《南开学报》1992 年第 3 期。

[22] 王锐、张晓梅：《人性·个性·悲剧——〈西游记〉中铁扇公主形象新解》，《郑州航空工业管理学院学报》2006 年第 1 期。

[23] 陈诚、张秋玲：《牛魔王及其家族形象中的儒家伦常意识》，《天府新论》2006 年第 S2 期。

[24] 陈洪：《〈西游记〉研究中的宗教视角》，《华夏文化论坛》2010 年第 1 期。

[25] [美] 余珍珠：《〈红楼梦〉的多元意旨与情》，《红楼梦学刊》1994 年第 2 辑。

[26] 施晔：《玉皇庙、永福寺在〈金瓶梅〉中的作用及其宗教文化因缘》，《上海师范大学学报》2006 年第 3 期。

[27] 冯文楼：《障蔽的破除与身位的开显——〈金瓶梅〉宗教伦理话语的剖示与辨析》，《陕西师范大学继续教育学报》2003 年第 2 期。

[28] 陈洪：《论癞僧跛道的文化意蕴》，《红楼梦学刊》1993 年第 4 辑。

[29] 冯子礼：《相悖互依逆向同归——〈金瓶梅〉〈红楼梦〉主人公比较》，《明清小说研究》1990 年第 1 期。

[30] 宋莉华：《〈红楼梦〉中的谶应》，《上海师范大学学报》1998 年第 2 期。

[31] 刘铭：《儒家"神道设教"思想对〈歧路灯〉的影响》，《焦作大学学报》2011年第4期。

[32] 朱越利：《〈歧路灯〉展示的清代盛世士人对三教的态度》，《世界宗教研究》1996年第3期。

[33] 刘影：《泰山府君与阎罗王更替考》，《华东师范大学学报》1999年第3期。

[34] 范文美：《泰山"治鬼"说与佛教地狱》，《东南大学学报》2010年增刊。

[35] 孙昌武：《佛教地狱观念的文学呈现》，《中国文化》2012年第2期。

[36] 延炤姈：《佛经与〈太平广记〉地狱故事叙述之关系》，《中国文化论坛》2016年第11期。

[37] 胡胜：《济公小说的成因及形象演变》，《辽宁青年管理干部学院学报》1999年第3期。

[38] 吕堃：《济公形象的演变及其文化阐释》，《天中学刊》2012年12月。

[39] 项裕荣：《话本小说与禅宗下火文》，《浙江学刊》2008年第4期。

[40] 陈东有：《"济公"来龙去脉考》，《南昌大学学报》1993年第3期。

[41] 陈洪：《侠与禅的妙合——鲁智深形象新论》，《沧海蠡得——陈洪自选集》，南开大学出版社2004年版。

[42] 刘渝：《〈老残游记〉——刘鹗救国安天下方略的艺术化》，《南京理工大学学报》1996年第4期。

[43] 王学钧：《〈老残游记〉的禅智慧——逸云释论》，《明清小说研究》1994年第2期。

[44] 何大堪：《虽近荒唐但细谙却深有趣味——漫议神话在〈红楼梦〉里的作用》，《贵州社会科学》1989年第6期。

[45] 张亦平：《论〈太平经〉的妇女观及其对道教发展的影响》，《世界宗教研究》1998年第2期。

[46] 方克强：《原型题旨：〈红楼梦〉的女神崇拜》，《文艺争鸣》1990年第1期。

［47］于丹：《嫦娥形象与〈女仙外史〉的创作》，《学习与探索》2004 年第 2 期。

［48］刘鹏飞：《论〈女仙外史〉的女性观》，《陕西理工学院学报》（社会科学版）2011 年第 1 期。

［49］孙逊：《释道"转世"、"谪世"观念与我国古代小说结构》，《文学遗产》1997 年第 4 期。